A CRACK IN CREATION

GENE EDITING AND THE UNTHINKABLE POWER TO CONTROL EVOLUTION

JENNIFER A. DOUDNA
SAMUEL H. STERNBERG

CRISPR
クリスパー
究極の遺伝子編集技術の発見

カリフォルニア大学バークレー校教授
ジェニファー・ダウドナ［著］
サミュエル・スターンバーグ
櫻井祐子［訳］
須田桃子［解説］

文藝春秋

CRISPR（クリスパー） 究極の遺伝子編集技術の発見

目次

第8章　福音か厄災か？　268
私たちの「呼びかけ」論文の直後に、中国の科学者によるヒト胚にCRISPRを使った論文が発表された。米国の諜報機関はCRISPRを「第六の大量破壊兵器」と指摘する報告書を書く。人間が人間の遺伝子を改変することはどこまで許されるのか？

エピローグ　科学者よ、研究室を出て話をしよう　301
細菌の免疫システムというまったく関係のなさそうな研究からこの画期的な新技術が生まれたように、科学においては、基礎研究ほど大事なことはない。そして科学が行なっていることを一般の人たちと共有することが、より一層重要な時代になっている。

謝辞　308　ソースノート　311
訳者あとがき　326
解説　百年に一度の技術　須田桃子（毎日新聞科学環境部）　328

装幀　永井翔

CRISPR(クリスパー) 究極の遺伝子編集技術の発見

プロローグ　まったく新しい遺伝子編集技術の誕生

細菌がウイルスに感染しないために持っている免疫システムを、遺伝子の編集に利用できる。私たちが、その技術ＣＲＩＳＰＲ（クリスパー）－Ｃａｓ９（キャス・ナイン）を発表したのが二〇一二年。以来、遺伝子を数時間で編集できるこの技術が、人類史上類をみない変化をひき起こしている。

津波の夢を繰り返し見る

夢のなかで、私は海辺に立っていた。

長い縞模様（しまもよう）の砂浜が海岸沿いに続き、大きな湾の輪郭を描いている。そう、ここは私の生まれ育ったハワイ島のヒロ湾のはずれだ。友人たちとカヌーレースを観戦したり、貝殻や日本の漁船からときおり漂着するガラス玉を探したりして、週末を過ごした場所だ。

でも今日は友人もカヌーも漁船も見当たらない。海辺は閑散としていて、砂浜も海も不自然なほどに静まりかえっている。防波堤の向こうの海面には、まるで少女時代から私がもち続けてきた恐れをなだめるかのように、柔らかな光がきらめいている。どんなに幼くても、ヒロ湾の子どもたちにはつきまとって離れない恐怖がある。私の世代は津波を知らずに育ったが、みんな写真で知っている。この町は津波の浸水域にあるのだ。

そのとき、まるで見計らったかのように、遠くにそれが見えた。波だ。

最初はちっぽけだが、ぐんぐん大きくなって壁のように立ちはだかり、白い波頭が空を覆い隠す。そのうしろにも次々と大波が迫っている。

恐怖に身がすくむが、迫り来る津波を見ているうちに腹が据わった。振り返ると小さな木の小屋が見えた。友人のプアの家だ。家の前に積まれたサーフボードを一本ひっつかみ、海へと飛び込んだ。パドルで防波堤を回って湾に出ると、押し寄せる波に正面から突っ込む。最初の波に呑まれる前に下をくぐり、水面に浮上すると、また次の波をくぐる。そうしながらも、目の前に広がる光景に息を呑んだ。絶景だ——マウナケア山を望み、その向こうにはマウナロア山が湾を守るかのようにそびえ、空に届こうとしている。

ハッと目覚めると、そこは生家から数千キロも離れた、カリフォルニア州バークレーの寝室だった。

時は二〇一五年七月、人生で最も胸躍る、めまぐるしい一年のまっただなかである。同じ夢を繰り返し見るようになった頃だ。いまならあの夢に深い意味を読みとることができる。海辺は幻でしかない。でも波は、そして波がかき立てる恐怖と希望、畏敬が混じり合う感情は、今も生々しく迫ってくる。

私はジェニファー・ダウドナ。キャリアの大半を研究室で過ごし、ほかの分野の人が聞いたこともないテーマの研究に閉じこもっていた生化学者である。だが五年ほど前から、生命科学のなかでももっとも発展がめざましい分野に関わるようになり、どんな研究室の枠にもとうてい収まりきらないほどの飛躍的進歩を日々目の当たりにしている。私たちは夢の津波にも似た、抗しがたい力に押し流されてきた——この津波が夢の波と違うのは、私自身がその引き金を引いた一人だという点である。

わずか数年前に私が共同で開発した生命科学のその技術は、二〇一五年夏には、想像を絶するペースで発展しつつあった。そして、それはきわめて重要な影響をおよぼしていた。生命科学だけでなく、地球上のすべての生命にである。

これからその技術と、私の物語を紹介しよう。それはあなた自身の物語でもある。なぜならあなたにも、今まさにその影響がおよぼうとしているからだ。

「CRISPR-Cas9」(クリスパー・キャス・ナイン)という魔法の杖

人類はこれまで数千年、数万年にわたって物質世界をつくり変えようとしてきたが、今ほどその効果が劇的に現れている時代はない。工業化が引き起こした気候変動が、地球上すべての生態系を脅かしている。人間の活動が原因で生物種の絶滅が急激に進み、この地球に暮らす多種多様な生物が痛めつけられている。このような変化をきっかけに、地質学者は人類が地球環境に多大な影響をおよぼすようになったという意味を込めて、現代を「人新世(アントロポセン)」を呼ぶべきだと提唱した。

生物の世界は人類の引き起こしたほかの激変にもさらされている。生命は過去数十億年間、ダーウィンの理論通りのかたちで進化してきた。ランダムな遺伝的変異が生存や競争、生殖に有利な形質を与え、多種多様な生物を生み出した。人類を今に至るまで形成してきたのも、このプロセスだ。実際、最近まで翻弄してきたといっても過言ではない。一万年前に農業を始めてから、人間は動植物の選択育種を通して望ましい方向に進化を誘導し始めた。だが遺伝的バリエーションを生むランダムなDNA変異という「原料」は、まだ自然発生的かつ偶発的に生じていたため、自然をつくり変えようとする人間の取り組みには限界があり、目立った成果は得られなかった。

今日、事情は様変わりしている。科学者はこの原始以来のプロセスを、人間の完全なコントロール下に置くことに成功したのだ。いまや生体細胞のＤＮＡを操作するバイオテクノロジーの強力なツールを用いて、人類を含む地球上のすべての生物を生物たらしめている遺伝子コードを操作し、合理的に変更することができる。そして最新の、またおそらく最も有効な遺伝子編集ツールである「ＣＲＩＳＰＲ－Ｃａｓ９」（クリスパー・キャス・ナイン、略してＣＲＩＳＰＲ）を使えば、ゲノム（全遺伝子を含むＤＮＡの総体）を、まるでワープロで文章を編集するように、簡単に書き換えられるのだ。

特定の形質を決める遺伝子コードさえわかっていれば、ＣＲＩＳＰＲを使ってどんな動植物のゲノムの遺伝子でも挿入、編集、削除することができる。このプロセスは、従来のどの遺伝子操作技術よりもはるかに簡単で効果的である。私たちはまさに一夜にして、遺伝子工学と生物学的支配における新時代の扉を開こうとしている。人類全体としての想像力が許す限り無限の可能性が広がる、革命的時代である。

この新しい遺伝子編集ツールがいち早く用いられ、これまで最も多くの基礎研究がなされているのは、動物界だ。たとえば科学者はＣＲＩＳＰＲを用いて、筋肉発生を制御する遺伝子の塩基配列をたった一文字変えるだけで、シュワルツェネッガーのような筋肉ムキムキの遺伝子強化ビーグル犬をつくり出した。別のチームは、ブタゲノムの成長ホルモンに反応する遺伝子を不活性化することにより、大型ネコほどの大きさのマイクロピッグをつくり、ペットとして売り出そうとしている。同様に、ＣＲＩＳＰＲを使ってカシミアヤギのゲノムを編集し、肉量を増やした毛の長いヤギをつくった。そのうえCRISPRを使ってアジアゾウのDNAをケナガマンモスのDNAに近づけ、この絶滅種を復活させる計画までが進行中である。

植物界では、CRISPRは作物のゲノム編集に広く利用され、栄養状態を改善し世界の食料安全保障を強化するような農業の前進が期待されている。遺伝子編集の実験ではすでに病気に強いイネや、日持ちのよいトマト、多価不飽和脂肪が少なく健康によいダイズ、有毒成分の少ないジャガイモなどが生み出されている。これらの改良は、異なる生物種の外来DNAをゲノムに挿入するトランスジェニック技術を用いるのではなく、生物自身のDNAの数文字を変更するなど、いわば細かなアップグレードを遺伝子に施すことによって行われているのだ。

人間の遺伝子も自在に編集できる

動植物界への応用も胸躍るが、人類の未来に対する最大の希望と、おそらく最大の脅威をはらんでいるのは、ヒトの遺伝子編集が与えるインパクトだろう。

他方、人間の健康への恩恵は、動物や昆虫へのCRISPRの応用によってももたらされるだろう。最近ではCRISPRでブタの遺伝子を「ヒト化」する実験が行われていて、動物の臓器を人間に移植する、異種間移植の実現が期待されている。またCRISPRを蚊の細胞に注入して、新しい系統の蚊を作製する実験も行われている。これを野生の蚊の集団に放ち、新しい形質を一気に広める計画だ。この方法で、蚊が媒介するマラリアやジカ熱などの病気や、病気を媒介する蚊そのものを根絶できるのではないかと、科学者は期待している。

病気の治療において、CRISPRは人間の患者の変異遺伝子を直接編集、修復する可能性を秘めている。これまでの研究成果はＣＲＩＳＰＲの能力のほんの片鱗を示しているに過ぎないが、ここ数年間の前進には目覚ましいものがある。ヒトの培養細胞での実験で、この新しい遺伝子編集技術を使って嚢胞性線維症や鎌状赤血球症、一部の型の盲目症、重症複合免疫不全症（ＳＣＩＤ）など、多くの疾患の原因となる遺伝子変異が修復されている。ＣＲＩＳＰＲ技術を使えば、ヒトゲノムを構成する三二億文字のなかから、たった一文字の誤りを探し出し、修正するという離れ業ができるが、さらに複雑な編集を施すことも可能だ。たとえば変異遺伝子の損傷部位だけを取り除き、それ以外の必要な部分を残すことによって、デュシェンヌ型筋ジストロフィーを引き起こすＤＮＡの異常を修復する実験が成功している。また研究者は血友病Ａの治療として、ＣＲＩＳＰＲを使って患者のゲノムの逆位した五〇万字以上の領域を修復することに成功している。

ＣＲＩＳＰＲはＨＩＶ（ヒト免疫不全ウイルス）／エイズの治療手段としても期待される。患者の感染細胞に組み込まれたＨＩＶのＤＮＡを切断するか、患者の細胞をＨＩＶに感染しないように編集する方法が検討されている。

遺伝子編集技術を利用した治療法は、まだまだほかにも開発中である。ＣＲＩＳＰＲによって高精度な遺伝子編集が以前と比較して容易になったおかげで、少なくとも原因となる変異が特定されているすべての遺伝性疾患が、治療可能な対象になったのだ。遺伝子を編集してがん細胞を認識・攻撃するようにした免疫細胞が、すでに一部のがんの治療に用いられ始めている。ＣＲＩＳＰＲを利用した治療が普及するのはまだ先のことだが、とてつもない可能性はすでに明らかになっている。遺伝子編集は患者の人生を変え、命を救う治療法を約束するのだ。

だがＣＲＩＳＰＲ技術がおよぼす深遠な影響は、これにとどまらない。生きている人間の病気を治療するだけでなく、未来の人間の病気の予防にも利用できるのだ。ＣＲＩＳＰＲ技術はきわめて単純で効率性が高いため、ヒト生殖細胞系を、つまり世代を超えて受け継がれる遺伝情報の流れを編集するためにも利用できる。この技術が――いつかどこかで――人間のゲノムに次世代に伝わる遺伝子改変を導入するために使われ、人間の遺伝子構成を永久的に変えてしまうことはまちがいない。

ヒトの遺伝子編集の安全性と有効性が確認されるならば、病気の原因となる変異を、有害な影響がおよぶ前の、人生のできるだけ早い段階で修復することは理にかなっているし、望ましいと言えるだろう。だがヒト胚の変異遺伝子をいったん「正常」な遺伝子に改変できるようになれば、今度は正常な遺伝子を、より優れた（と思われる）遺伝子にアップグレードしたいという誘惑に必ずや駆られるだろう。心疾患やアルツハイマー病、糖尿病、がんの生涯リスクを下げるために、まだ生まれぬ子どもの遺伝子を編集すべきだろうか？　身体的能力や認知能力を高めたり、目や髪の色などの身体的特徴を操作するのはどうだろう？　完璧さを追求するのは人間の性（さが）のようにも思われるが、いったん足を踏み出せば、歯止めがきかなくなるのは目に見えている。

つまり、問題はこういうことだ。現生人類が出現してからの約一〇万年間、ホモサピエンスのゲノムはランダムな突然変異と自然選択を両輪にして形成されてきた。しかし今や私たちは、生きているすべての人間のＤＮＡだけでなく、次世代のＤＮＡをも編集する力を、つまり私たち人類の進化を方向づける力を史上初めて手にしている。これは地球の生命史上未曾有（みぞう）の事態、私たちの理解を超えたできごとである。私たちは、次の答えようがないが根源的な問いに向き合うべき時期に来ている――私たち人類は、意見の一致をあまり見ない、対立の絶えない種として、この驚異的な力を何に使うつもりなのか？

研究室の中の議論を外へとひきずりだす

二〇一二年には、人類が自らの進化を操るようになるなど、頭をよぎりもしなかった。この年に私たちは遺伝子編集技術ＣＲＩＳＰＲの柱となる研究論文を発表した。研究のそもそものきっかけとなったのは、細菌がウイルス感染と戦う仕組みという、まったく無関係なテーマへの好奇心だ。しかしＣＲＩＳＰＲ‐Ｃａｓと呼ばれる細菌の免疫機構を調べるうちに、私たちはウイルスＤＮＡをきわめて高い精度で切断できる、驚くべき分子機構の仕組みを明らかにしたのである。この機構を使えば、ヒト細胞を含むあらゆる細胞種のＤＮＡを改変できることを、私たちはただちに見て取った。そしてこの技術が広く普及し、急速な前進を遂げるうちに、私は研究が投げかけた数々の波紋に背を向け続けるわけにはいかなくなったのだ。

ＣＲＩＳＰＲをサルの胚に用いて作製した世界初の遺伝子編集サルが誕生すると、異端の科学者がヒトで同じことを試みるまで、あとどれくらい猶予があるだろうと考えた。生化学者の私は、それまでモデル動物やヒト組織、人間の患者を扱ったことはなかった。実験室のシャーレと試験管の縁までが、私の守備範囲だった。そんな私が共同で生み出した技術が、今や人間や人間の暮らす世界を根底から変えうる方法で利用され始めていたのだ。この技術は社会格差や遺伝格差を期せずして広げたり、新たな優生学運動を招くのだろうか？　私たちはどんな影響に備える必要があるのか？

できるならばこうした議論は生命倫理の専門家に任せ、自分はＣＲＩＳＰＲに足を踏み入れるきっかけとなった刺激的な生化学の研究に戻りたかった。でもその一方で、この分野を切り拓いた一人として、ＣＲＩＳＰＲの技術の利用法や利用されるべき方法に関する対話を率先して進める責任を感じた。とくに私が望んでいたのは、研究者や生命倫理学者だけでなく、社会科学者や政策立案者、宗教指導者、規制当局、そして一般市民を含む幅広い利害関係者を議論に巻き込むことである。この科学的発展の影響が全人類におよぶことを考えれば、できるだけ多くの分野に参加を呼びかけることが急務に思えた。さらに対話は今すぐ、技術の応用が進み制御が利かなくなる前に始めなくてはならない。

そんなわけで二〇一五年には、バークレーで研究室を運営し、その傍らセミナーや会議で研究を発表するために世界中を飛び回りながらも、まったくなじみのなかった問題にますます多くの時間をかけるようになった。デザイナーベビーからヒト化ブタ、遺伝子操作されたスーパーヒューマンについてまで、大勢の記者に聞かれるまま質問に答えた。カリフォルニア州知事、大統領府科学技術政策局、ＣＩＡとＣＲＩＳＰＲについて話し合い、アメリカ連邦議会に説明した。遺伝子編集技術、とりわけＣＲＩＳＰＲが生殖生物学や人類遺伝学、農業、環境、医療の分野に投げかける倫理的問題について話し合う、初めての会議を開催した。またこの勢いをさらに加速させるために、ヒトの遺伝子編集に関する国際サミットを共同開催した。アメリカ、イギリス、中国をはじめ世界各国の科学者やその他関係者を集めた、非常に大規模な会議である。

対話の中で、「私たちが新しく得たこの力はどのように行使されるべきか」という問いに何度となく立ち返った。まだ答えには行き着いていない。でも少しずつだが前進している。

遺伝子編集技術が登場してから、私たちは「ヒトの遺伝子操作のどこに境界線を引くべきか」という難しい問題に向き合わざるを得なくなった。一方には、あらゆる種類の遺伝子操作を、聖なる自然法則と生命の尊厳に対する忌むべき邪悪な冒瀆と見なす人たちがいる。また他方には、ゲノムは修正、刷新、更新、アップグレードが可能なソフトウェアに過ぎないと考え、人間が欠陥遺伝子に翻弄される現状を見て見ぬふりをするのは不合理どころか不道徳でさえあると考える人たちがいる。こうした立場から、まだ生まれていない人間のゲノム編集の全面禁止を求める人たちもいれば、思う存分研究を推進してほしいと科学者に要請する人たちもいる。

この問題に関する私自身の考えはまだまとまっていないが、二〇一五年一月に私の呼びかけで行われた、ヒト胚の遺伝子編集に関する会議で聞いた発言にハッとさせられた。この本の共著者（で私の研究室の博士学生だった）サム・スターンバーグを含む一七人が、カリフォルニア州ナパバレーの会議室のテーブルを囲み、生殖細胞系の編集は許されるべきなのか、いつ許されるべきかについて白熱した議論を繰り広げていた。すると誰かが身を乗り出して、しみじみいったのだ。「そのうち、人間の苦しみを和らげるために生殖細胞系を編集しないことが非人道的と見なされるようになるかもしれませんね」と。この発言が、それまでの議論をひっくり返したのである。遺伝性疾患の影響に苦しむ人たちや、子どもを持つべきかどうか悩む人たちと会うたび、この言葉を思い出す。

私たちがこうして考えている間にも、ＣＲＩＳＰＲ研究は前進している。二〇一五年半ばに中国の研究チームが、ヒト胚にＣＲＩＳＰＲ分子を注入した実験の結果を発表した。この研究で使われたのは廃棄された生存能力のない胚だったが、それでもヒト生殖細胞系に高精度な編集を施す初の試みとして、重要な転換点となった。

こうした展開を警戒する声が上がるのは当然だ。しかし遺伝子編集技術によって、衰弱性の遺伝性疾患に苦しむ患者の治療機会が広がることを見過ごすわけにはいかない。想像してほしい。たとえば進行性の神経変性疾患をほぼ必ず引き起こす*ＨＴＴ*遺伝子の変異をもつ人がいて、症状が現れる前にＤＮＡ変異を除去できるＣＲＩＳＰＲベースの医薬品を利用できるようになったらどうだろう。このような疾患をなくす治療法がこれほど実現に近づいたことは、かつてなかった。したがって生殖細胞系の編集に関する議論では、ＣＲＩＳＰＲに対して世論が拒否反応を示さないようにすること、また非遺伝性の（影響が世代を超えない）遺伝子編集の臨床応用を阻害しないこと、の両方に気をつけなければならない。

　私は遺伝子編集がもたらす可能性に心を躍らせている。ＣＲＩＳＰＲ研究は、学術研究所でもバイオベンチャー企業でも急速に進められている。後者は投資家やベンチャーキャピタルから、すでに一〇億ドル以上の資金を集めている。研究の振興を図るため、学術研究者や非営利団体はＣＲＩＳＰＲ関連ツールを世界中の科学者に安価で提供し、研究が支障なく行われるよう努めている。

　しかし科学を前進させるには、研究と投資、イノベーションだけでは不十分だ。一般市民の参画も重要なカギを握る。これまでＣＲＩＳＰＲ革命は、主に研究室やバイオベンチャーの閉ざされた扉の向こうで人知れず進行していた。この本やほかのさまざまな取り組みによって、それを表舞台に引っ張り出すことができればと願っている。

　第一部「開発」（第1章～第4章）では、ＣＲＩＳＰＲ技術のスリリングな開発秘話を紹介しよう。細菌の免疫機構を調べるうちに、どのようにして研究が始まったのか、過去数十年間に開発されたさまざまなＤＮＡ書き換え技術から、この研究がどのような恩恵を受けているかを説明したい。第二部「応用」（第5章～第8章）では、現在までのＣＲＩＳＰＲの動物、植物、ヒトへの幅広い応用をとりあげる。それから私たちの前途に待ち受ける刺激的な機会と、重大な課題について議論したい。本書では、私（ジェニファー・ダウドナ）が語るというスタイルをとることにする。執筆はサムと私の二人で行い、ここで表明した見解のほとんどは二人のものだ。でも話を簡潔にするため、また私が長年のうちに独自に経験した幅広いできごとを余すところなく伝えるためにも、一人が語るというスタイルを採用した。

この本はCRISPRの歴史や、遺伝子編集の開発初期段階のできごとを丹念にたどるものではない。その代わりに、とくに重要な意味をもつ進展に焦点を当て、私たちの研究がほかの研究と緊密につながっていることを示せればと思っている。巻末には参考文献を記したので、興味のある人はここでとりあげるテーマを掘り下げるために参照してほしい。最後に、CRISPRや遺伝子編集の研究に重要でかけがえのない貢献をした多くの研究者の功績を謹んでここに称え、紙面が足りずに研究に言及できなかった多くの仲間にお詫び申し上げたい。

本書を読んだみなさんが、このエキサイティングな科学分野に親しみを感じ、関わりたいと思ってくれれば、こんなにうれしいことはない。遺伝子編集に関するグローバルな議論は、もうすでに始まっている。それはまさに私たちの世界の未来を決める、歴史的な話し合いである。波はそこまで来ている。沖にこぎ出して、一緒に波を乗りこなそうではないか。

第一部「開発」

第1章　クリスパー前史

遺伝性疾患は、DNA上の配列の異常によって起こる。では、それを編集修正することができれば病気は治療できるのではないか？　ある遺伝病患者の奇跡的回復はそのことを示唆していた。クリスパーが開発されるまでの、人類の遺伝子編集研究の歴史を辿る。

ある遺伝病患者の奇跡的事例

先日、遺伝子編集のもつ力と可能性を端的に表す、驚くべき話を聞いた。

二〇一三年のこと、アメリカ国立衛生研究所（NIH）の研究チーム[1]は、ある医学的なミステリーと格闘していた。

WHIM（ウイム）症候群というまれな遺伝性疾患[2]を調べるうちに、医学的に説明がつかない症状の患者に出会ったのだ。この女性は幼くしてWHIMと診断されたのだが、研究チームが彼女に会ったときには、不思議なことに症状はすっかり消えていた。

WHIMはこれまでに確認された患者数は全世界でわずか数十人。苦痛を伴い死に至ることもある免疫不全症で、日常生活に支障をきたす難病である。原因となるのはほんのわずかな変異――DNAに含まれる約六〇億文字（塩基）のわずか一文字の突然変異で、原子にしてわずか数十個分の変化である。この小さな変異のせいで、患者はヒトパピローマウイルス（HP

Ｖ）に非常に感染しやすくなり、そのせいでイボが体中にでき、そのイボはがん化することもある。

一九六〇年代に初めて確認されたＷＨＩＭ症候群の患者が、その後何十年も経ってからＮＩＨの研究チームが会った患者と同じ人物だったことからも、これがどんなにまれな疾患であるかがよくわかる。彼女は科学文献では「ＷＨＩＭ‐09」と呼ばれているが、ここでは便宜上、キムと呼ぶことにしよう。キムは生まれつき症状があり、これまでに何度も重篤な感染を起こし、入退院を繰り返していた。

二〇一三年に、当時五八歳だったキムは二〇代前半の娘二人を連れてＮＩＨにやってきた。下の娘には疾患の典型的な症状が見られたが、チームが驚いたことにキム自身は元気そうに見えた。実際、話を聞いてみれば、もう二〇年以上も症状が出ていないという。驚くべきことに、キムは医療的介入なしに自然に治癒していたのだ。

キムが命に関わる病気から自然治癒したメカニズムを解明するために、チームはいくつかの検査を行い、重要な手がかりを得た。キムの症状を引き起こしていた遺伝子変異は、頰と皮膚から採取した細胞では確認されたが、血液細胞（血球）にはなぜか認められなかった。血液細胞のＤＮＡをくわしく分析してみると、さらに意外な発見があった。二番染色体の片方のＤＮＡ配列から約三五〇〇万文字がごっそり抜け落ちていたのだ。これらは*ＣＸＣＲ４*変異遺伝子の全体が含まれていた領域だった（この本では遺伝子の名称はイタリック体で、遺伝子がコードするタンパク質の名称は通常の書体で示すことにする。たとえば*ＨＴＴ*遺伝子は、ハンチンチンと呼ばれるタンパク質をコードする。ハンチントン病は、*ＨＴＴ*遺伝子の変異によって起こる疾患である）。二番染色体のＤＮＡに残った約二億個の配列は、まるで竜巻が染色体を通過し、中身をめちゃめちゃにしていったかのように乱されていた。

当初のこうした発見は、新たな疑問を生んだ。キムの体内のほかの細胞のDNAは（*CXCR4*の変異を除けば）正常なのに、血液細胞のDNAはなぜあんなに乱されていたのか？　さらに、変異した*CXCR4*遺伝子を含め一六四個もの遺伝子が欠失しているというのに、なぜ血液細胞はまだ生きていて、しかも正常に機能しているのだろう？　ヒトゲノム（ヒトの全遺伝情報一式）には、DNA複製や細胞分裂などの重要な機能を担う遺伝子が数千個含まれる。これほど多くの遺伝子が完全に消失しながら、なんら有害な影響がないのはありえないように思われた。

NIHの研究チームは一連の検査の結果を少しずつつなぎ合わせ、キムの幸運な自然治癒のメカニズムを解明していった。最終的に、彼女の体内のある一つの細胞が「クロモスリプシス（染色体破砕）」と呼ばれる珍しい、通常は破滅的とも言える現象を経験したことがわかった。クロモスリプシスとは最近発見された現象[3]で、染色体が突然崩壊し、それから修復され、その過程で遺伝子配列の大規模な再構成が起こるというものだ。体内への影響は、一般的には軽微か（損傷した細胞が即死する場合）、甚大か（再構成されたDNAががん遺伝子を活性化させてしまう場合）のいずれかである。

だがキムの体内では、クロモスリプシスはまったくちがう影響をおよぼしていた。変異細胞は正常に成長しただけでなく、問題の*CXCR4*遺伝子変異が消えていた。細胞にはWHIM症候群を起こす遺伝子が存在しなかった。

だがキムの思いがけない幸運はそこで終わらない。NIHのチームは、その幸運なたった一つの細胞が、造血幹細胞だったにちがいないと考えた。これは体内のあらゆる種類の血液細胞を生み出す幹細胞だ。また幹細胞は自己複製能力があり、際限なく増殖できる。この細胞が、再構成された染色体をすべての娘細胞に伝えた結果、最終的にキムの免疫システム全体に、*CXCR4*変異のない、健康で新しい白血球が行き渡ったのである。私は研究チームのプレゼンテーションを聞いたとき、本当のことに思えずとても信じられなかったが、ともかくこの一連のイベントによって、キムを生まれたときから苦しめていた病気は完全に消えたのだった。

キムの症状を調べた研究チームが彼女の症例報告の概要に書いているように、キムは一つの幹細胞から変異遺伝子が取り除かれ、その結果すべての娘細胞から変異遺伝子が取り除かれるという、「自然による前代未聞の実験」の恩恵を受けた。それはひとくちに言えば、「幸運な事故」だった。もしもちがう展開をたどっていたらキムは亡くなっていたかもしれないが、おそらくこの事故のおかげでキムは救われたのだ。

これがどんなに思いがけない幸運だったかを説明するために、ヒトゲノムを大規模なソフトウェアにたとえてみよう。キムのソフトは、プログラムを構成する約六〇億文字のソースコードに、たった一文字のバグが含まれている。この問題を解決するために、コードから大きなまとまりをランダムに選んで削除し、残ったコードをめちゃめちゃに乱そうなどとは、まさか誰も考えないだろう。そんなことをしてももとのバグはほぼ確実に修正できないし、バグをやみくもに修正しようとするうちに、さらに大きい別の問題を引き起こしてしまう――打ち間違ったコードが含まれるまとまりが除かれ、しかもソフトの重要な機能を損なわない方法で削除されるという、とんでもない幸運が重ならない限りは。確率的には百万分の一、いや一〇億分の一かもしれない。簡単に言えば、それがキムのゲノムに起こったことだった。ただしこの場合の「やみくもなプログラマー」は、自然だったのである。

キムの症例だけでも信じがたいのに、さらに驚くのは、彼女が唯一の例外ではないことだ。染色体の自然な破砕と修復によって患者が治癒した報告例はキムだけだが、ゲノムの偶発的で自然な「編集」によって、遺伝性疾患が部分的または完全に治癒した患者の例が科学文献には散見される。[4] たとえば一九九〇年代のニューヨークに、重症複合免疫不全症（ＳＣＩＤ）という遺伝性疾患に苦しむ二人の患者がいた。病原菌への感染を防ぐために、無菌状態を保つバブルスーツと呼ばれる防護服を着ていた子どもたちがいたことから、「バブルボーイ病」とも呼ばれる疾患である。完全に隔離されるか、何らかのかたちの積極的治療を受けなければ、ＳＣＩＤ患者の多くは生後二歳までに死亡する。ところがニューヨークの二人の患者は、この痛ましい法則の例外だった。二人は驚くほど健康な状態で思春期、成人期まで生きたのだ。どちらのケースでも、*ADA*と呼ばれる遺伝子内の疾患を引き起こす変異が、患者自身の細胞によって自然に修復され、かつ残りの遺伝子や染色体の機能が損なわれないような方法で修復が行われたことが自然治癒の理由だと結論づけられた。[5]

自然の手による遺伝子編集が遺伝性疾患を治癒した例は、ほかにもウィスコット・アルドリッチ症候群[6]（この疾患では一〇％から二〇％もの患者が、自然に起こる遺伝子修復によって救われている）や、チロシン血症と呼ばれる肝障害[7]などで報告されている。また一部の皮膚疾患では、遺伝子編集された細胞を肉眼で確認できる。「魚鱗癬」という刺激的な名前の疾患[8]は、皮膚の一部が赤いウロコ状になる病気である。病変部位の細胞は遺伝子が変異しているが、ところどころにある健康な皮膚は変異が修復されている。

しかし全体としてみれば、遺伝性疾患が自然治癒する確率はきわめて低い。ほとんどの患者には、編集されるべき種類の細胞や組織のゲノムが、編集されるべき方法で編集される、などという奇跡は起こらない。自然の遺伝子編集はあくまで例外である。遺伝子編集の「宝くじ」に当選したほんの一握りの患者の興味深い症例というだけで、それ以上のものではない。

だが、もしも遺伝子編集が自然に起こる現象だけでなかったらどうだろう？　医師たちがＷＨＩＭ症候群やＳＣＩＤ、チロシン血症をはじめ、あらゆる遺伝性疾患の原因となる遺伝子変異を修復するツールをもっていたとしたらどうだろう？

私を含め多くの科学者にとって、キムのような症例が非常に興味深いのは、そうした例が自然の遺伝子編集の治癒力を垣間見せてくれるだけでなく、医療介入の道筋を指し示してくれるからでもある。すなわち、ゲノムの「スペルミス」を合理的かつ意図的に修復することによって、遺伝性疾患の影響をくいとめる方法である。こうした幸運な物語は、遺伝的ノウハウとバイオテクノロジーツールがあれば、意図的な遺伝子編集が可能であることをはっきりと証明している。

私がこの分野に足を踏み入れるはるか昔から、生命科学の研究者はそのようなノウハウを獲得し、ツールを開発すべく、何十年もの間骨を折っていた。実際、彼らは開発のカギが自然に隠されていることに気づくずっと前から、遺伝子編集を治療に用いることを夢見ていた。だがこの種の技術を実現するには、ゲノムそのものを理解することが欠かせない。何からできていて、どのような構造を持ち、そして最も重要なことは、どうすれば改変、操作できるのか。そうした基礎知識があってはじめて研究者は、キムとはちがって自然治癒しない人たちを助けるための最初の一歩をたどたどしくも踏み出すことができる。

遺伝子の基礎知識

「ゲノム（genome）」は、ドイツの植物学者ハンス・ウィンクラーが遺伝子（gene）と染色体（chromosome）を合わせてつくった造語[9]で、個々の細胞に含まれている一そろいの遺伝的指令のことをいう。どんな生物も、時折の突然変異を除けば、ほぼ同じゲノムがすべての細胞に存在し、それらが生物に対しどのように成長し、生命を維持し、子孫に遺伝子を伝えるかという指令を出している。ある生物のゲノムは、水中で動き呼吸ができるようにヒレやエラを生やす指令を出し、別の生物のゲノムは、太陽エネルギーをとり入れるために葉や葉緑素をつくるよう指示する、といった具合だ。私たちが生まれつきもっている視力や身長、肌の色、疾患へのかかりやすさといった身体的特徴は、ゲノムにコードされている情報が発現した結果なのである。

ゲノムはデオキシリボ核酸（DNA）という分子からなり、DNAはヌクレオチドと呼ばれる四種類の構成単位でできている。ヌクレオチドは糖とリン酸、そしてA、G、C、Tの四つの文字で表される化合物（塩基と呼ばれる）のうちのどれか一つが結合したものだ。すなわちアデニン、グアニン、シトシン、チミンの四種類の塩基で、ヌクレオチドはその塩基によって区別される。これらの塩基が連なった長い鎖が二本絡み合って、有名なDNAの二重らせん構造をつくっている。

二重らせんは、長いはしごがらせん状にねじれたような形状である。DNAの二本の鎖は、一本の軸を中心にらせんを巻いた構造をしていて、らせんの骨格部分（バックボーン）は糖と

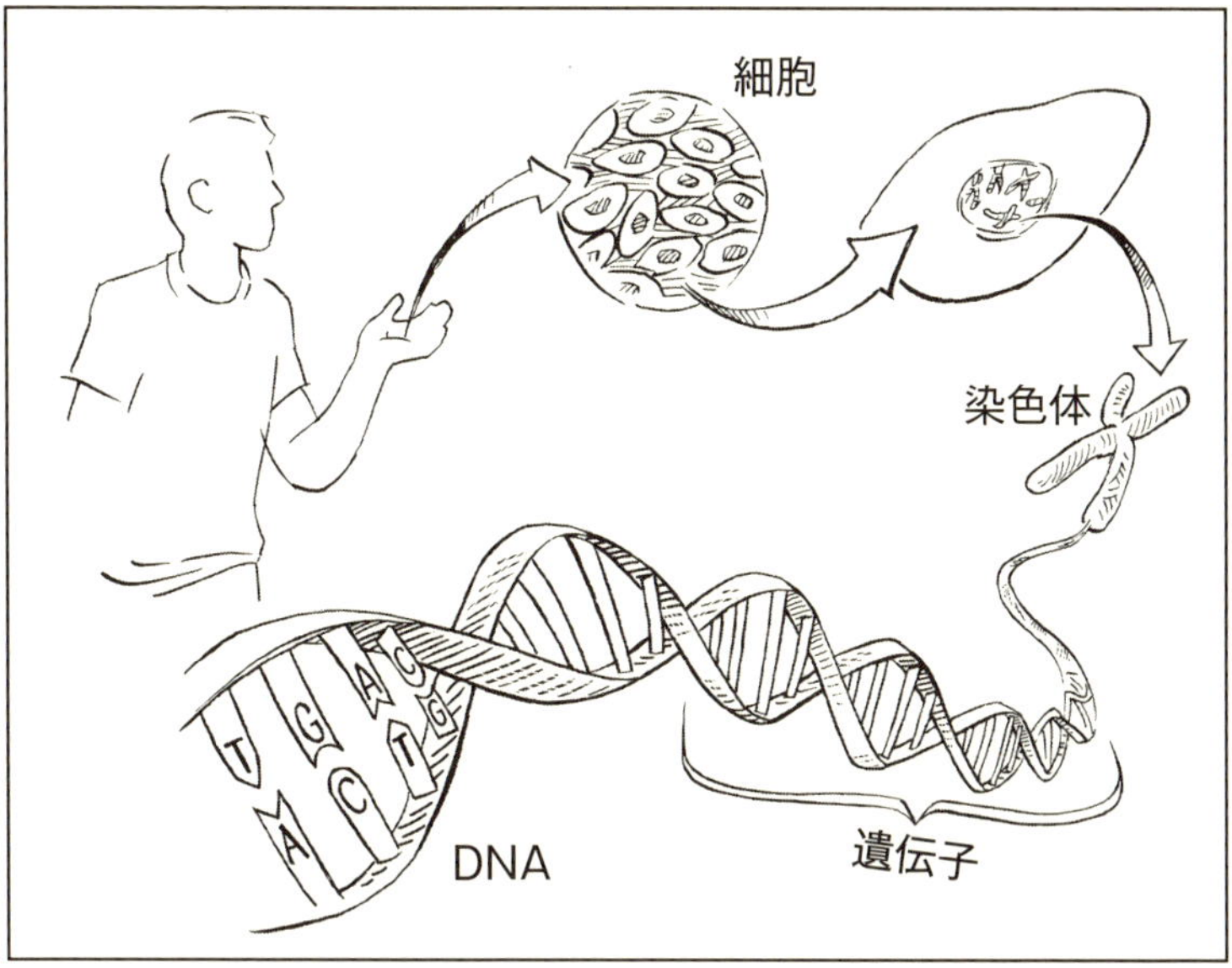

〔図1〕DNA：生命の言語

リン酸から成っている。いわばはしごの二本の支柱である。これらの支柱から内側に向かって塩基が突き出し、真ん中で結合してはしごの段の部分をつくっている。この構造の優雅なところは、二本の鎖がそれぞれの段の化学結合を介して、分子の「のり」のようにつながっている点である。塩基のつながり方には法則性があって、一方の鎖のAは、必ずもう片方のTと、Gは必ずCとペアになる〔これを塩基の相補性という〕。これらのペアは塩基対と呼ばれる。

二重らせんは、遺伝の分子的基盤を美しくもあらわにしている。このような構造をもつからこそ、DNAのような比較的単純な化合物が、細胞分裂時に遺伝情報を二つの娘細胞にそれぞれ伝えることができ、またその情報がさらに体内の全細胞に伝えられるのだ。DNAが二本の鎖でできていて、これらの鎖の塩基の組み合わさり方が法則（AはTと、GはCと）にしたがうおかげで、片方の鎖はもう片方の完全な鋳型になっている。DNA複製の直前に、二本の鎖は酵素の働きによって、二重らせんを真ん中で「ファスナーを開く」ようにしてほどける。続いて別の酵素により、それぞれの一本鎖を鋳型として、塩基の相補性の法則をもとにそれぞれに相補的な鎖が新しく合成され、その結果元の二重らせんの完全なコピーが二組できあがるのだ。

私がDNA二重らせんのことを初めて知ったのは、科学者がどんなに強力な光学顕微鏡でも見えないほど小さな分子についても研究できることを知ったのと同じ時である。一二歳の頃、学校から帰ってくると、ベッドの上にジェームズ・ワトソンの『二重らせん』が置いてあった（父は時々古本屋で私が関心をもちそうな本を物色してきた）。てっきり推理小説だと思い込んだ私は――実際そうだった！――数週間目もくれなかったが、ある雨の土曜の午後に手に取ると、夢中になって読みふけった。この単純で美しい分子構造を発見するために、彼とフランシ

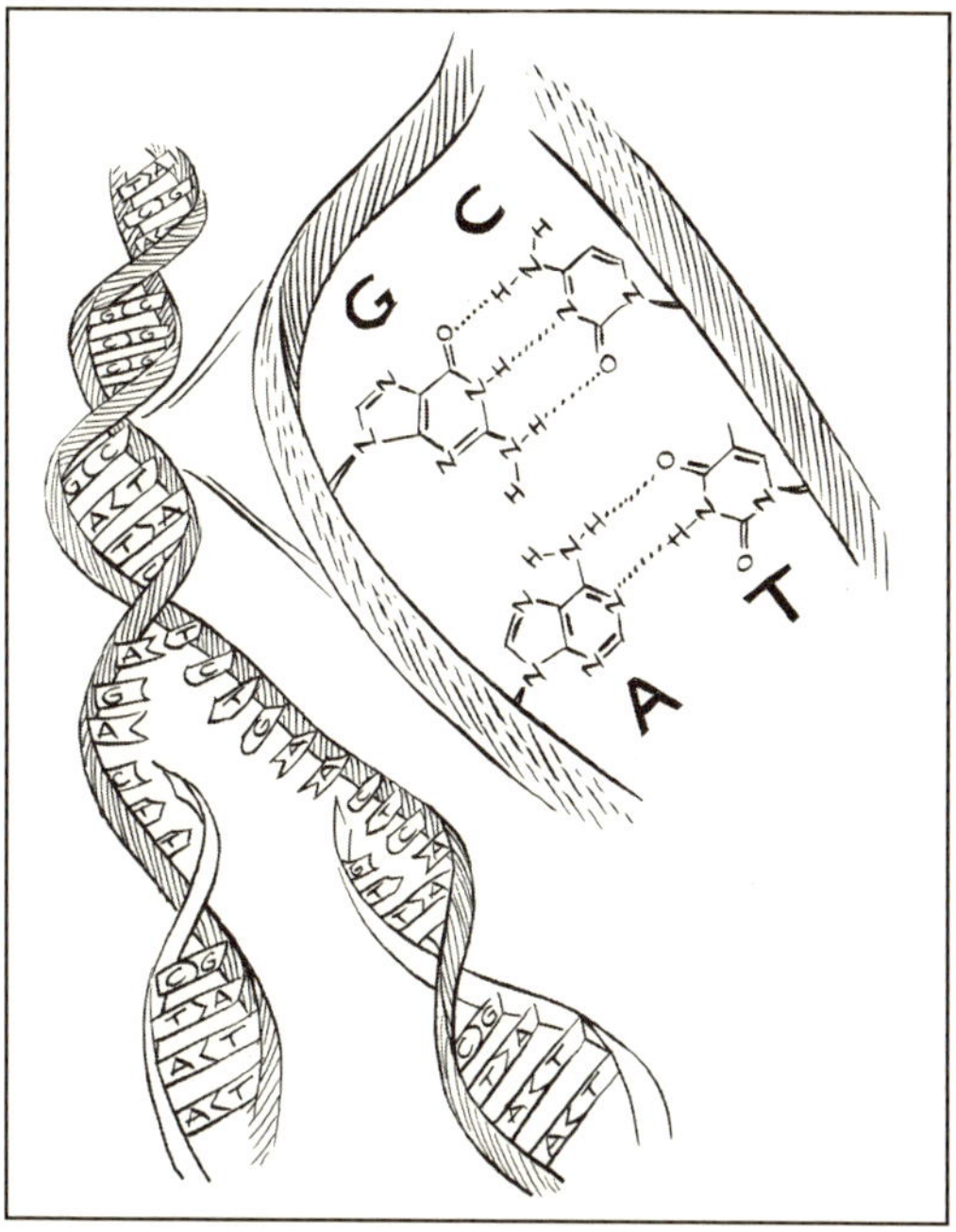

〔図2〕DNA二重らせんの構造

ス・クリックが——ロザリンド・フランクリンの収集した重要なデータに助けられながら——行った偉大な共同研究を、ワトソンが自ら語った物語を読みながら、私は初めてこの分野に関心をもち、やがてその関心によって同じ道に導かれたのである（何年も経ってから、それよりはるかに複雑なRNA分子の三次元構造を初めて明らかにしたことで、私の科学的キャリアも大きく前進することになる）。

ワトソンとクリックの発見後、科学者はDNAがその分子構造とごく単純な化学構造によって、どのようにして情報をコードし、生物の生命というきわめて多様な現象を司っているのかを解明しようとした。DNAは秘密の暗号のようなもので、DNAの塩基配列は、細胞内で特定のタンパク質をつくれという指令になる。そうして合成されたタンパク質は、食物を分解する、病原菌を特定し破壊する、光を感知する、といった体内のさまざまな重要機能のほとんどを担う。

細胞はDNAに組み込まれた指令をもとにタンパク質をつくるために、RNA（リボ核酸）と呼ばれる、DNAによく似た重要な中間分子を利用する。RNAは「転写」と呼ばれるプロセスによって、DNAを鋳型として合成される。このとき四種類の塩基のうちA、G、Cの三つはそのまま転写されるが、T（チミン）だけはU（ウラシル）という別の塩基に置き換えられる。またRNAのバックボーンをつくる糖は、DNAの糖より酸素原子が一つ多いというちがいがある（ちなみにデオキシリボ核酸〔DNA〕の「デオキシ」とは、酸素がとれたという意味である）。RNAはメッセンジャーの役割を果たし、DNAが入っている核から、タンパク質が生成される細胞の外周部〔リボソーム〕まで情報を運ぶ。続いて細胞は「翻訳」と呼ばれるプロセスで、RNA上の三個の文字（塩基）の配列を一つのアミノ酸（タンパク質を構成

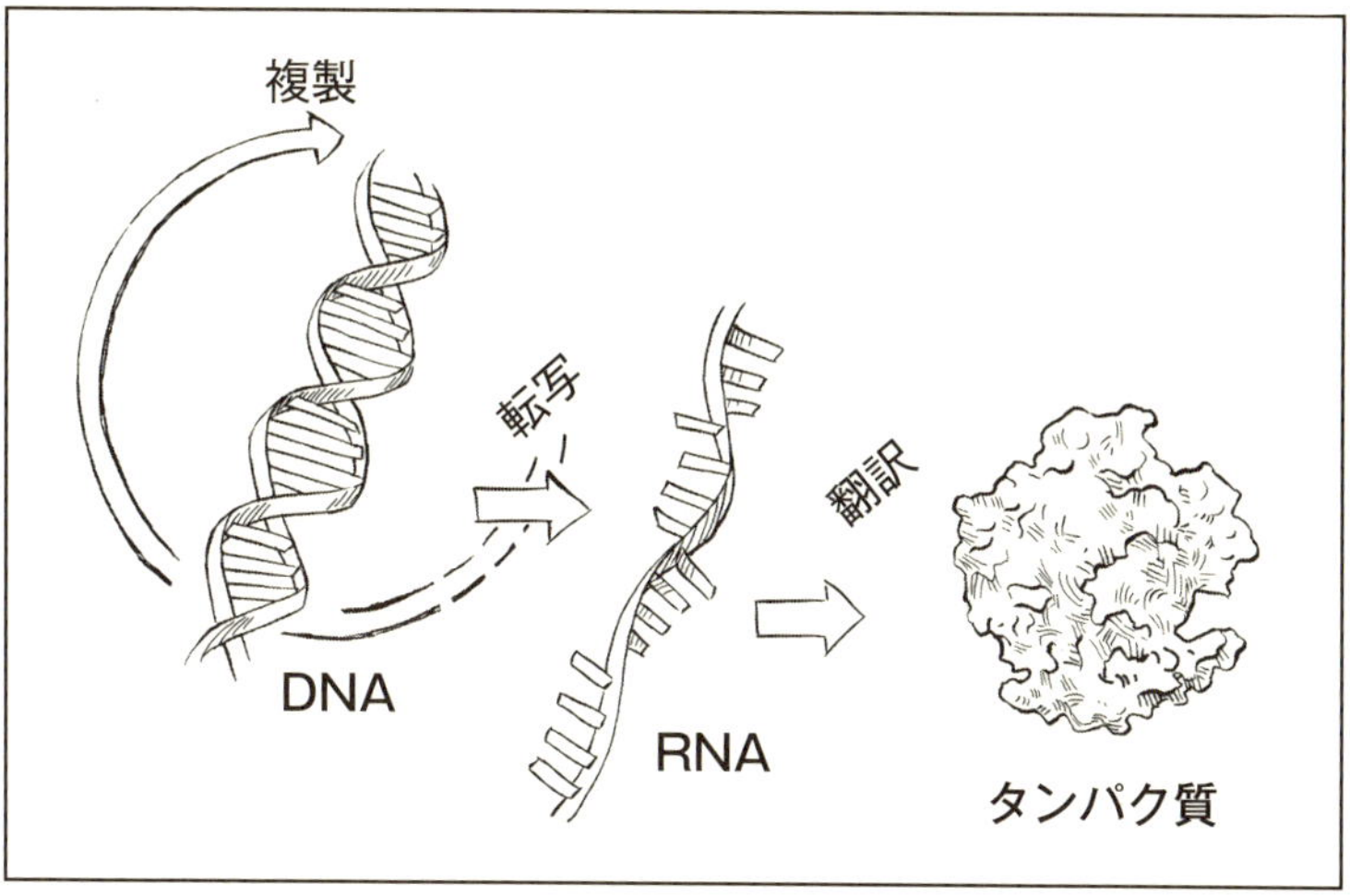

〔図３〕分子生物学のセントラルドグマ

する成分）に置き換える。遺伝子とそれがコードするタンパク質は、ヌクレオチドの配列（遺伝子の場合）とアミノ酸の配列（タンパク質の場合）によって区別される。このように遺伝情報がＤＮＡからＲＮＡへ、そしてタンパク質へ伝達されるという概念は、分子生物学の「セントラルドグマ（中心原理）」と呼ばれ、生命に関する考えを伝え、表現する言語となっている。

　ゲノムの大きさ（塩基対の数で表される）とゲノムに含まれる遺伝子の数は、生物によって大きく異なる。たとえばほとんどのウイルスは、ＤＮＡ（ＤＮＡをもたないウイルスゲノムの場合はＲＮＡ）の塩基対数はわずか数千、遺伝子は数個程度である。これに対して細菌はゲノムサイズが数百万塩基対、遺伝子数は約四〇〇〇個である。ハエゲノムでは一万四〇〇〇個ほどの遺伝子に数億個の塩基対が並んでいる。ヒトゲノムを構成するＤＮＡは約三二億塩基対で、タンパク質をコードする遺伝子の数は約二万一〇〇〇個である。興味深いことに、ゲノムの大きさとその生物の複雑さはあまり関係がない。ヒトゲノムの大きさはネズミやカエルのゲノムと大差なく、サラマンダーゲノムの約一〇分の一、一部の植物ゲノムの一〇〇分の一ほどである。

ゲノムは種によってまったく異なる構造をとる。ほとんどの細菌ゲノムは一本鎖DNAとして細胞内に存在するのに対し、ヒトゲノムは二三本の染色体で構成される。染色体の塩基対数は、約五〇〇〇万から二億五〇〇〇万までの幅がある。ヒトの細胞には通常、ほぼすべての哺乳類と同様、父親由来と母親由来の二本が対になった染色体がある。父親と母親から二三本ずつの染色体を受け継ぐため、染色体の合計数は四六本である（これには例外があり、たとえばダウン症の人は二一番染色体だけが三本ある）。体内のほぼすべての細胞の核に一式の染色体があるが（重要な例外として、赤血球は核がなく染色体ももたない）、細胞内でDNAがある場所は核だけではない。ミトコンドリア（細胞にエネルギーを供給する電池のようなもの）内の小さな染色体には、塩基対数約一万六〇〇〇のミトコンドリアDNAが存在する。細胞核のDNAとはちがい、ミトコンドリアDNAは母親だけから受け継がれる。

遺伝性疾患はこうして起こる

二三対の染色体やミトコンドリア染色体のどれかに変異が生じると、遺伝性疾患が起こる可能性がある。最も単純な変異は置換といって、一個のヌクレオチドが別のヌクレオチドに置き換わるものだ。たとえば遺伝性の血液疾患である鎌状赤血球症では、βグロビンと呼ばれる遺伝子の塩基配列の一七番目の文字が、TからAに置き換わる。この変異がアミノ酸に翻訳されると、ヘモグロビンタンパク質（赤血球の主要な構成物質で、酸素を全身に運搬する役割を担う）の重要な部位で、アミノ酸のグルタミン酸がバリンに置き換わる。タンパク質内のこのわずかな変化――約八〇〇〇個の原子のうちの一〇個の変化――がおよぼす被害は甚大である。変異したヘモグロビン分子は結合して繊維状になり、赤血球の形が鎌状に変化し、赤血球が壊れやすくなるせいで貧血症、脳卒中や感染のリスクが高まり、激しい骨の痛みなどが生じる。

鎌状赤血球症は劣性遺伝性疾患の一例である。つまり発症するには一対のβグロビン遺伝子の両方に変異がなければならない。片方にしか変異がない場合は、正常な方の遺伝子が、変異したヘモグロビンの悪影響を埋め合わせるだけの量の正常なヘモグロビンを生成できる。ただしβグロビン遺伝子の片方にしか変異がなくても、鎌状赤血球症形質の「保因者（キャリア）」であり、発現しないことが多いが、変異遺伝子を子孫に伝える可能性がある。

遺伝性疾患には、一対の遺伝子の片方に変異があるだけで発現する、優性遺伝性のものもある。このような疾患の一例が前出のWHIM症候群で、*CXCR4*遺伝子の一〇〇〇番目の文字が突然変異を起こしてCからTに変わる。この変異遺伝子は高活性タンパク質を生み出し、健康な遺伝子の機能を阻害する。

鎌状赤血球症とWHIM症候群は、どちらもDNAの一文字が別の文字に置き換わる、単純な置換変異によって引き起こされる遺伝性疾患の例である。だが遺伝性疾患は塩基の挿入や欠失によって生じることもある。たとえばハンチントン病と呼ばれる神経変性疾患では、*HTT*遺伝子上の三文字（CAG）の繰り返しが異常に多くなるという変異が生じる。このせいでタンパク質が変性して毒性を持ち、脳細胞を徐々に傷つけていく。逆に、文字の欠失は、主に肺に影響を与える致死性疾患、嚢胞性線維症の原因である。*CFTR*遺伝子の三文字が欠失するせいで、タンパク質から重要なアミノ酸が失われ、正常に機能しなくなる。そのほか、染色体上の遺伝子の一部の配列が逆転する逆位や、染色体の一部または全体の複製ミスや欠失によって生じる遺伝性疾患もある。

比較的最近の技術であるDNAシーケンシングのおかげで、今では多くの疾患の遺伝的原因が解明されている。DNAシーケンシングとは、ヒトゲノムの一文字一文字を読み取り、記録する手法である。一九七〇年代に初のシーケンシング手法が開発されると、当時最もよく知られていた遺伝性疾患の遺伝的原因を追究し特定するための研究が始まり、その後のヒトゲノム計画の完了により、この分野の研究は飛躍的進歩を遂げた。ヒトゲノム計画は一九九〇年に開始したプロジェクトで、世界中の科学者が参加してヒトゲノムの全塩基配列解析に取り組んだ。この大規模な事業は、大きな断片のDNAをクローン化できる酵母人工染色体の開発や、ラボラトリー・オートメーション（研究室の自動化）の拡大、解析データを処理する複雑な計算アルゴリズムの進歩によって加速した。多大な労力と三〇億ドルを超えるコストを費やした末、二〇〇一年に解析結果の初のドラフト（下書き版）が発表された。

ヒトゲノム計画は二〇〇三年に完了し、それ以来DNAや全ゲノムの解析プロセスは驚くほど高速で安価で効率的になり、今では遺伝性疾患の原因になり得る四〇〇〇種類以上のDNA変異が正確に特定されている。DNAシーケンシングを利用すれば、ある人が特定のがんを発症するリスクを予測したり、患者の遺伝的背景を考慮した最適な治療法を提供することもできる。また最近では商用DNA解析サービスが一般化し、検査費用が数百ドルまで下がったことで、数百万人の消費者が自分で採取した唾液を郵送してゲノムを解析してもらっているほどだ。

また研究者はこのようにして蓄積された膨大なデータを利用して、数千の遺伝子変異と多くの身体的、行動的特徴との間に有意な相関を確認している。

しかし、ゲノムシーケンシングは遺伝性疾患の研究を飛躍的に前進させたとはいうものの、それは結局のところ診断のためのツールであって、治療法ではない。遺伝性疾患がＤＮＡの言語でどのように書かれているかを明らかにしたが、その言語を変える力はもたない。言葉を読む力と、書く力はまったくの別物だ。そのためにはまったくちがうツールが必要なのである。

初期の科学者たちはウイルスをベクターにして遺伝子を送り込む方法を考案

遺伝性疾患が知られるようになって以来、ＤＮＡベースの治療は研究者の夢だった。遺伝性疾患の根本原因の解明をめざす人たちがいるなか、そうした病を治療するための新しい手法を果敢に追求する人たちもいた。変異遺伝子の悪影響を一時的に和らげる医薬品にとどまらず、患者の遺伝子そのものを修復して、病気の進行を永久にくいとめる方法を追い求めた。そのような遺伝性疾患の痛ましくもよくある例の一つが、鎌状赤血球症だ。一般的な治療としては頻繁な輸血と、ヒドロキシウレアと呼ばれる治療薬の投与、骨髄移植などが行われるが、原因となるＤＮＡ変異そのものを標的にした方がよくないだろうか？

遺伝性疾患を治療するには欠陥遺伝子を修復するのが一番だということは、初期の研究者も理解していた。キムなどの幸運な患者に対して自然が偶然行ったことを、意図的に行うということだ。しかし変異した遺伝子コードを書き換えて遺伝性疾患を治療するなど、当時は不可能に思われた。欠陥遺伝子を修復するのは、干し草の山から一本の針を探し出し、一本の干し草も乱さずにその針を取り除こうとするようなものだ。だが異常をもつ細胞に、変異したDNA部分を完全に置き換えるような正常な遺伝子を導入すれば、同様の効果が得られるのではないかと、彼らは考えた。問題は、病めるゲノムにどうやって貴重な「貨物」を届けるかだ。

遺伝子治療の初期のパイオニアは、ウイルスが細菌細胞のDNAに新しい遺伝子を導入する不思議な力にヒントを得て、ウイルスを利用してヒト細胞に治療遺伝子を届ける方法を思いついた。そうした実験の最初の報告例に、ショープ・パピローマウイルスという、ウサギにイボを生じるウイルスを研究していたアメリカの医師、スタンフィールド・ロジャースが一九六〇年代末に行ったものがある。ロジャースはとくにショープ・ウイルスのある側面に注目した。ウイルスに感染したウサギは、アルギナーゼと呼ばれる、有害なアミノ酸であるアルギニンを分解する酵素を過剰に生成した。感染したウサギは健康なウサギに比べて体内のアルギナーゼ濃度がずっと高く、アルギニン濃度はずっと低かった。だがロジャースが発見したのはそれだけではない。ウイルスを扱った研究者までもが、血中のアルギニン濃度が正常のレベルより低かったのだ。彼らがウサギから感染したこと、また感染が彼らの体にも持続的な変化をおよぼしたことは明らかだった。

アルギナーゼの過剰分泌を起こす遺伝子が、ショープ・ウイルスによって研究者の細胞内に運ばれたのではないかと、ロジャースは考えた。そして遺伝情報を効率的に運搬するウイルスの能力に驚嘆するうちに、ほかの有用な遺伝子を運べるようにウイルスを改変できるのではないかと思いついた。ロジャースは後年になって、こう述べている。「私たちが病気の治療法を発見したのは明らかだった！」[10]

ロジャースがこの仮説を試す機会はまもなくやってきた。数年後に、二人のドイツ人の少女に高アルギニン血症という遺伝性疾患が確認された。二人の患者はショープ・パピローマウイルスに感染したウサギと同様、アルギニンの血中濃度が異常だったが、そのレベルは著しく低いどころか、逆にきわめて高かった。患者たちのアルギナーゼ生成を担う遺伝子――ロジャースがショープ・ウイルスの運び手ではないかと考えた遺伝子――が、欠損または変異していたのである。

高アルギニン血症の症状は非常に重く、けいれんとてんかんの頻度が次第に増し、やがて重度の知的障害を発症する。だが、とくに若い方の患者には、早期介入により最悪の影響を食い止められる見込みがあった。ロジャースとドイツの共同研究者は、少女たちにショープ・ウイルスを治療目的で投与した。精製した大量のウサギウイルスを血流に直接注入したのだ。

あいにくロジャースの実験的な遺伝子治療は、彼にとって、またとくに患者と家族にとって残念な結果に終わった。ウイルスの投与はどちらの患者にもほとんど効果をおよぼさず、ロジャース自身も無謀で時期尚早な処置を敢行したとして、科学界の批判にさらされた[11]。その後の研究によって、ショープ・ウイルスにはロジャースが考えたようにアルギナーゼ遺伝子は含まれず[12]、そもそも高アルギニン血症の治療には有効でないことが判明した。

ロジャースは二度と再び遺伝子治療を試みることはなかったが、ウイルスを遺伝子の運び屋、すなわちベクターとして利用する手法は、生物学分野に革命を起こした。実験は失敗したが、その基本的前提の正しさは証明され、ウイルスベクターはこれまで知られている中で最も効果的に細胞のゲノムに遺伝子を挿入し、生体の遺伝子コードを改変する方法として、今も広く用いられている。

ウイルスはいくつかの特性からベクターに適している。第一に、ウイルスはあらゆる生物種

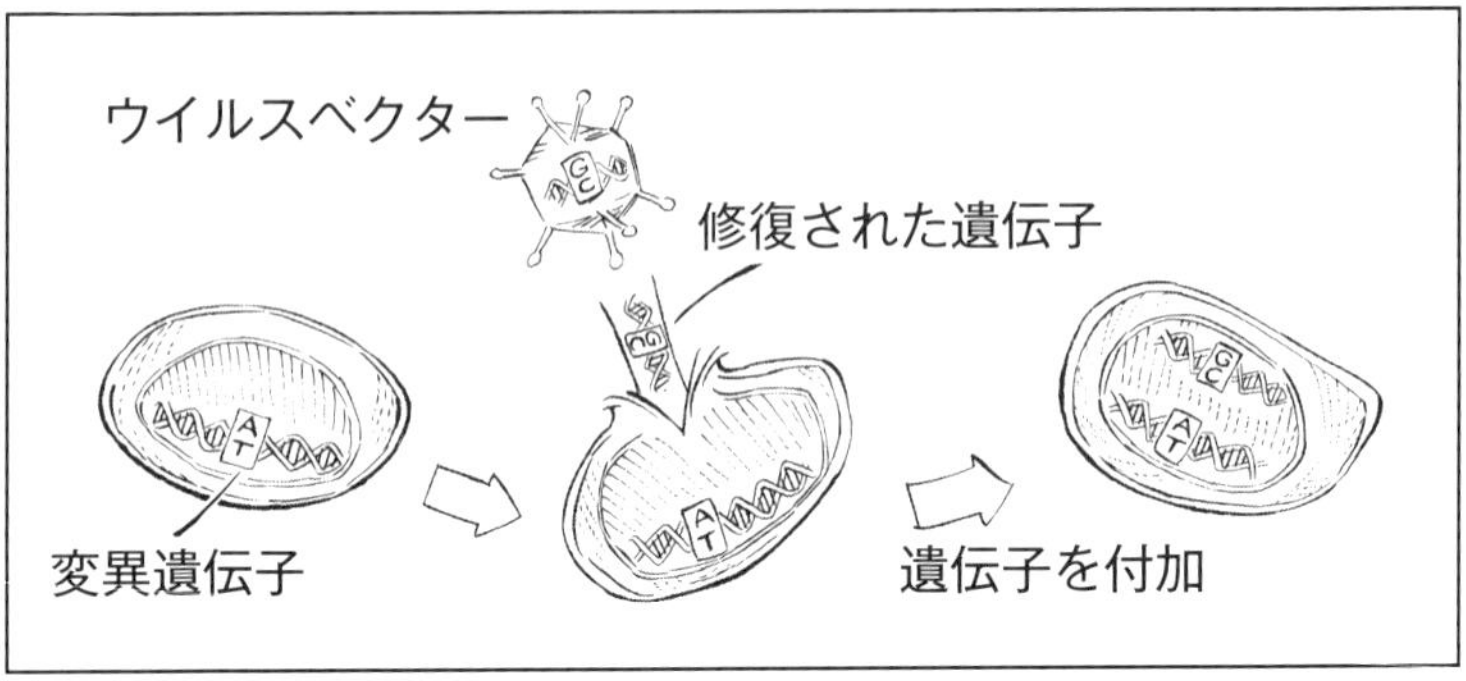

〔図4〕ウイルスベクターを利用した遺伝子治療

の細胞に効率的に侵入できるように進化してきた。地球上に生命が誕生して以来、動植物菌界を含むすべての生物の歴史は、寄生性のウイルスとの戦いの歴史でもあった。寄生性のウイルスは、細胞を乗っ取って自らのDNAを送り込み、自らの複製をできるだけ多くつくらせることを唯一の目的としている。ウイルスは悠久の歳月をかけて宿主細胞の防御機構のあらゆる弱点を突く方法を学習し、細胞に遺伝子を送り込むための戦略に磨きをかけてきたのだ。ウイルスベクターはきわめて信頼性が高いツールで、標的細胞に一〇〇%近い効率で遺伝子を導入することができる。ウイルスの治療応用を開発した科学者たちにとって、ウイルスベクターは究極のトロイの木馬だった。

ウイルスは自らのDNAを細胞内に送り込む方法だけでなく、新しい遺伝子コードを定着させる方法にも長けている。遺伝子研究の黎明期の、細菌に焦点が置かれていた一九二〇年代と三〇年代に、科学者は細菌ウイルスが一見どこからともなく現れて感染を引き起こすことに困惑していた。その後の研究により、ウイルスが宿主細菌の染色体に自らのゲノムを挿入し、検知されずに潜伏し、条件がすべてととのったところで攻撃的な感染を開始することがわかった。ウイルスの主要な分類の一つで、ヒト免疫不全ウイルス（ＨＩＶ）などを含むレトロウイルスは、ヒト細胞に感染し、ヒトゲノムに自らの遺伝物質を送り込むことができる。この悪質な性質のせいで根絶がとくに難しく、人類にも並外れて大きな感染の痕跡を残している。ヒトのゲノムのなんと八％、約二億五〇〇〇万塩基対が、人類の祖先が大昔に太古のレトロウイルスに感染した名残（なごり）なのだ。

一九六〇年代に初の遺伝子治療が試みられて以来、この分野は組み換えＤＮＡのもたらした革命のおかげで大きく発展した。組み換えＤＮＡとは、自然によってではなく実験室で生み出された遺伝子コードを指す総称である。一九七〇年代と八〇年代に、新しいバイオテクノロジーのツールや生化学的手法をもとに、ＤＮＡを自在に切り貼りしてゲノムを作製したり、特定の遺伝子配列を取り出す方法が開発された。おかげでウイルスが感染細胞に害を与えないように有害な遺伝子を取り除いて無毒化したうえで、治療遺伝子をウイルスに組み込んだ、ウイルスベクターを作製できるようになった。要するにウイルスを狙った標的に遺伝子を届けることのできる無害なミサイルに変えたということだ。だが当時はそこまでが限界だった。

一九八〇年代末に、人工的に合成された遺伝子をレトロウイルスベクターを使ってマウスに導入する実験が成功すると、遺伝子治療の臨床試験の実現に向けて熾烈な競争が始まった。その頃ハーバード大学で生化学の博士論文のための研究を行っていた私は、フレンチ・アンダーソン率いるアメリカ国立衛生研究所（ＮＩＨ）のチームが初めてゴールに到達したという知らせについて、研究室の仲間と論じ合ったのを覚えている。アンダーソンらは、正常なアデノシンデアミナーゼ（*ADA*）遺伝子を組み込んだ有望なベクターを開発した。*ADA*遺伝子の変異は、アデノシンデアミナーゼ欠損による重症複合免疫不全症（ＡＤＡ－ＳＣＩＤ）を引き起こす。彼らの目的は、遺伝子治療によりＡＤＡ－ＳＣＩＤ患者の血液細胞に正常な*ADA*遺伝子を永久的に組み入れ、欠乏しているタンパク質を生成できるようにして、疾患を治癒することだった。残念ながら、この先駆的な臨床試験でははっきりした結果は得られなかった。新型のウイルスベクターは患者に害をおよぼすことはなかったが、有効性は判断できなかった。たとえば患者は処置後に正常な免疫細胞の働きが高まったが、この改善は患者が並行して受けていたほかの治療の効果とも考えられた。それ以上に、正常な遺伝子が実際に導入された細胞が非常に少なかったため、ウイルスは期待されたほど効率的な遺伝子組み換えツールではないように思われた。

しかしその後の三〇年近くの間に、遺伝子治療の分野では画期的な開発や発明が相次いでいる。ウイルスベクターの設計と導入方法に改良が加えられたおかげで、*ADA*に対する遺伝子治療ではこれまで数十人のＡＤＡ－ＳＣＩＤ患者から非常に有望な結果が得られ、市販版の遺伝子療法ストリムベリスが、近く認可される見通しだ。さらによいことに、二〇一六年時点で約二〇〇〇件の遺伝子治療の臨床試験が完了または進行中で、対象疾患はほかの多くの単因子遺伝性疾患にまで劇的に拡大している。たとえば囊胞性線維症やデュシェンヌ型筋ジストロフィー、血友病、一部の型の盲目症、そしてますます多くの心血管疾患や神経疾患などだ。他方、がん免疫療法（がんを攻撃する働きを持つ免疫細胞に、がん細胞だけが持つ特異的な分子を攻撃する遺伝子を導入する治療法）は、最も有望ながん治療法の一つとして期待されるとともに、遺伝子治療の医療への応用の可能性がまだまだ眠っていることの証左と見なされている。

だがそうした熱狂とは裏腹に、遺伝子治療の実態は、科学者や医師が期待したような万能薬にはほど遠く、益より害が大きいように思われるケースも散見される。一九九九年には、遺伝子治療臨床試験中に患者がウイルスベクターの大量投与による過剰免疫反応で死亡する事故が起こり、大きな衝撃が走った。当時私はイェール大学の教員で、ウイルスのRNA分子が宿主細胞のタンパク質生成機構を乗っ取る仕組みを解明するプロジェクトに深く関わっていた。遺伝子治療とはかけ離れた研究分野だったが、この悲惨な結果に胸を痛め、ウイルスと細胞についての理解をよりいっそう深めるべく努めようと誓ったものである。

そんな矢先の二〇〇〇年代初めに、今度はX連鎖SCIDの遺伝子治療試験で、患者のうちの五人が白血病（骨髄のがん）を発症した。レトロウイルスベクターががん遺伝子を誤って活性化させ、その結果がん細胞が制御不能なほど増殖したのである。この事故で、患者に外来物質を大量に投与し、ゲノムに数千塩基対のDNAをランダムに挿入することの本質的なリスクが浮き彫りにされた。この種の臨床研究は、原理としては非常に期待が持てるが、大きな危険をはらんでいるように私には思われた。

また遺伝子治療はその性質上、遺伝子の欠失や欠陥以外を原因とする多種多様な遺伝性疾患には効果がない。そうした疾患は、ただ新しい遺伝子を細胞に導入するだけでは治せない。たとえばハンチントン病は、変異遺伝子が生成する異常なタンパク質が正常な方の遺伝子の働きを完全に抑えてしまう。変異遺伝子が非変異遺伝子を支配するため、ウイルスベクターを介して正常な遺伝子を付加するという単純な遺伝子治療では、ハンチントン病などの優性遺伝性疾患には効果をおよぼせないのだ。

こうした多くの治療困難な遺伝性疾患に何より必要なのは、問題のある遺伝子をただ置き換えるのではなく、修復する方法である。問題を引き起こしている欠陥コードを修復することができれば、劣性、優性の両方の遺伝性疾患を標的にできるうえ、誤った場所に遺伝子が導入された場合の悪影響にも悩まずにすむ。

私は研究者としてのキャリアを歩み始めた当初から、この可能性に興味をそそられていた。一九九〇年代初め、博士号を取得後ハーバードを離れて博士研究員として勤務していたボルダーのコロラド大学の研究室で、毎晩のようにこのアイデアを議論した。友人で研究室仲間だったブルース・サレンジャーと二人で、一九九二年の大統領選挙の行方から——私はポール・ツォンガス、ブルースはビル・クリントンを推していた——遺伝子治療の戦略までのあらゆることについて意見を戦わせた。私たちが検討していたアイデアの一つが、DNAとタンパク質を結ぶ仲介役であるRNA分子を編集して、DNAから引き継いだ変異を修復できないかというものだった。実際、ブルースはこれをテーマとした研究プロジェクトを進めていた。またときおり別の可能性を議論することもあった。そうした欠陥RNAのソースコードを、つまりゲノムのDNAそのものを編集できないだろうか？　これが革新的なアイデアだということに、二人とも異論はなかった。問題は、それが絵に描いた餅で終わってしまうのでは、ということだ。

相同組み換えを使って遺伝子を導入する方法が実施される

一九八〇年代には、ウイルスを用いた遺伝子導入療法の改良が進められる一方で、実験室で作製されたDNAを用いてほ乳類細胞をより簡単に形質転換させるための方法を開発する研究者もいた。こうした基本的な手法は主に研究目的で行われていたが、一九八〇年代が進むにつれ、ヒト細胞の治療法としての可能性も検討され始めた。

このようなアプローチには、複雑な遺伝子導入技術に比べて大きな利点があった。第一に、ずっと速く行うことができた。ウイルスベクターに遺伝子を組み込む煩雑な手間もなく、実験室で作製したＤＮＡを細胞に直接注入するか、特別に調整したＤＮＡとリン酸カルシウムの混合液に細胞を浸して自然に吸収させればよい。第二の利点として、ウイルスベクターで細胞のゲノムに遺伝子を導入しなくても、細胞は外来のＤＮＡを自らのＤＮＡと――非効率にではあるが――結合させることができた。

こうした技術の最初の実験台にはマウスが使われることが多かったが、マウス実験では驚くほどの効果が上がった。新しいＤＮＡをマウスの受精卵に注入し、その卵をメスのマウスに移植すれば、外来ＤＮＡを永久的に次世代に伝え、発育中のマウスに目に見える変化を起こすことができた。つまり、実験室で分離、複製できる遺伝子ならどんなものでも試験と研究の対象になった。研究者は遺伝子を細胞に加え、その効果を観察することによって、遺伝子の機能をよりよく理解することができた。私自身は当時ＲＮＡ分子の形状と機能を解明する研究を手がけていたが、これがどれほど重要な意義をもつことなのかは私にもわかった。

当時まだ解明されていなかったのは、ＤＮＡが実際にゲノムに取り込まれる仕組みである。ユタ大学のマリオ・カペッキ教授は一九八〇年代初頭に、多数の遺伝子コピーがゲノムに導入されるとき、合体のパターンはランダムなものになるという予想に反し、整然としたものになる、という不思議な現象を観察して以来、この問題に取り組んでいた。遺伝子コピーはゲノムのさまざまな染色体全体にランダムに分配されるのではなく、つねに一カ所または数カ所に集まり、多くのコピーがまるで意図的に集められたかのように重なり合っていることにカペッキは気づいた。実際、まさにその通りのことが起こっているのだろうと⑬、カペッキは考えた。

カペッキが目の当たりにしていたのは、「相同組み換え」と呼ばれるプロセスの効果である。この現象は当時もすでによく知られていたが、この実験でそれが起こるとは彼は考えていなかった。相同組み換えが起こる状況として最もよく知られているのは、卵子と精子が形成されるときである。私たちが両親から受け継いだ二セットずつの染色体は、減数分裂で一セットになり、その後受精によって別の一セットと合体する。この減数のプロセスで、父親由来と母親由来の染色体がごちゃごちゃに組み換えられる。いわば染色体のそれぞれのペアが独自にセックスを行い、お互いのＤＮＡの大きな断片を交換して、遺伝的多様性を高めるようなものだ。数百万塩基対のＤＮＡを混ぜ、突き合わせ、再構成するという、気が遠くなるほど複雑なプロセスにもかかわらず、細胞は相同組み換えという原理によって、これをそつなく行うことができる。このプロセスは動植物菌界のすべてに見られる。たとえば細菌も相同組み換えを通じて相同な染色体間で遺伝情報を交換しているし、生物学者は昔から相同組み換えを利用して酵母の遺伝子の実験を行っている。

しかし、実験室で培養したほ乳類の細胞も相同組み換えを行うというカペッキの発見は、きわめて重要な意味をもっていた。彼は一九八二年の論文をこう結んでいる。「〔関連する酵素〕を利用して、相同組み換えによって遺伝子を染色体の特定の部位に『標的送達』できるかどうかを明らかにできれば興味深い」[14]。いいかえれば、相同組み換えを利用すれば、遺伝子をゲノム上の目的とする部位に正確に導入することができるかもしれない、ということだ。これはウイルスによる遺伝子導入のランダムさに比べれば、劇的な改善になるはずだ。さらによいことに、変異の起こった部位に正常な遺伝子を差し込みさえすれば、欠陥遺伝子を上書きできるかもしれない。

カペッキの研究のわずか三年後、オリバー・スミティーズらが発表した注目に値する論文によって、この可能性は現実のものになった。彼らは膀胱腫瘍に由来するヒト細胞を使って、細胞内のβグロビン遺伝子と、実験室で相同組み換えを利用して作製した人工遺伝子を交換しようとした。信じがたいことに、うまくいった[15]。何の派手なトリックも使わずに、ただＤＮＡとリン酸カルシウムの混合液を細胞に吹きつけただけで、一部の細胞が外来ＤＮＡを取り込み、実験室で作製されたＤＮＡ配列をゲノム上の相同なＤＮＡ配列と結合させ、何らかの分子的離れ業により、古いものを新しいものと置き換えたのだ。

細胞は、遺伝子を改変するという大変な仕事のほとんどを、自力で行えるように思われた。とすれば、科学者はこれまでのようにウイルスベクターでゲノムに新しいＤＮＡを導入する場合に比べ、遺伝子をより穏やかに導入できることになる。細胞に組み換えＤＮＡを導入し、自らの染色体の一部だと細胞に「思い込ませる」ことで、すでにゲノム内にある相同な遺伝子と組み合わせることができる。こうして相同組み換えを通じて、新しいＤＮＡは既存のＤＮＡに確実に組み込まれるのだ。

科学者はこの新しい遺伝子操作のアプローチを、「遺伝子ターゲティング」と名づけた。今日では別の名で知られている。「遺伝子編集」である。

こうした技術は、遺伝子研究にとてつもない可能性をもたらすと思われた。だがスミティーズは、相同組み換えが治療にも利用できることを知っていた。もしも鎌状赤血球症患者の造血幹細胞で、遺伝子ターゲティングを行うことができれば、変異したβグロビン遺伝子を正常で健康な配列に置き換えることができるだろう。彼の発見は、まだ実験的アプローチに過ぎないが、いつか病気を治癒するために使われるだろう。

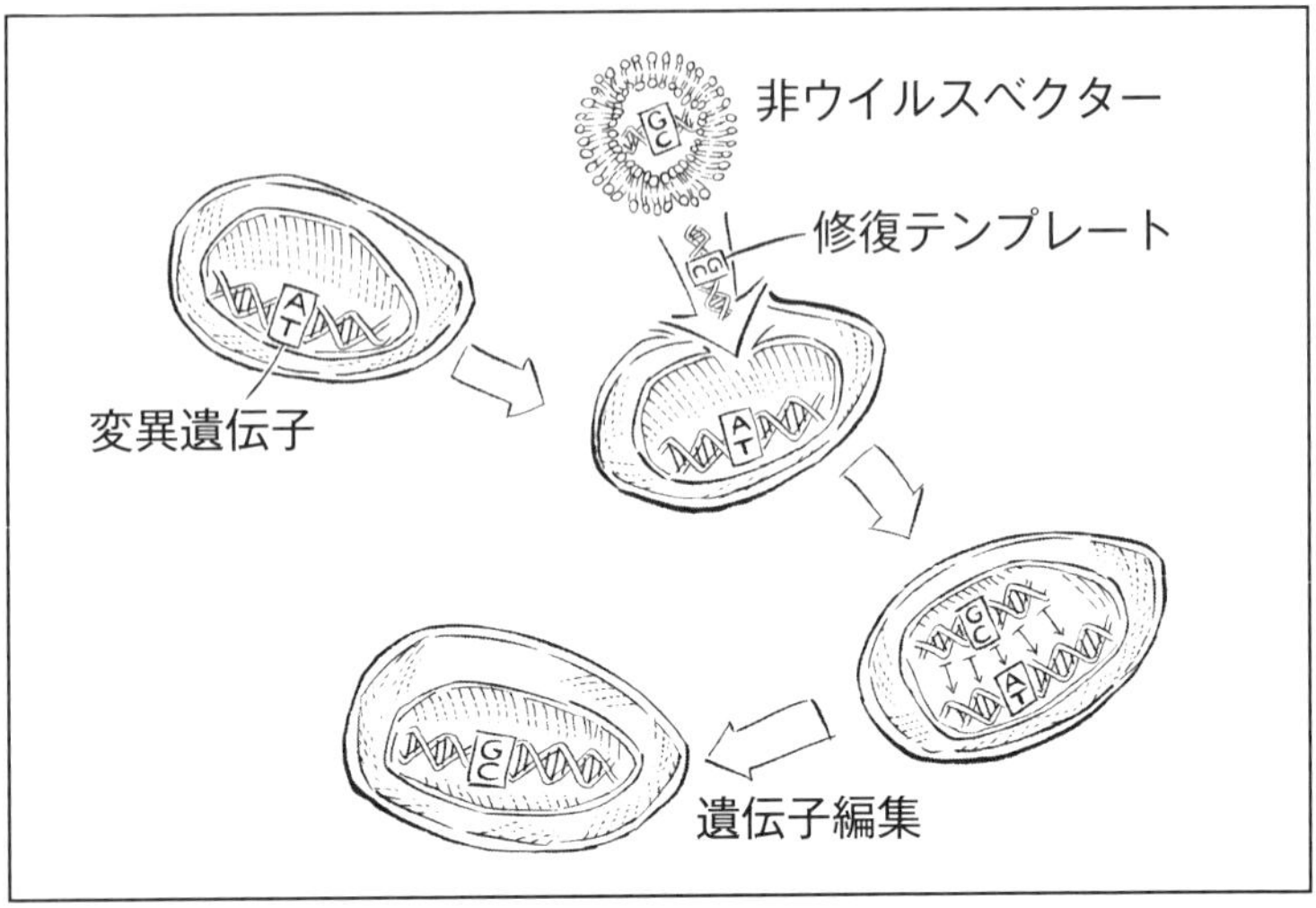

〔図5〕相同組み換えによる遺伝子編集

ほかの研究室も先を争って遺伝子ターゲティング技術の精緻化を進めた。カペッキの研究室もその一つである。私が大学院二年の一九八六年に、カペッキは相同組み換えがゲノム上のたった一つの変異を修復し、細胞中の酵素欠損を修復できるほど精度が高いことを実証した[16]。またその二年後には、ゲノム上の配列が知られているあらゆる遺伝子を標的化するための汎用戦略を提唱した。彼はまた相同組み換えは遺伝子を修正、修復するためだけでなく、研究目的のために遺伝子を不活性化させるためにも使えることを提唱した[17]。特定の遺伝子のスイッチを切って、影響を観察することにより、その遺伝子の機能を推定できるというわけだ。

私が博士課程を修了した一九八〇年代末になると、遺伝子ターゲティングはマウスやヒトの培養細胞、マウスの生体のDNAの編集にさえ、広く利用されていた。マーティン・エバンズの研究室の画期的研究は、マウスの胚性幹細胞（ES細胞）に新しい遺伝子を導入し、それをマウス胚に入れてマウスの胎内に戻すことにより、新たな形質を付与した生きたマウスを作り出せることを実証した。カペッキ、スミティーズ、エバンズは、これらの功績が認められ、二〇〇七年にノーベル生理学・医学賞を受賞した。

だが遺伝子編集はきわめて重要な意義を持っていたにもかかわらず、初期には人間の治療より基礎研究の分野での応用にとって魅力があった。多様な遺伝子の機能を調べる方法を探していたほ乳類遺伝学者にとって、遺伝子ターゲティングは画期的な技術だった。その一方で医療研究者は人間への応用には慎重だった。相同組み換えはこれほど大きな可能性を秘めながらも、こと治療に関する限り痛々しいほど期待外れだったのだ。

おそらく最大の難点は、新しいDNAが相同な配列に正確に届けられずに、ゲノムのランダムな部位に統合されてしまうという、非相同組み換えつまり非正統的組み換えの問題だった。実際、非正統的組み換えの方が、相同組み換えより一〇〇対一ほどの割合で圧倒的に多いように思われた。もしも遺伝子編集によって形質転換細胞の一%にしか変異遺伝子を修復できないのであれば（残りの九九%では、ゲノムのランダムな部位にDNAが組み込まれる）、治療への応用には希望がもてそうになかった。科学者は細胞培養で問題を回避するための巧妙な対策を開発し、将来の医療利用への希望を失わなかった。カペッキも一九九〇年代初頭に述べている。「いまや人間の遺伝子治療を行うには、相同組み換えこそが最善の方法である[18]」。だが当時の状況では、遺伝子編集はヒトに使用するには不十分と考えられていた。

「相同組み換え」はどのようにして起こるのか？

多くの科学者がヒト細胞での遺伝子ターゲティングについて考えるのに忙しかった一九八〇年代初め、ジャック・ショスタクは酵母の細胞分裂のプロセスの謎に取り組んでいた。ハーバード・メディカル・スクールの教授だった（のちに私の博士論文を指導してくれた）ショスタクは、遺伝子ターゲティングと相同組み換えがそもそもなぜ可能なのかという、根源的な疑問にとらわれていた。具体的にいうと、一本の染色体のDNAの二本鎖が、もう片方の染色体の相補的なDNA二本鎖と、どうやって対合し、情報を交換し、その後細胞が分裂してから再び分離してどうやって別々の染色体を再形成できるのか、という疑問である。

私がまだ西海岸のポモナ・カレッジの三年生だった一九八三年に、ショスタクは答えを見つけたと確信した。彼は大学院生のテリー・オー＝ウィーバーと、そしてロドニー・ロススタインとフランク・スタールの両教授とともに、酵母遺伝子の実験結果をもとに、挑発的なモデルを発表した[19]。すなわち、相同組み換えのプロセスを始動させる誘発因子は、二本の染色体のうちの片方が切断された結果生じる、DNAの二本鎖切断だという。このモデルでは、二本鎖切断部位と切り離されたDNAの末端部がとくに結合を生じやすく、これらの近傍の配列は相同な染色体との間で遺伝情報の交換を行う頻度が非常に高い（これが遺伝子編集の場合、研究者が供給した相同なDNAとの間で遺伝情報の交換をすることになる）。

私がショスタクの研究室に入った一九八六年には、彼はすでに生命の初期進化におけるRNA分子の役割に研究の焦点を移していた。だが研究室では二本鎖切断モデルとその美しさについて、またモデルに対する科学界のあからさまな懐疑主義についての議論が盛んに行われていた。しかしやがてこのモデルが幅広い実験データと整合していることが明らかになる。ショスタクらが提唱した二本鎖切断修復機構は、卵子と精子の形成時に起こる相同組み換えを説明できたうえ、ＤＮＡ損傷時に必ず起こる組み換えも説明できたのである。すべての細胞は、Ｘ線照射や発がん性物質などのＤＮＡ損傷物質にさらされているが、細胞は遺伝情報を失わずに驚くほど効率的に損傷を修復する。ショスタクのモデルに従えば、この修復プロセスは、染色体が相同組み換えを通じてペアリングする能力によって成り立っている。だからこそ二本の染色体をもつことは、有効な進化戦略だったのだろう。一方の染色体に起こった損傷は、もう一方の染色体の相同な配列を鋳型として修復されるのだ。

もしも二本鎖切断モデルが正しいとすれば、またもしも酵母研究の結論がほ乳類にも当てはまるとすれば、遺伝子編集の効率性を改善する余地があるのは明らかだった。編集したいその部位でゲノムを切断すればよい。ゲノム上の欠陥遺伝子を、実験室で構築した正常な遺伝子で置き換えたい場合、まずどうにかして欠陥遺伝子を切り離してＤＮＡ二本鎖を局所的に切断し、そこに修復された遺伝子コピーを供給する。細胞は切断を知ると、相同な染色体を探して損傷を修復しようとし、そこで合成遺伝子を見つける。要するに、細胞を欺いて自然なＤＮＡ損傷が起こったと思わせ、そこへもう片方の染色体に見せかけた新しいＤＮＡを供給し、それを使って切断部位を修復させるというわけだ。

「相同組み換え」の理論から生まれた遺伝子編集の試み

一九九四年にニューヨーク市にあるメモリアル・スローン＝ケタリングがんセンターのマリア・ジャシンの研究室が、ほ乳類の細胞を使ってこの欺きのゲームを初めて行った。ボルダーで博士研究員としての研究を終えてイェール大学に着任していた私は、ニューヨークにほど近いニューヘイブンで、この成果を興味深く読んだ。大学院の指導教官の二本鎖切断モデルをもとに構築され、自分と同じように生命の分子に魅せられた女性研究者によって行われた先駆的研究を知って、胸を躍らせたものである。

ジャシンの遺伝子編集実験は、斬新で創意に富んでいた。彼女がとった戦略はこうだ。まずゲノムを切断する酵素をマウス細胞に導入して、二本鎖切断を起こす。同時に、切断されたDNA配列と相同な配列をもつ合成DNAの断片——修復テンプレート——を細胞に供給する。その後、マウスの細胞が、合成DNA（修復テンプレート）をとりこんで、元のDNAの切断された部分を修復したかどうかを確認する。彼女は同じ実験を、酵素ありとなしで行うことによって、人工的に起こされた二本鎖切断が相同組み換えの効率性を高めるという仮説を検証した。

問題は、数百億もの選択肢のなかからゲノムのたったひとつの特定の部位を、切断できる酵素を考案することだった。この問題を解決するために、ジャシンは巧妙にも酵母の分子機構を拝借した。酵母由来のエンドヌクレアーゼI-SceIである。

ヌクレアーゼとは核酸分解（切断）酵素の総称で、RNAを分解するものと、DNAを分解するものに分類できる。また別の分類としてエンドヌクレアーゼはRNAやDNAの中間を切断するもの、エキソヌクレアーゼは末端から切断を行うものをいう。エンドヌクレアーゼのなかには、高い細胞毒性をもち、見つけたDNAを配列にかまわずズタズタに切断してしまうものもあれば、非常に特異的で、特定の配列だけを切断するものもあり、また多くはその中間に位置する。

ジャシンが選んだI－SceIエンドヌクレアーゼは、当時知られていたなかで最も特異的なものの一つで、一八個の連続する塩基と完全に一致するDNA配列だけを切断した。この実験では、きわめて排他的なエンドヌクレアーゼを選ぶことがカギだった。無差別的な酵素は、ゲノムをところかまわず切断するため、結果の解釈が困難になるうえ、宿主細胞を傷つける恐れもある。だがI－SceIは一八塩基という高い特異性をもつため、五〇〇億超の組み合わせのなかからたった一つのDNA配列を認識し、切断できるだろう（皮肉にも、マウスゲノムにはこれに一致する一八塩基配列がなかったため、ジャシンは遺伝子編集実験を試みる前に、塩基配列のコピーをゲノムに導入して酵素が切断できる部位をつくった）。

実験の結果は驚くべきものだった。[20] 一〇％もの細胞が、相同組み換えによって変異遺伝子を正確に修復することに成功していたのだ。この成功率は今でこそ低く思われるが、それまでに行われた試行の百倍も高い確率だった。ジャシンの実験結果は、このプロセスを使えば、レトロウイルスベクターでの非正統的組み換えやランダム導入のリスクを負わずにゲノムのコードを書き換えられることを示す、最も有力な証拠となった。適切な部位で二本鎖切断を起こすことさえできれば、あとの仕事は細胞がやってくれるのだ。

一つだけ問題があった。このアプローチを使うには、ゲノムを所定の部位で切断できなくてはならない。ジャシンの概念実証実験では、Ｉ－ＳｃｅＩによって認識された配列は、事前にゲノムに人為的に貼りつけられていた。だが多くの疾患関連遺伝子の配列は、いわば石に刻まれていて、えり好みの激しいエンドヌクレアーゼ酵素に合わせて変更することなどできない。ゲノムは切断さえされれば、きわめて効率的に自己修復し、新しい遺伝情報を組み込むことができる。問題は、適切な部位でゲノムを切断する方法を考案することだった。

一九九〇年代半ば以降、私がＲＮＡ分子の構造とその独特な生化学的挙動の研究に打ち込んでいた間、研究者はＩ－ＳｃｅＩのように、特定のＤＮＡ配列を正確に標的化できる新たなシステムの設計を急いでいた。この問題さえ解決できれば、遺伝子編集の可能性を最大限に解き放てるだろう。

次世代の遺伝子編集システムは、次の三点の重要な条件を満たしている必要があった。第一に、任意の所定のＤＮＡ配列を認識できること。第二に、そのＤＮＡ配列を切断できること。第三に、多様なＤＮＡ配列を標的化し切断できるよう、容易にプログラムできることである。最初の二点は二本鎖切断を起こすために必要で、三点めはツールが広く使われるための必須条件である。Ｉ－ＳｃｅＩは最初の二点については文句なしだったが、三点めは話にならなかった。再プログラム可能なＤＮＡ切断システムを構築するには、異なる種類の配列を標的化、切断できるようにＩ－ＳｃｅＩをつくりかえるか、あるいは多様なＤＮＡ配列を切断できる、まったく新しいヌクレアーゼ酵素を見つける必要がありそうだった。

Ｉ－ＳｃｅＩをつくりかえる取り組みは期待外れに終わり（酵素タンパク質の複雑な分子構造を考えれば無理もないことだ）、自然界でほかのヌクレアーゼを探す方がずっと見込みが高そうだということがすぐにはっきりした。実際、ジャシンがＩ－ＳｃｅＩでの実験を行った当時、すでに多様な生物から数十種類のヌクレアーゼが分離され、それらの正確な標的配列が判明していた。だが根本的な問題があった。こうした酵素の大多数が認識する配列はわずか六～八塩基で、短すぎて使いものにならなかったのだ。このような配列はヒトゲノムには数万、数十万も含まれるため、たとえヌクレアーゼがある遺伝子で相同組み換えを誘発できたとしても、その過程でゲノム全体をズタズタに切り刻んでしまうだろう。ＤＮＡを修復するどころか、細胞自体が破壊されるおそれがあった。

研究者は過去に発見されたどのヌクレアーゼも当てにできず、かといって新たな遺伝子編集が必要になるたびＩ－ＳｃｅＩのような新しい酵素を探すわけにもいかなかった。治療的遺伝子編集を疾患原因変異修復のための有効な手法にするには、患者の変異遺伝子の標的部位を正確に認識するヌクレアーゼが発見されるのを手をこまねいて待っているわけにはいかない。適当なヌクレアーゼを今すぐ入手するか、少なくとも必要に合わせて生成する方法が必要だった。

ＺＦＮ、ＴＡＬＥＮという遺伝子編集技術の開発

当時私は知らなかったのだが、この問題の解決策を示す画期的研究が一九九六年に行われていた。ジョンズ・ホプキンス大学のスリニバサン・チャンドラセガラン教授は、ヌクレアーゼをゼロから構築したり、自然から新しいものを探したり、Ｉ－ＳｃｅＩをつくりかえたりする代わりに、混合型のアプローチをとり、自然界に存在するタンパク質でつくった「モジュール」を組み合わせればよいと考えた。このようなキメラヌクレアーゼなら、所定のＤＮＡ配列を認識・切断できるため、最初の二つの要件を満たすはずだ。

チャンドラセガランは、ＤＮＡ配列の標的化と切断がそれぞれ可能な、自然界に存在する二種類のタンパク質をつなぎ合わせたキメラヌクレアーゼの作製に着手した。切断を行うタンパク質として彼が選んだのは、ＦｏｋＩヌクレアーゼという細菌由来の制限酵素である。ＦｏｋＩはＤＮＡに切断を導入できるが、配列選好性はもたない。標的化にはジンクフィンガー（亜鉛の指）タンパク質（ZFP）と呼ばれる、真核生物に広く見られ自然に発生するタンパク質を選んだ。このタンパク質は、亜鉛イオンを核として束ねられた指のような細長いアミノ酸配列が横一列に並び、これらがまるで手でつかむようにしてＤＮＡを認識することから、この名称がついている。ＺＦＰは、三塩基のＤＮＡ配列を認識するフィンガーをいくつもつなぎ合わせた構造をとるため、フィンガーの組み合わせ方によりさまざまなＤＮＡ配列を認識するよう設計できる可能性があった。

すばらしいことに、チャンドラセガランのキメラヌクレアーゼは、うまく機能するように思われた[21]。彼のチームはＦｏｋＩでつくった切断モジュールとＺＦＰでつくった配列認識モジュールを結合した複合体が、ＤＮＡの標的配列を認識、切断したことを明らかにした。まったく異なる生物から得た二種類のタンパク質成分を混ぜ合わせただけで、この成果を得たのだ。

チャンドラセガランはその後まもなくユタ大学のダナ・キャロル教授と組んで、この新しいジンクフィンガーヌクレアーゼ、略してＺＦＮの実用化を進め、ＺＦＮがカエルの卵（生物学でよく使われるモデルシステム）にも有効であることや[22]、またＺＦＮによるＤＮＡ切断が相同組み換えを誘発することを示した。続いてキャロルの研究室はショウジョウバエの体色に関わるイエローと呼ばれる遺伝子を標的化する新たなＺＦＮをプログラムし、この戦略によってあらゆる生物に正確に遺伝子変異を導入できることを証明した[23]。これは遺伝子編集におけるきわめて重要な進展だった。ＺＦＮは動物での実用に耐え、さらに重要なことに、新しい遺伝子を標的化するよう再設計することもできた。

科学界はこのアイデアを広く受け入れ、ＺＦＮはさまざまな目的のために設計され、新しい遺伝子やモデル生物に用いられるようになった。二〇〇三年にはマシュー・ポーテウスとデイビッド・ボルティモアが、特別に調整したＺＦＮでヒト細胞の遺伝子を正確に編集できることをいち早く示した[24]。その後まもなくフョードル・ウルノフらが、ヒト細胞にＺＦＮを用いてＸ連鎖ＳＣＩＤの原因変異を修復した[25]。遺伝子編集戦略による遺伝性疾患の治療が、かつてないほど現実味を帯びていた。

その一方で、ＺＦＮはまったく異なる目的にも利用された。たとえば高精度に遺伝子を組み換えた作物やモデル動物の作製などである。二〇〇〇年代末になると、シロイヌナズナ、タバコ作物、トウモロコシにも適用され、ＤＮＡ二本鎖切断がほ乳類に限らず多くの生物種の細胞できわめて効率的な相同組み換えを誘発することが実証された。それとともに、ＺＦＮを利用してゼブラフィッシュやミミズ、ラット、マウスの遺伝子組み換えに成功したことを報告する論文も出始めた。私もこうした論文や学会での発表を目にするたび、刺激的な可能性にいやが上にも関心をそそられた。

しかしＺＦＮはこれほどの期待を背負いながらも、一握りの研究室を超えて広く採用されることはなかった。実際に利用した研究者は、タンパク質工学で多大な経験を積んでいたか、すでにそのような経験のある少数の研究所の協力を得ていたか、デザイナー（好きなようにデザインできる）ヌクレアーゼの多額のコストを賄える資金力があったかのいずれかだった。ＺＦＮの設計は理論上は簡単で、編集したいＤＮＡ配列を認識するよう、ジンクフィンガーのモジュールを組み合わせるだけだが、実際には困難をきわめた。新たに設計されたＺＦＮの大部分が、設計通りにＤＮＡ配列を認識しなかった。また精度が低すぎて、標的とほとんど無関係な対象を追い、編集するはずの細胞を殺してしまうこともあった。そのほか、ジンクフィンガーモジュールがＤＮＡ配列を正しく認識したものの、ヌクレアーゼが配列を切断しないケースもあった。

Ｉ-ＳｃｅＩの改変が困難だと判明したのと同様の理由から、ＺＦＮは汎用的な遺伝子編集ツールとして実用に耐えるほど自在にプログラムできないように思われた。たしかにＺＦＮの実験結果は、デザイナーヌクレアーゼが遺伝子編集の有効な選択肢だと確証していたものの、さらに信頼性が高く使いやすい新技術の開発が待たれた。

その新技術、少なくともその最初のバージョンが発見されたのは二〇〇九年のことで、植物病原菌のキサントモナス由来の新種のタンパク質に関する研究がきっかけだった。転写活性化因子様エフェクター（Transcription Activator-like Effectors）、略してＴＡＬＥと呼ばれるこのタンパク質は、構造がＺＦＰに驚くほどよく似ていて、三四アミノ酸の反復配列からなる構造をとり、それぞれのセグメント（反復配列）がＤＮＡの特定の領域を認識する。だが違いとして、ジンクフィンガータンパク質（ＺＦＰ）の一つのモジュール（指）がＤＮＡの連続した三塩基を認識するのに対し、ＴＡＬＥではそれぞれが一塩基を認識する。このおかげでＤＮＡの特定の塩基をどのモジュールが認識するかを容易に推測でき、また長い標的配列でもモジュールを並べるだけで簡単に認識させることができる。ＺＦＮで理論上簡単に思われたことが、ＴＡＬＥでは実際に簡単にできたのだ。

科学者は直ちに方向転換して、最新の花形技術の開発にいそしんだ。そして発見からほどなくして、三つの研究所がＺＦＮで使われているＤＮＡ切断モジュールとＴＡＬＥを組み合わせてＴＡＬＥヌクレアーゼ、略してＴＡＬＥＮ（タレン）を生み出した。ＴＡＬＥＮは非常に効果の高い遺伝子編集技術で、設計と構造の改良を経て、ＺＦＮよりずっと簡単に構築、実行できるようになった。

「なんとも哀れなＴＡＬＥＮよ」[26]とダナ・キャロルは遺伝子編集の誕生からこれまでの歴史を振り返る論説に書いている。なぜならＴＡＬＥＮが発見され、利用されるようになるや否や、遺伝子編集分野における次の、そしておそらく究極の発見に取って代わられたからだ。この技術はＣＲＩＳＰＲ（クリスパー）と呼ばれ、ここでようやく私の物語が、そして刺激的な新しい段階に足を踏み入れようとしていた科学の長い歴史が、遺伝子編集の物語と合流する。

第2章 細菌のDNAに現れる不思議な「回文」

動物のウイルス感染の防御としてのRNA干渉を研究していた私のもとに、見知らぬ研究者からの不思議な電話がかかる。「クリスパー」。彼女は言った。それは細菌の中のDNA塩基配列に見られる不思議な「回文」のことを指していた。

十五年前の自分のインタビュー映像にはっとする

二〇一四年のこと、研究室の設立二〇周年を祝って、私が子ども時代を過ごしたハワイへの親睦旅行を行った。この節目は偶然にも、私の五〇歳の誕生日とも重なっていた。学部生、大学院生、博士研究員、研究室のスタッフ、家族や恋人、私の息子アンドリューを含む総勢三〇数人で、コナの近くに借りた三軒の家に滞在した。ハワイ島の西海岸にあり、海まで徒歩一五分、ヒロの私の生家からは車で数時間の場所である。日中はピクニックやハワイ火山国立公園へのハイキング、近くのビーチやマーケットの散策、島を取り巻く手つかずの珊瑚礁でのシュノーケリングに興じた。夜になればハレマウマウ・クレーターからあふれ出る溶岩の赤い光に息を呑み、家の裏庭でピザとビールを楽しみ、即席のダンスパーティーやカラオケで大いに盛り上がった。

もちろん科学者の集まりらしく、プレゼンテーションの場も設けた。四日間で四回のミニシンポジウムを行い、メンバーは研究室の歴史からRNA構造の詳細まで、自由なテーマで一五分ずつレクチャーを行った。

四日目に、旅行の企画と手配を一手に引き受けてくれた博士研究員のロス・ウィルソンが、最後のレクチャーを行うために立ち上がった。少なくとも私はそう思っていたのだが、ロスはみんなが驚くことをやった。私の映像を集めたショートムービーを上映したのだ。研究室で私に内緒で代々引き継がれてきた古いビデオテープの箱から、映像を拾ってつなぎ合わせてくれていた。

スクリーンに映像が映し出されるたび、みんなは歓声を上げ、同じくらい大きな声ではやし立てた。一九九九年のアメリカ国立科学財団賞の受賞スピーチに始まり、二〇〇〇年に「ヴォーグ」誌を飾った、ガイガーカウンターをもった私の写真、フレデリック・ワイズマンが私の研究室で撮影したドキュメンタリーの一部。ちょうど研究室がイェールからUCバークレー校に移った頃だ。

こうした映像のすき間を埋めるようにして、二つのニュース番組からのカットがあった。どちらも一九九六年に私のイェール大学の研究室から出た、初の大きな発見をとりあげたものだ。内容はともかく、そんな番組があったことは覚えていた。研究室への突然の脚光は晴れがましかったが、それまで実験台にかじりついていた若手研究者の私は戸惑いも覚えた。

ロスのビデオの映像の中で、一番大きな茶々が入ったのもこの二つだ。なにもかもがレトロすぎる——まだ三〇代のボスに、ニュースキャスターの古くさい口調、当時は最先端だったが今や不格好で骨董品級のコンピュータ。

みんなと大笑いしながら、いつしか私はイェールで研究を始めた頃に思いを馳せていた。新しい不確かな研究分野に足を踏み入れることへの期待と不安。うまくいくはずがないと忠告してくれた仲間も多かった。若かりし日の自分がインタビューされる姿を見ているうちに、これまでの歳月に彩りを添えてきた、燃え上がるような高揚感や深い喪失感がまざまざとよみがえった。そして当時の私のコメントは、その後研究が新しい方向に進んでからずっとあとに起こったことを、驚くほど正しく言い当てていたのだ。

インタビューが行われた当時、研究室は自己スプライシング・リボザイムと呼ばれる大きな分子の一部分であるリボ核酸（ＲＮＡ）分子の立体構造、つまりすべての原子の正確な位置を解明したばかりだった。一九八九年にコロラド大学での私の指導教官トム・チェックが、自己スプライシング・リボザイムを発見した功績によりノーベル賞を受賞した。これは画期的な大発見だった。自己スプライシング・リボザイムの存在は、遺伝情報をコードするだけでなく、その情報を原始細胞内で複製することのできるＲＮＡ分子が、地球上の生命の起源に関わっていたことを示唆していたからだ。私が一九九四年にイェールで自分の研究室を立ち上げた際にめざしていたのは、リボザイムの構造を研究し、その仕組みを明らかにすることにより、トムの研究をさらに推し進めることだった。ＤＮＡと密接に関連する分子であるＲＮＡが、どのようにして遺伝情報を保管する倉庫として機能するかとともに、形状や生物学的挙動を変化させうる化学反応性の高い分子として機能できるのかを解明したかった。この取り組みは最終的に、ＲＮＡが折りたたまれて（優雅で単純なＤＮＡの二重らせんとはまったく異なる）三次元構造をとりうるという、血湧き肉躍るような発見として実を結んだ。

だが私が大学院生のジェイミー・ケイトとともにリボザイムの構造を解明する研究を行っていた頃、プライベートでやりきれないできごとが起こった。その秋、父が悲しい知らせをもってイェールの私のオフィスにやってきた。進行性悪性黒色腫（メラノーマ）と診断されたというのだ。父の人生の最後の三カ月間に、私は東海岸のニューヘイブンからハワイへ三度飛び、二人で濃密な時間を過ごした。父の手を握り、ヘンリー・デイビッド・ソローの『ウォールデン　森の生活』から彼のお気に入りの箇所を朗読し、モーツァルトを聴き、いろいろな鎮痛剤の効き目について話し合い、人は死んだらどうなるのだろうと考えたりして過ごした。父はいつも私の研究に関心をもち、研究室の最新の成果を知りたがった。あるとき緑色のインクで印刷されたリボザイム分子の画像を見せると、「緑色のフィットチーネみたいだな！」と笑った。三週間後、父は亡くなった。

父の死にうちひしがれながら、気を紛らわせるためにも再び研究に没頭し、私たちの研究によっていつか人の命が救われるかもしれないと考えて心を慰めた。リボザイムの研究プロジェクトは、たいていの科学研究と同様、まだ明らかにされていない自然現象に光明を投じたい、その知識を実用に役立てたいという、二つの願いに駆り立てられていた。私がリボザイムの分子構造を解明しようと決意した当時は、リボザイムが病気の代替的な治療法になるのではという期待が高まっていた。リボザイムベースの治療法は、当時の構想では、欠陥のあるＲＮＡ分子（ＤＮＡをタンパク質に変換するために細胞が利用するメッセンジャー）を修復して患者の治癒を図るという点で、遺伝子治療（異常な遺伝子を健康な遺伝子に置き換える方法）とも、遺伝子編集（欠陥遺伝子そのものを修復する方法）ともちがうものになると考えられていた。

私は研究室のブレークスルーに興奮するあまり、テレビのインタビュアーに向かってこんな予測を述べていた。リボザイムは、いつかＤＮＡを編集するツールになるかもしれません、と。リボザイムの一部がＤＮＡの化学変化を誘発することは、この頃すでに示されていた。二〇年近く前のビデオを見ながら、若かりし日の私がまさにその応用可能性に向かってまっしぐらに突き進んでいるのを感じた。「一つの可能性として」と私は語っていた、「遺伝子異常をもつ人たちを治癒または治療できるようになるかもしれません。……今回の発見によって、リボザイムを欠陥遺伝子の修理用キットのようなものにつくりかえる手がかりが得られればと思っています」。

しかしこのような展開が起こることはなかった。少なくとも、まだ起こってはいない。臨床試験にこぎ着けたリボザイム療法もあったが、遺伝性疾患への治療効果が確認されたものは一つもなかった。でもインタビューを見て、今の研究との意外なつながりにハッと気づかされた。ハワイのあの家で映像を見ながら気づいたのだが、当時私の言葉の選び方は、その後の研究が自分で思ってもいなかった展開をたどったことをはっきり表していた。私たちのリボザイム研究が遺伝子修復ツールにつながるかもしれないと語っていたとき、私はそれから二〇年近く経って遺伝子編集が自分のキャリアを決定づけるようになるとは、夢にも思っていなかったのだ。

あのニュース番組が放映されてから約一五年後、新任教員だった一九九六年当時の私が想像もできなかったほど大きな治療応用の可能性を秘める、新しい研究に参加した。その頃私は細菌の免疫機構という、RNAが重要な役割を担う別の生物学的機構を研究していた。だが発見者のノーベル賞受賞によってすでに大きな注目を集めていたリボザイムをテーマとするプロジェクトとは対照的に、この探求はひっそりと始まった。興味半分で始めたものが、意外な人たちとの出会いや幸運なコラボレーションを通じて発展していった。あの日ハワイで家族や同僚と一緒に若かりし日の自分をテレビで見ながら、欠陥遺伝子の修復という根本的なアイデアが、自分のキャリアの根底に脈々と流れていることを改めて思い知ったのだった。

細菌の塩基配列の中に現れる「タケヤブヤケタ」的回文

「クリスパー」という言葉を初めて聞いたときのことは、決して忘れない。

あれは二〇〇六年のことだ。カリフォルニア大学（UC）バークレー校スタンリーホールの七階にあるオフィスにいたとき、電話が鳴った。電話の相手はバークレーの同僚で、地球惑星科学部と環境科学・政策・管理学部の兼任教授、ジリアン・バンフィールドだった。

ジルのことは評判を聞いていただけで、会ったことはなかった。彼女も私のことをほとんど知らず、私の研究室のウェブサイトも、簡単なグーグル検索で見つけたのだという。微生物と環境の相互作用を主な専門とするジルは、バークレーでRNA干渉（RNAi）を研究している専門家を探していた。RNA干渉とは、動植物の細胞が特定の遺伝子の発現を抑制するために用いる分子機構で、免疫応答でも重要な役割を果たすことがわかっている。まさに私の研究室が幅広いノウハウを持っている分野だ。

ジルは自分の研究室で、「クリスパー」と私の耳に聞こえたものを研究しているのだといった。彼女は用語の定義はおろか、スペリングさえ教えずに、たんに研究室で分析していたデータセットにそれが現れたといい、私の研究室のもつ遺伝学と生化学のノウハウを利用して研究を進めたいのだと打ち明けた。とくに、「クリスパー」はRNA干渉に類似した点があるのではないかと彼女は考えていた。一度会って話を聞いてもらえませんか？

ジルの熱意に心を動かされたが、役に立てるかどうか自信はなかった。彼女が何を研究しているのか、見当もつかなかったのだ。でも彼女の熱狂ぶりは電話越しでも伝わってきたから、来週お茶をしながら話しましょうと約束した。

電話を切ってから、ざっと科学文献を調べてみると、ジルがあれほど興奮していたテーマの論文は、数えるほどしかなかった。これに対してRNA干渉は、研究が始まってまだ八年足らずだというのに、すでに四〇〇〇を超える文献があった（その年の暮れに発見者のアンドリュー・ファイアーとクレイグ・メローがノーベル賞を受賞すると、注目は頂点に達した）。論文が少なく判断に迷ったが、かえって好奇心をかき立てられた。

背景論文のいくつかに目を通し、このCRISPR（クリスパー）というシロモノが、細菌（バクテリア）DNAの領域を指し、「クラスター化され、規則的に間隔が空いた短い回文構造の繰り返し（Clustered Regularly Interspaced Short Palindromic Repeats）」の略だということをとりあえず知った。専門用語の羅列に気をそがれ、今度会ったときジルが教えてくれるだろうと、文献を読むのはそこでやめにした。

私もグーグル検索を通して、ジルが超一流の研究者だということを知った。才気煥発で、多種多様な科学分野に創造的に取り組み、「火星鉱物における生命の痕跡と火星生命体の探求」や「微生物の生体鉱物化作用の地球物理学的画像処理」といったタイトルの論文をものしている。試料を採取するために日本の地下深くの生物圏やオーストラリアの高濃度の塩湖、北カリフォルニアの酸性鉱山排水など、遠く離れた場所まで足を運んでいる。彼女の異国風味あふれるプロジェクトは、私自身の研究とは対照的だった。なにしろX線生成粒子加速器のあるローレンス・バークレー国立研究所への日参を除けば、ほとんどの作業が試験管内で進行していたのだ。

ジルの研究に感銘を受けたこともあり、また自分の研究上の事情もあって、彼女との打ち合わせへの期待が募っていった。私は夫になったジェイミー・ケイトと生後間もない息子のアンドリューと一緒に、四年前にイェール大学からバークレーに移っていた。以前からの研究はいくらか新しい方向に動き出していたが、できれば研究室の規模を拡大してプロジェクトをいくつか増やすとともに、新しい同僚たちと協力関係を築きたいと考えていたのだ。

翌週、キャンパスの学部生用図書館の近くのフリースピーチ・ムーブメント・カフェでジルに会った。風の強い春の日で、カフェに着くとジルはもう中庭の石のテーブルにメモ帳と紙の束を置いて待っていた。少し世間話をしてから、彼女はノートを取り上げて本題に入った。

ジルはＣＲＩＳＰＲの図をすばやくスケッチした。まず細菌の細胞を表す大きな楕円と、その中に染色体を表す円を描いた。それから円の上方に、ＤＮＡの領域を表すひし形と四角を交互に並べた。この領域がＣＲＩＳＰＲを示しているのはすぐわかった。

ジルはひし形をすべて塗りつぶしてから、それらが約三〇塩基の同一のＤＮＡ配列だといい、それから四角に一から順に番号を振って、それぞれが異なる配列だと説明した。

やっとＣＲＩＳＰＲの「クラスター化され、規則的に間隔が空いた短い回文構造の繰り返し」の意味がわかりかけてきた。ひし形が「短い構造」で、四角の「間隔」がひし形の間に規則的に割り込んでいる。またひし形と四角の配列は染色体の全体にランダムに散在しているのではなく、一カ所に集中していた（オフィスに帰ってから、繰り返されるＤＮＡ配列をじっくり見てみると、ＣＲＩＳＰＲのＰの文字が表す「回文（パリンドローム）」構造が何を指すかがよくわかった。配列は前から読んでも後ろから読んでも、ほぼ同じだったのだ。たとえば“senile felines”〔年老いたネコ〕のような回文と同じである）。

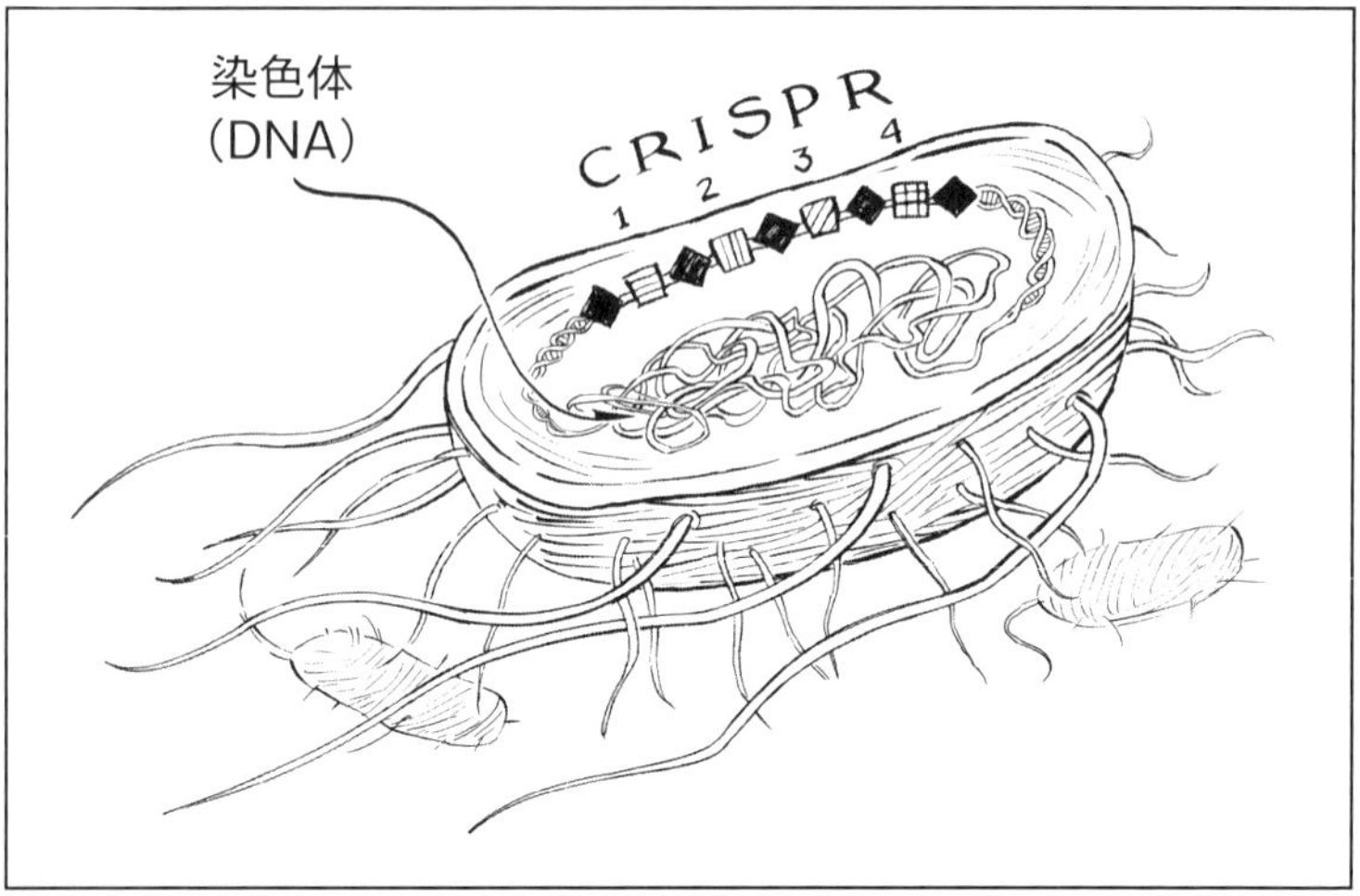

〔図6〕細菌細胞内のCRISPR

細胞のDNAに同一の配列が繰り返し存在するという考え自体は、珍しいものではなかった。そうしたリピート配列はヒトゲノムの五〇％（十数億文字）以上を占め、なかには数百回繰り返されるものもある。比較的サイズが小さい細菌ゲノムにも、数は少ないがリピート配列が含まれる。またREP（Repetitive Extragenic Palindromic、遺伝子外回文繰り返し配列）やBIME（Bacterial Interspersed Mosaic Elements 細菌散在モザイク要素）といった用語に、CRISPRと同じ言葉が含まれることも知っていた。だがこれほどの正確さと一様性をもってDNA配列が繰り返されるというのは初耳だった。リピート配列はすべて同一で、ほぼ同じ長さの多様な配列（スペーサー配列）によって、規則的に隔てられている。

細菌DNAの奇妙な領域に好奇心をそそられ、どんな生物学的機能を担っているのかジルに聞いてみたが、知らないという答えにがっかりした。だが彼女の研究室は重要な手がかりをつかんでいた[1]。自然界の細菌集団のＤＮＡ配列を調べたところ、実質上すべての細胞に異なるＣＲＩＳＰＲアレイ（ＣＲＩＳＰＲのゲノム領域）が確認できたという。これはスペーサー部分の塩基配列が異なるせいである。ＤＮＡのほかのどの部分にも細胞ごとの違いがほとんどなかったことを考えると、まったく異例なことだった。ＣＲＩＳＰＲは、おそらくゲノムの中で進化が最も速い領域だとジルは教えてくれた。これは、環境で遭遇する対象に応じてすばやく変化または適応する必要がある機能に共通する特徴である。

その何年も前にスペインのフランシスコ・モヒカ教授が行った先駆的研究[2]により、系統的に無関係な多くの生物種に似たような反復配列が見られることが明らかになった。たとえば細菌と同様、核をもたない単細胞の微生物である古細菌にもＣＲＩＳＰＲは存在する（ちなみに地球上のすべての生命は真正細菌と古細菌〔まとめて原核生物と呼ばれる〕、真核生物の三大ドメインに分類される）。ジルによればＣＲＩＳＰＲは、今日までに解析された細菌ゲノムの半数近く、古細菌ゲノムのほぼすべてに見られるそうだ。実際、ＣＲＩＳＰＲはすべての原核生物に最も広く見られる反復ＤＮＡ配列に思われた。

話を聞いているうちに、好奇心の震えが背筋に走った。もしもＣＲＩＳＰＲがそれほど多くの種に存在するというのなら、自然は何か重要なことをするためにＣＲＩＳＰＲを利用している可能性が高い。

ジルが紙束の山から二〇〇五年に発表された三本の科学論文[3]を引っ張り出し、その研究成果を興奮気味に説明するのに聞き入った。モヒカの研究室を含む三つの研究室が独立的に研究を進め、ＣＲＩＳＰＲのリピート配列の間に挟まれたＤＮＡ配列の多くが、既知の細菌ウイルスのＤＮＡと完全に一致することを発見していた。さらに不思議なことに、細菌のＣＲＩＳＰＲ内にある、ウイルスＤＮＡ配列と一致するスペーサー配列の数と、その細菌に感染するウイルスの数とが、逆相関を示していた。つまり一致数が多いほど、ウイルスによる細胞の感染のリスクが低かったのである。ジル自身の先駆的研究(4)も、微生物のＤＮＡ断片からもとの長い塩基配列を決定し、微生物群集全体のＤＮＡゲノムを再構築することにより、ＣＲＩＳＰＲのスペーサー配列の多くが環境中のウイルスのＤＮＡ配列と一致することを示していた。

　これらの研究結果は全体として、ＣＲＩＳＰＲが細菌と古細菌で担う役割について、大きな手がかりを与えていた。三本の論文は、ＣＲＩＳＰＲがおそらく古細菌と細菌の免疫機構の一部であり、細菌がウイルスと戦うために発達させた適応免疫の機構であることを示唆していたのだ。

　最後にジルは、まるで私の前に最後の「エサ」を置くように、ＣＲＩＳＰＲの最新の研究論文を見せてくれた。それはキラ・マカロバとユージーン・クーニン率いるＮＩＨのチームが発表したもので(5)、「真核生物における推定上のＲＮＡ干渉を利用した免疫機構」というそのタイトルを見た瞬間、心を奪われた。この論文は三本の先行論文と同様、決定的な実証データは欠いていたが、ＣＲＩＳＰＲに関する入手可能な情報を見事にまとめていた。そして初期の研究の成果と、ＣＲＩＳＰＲが多様な種に見られるという専門的分析とを総合して、興味深い新たな仮説を打ち立てていた。すなわち、細菌などの単細胞微生物の免疫機構においてＲＮＡが主要な役割を担っていること、またこの免疫機構が私の関心分野の一つであるＲＮＡ干渉と機能的に類似していることを示唆する仮説である。

　ジルはこれ以上ないほど魅力的なエサをぶら下げて、私を共同研究に引き入れようとしていた。私はそれまでの全キャリアをＲＮＡ分子の研究に注ぎ込んでいたうえ、その頃にはヒト細胞におけるＲＮＡ干渉のプロセスに研究の焦点を置くようになっていた。そしていまやマカロバとクーニンは、ＣＲＩＳＰＲが細菌にとってのＲＮＡ干渉に相当すると示唆していたのだ。もし本当にそうなら、私の研究室はこの新しい神秘的な生物学的機能に取り組むのにうってつけの位置にある。しかも、一部の科学者がＣＲＩＳＰＲに関する仮説を提唱していたにもかかわらず、それを証明または反証するための実験がまだ一つも行われていなかったことで、よりいっそう妙味が増していた。私のような生化学者が研究に参戦しＣＲＩＳＰＲの仕組みを解明し始めるのに、これ以上望めないほど絶好のタイミングである。

別れ際、ジルにお礼をいって、連絡を取り合いましょうと約束した。まずはジルから得たすべての情報を吟味して、研究室がすでに抱えている仕事にＣＲＩＳＰＲ研究という負担を上乗せすることのコストと利益をてんびんにかけなくてはならない。もし引き受けることになれば、プログラムの日々の運営を担当する研究者を探す必要がある。私自身は研究室の統括に手一杯で、とても新しいプロジェクトの詳細にまで手が回りそうになかった。

それに細菌と、細菌に感染するウイルスの世界について勉強し直す必要もあった。それまで私はC型肝炎ウイルスに関する研究論文を何本も発表していたし、研究室の新しい博士研究員と共同でインフルエンザウイルスの研究を行っていた。ＲＮＡ干渉経路が動植物の抗ウイルス防御能力と密接に関わっていることも知っていた。だが細菌ウイルスは研究したことも、深く考えたことすらもなかった。ジルの研究に加わるなら、それを改めなくてはならない。

細菌に感染するウイルス「ファージ」

二〇世紀初頭のイギリスの細菌学者フレデリック・トゥオートは、細菌ウイルス（細菌に感染するウイルス）の影響を初めて報告した人物だ。だが彼が最初に調査したウイルスは、細菌ではなく動植物に感染するもので、しかもはるか昔に発見されていた種だった。しかしトゥオートはウイルスを糞や藁で培養するうちに、ミクロコッカス属（*Micrococcus*）の細菌の異変に気づいた。試料は病変しているように見えた。一般に培養細菌は養分たっぷりの培養液で密度の高いコロニーを形成するのに、これらのミクロコッカス菌は水っぽく透明に見えた。試しにこれを健康なミクロコッカス菌に塗りつけてみると、健康な細菌はまるで何かに感染したかのように、同じように透明になった。トゥオートは、感染源がウイルスである可能性を示唆する論文を書いたが、当時はウイルスが細菌に感染するなどという話は前代未聞で、また細菌の変質を引き起こした要因はほかにも考えられた。彼は健康な細菌が病変した原因を特定することはできなかった。

トゥオートの論文が発表された二年後の一九一七年に、カナダ生まれのフランス人医師フェリックス・デレーユが、細菌ウイルスを再発見した。第一次世界大戦中フランスに駐留していたデレーユは、現地の騎兵連隊に発生した集団赤痢の原因を調査するよう命じられた。なぜ赤痢から回復する患者としない患者がいるのかを解明するために、デレーユは患者から採取した糞便試料を使って、荒削りだが徹底的な分析を行った。患者の血のついた糞便を、細菌が通り抜けられないほど目の細かいふるいで濾過して、試料から細菌（もし含まれていたとすれば）

を含むすべての固形物を取り除き、この濾液を培養したシゲラ菌（赤痢を起こす菌）の上に撒いた。翌日デレーユが驚いたことに、液体試料をかけた培養菌は「水に入れた砂糖のように溶け[6]」、一夜にして消失していた。さらに驚くべきことに、この糞便試料を提供した患者の様子を調べようと病院に急いだところ、患者の症状は大幅に改善していたのだ。これらの断片をつなぎ合わせて、デレーユは結論づけた。何らかの寄生生物、フィルターを通過するほど小さな生命体が、シゲラ菌を破壊したにちがいないと。彼はこれを「細菌（バクテリア）を食べるもの」という意味のバクテリオファージと命名した。彼の発見したバクテリオファージは、ウイルスが動植物に感染するのと非常によく似た方法で、細菌に感染するように思われた。

デレーユの実験以降、多くのバクテリオファージ、略してファージが発見され、それぞれが特定の菌種を標的とすることが判明した。既知のファージの種類が増えるにつれ、バクテリオファージを用いた細菌感染症の治療法である、ファージセラピーへの期待が高まった。生きたウイルスを人間の患者に注入するという考えになじめない科学者もいたが、実際にはバクテリオファージはヒト細胞には目もくれず、臨床試験でも患者に悪影響はなかった。一九二三年にデレーユはソ連の科学者に協力して、今日のジョージア（旧称グルジア）のトビリシにバクテリオファージ専門の研究所を設立した。研究所の最盛期には、数千人の従業員が臨床用途に大量のファージを生産していたという[7]。ファージセラピーは世界の一部地域では現在も続けられており、ジョージアでは細菌感染の治療の約二〇％でファージが利用されている[8]。だが一九三〇年代と四〇年代に抗生物質が発見、開発されると、とくに西側諸国では急速に勢いを失った。

バクテリオファージは、治療法としては効果が限られるかもしれないが、遺伝子研究にとっては天の恵みだった。高倍率電子顕微鏡でファージを初めて確認できるようになった一九四〇

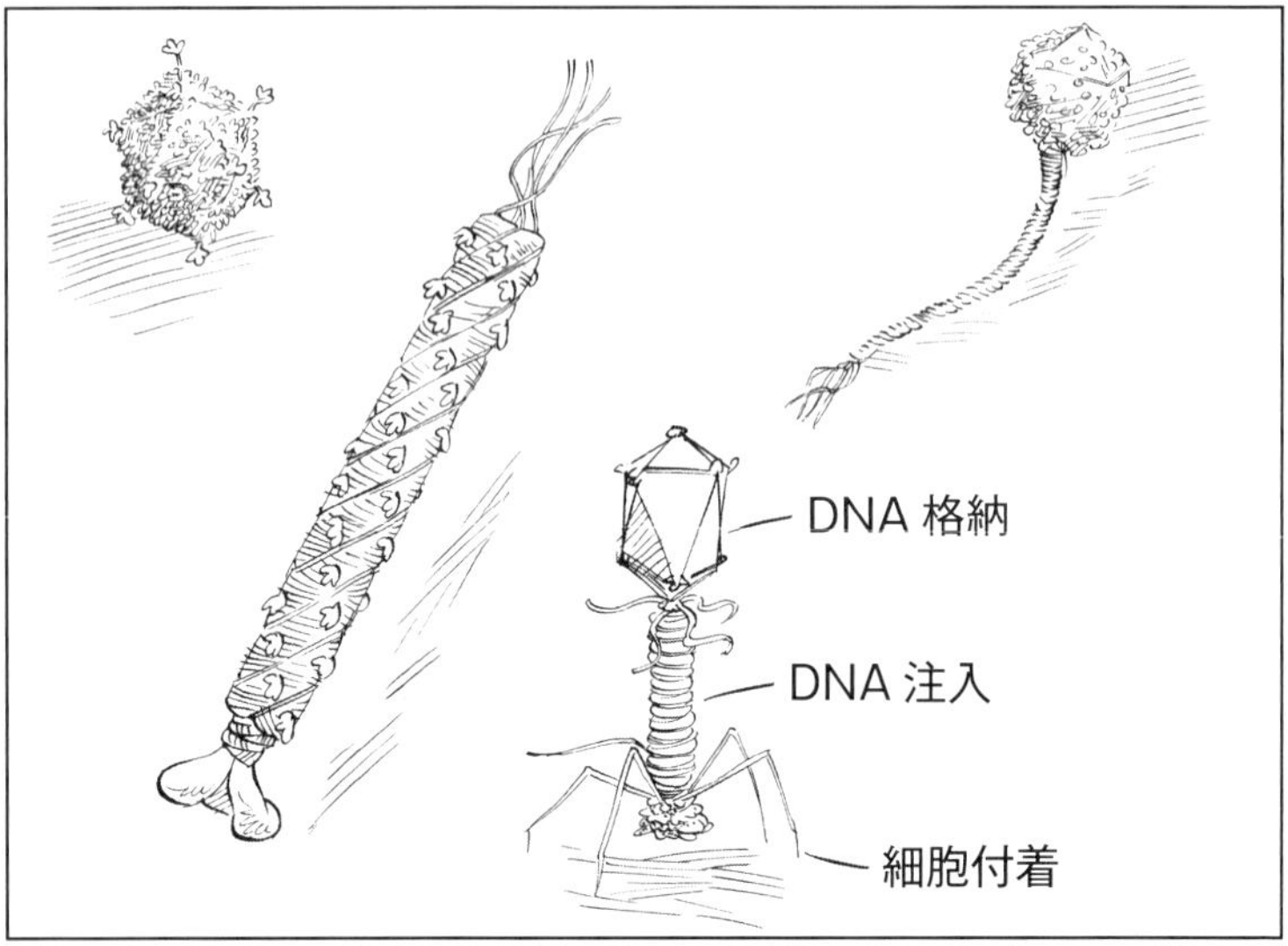

〔図7〕バクテリオファージの例

年代と五〇年代には、細菌ウイルスとそれらが標的とする細菌は、ダーウィンの自然選択理論にすでに裏づけを与えていた。ファージの存在は、遺伝子の本体がタンパク質ではなくＤＮＡであることを示す有力な証拠になった。また遺伝暗号が、各アミノ酸に対応する三塩基の並び（コドン）の組み合わせからなるという事実は、ファージで実証された。それに細胞内で遺伝子がスイッチをオン・オフする仕組みの解明にも、ファージ実験は役立った。ウイルスを使って外来遺伝子を感染細胞に導入できるという、初期の遺伝子治療の着想を与えたジョシュア・レーダーバーグによる発見も、サルモネラ菌に特異的に感染するバクテリオファージの観察から得られたものである。分子遺伝学の基礎はいろいろな意味で、細菌ウイルスを使った実験によって築

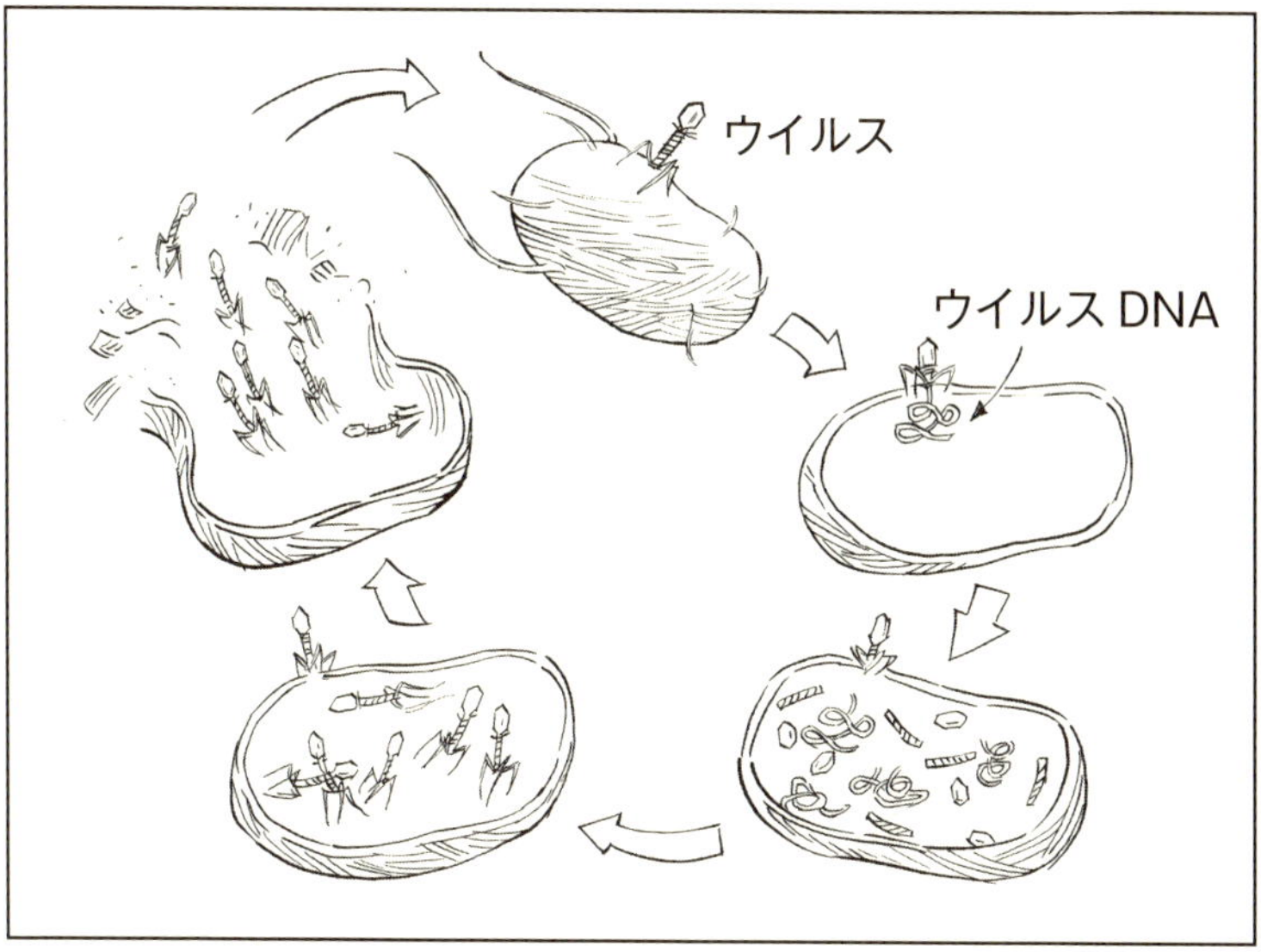

〔図８〕バクテリオファージの一生

かれたのである。

ファージ研究は、一九七〇年代の分子生物学革命ももたらした。科学者は細菌がファージ感染を避けるために用いる防御機構を研究するうちに、制限エンドヌクレアーゼ（制限酵素）と呼ばれる酵素群を発見した。制限エンドヌクレアーゼを使えば、人工的に合成したＤＮＡを簡単な試験管実験で切断できるようになった。これらの酵素と、ファージに感染した細菌から分離したほかの酵素を組み合わせることにより、実験室での人工ＤＮＡ分子の設計と複製が可能になったのだ。その一方で、ファージゲノムは新たに発明されたＤＮＡ解析技術の標的としても盛んに用いられた。一九七七年にはフレッド・サンガーらがΦ（ファイ）Ｘ１７４と呼ばれるファージの全ゲノム配列の解読に成功した。その二五年後、同じファージが再び脚光を浴びた。ファージΦX174ゲノムは、ゼロから全合成された最初のゲノムとなった[9]。

　だがバクテリオファージは実験室の人気者というだけでなく、地球上で群を抜いて個体数の多い生命体でもあるのだ。光や土のように自然界のどこにでも見られ、泥から水、人間の消化器官、温泉、氷床コアまで、およそ生命が存在するところならほぼどこにでも存在する。地球上には約10^{31}個のバクテリオファージが生息すると推定され（一のあとにゼロが三一個つき、単位としては一〇〇〇穣(じょう)個である）、茶さじ一杯分の海水にはニューヨーク市の人口の五倍の数のファージが存在する。驚くべきことに、地球上には細菌よりも、それを感染させるファージの方が多く存在する。地球上に生息する細菌が多いといっても、細菌ウイルスはさらにその一〇倍も存在するのだ。地球上では毎秒一秭(じょ)（10^{24}）回の感染が引き起こされていて、海中だけをとってみてもファージによる致死的な感染で毎日全細菌の四〇%が死んでいる[10]。

細菌とウイルスの間で繰り広げられてきた軍拡競争

　細菌ウイルスは宿主細菌を死滅させることを目的として、数十億年の歳月をかけて残忍なほど効率的に感染するよう進化してきた。すべてのファージはカプシドと呼ばれる頑丈なタンパク質の外殻で遺伝物質を包んでいる。カプシドの形状は知られているだけで数十種類あり、どれもウイルスゲノムを保護し、遺伝物質を増殖、拡散させる目的で細菌細胞内に効果的に送り込めるよう、最適化されている。ファージには美しい二〇面体のものもあれば、球状のカプシドに長い尾がついたようなものもある。繊維状ファージは円柱形である。おそらく一番おっかないのは、エイリアンの宇宙船のような形のものだろう。細胞の外表面にしがみつくための足がついていて、ＤＮＡが格納されている場所を頭とし、着陸後にＤＮＡを細胞内に注入するためのポンプまでもっている。

ウイルス感染の手口は外観と同様さまざまだが、どれも冷酷なまでに効果的だ。たとえばウイルスゲノムをぎゅうぎゅう詰めにしたカプシドを破裂させ、まるで開栓したシャンパンの中身が噴き出すように、自らのゲノムを細胞内になだれ込ませるファージもある。ゲノムはいったん宿主細胞に侵入すると、二つの異なる経路で宿主を乗っ取る。寄生的な経路である溶原経路では、ウイルスゲノムが宿主のゲノムにひそかに侵入し、そこで攻撃に最適なタイミングを待ちながら、ときには何世代も潜伏する。これに対して感染的な経路である溶解経路では、ゲノムが即座に宿主細胞を乗っ取り、細胞にウイルス自身のタンパク質を生成させ、自身のゲノムを繰り返し複製させ、最後には細胞を破裂させて新鮮な子ファージをまき散らし、周りの細胞に感染を広げる。この細胞への侵入、乗っ取り、複製、増殖のサイクルを通じて、たった一個のファージがものの数時間で細菌群集を全滅させることもある。

だが細菌はこの因縁の戦いにおいて、なすすべがないわけではない。細菌も動植物と同様、数十億年の進化の間にめざましい防御機構を発達させているのだ。私がジルと話した当時は、主に四つの防御機構が特定されていた。[11] 第一の最もよく知られた方法として、細菌は自らのゲノムに、遺伝子の発現に影響を与えないやりかたでＤＮＡの配列をわずかに変えるような独特の修飾を施す。細菌はそれから制限エンドヌクレアーゼと呼ばれる酵素を放出して、そうした修飾がなされていない外来のＤＮＡをすべて切断することにより、細胞壁を通ることのできたファージ遺伝子を効果的に駆逐する、という方法がある。第二がファージによって開けられた穴をふさぎ、ファージにＤＮＡを注入させない方法、第三がファージが吸着する細胞外面のタンパク質分子を覆うことにより、ファージDNAの細胞侵入を阻止する方法である。第四の方法として、細菌細胞は感染を感知すると、ファージが細胞内で増殖する前に自殺する場合もある。自らを犠牲にすることで集団全体を守ろうとする利他的な防御方法だ。

CRISPRはこれらとはまた別の、新たな抗ウイルス防御機構なのだろうか？　細菌とバクテリオファージの間で繰り広げられてきた軍拡競争について読めば読むほど、まだ発見されていない新たな兵器システムがあるという可能性に興奮した。

そしてCRISPRについて調べるうちに、もしジルの共同研究の申し出を実際に受け入れることになった場合に、研究室の取り組みをどこに集中させるべきかが見えてきた。オランダのルート・ヤンセンら（二〇〇二年にCRISPRという造語を生んだチーム）が計算解析により、細菌染色体内のCRISPR領域の近傍にほぼ必ず存在する遺伝子群を同定していた[12]。CRISPR DNA内のリピート配列でもスペーサー配列でもない、独立した完全な遺伝子の集まりである。

こうしたCRISPR関連遺伝子、通称*cas*（キャス）（CRISPR-associated）遺伝子群については当時ほとんど何もわかっていなかったが、それでもそこには刺激的な可能性があるように思われた。既知の遺伝子との比較から、*cas*遺伝子群は、DNA二本鎖をほどく機能や、制限エンドヌクレアーゼのDNA切断機能のようなRNAやDNA分子を切断する機能をもつ、特殊な酵素をコードしているのではないかと考えられた。

制限エンドヌクレアーゼの発見が、一九七〇年代の組み換えDNA技術を大きく前進させたことを考えると、CRISPRのさまざまな側面をくわしく研究することで、新たな酵素の宝庫を発見し、バイオテクノロジーに貢献できる可能性が大いにありそうだ。

それが決め手となった。すっかり心をわしづかみにされてしまった。

ＣＲＩＳＰＲは感染するファージの塩基配列をとりこむ

科学者を研究へと駆り立てるのは冒険心と好奇心、直感、それに気骨である。とはいえ、理想に燃えた意気込みに加えて、健全な現実感覚をもつことが欠かせない。資金調達のあれこれを考える必要があるし、経営的なセンスも必須である。また私たちのように自分の研究室を運営する者は、自分でやるよう訓練されてきた仕事をほかの科学者に任せなくてはならないことも多い。そんなことから、まったく新しい研究分野に参入するときは、仕事を安心して任せられる適切な人材を選ぶことがカギとなる。

私のバークレーの研究室はさいわいにも潤沢な研究支援を得ているが、ジルに初めてＣＲＩＳＰＲの共同研究の話を持ちかけられたとき、先が見えず潜在的にリスクの大きい新しいプロジェクトを指揮できる人材がチームにいなかった。そんな折り何とも幸運なことに、研究室の博士研究員の採用面接にやってきたのが、ブレイク・ウィーデンヘフトだった。どんな研究に取り組みたいのかと尋ねると、信じがたいことにこんな質問が返ってきたのだ。「ＣＲＩＳＰＲって、聞いたことありますか？」。その場で即採用である。それから数カ月もしないうちにブレイクはバークレーに落ち着き、ＣＲＩＳＰＲプロジェクトの立ち上げに全力で取り組んでいた。

温かく愛嬌のあるモンタナっ子で、野外スポーツで鍛えられた負けん気を併せ持つブレイクは、モンタナ州立大学で学士号、修士号、博士号を取得後、モンタナ州ボーズマンからバークレーへ移ってきた。それまでに研究室で採用した、生化学や構造生物学に精通した研究者とはちがって、ブレイクは筋金入りの微生物学者で、ジルと同様、実験室での研究のほかに野外での試料採取にも時間を費やしていた。博士論文の研究のためにイエローストーン国立公園とロシアのカムチャッカ半島に足を運び、手つかずの酸性の熱水泉で、八〇℃近い高温でも感染性を失わない新種のウイルスを発見した。こうしたウイルスは古細菌に感染することが知られている。古細菌とは、細菌に似た単細胞微生物で、そのほとんどにCRISPRが見つかっている。ブレイクは分離した二種類のウイルスのゲノム配列を解析して、大部分のDNAが共通していることを発見した。つまり、イエローストーンとカムチャッカはこれほど距離が離れているのに、二種類のウイルスは共通の祖先から進化してきたことがわかる。またこれらのゲノムには、ウイルスが宿主に感染する仕組みに関する手がかりも隠されていた。ブレイクは、ウイルスの特定の遺伝子を分析し、無防備な宿主のDNAにウイルスDNAを組み込む働きをすると思われる酵素を特定していた。

CRISPR研究で私たちに求められていたのは、まさにこの種の探偵作業である。ただし方向性は逆で、感染を促すウイルス遺伝子ではなく、細菌内で感染を阻むCRISPR関連（*cas*）遺伝子を突き止めるのだ。あるいは、感染を阻むと思われる細菌遺伝子、といった方が正確だろう。当時は*cas*遺伝子群やCRISPRそのものにそうした働きが実際にあるのかどうかは、まだわかっていなかった。

私たちが当初行ったのは、次の魅惑的な仮説を議論することだった。すなわち、「CRISPRと*cas*遺伝子群は同じ抗ウイルス免疫機構の一部であり、RNAはこの免疫機構によって、ウイルスを検出するために利用されている」という考えである。だが仮説を立てることは、厳密な科学的プロセスの最初の一歩でしかない。仮説を検証し、それを証明または反証する証拠を集めなくてはならない。

ジルや関心ある数人の科学者と、私のオフィスから歩いてすぐのローレンス・バークレー国立研究所で何度か打ち合わせをしながら、ブレイクと私はどのような実験を行うかをじっくり考えた。とくに頭を悩ませたのは、どのモデル生物を用いるかという問題だ。候補の一つが、スルフォロブス・ソルファタリカス（*Sulfolobus solfataricus*）という、イタリアのナポリ近くのソルファタ－ラ火山の温泉から初めて分離された古細菌微生物である。この古細菌はＣＲＩＳＰＲを持つことで知られ、ブレイクが分離したイエローストーンとカムチャッカのウイルスを感染させることができる。ブレイクがこれらのウイルスにくわしいという点が、好都合だった。もう一つの候補が、大腸菌（*Escherichia coli*、略して*E. coli*）である。大腸菌は、微生物学で群を抜いてよく研究されている細菌種であり、またそれと同じくらい研究が進んでいてオンラインで購入可能な数十種類ものファージによって感染させることができる（ちなみに大腸菌は、ＣＲＩＳＰＲ配列が初めて特定された細菌という栄誉も担っている）[13]。それに加えて、ブレイクは緑膿菌（*Pseudomonas aeruginoso*）を提案した。ＣＲＩＳＰＲを有し、多くの抗生物質に耐性があることで知られる病原菌である。緑膿菌は遺伝学的ツールを使って操作することが可能で、多くのファージによって感染させることができる（のちにブレイクは新しい緑膿菌ファージを探して、イエローストーンのような魅惑的な場所ではなく、地元ベイエリアの下水処理場に足を運ぶことになる）。

ブレイクは私の研究室でとくに生化学と構造生物学を学びたいという明確な目的意識をもち、また新しい方向性をぜひとも開拓したいと考えていた。ＣＲＩＳＰＲ研究を始める準備をするために、彼は緑膿菌ゲノムにコードされたＣａｓタンパク質を精製して、ウイルスＤＮＡを認識または破壊する能力をテストし始めた。まずはＣａｓタンパク質のなかで最も広く分布するＣａｓ１から始めた。すると二〇〇七年の、ちょうどブレイクが研究室で働き始めた頃、まもなく発表されるというすごい論文の話をジルから聞いた。それはデンマークのバイオ企業で世界的な食品素材メーカーでもあるダニスコの研究者によるものだった。彼らの研究は、ＣＲＩＳＰＲが実際に細菌の免疫機構であることを、遺伝子工学を用いて示したのである。[14] ただしＣＲＩＳＰＲに具体的にどのような能力があるかは、まだ判明していなかった。

ダニスコが研究対象に選んだのは乳酸菌の一種、ストレプトコッカス・サーモフィルス（*Streptococcus thermophilus*）、略してサーモフィルス菌で、ヨーグルトやモッツァレラチーズなど、多くの乳製品の製造に用いられるプロバイオティクス（人体によい影響を与える微生物）の一つである。人は年間10^{20}（一垓）個を超える生きたサーモフィルス菌細胞を摂取し、培養サーモフィルス菌の年間市場規模は四〇〇億ドルを超える。[15] ファージ感染は、生産損失と不完全発酵の主な原因として、乳業界をつねに脅かしている。生乳一滴に一〇個から一万個のウイルス粒子が含まれることから、ファージの根絶は事実上不可能である。ダニスコのような企業は、衛生改善や生産設備の刷新などを通してファージと戦っていたが、どんな対策も問題解決にはなっていなかった。[16]

ダニスコＵＳＡのロドルフ・バラングー率いる研究チームは、ダニスコ・フランスのフィリップ・オルバトのチームと共同でサーモフィルス菌の研究を進め、解決策を模索していた。乳業界ではすでに、バクテリオファージに感染しにくいサーモフィルス菌の変異株が利用されていたが、ロドルフとフィリップはそうしたランダム変異よりも、サーモフィルス菌ゲノムのＣ

ＲＩＳＰＲ領域の方が強力な免疫防御機構を提供するのではないかと考えた。サーモフィルス菌のＣＲＩＳＰＲ配列に、研究に利用できる興味深い性質があることを、ロドルフとフィリップは知っていた。その一部はアレグザンダー・ボロティンという科学者が、サーモフィルス菌のゲノムを解析した際に発見した性質である。ボロティンはのちにＣＲＩＳＰＲ ＤＮＡにとくに着目し、最終的に二〇株以上のサーモフィルス菌を解析した。そしてＣＲＩＳＰＲに繰り返し現れる回文（ジルのスケッチの黒く塗りつぶされたひし形）はすべて同一だが、回文にはさまれるスペーサー配列（番号が振られた四角）が、株によってまったく異なることを発見した。さらに、スペーサー配列の多くが、最近解析されたファージゲノムの配列の一部と完全に一致していたのである（ボロティンの研究成果は、ジルがフリースピーチ・ムーブメント・カフェで見せてくれた二〇〇五年の三本の論文のうちの一本に要約されていた）。そしてボロティンの論文は意外な結論を導いていた。すなわち、ファージゲノムと一致するスペーサー配列を多くもつサーモフィルス菌株ほど、ファージ感染への抵抗性が高いように思われる、ということだ。これが何を意味するのかははっきりしなかったが、細菌が何らかの方法で自らのＣＲＩＳＰＲ配列を改変して特定のファージゲノムの配列に似せ、それによって自らの免疫機構（ＣＲＩＳＰＲが免疫機構だと仮定した場合）を増強し、ウイルスをより効果的に撃退できるようにしたのではないかと考えられた。

ボロティンの研究成果をもとに、ロドルフとフィリップはこの仮説を検証する実験を考案した。サーモフィルス菌株は、バクテリオファージのＤＮＡ上の配列と一致する新しいＤＮＡを自らのＣＲＩＳＰＲ領域に組み込むことによって、実際にそのファージへの抵抗性を高めることができるだろうか？

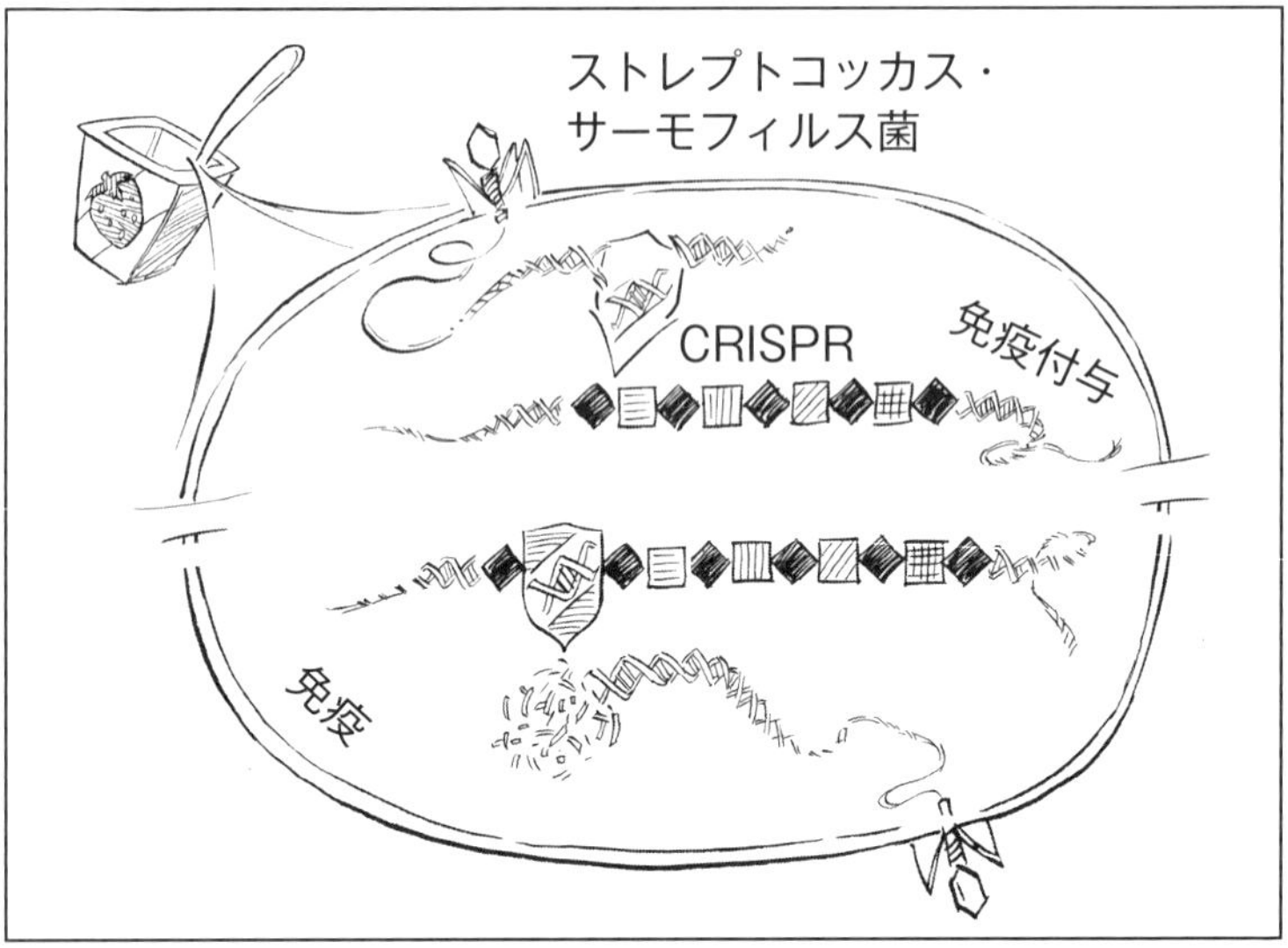

〔図9〕CRISPR：分子の予防接種手帳

ダニスコの研究者は実験対象として、乳業界で広く用いられているサーモフィルス菌株と、工業ヨーグルト試料から分離した二種類の毒性ファージを使った。二〇世紀初頭から行われてきた最も単純な遺伝子実験の一つにヒントを得て、サーモフィルス菌株と二種類のファージを一種類ずつ別々の試験管で混ぜて、二四時間培養した。それから培養物をシャーレに広げて一晩成長させてから、まだ生きている細菌がいるかどうかを調べた。結果、ファージによって九九・九％以上の細菌が死滅したにもかかわらず、サーモフィルス菌の九つの新しい変異株は、ファージに対する免疫を持っているように思われた。

ここまで、ダニスコの実験にとくに目新しい点はない。同様の手法でファージ抵抗性のあるサーモフィルス菌株を分離した研究はほかにもあった。しかしロドルフとフィリップは調査をさらに先に進め、この免疫機構のように思われるものの仕組みを遺伝的に解明しようとした。

サーモフィルス菌の変異株にウイルスに対する免疫を与えたのが、細菌ゲノム上のどの領域だったかについて、ロドルフとフィリップには目星がついていた。それはＣＲＩＳＰＲに違いない。もしそうだとすれば、九つの新しい変異株のＣＲＩＳＰＲ領域は、もとの株のＣＲＩＳＰＲ領域から変化しているはずだ。果たして、それぞれの変異株からゲノムＤＮＡを分離して解析してみると、すべてのスペーサー配列に新しいＤＮＡ断片が追加されていた。さらに、新しく追加された部分の塩基配列は、変異株が新たに免疫を得たファージのＤＮＡと完全に一致していたのである。この免疫機構のどこが優れているかといえば、このような改変が細菌のＣＲＩＳＰＲ配列に物理的に埋め込まれているために、新しい獲得免疫が遺伝可能で、細胞が分裂して複製されるたび受け継がれていく点だ。

こうしてダニスコの研究者は、細菌がウイルス感染と戦うもう一つの仕組みを明らかにした。いわば、第五の兵器システムである。これまでに発見された四つの防御機構に加え、細菌にはＣＲＩＳＰＲというきわめて効果の高い適応免疫機構があることが判明した。この仕組みによって、細菌ゲノムは感染中にファージＤＮＡの断片を盗み、将来攻撃されたときにそれを利用して、免疫応答を作動させることができるのだ。ブレイクのいうように、ＣＲＩＳＰＲは「分子の予防接種手帳」のような役割を果たしている。細菌は過去のファージ感染の記憶を、リピート配列の間に埋め込まれたスペーサーＤＮＡ配列というかたちで保存しておき、将来ファージと接触したとき、この情報をもとに、過去に自分を攻撃したファージを認識し、破壊することができるのだ。

ＲＮＡが、侵入するファージを破壊する

ダニスコの研究を機に、ＣＲＩＳＰＲの知られざる生態に注目が集まり始め、またジル・バンフィールドとロドルフ・バラングーは二〇〇八年にＵＣバークレーでＣＲＩＳＰＲに関する初の会議を開催した。だが科学では一つのドアを蹴破ると、往々にしてそこにはまた別のドアが待っている。ＣＲＩＳＰＲの免疫応答が作動するためには、細菌ゲノムのスペーサー配列とファージゲノムの配列が完全に一致している必要があるため、この免疫機構がファージの遺伝物質を破壊の標的にしているのは明らかだった。だがどうやって？　細胞のどの部分が、標的化の役割を担っているのだろう？

この新しい疑問への答えが現れるまで、そう時間はかからなかった。ほどなくして、オランダ・ワーヘニンゲン大学のジョン・ファン・デア・オウスト教授の研究室に所属する博士研究員スタン・ブロウンズが、ＲＮＡ分子がＣＲＩＳＰＲの抗ウイルス防御に関わっているというゆるぎない証拠を示したのだ。[17] スタンは、さまざまな古細菌種のＣＲＩＳＰＲ配列と完全に一致するＲＮＡ分子を検出した先行研究をもとに、さらに研究を進めていた。スタンは、さまざまな古細菌種の細胞内でＣＲＩＳＰＲ　ＤＮＡの配列と完全に一致するＲＮＡ分子を検出した先行研究[18]をもとに、さらに研究を進めていた。ブレイクが調べていた火山のスルフォロブス菌も、そうした古細菌の一つである。ブロウンズはこれらの研究から、細菌の抗ウイルス応答の認識と破壊の段階で、ＲＮＡが調整役を担っているのではないかと考えた。そこで大腸菌で実験を行い、ＲＮＡが古細菌とはまったく異なる微生物のＣＲＩＳＰＲ防御機構でこの役割を果

たしていることを確認した。ＲＮＡがどんなＣＲＩＳＰＲ免疫機構においても普遍的に必要とされていることの有力な証拠を示し、先行研究をさらに発展させたのである。

スタンはまたＣＲＩＳＰＲ　ＲＮＡ（ｃｒＲＮＡ）分子が細胞内でどのようにして生成されるかを明らかにした。まず最初に、細菌細胞がＣＲＩＳＰＲ　ＤＮＡ全体を転写して、ＣＲＩＳＰＲ　ＤＮＡの配列と一致するＲＮＡの長い鎖を合成する（ただし前述の通り、ＲＮＡはＤＮＡと分子構造が非常によく似ていて、ほぼ同じ塩基配列からなるが、唯一の例外としてＤＮＡ内のＴの塩基だけが、ＲＮＡではＵに置き換えられる）。次に、これらのＣＲＩＳＰＲ由来のＲＮＡは、酵素によってリピート部分で切断され、同一の長さで配列だけがちがう、短いＲＮＡ分子ができる。このようにして、ＤＮＡ内の長い反復的な配列が、特定のファージ由来の配列を一つずつ含む、いくつもの短いＲＮＡ分子に変換されるのだ。

これらの研究成果は、ｃｒＲＮＡが細菌の免疫機構において重要な役割を果たすことを示唆していた。そしてＲＮＡがこの役割を果たせるのは、独自の基本的特性のおかげである。ＲＮＡはＤＮＡと化学的に類似しているため、有名なＤＮＡの二重らせんが形成されるのと同じプロセスで、塩基対合相互作用によってＲＮＡの二重らせんを形成することができるのだ。ＲＮＡは相補的なＲＮＡと結合してＲＮＡ‐ＲＮＡ二重らせんを形成することもあれば、相補的なＤＮＡの一本鎖と結合してＲＮＡ‐ＤＮＡ二重らせんを形成することもある。この融通性と、ｃｒＲＮＡのもつ多様な配列を踏まえ、科学者は興味深い考えを持つようになった――これらのｃｒＲＮＡ分子は、感染中に侵入してきたファージのすべての相補的なＲＮＡとＤＮＡと結合して、細胞内で何らかの免疫応答を始動させることによって、攻撃すべきＤＮＡ分子とＲＮＡ分子の両方を選び出すことができるのではないだろうか。

もしもRNAが実際にこの方法でウイルスの遺伝物質を標的化しているのだとすれば、私をCRISPR研究に引き込んだあの論文が推測していたように、たしかにCRISPRは私の研究室が取り組んでいたRNA干渉に類似していることになる！　RNA干渉では、動植物の細胞がRNA‐RNA二重らせんを形成して、侵入してきたウイルスを破壊しようとする。crRNA分子はこれと非常によく似た方法で、免疫応答時にRNA‐RNA二重らせんを利用してファージRNAを標的化しているのかもしれない。さらに、crRNAがRNA干渉とはちがって、相補的なDNAも認識することができるという可能性に、私は魅惑された。もしcrRNAにそのような力があるのなら、この兵器システムはウイルスゲノムをRNAとDNAという両面で攻撃できる。

スタンの発見からまもなく、ノースウエスタン大学の二人の研究者、ルチアーノ・マラフィーニと、彼の指導教官であるエリック・ソンサイマーが、crRNAが実際にDNAの破壊を指示できることを解明した。エリックとは、彼がイェールの学部生だった頃からの研究仲間だ。ルチアーノはブドウ球菌（*Staphylococcus epidermidis*）という、また別の比較的無害な皮膚の細菌（ただし、危険な薬剤耐性菌の黄色ブドウ球菌*Staphylococcus aureus*の近縁種である）で一連の巧妙な実験を行い、crRNAが侵入してきたウイルスのDNAを標的化していることを証明した[19]。彼はまた、この標的化が塩基対合相互作用を利用している可能性が高いことを示した——そうでなければ、CRISPRがこれほどの特異性をもって獲物を追えるはずがない。

緻密な研究が矢継ぎ早に発表される様子に私は目を見張った。私がCRISPRを知ってからのほんの数年間で、興味深いが決め手に欠ける研究の緩やかな集まりだったこの分野は、微生物の適応免疫システムの仕組みに関する統一理論に進化を遂げていた。ただ、この理論は多くの実験的研究によって裏づけられ、また二〇〇〇年代末までに数々の画期的研究が発表されていたとはいえ、複雑な細菌防御機構を真に理解できるようになるまでには、まだまだ研究が必要なことは明らかだった。

ＣＲＩＳＰＲが、単純な単細胞生物が発達させることができるとはとうてい思えないほど複雑な仕組みであることを、私たちはようやく理解し始めていた。この新しい免疫機構が発見されたことで、細菌はある意味では人間と同格な存在に押し上げられた。細菌も人間も、感染に対してきわめて複雑な細胞応答を示すのだから。しかし細菌の防御機構が私たち人間にとってどんな意味を持っているのかは、まだ誰も知るところではなかった。

第3章　免疫システムを遺伝子編集に応用する

ＣＲＩＳＰＲのＩ型は、ＤＮＡ塩基を高速で破壊する。ブレークスルーはⅡ型の方にあった。Ⅱ型のクリスパー特有の酵素Ｃａｓ９を研究するフランスの研究者から共同研究の申し出があった。それが、特定の場所で遺伝子を自在に編集できるツールの発見の鍵になる。

巨大なタペストリーを共同で織り上げる

初めて本物の研究室に足を踏み入れたときのことを覚えている――あの音、におい、すべてが可能だという空気感、そして自然の秘密がゆっくり解き明かされていく感覚。一九八二年、大学の一年目を終えて両親のいるハワイに戻っていたときのことだ。ハワイ大学で英語学の教授をしていた父の計らいで、生物学教授ドン・ヘムスの研究室で数週間過ごさせてもらうことになった。もう二人の学生と一緒に、カンキツ褐色腐敗病菌（*Phytophthora palmivora*）という真正細菌の一種がパパイヤに感染する仕組みを研究した。果樹栽培者にとっては大きな問題だが、真菌はとても楽しい研究対象だった。実験室で速く簡単に育つため、発芽に伴う化学組成の変化を調べることができた。細菌試料を樹脂に包埋（ほうまい）して断面を薄く削り、電子顕微鏡で観察する方法を習得したのも、この夏のことだ。短い期間だったが、細菌に関する重要なことを明らかにすることができた。カルシウムイオンは、栄養に応答して細胞に成長のシグナルを発し、真菌の発育において重要な役割を果たしているのだ。それまで本でさんざん読んできた科学的発見のスリルを初めて直に体験し、探究への渇望をいっそうかき立てられた。

ドン・ヘムスの小さな研究チームの平安と静謐にも惹かれたが、やがて自分がそれよりもずっと大きな科学者コミュニティの一員だという自覚が芽生えた。私たち一人ひとりが独自の方法で自然の真理を追究し、わずかな前進を重ねるたび、先人たちの研究を土台とする巨大なジグソーパズルのピースをまた一つ見つけたと感じる。

ＣＲＩＳＰＲプロジェクトは、まさに科学のこうした側面の縮図だった。世界中の一握りの研究者が独自の研究を通して、さまざまな利用可能性や影響を秘めたＣＲＩＳＰＲの巨大なタペストリーを織り上げている。私たちも他のチームも、少人数ながら、一緒に興奮を分かち合い、好奇心にかられてより多くを解き明かそうとしている。それは、ドン・ヘムスのラボで、最初に私を科学研究の世界に誘（いざな）ったのと同じ感覚だ。

この研究分野の黎明期に、ブレイクと私はダニスコやノースウエスタン大学、ワーヘニンゲン大学などの仲間の研究に刺激を受けながらも、ＣＲＩＳＰＲに関する根本的な疑問の多くがなぜまだ解明されないのかが不思議でならなかった。ＣＲＩＳＰＲがファージに対する適応免疫を細菌と古細菌に与えていることや、ｃｒＲＮＡと一致するファージＤＮＡの配列が破壊の標的になることはわかっていたが、なぜそうなるのかは誰も知らなかった。ＣＲＩＳＰＲの構成要素がどのように相互作用してウイルスＤＮＡを破壊するのか、免疫応答の標的化と破壊の各段階に具体的に何が起こるのかを知りたかった。

疑問が明確になるにつれ、課題も難しくなった。細菌は感染中にどのようにしてファージゲノムから短いＤＮＡ断片を盗み、それをどのようにして自分のＣＲＩＳＰＲ配列に正確に組み入れて、ウイルスの遺伝物質を防御機構の標的にするのか。ｃｒＲＮＡ分子は細胞内でどのように生成され、長い鎖がどのようにしてウイルスと同じ配列をもつ短い断片になるのか。そうした仕組みをなんとしても解明する必要があった。そしておそらく最も重要なことに、短いＲＮＡの断片がどのようにして相補的なファージＤＮＡと結合し、それを破壊するのか。これこそが新しい兵器システムの核心であり、この部分を解明することが、ＣＲＩＳＰＲの全容解明につながるはずだ。

これらの疑問に答えを出すためには、遺伝子研究の枠を超えて、より生化学的なアプローチをとる必要があることははっきりしていた。ＣＲＩＳＰＲの構成要素を分離し、その振る舞いを調べなくてはならない。またＣＲＩＳＰＲ配列だけでなく、細菌ゲノムのＣＲＩＳＰＲ領域の近くに存在し、酵素と呼ばれる特殊なタンパク質をコードすると考えられるＣＲＩＳＰＲ関連遺伝子、略して*cas*遺伝子群を徹底的に調べる必要がある。一般にこの種のタンパク質分子には、細胞内の多様な化学反応を触媒するものが多い。これら酵素タンパク質の働きを明らかにできれば、ＣＲＩＳＰＲの仕組みの解明に大きく近づくだろう。

Ｃａｓタンパク質の働きを解明する

科学者は遺伝子の化学組成を見るだけで、その機能の多くを知ることができる。遺伝子をつくるＤＮＡ配列には、細胞がアミノ酸からタンパク質を構築するために必要な全情報が含まれる。細胞がＤＮＡの四種類の塩基の組み合わせをタンパク質のアミノ酸配列に翻訳するために用いる遺伝暗号がわかっているから、生物学者は遺伝子のもとのＤＮＡ配列を見るだけで、そ

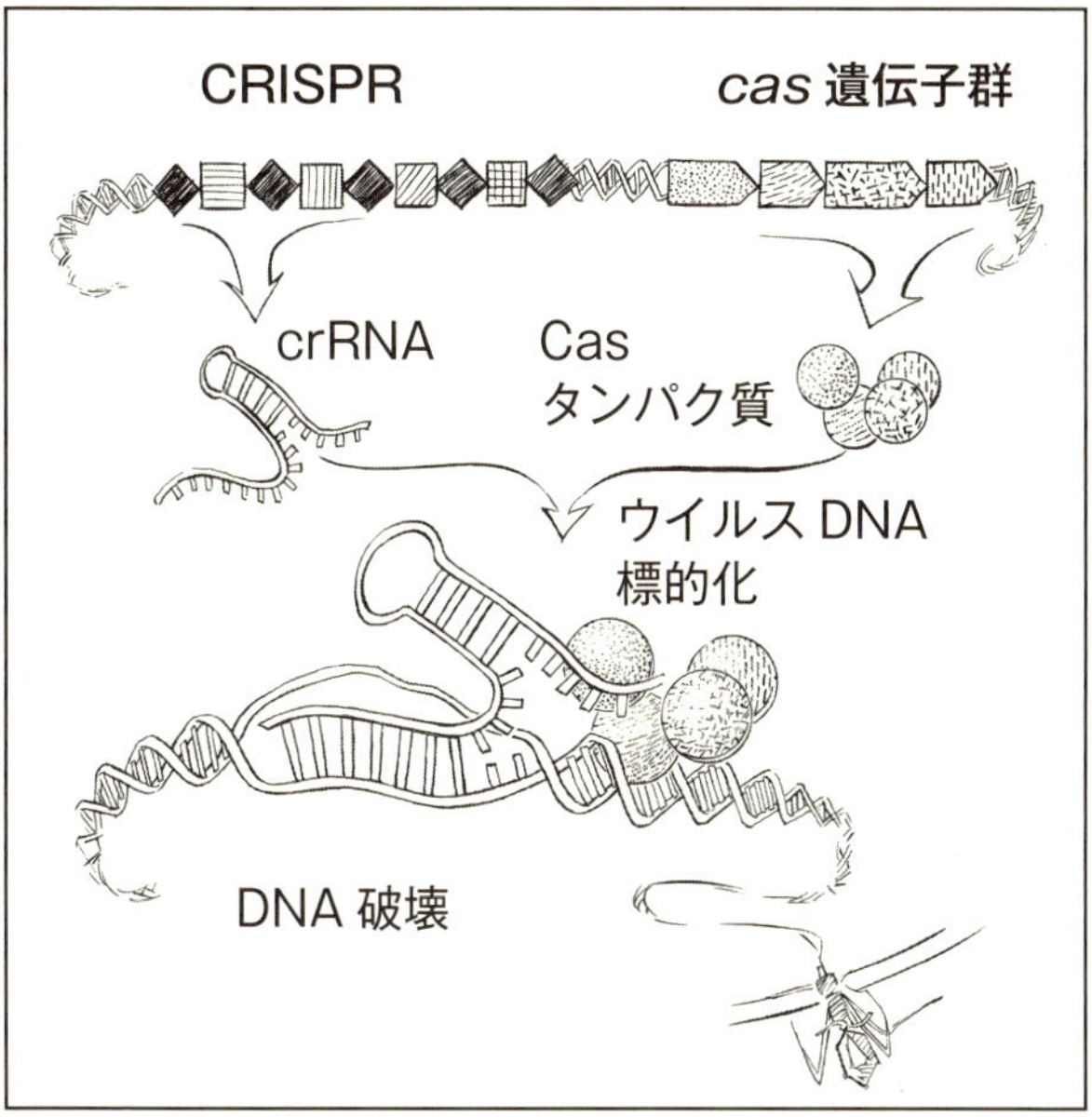

〔図 10〕crRNA と Cas タンパク質による DNA 標的化

れが生成するタンパク質のアミノ酸配列を知ることができる。そのアミノ酸配列を、ほかの理解が進んでいる関連タンパク質と比較し、その情報をもとに多様な種類の遺伝子の機能を推測するのだ。

計算生物学者はすでに高度な推計を通して、CRISPR領域の近傍につねに位置する数百種類の*cas*遺伝子群の化学組成を明らかにしていた。どんな生物であっても、ゲノムにCRISPR DNAが含まれていれば、必ずそのすぐそばに*cas*遺伝子が存在する。まるでCRISPRが*cas*遺伝子と共進化し、切っても切れない関係にあるかのようだ。

*cas*遺伝子がコードするタンパク質は、CRISPR DNAに——そしておそらくcrRNA分子やファージDNAにも——特異的に作用するはずだと私たちは推測した。はっきりしていることが一つだけあった。CRISPR免疫機構の全体を理解するには、*cas*遺伝子の働きを明らかにし、それらが生成するタンパク質の生化学的機能を正確に突き止めなくてはならない。

ブレイクがこのために選んだモデル生物は、異なる種類のCRISPRシステムをもつ二種類の細菌、大腸菌と緑膿菌だった。とくに大腸菌は生化学者の無二の親友ともいうべき存在だ。微生物、植物、カエル、ヒトなど、何の遺伝子を研究するのであれ、生化学者はまず準備として、対象の遺伝子をプラスミドという人工ミニ染色体にクローニングし、プラスミドを自分のゲノムと認識するよう遺伝子操作された特殊な大腸菌株に導入する。対象遺伝子にほかの合成されたDNA指令をつなぐことで、大腸菌をだまして各細胞あたり数十コピーのプラスミドを複製させるだけでなく、対象遺伝子がコードするタンパク質を数千個もつくらせることができるのだ。生化学者はこのようにして大腸菌を、特定のタンパク質を量産するようプログラムされた、微生物のバイオリアクター（生化学反応装置）に変えている。

ブレイクは大腸菌と緑膿菌のそれぞれのゲノムからコピーした*cas*遺伝子を使って手早くプラスミドをつくった。そして実験に足りるだけのＣａｓタンパク質を合成するために、プラスミドＤＮＡを取り込める状態にしておいた数十個の大腸菌株にプラスミドを導入し、それを大量の培養液中で培養した。そうして一晩成長させてから、培養フラスコの中身を大きなビンにあけ、それを大型の高速遠心分離機にかけて、地上の重力の四〇〇〇倍の遠心力で細胞を分離した。次にそれぞれの株ごとに、細胞を少量の食塩水に混ぜ、この混合液に高エネルギーの超音波を照射すると、細胞はみごとに破壊され、細胞が生成したＣａｓタンパク質を含む内容物を放出した。

破裂した薄膜や粘性ＤＮＡ、その他の細胞のカスを除去すると、数千種類のタンパク質が残った。そのなかで必要なのは一種類だけ、Ｃａｓタンパク質である。だがプラスミドの巧妙な設計のおかげで、Ｃａｓタンパク質には特別な化学標識（タグ）が付加され、数千種類のタンパク質から容易に識別できた。それを浄化してタグを除去し、さらに精製を加え、研究対象のすべてのＣａｓタンパク質につき、高濃度の純試料を得ることができた。

必要なＣａｓタンパク質がそろったことで、ようやくこれら酵素の働きを調べるための各種の実験を行う準備がととのった。そして私たちはその試料を使い、Ｃａｓ１と呼ばれる酵素タンパク質には、ＤＮＡを切断する能力があり、それは細胞の免疫形成過程のなかで、ファージＤＮＡの新しい断片をＣＲＩＳＰＲアレイに組み込みやすい状態にする働きを持つ、ということを発見した。[1] この論文は私たちのラボのＣＲＩＳＰＲ分野への最初の貢献となった。この発見を通して、ＣＲＩＳＰＲが攻撃中のファージからＤＮＡ断片を盗み、その遺伝情報を自らの遺伝情報に組み込むことによって、免疫応答の標的化段階と破壊段階の下準備をする仕組みを、わずかながらも解明することができた。

この頃ブレイクは、新しい大学院生のレイチェル・ハウルウィッツをＣＲＩＳＰＲプロジェクトに引き入れ、二人で新たな発見をした。Ｃａｓ６という別の酵素タンパク質が、Ｃａｓ１と同様「化学の包丁」のような働きをするということだ。[2] ただしＣａｓ６には、ｃｒＲＮＡ分子の長い鎖を特異的かつ系統的に切断して、ファージＤＮＡを標的化するための短いＲＮＡ断片にするという、特別な働きがあった。

私たち研究者がＣＲＩＳＰＲというパズルのピースを集めるうちに、全体像がゆっくりとだが着実に見え始め、そのなかでプロジェクト開始時点にもっていた疑問のいくつかに、すでに答えを出すことができた。また研究を進めるうちに、ＤＮＡとＲＮＡを切断するＣａｓタンパク質が次々と見つかった。これらはＣＲＩＳＰＲの免疫応答でＣａｓ１とＣａｓ６に似た役割を担うものと考えられた。

狙ったウイルスを必ず破壊するCascadeというシステム

二〇一〇年になるとＣＲＩＳＰＲプロジェクトは拡大し、この本の共著者サム・スターンバーグを含むもう数人がチームから加わっていた。研究室の空気は刺激と興奮に満ちていた。ＣＲＩＳＰＲに関する私たちの理解は一、二週間ごとに進み、Ｃａｓ酵素には多くの興味深く珍しい特性が確認され、その多くに実用性がありそうだった。一例として、私たちは新たに発見されたＲＮＡ切断酵素を利用して、デングウイルスや黄熱ウイルスなどのヒトウイルスに特徴的なＲＮＡ分子を検出するための診断ツールをつくるというアイデアを考案し、ゲイツ財団から実用化に必要な資金を得た。その後バークレーのバイオ工学研究室と提携し、少量の血液や唾液からウイルスを検出するという彼らの画期的なシステムとこの技術を組み合わせることができた。

二〇一一年にはＣａｓタンパク質の商用化を進めるために、バイオベンチャー企業のカリブー・バイオサイエンシズをレイチェルと共同設立した。当初は体液内のウイルスＲＮＡや細菌ＲＮＡを検出できる簡単なキットを、科学者や臨床医向けに作製することをめざしていた。レイチェルと私は、学問の世界をしばし離れ、刺激的な新しい世界を垣間見る機会を得ることができた。レイチェルは翌春博士課程を修了すると、新会社の社長兼ＣＥＯに就任した。私は科学顧問となり、おかげでカリブーの取り組みに関わりつつも、キャンパスでの責務をしっかり果たすことができている。のちにカリブーは別の、はるかに強力なＣＲＩＳＰＲ関連技術で、世に知られることになる。

この頃ブレイクの焦点と私の関心は、細菌のＣＲＩＳＰＲ　ＤＮＡとＲＮＡ分子の切断に関わる酵素から離れ、ウイルスＤＮＡの切断という厄介な仕事を担うタンパク質に向いていた。ＣＲＩＳＰＲの発見・破壊プロセスのうちの破壊段階を構成するタスクである。ｃｒＲＮＡがウイルスＤＮＡを特定し、それと結合したあとで、おそらく何らかの特殊な酵素がこの外来ＤＮＡを攻撃し、粉々に切断し、無力化するのではないかと私たちは推測した。この仮説を裏づける興味深い証拠が、カナダ・ラヴァル大学のシルヴァン・モアノや、リトアニア・ヴィリニュス大学のウィルギリウス・シクスニスなどの研究仲間から挙がっていた。シルヴァンの研究は、ＣＲＩＳＰＲシステムによって標的化されたファージＤＮＡが、ｃｒＲＮＡと相補的な配列をもつ部位で切断されることを示した。[3] ウィルギリウスは、細菌のファージ根絶能力が、特定の*cas*遺伝子の存在に依存することを示した。[4] 免疫応答中にファージDNAが破壊される仕組みを解明できれば、CRISPR経路全体の核心に迫れそうだった。

ブレイクの研究や、ジョン・ファン・デア・オウストの研究室の仲間たちによる研究を通して、ウイルスを殺すプロセスの複雑さが浮き彫りになった。たとえば私たちが研究していた大腸菌と緑膿菌の二種類の細菌システムは、細胞がウイルスDNAを標的化、切断するために複数のCasタンパク質を必要とした。またファージDNAに対する協調攻撃は、二つの段階に分かれて進行した。第一段階として、ファン・デア・オウスト研究室が示したように、crRNA分子は、一〇種類または一一種類のCasタンパク質を含む巨大な複合体に取り込まれた。この分子マシンに、ジョンの研究室は「カスケード（Cascade）」という華々しい名前をつけた（「抗ウイルス防御のためのCRISPR関連複合体」を表す、CRISPR-associated complex for antiviral defenseの頭字語である）。Cascadeはまるで GPSのように、ウイルスDNAの破壊すべき配列に正確に狙いを定める。第二段階では、Cascadeが破壊の標的である相補的なDNA配列の位置を突き止め、標識（マーキング）すると、Cas3酵素タンパク質という、攻撃を担当する別のヌクレアーゼが颯爽と現れて、標的DNAを切断した。

二〇一一年と二〇一二年に発表した一連の論文のための実験を行ううちに、このプロセスの仕組みがいっそうはっきりした。私たちは強力な電子顕微鏡の力を借り、またバークレーのエヴァ・ノガレス教授と博士研究員ゲイブ・ランダーとの緊密な連携のもとで、Cascade機構の高解像度撮影に初めて成功した。[5] これらの画像は、Casタンパク質とcrRNA分子のらせん型の構造を明らかにし、まるでニシキヘビがシカに巻きつくように、微細な機構がウイルス

ＤＮＡを包み込む様子を示していた。ＤＮＡを標的化するという機能に合わせて美しく進化した三次元形状を目の当たりにして、胸をときめかせたものである。私たちはまたｃｒＲＮＡがウイルスＤＮＡ上の相補的な配列を認識するうえで、塩基対合相互作用が重要であることを明らかにし、ｃｒＲＮＡとほぼ完全に一致するウイルスＤＮＡの標的配列だけに狙いを定めるCascadeの精度が驚くほど高いことを示した。Cascadeはこの高精度な識別能力があるからこそ、自らのＤＮＡを誤って破壊の標的にすることはない。

リトアニアのウィルギリウス・シクスニスの研究室による補足的な研究により、Cascadeで標的化されたウイルスＤＮＡを、Ｃａｓ３酵素が破壊する仕組みが明らかになった[6]。Ｃａｓ３は単純なヌクレアーゼのように、ＤＮＡを一度だけ切断するのではない。ズタズタに細かく切り刻むのだ。Ｃａｓ３は、Cascadeによってｃｒ ＲＮＡと相補的なウイルスＤＮＡ上の配列まで誘導されると、ファージゲノムを毎秒三〇〇塩基対を超えるスピードで往復してＤＮＡをズタズタにし、長いファージゲノムを屑の山にした。単純なヌクレアーゼが剪定ばさみだとすれば、Ｃａｓ３は驚くほど高速で効率性の高い、電動刈り込み機のようだ。

研究仲間がこのような魅惑的な研究成果を積み重ね、私の研究室が生化学的データや構造データで貢献するうちに、かつて漠然としていたＣＲＩＳＰＲの内部構造を、明確な活動を担う個々の分子の集まりとしてはっきりととらえられるようになった。だがその一方で、ＣＲＩＳＰＲ免疫機構がまるで動く標的のように感じられることもあった。ＣＲＩＳＰＲ免疫機構は一つではなく、多くのバリエーションがあるように思われた。これはユージーン・クーニンやキラ・マカロバなどの研究者が、ＣＲＩＳＰＲアレイのそばにあるさまざまな*ｃａｓ*遺伝子群の比較をもとに、早くから予測していたことでもある。強力な解析ツールが容易に使えるようになり、ゲノム解析された細菌と古細菌の数が大幅に増えたおかげで、こうした実態が明らかになっていた。CRISPR免疫機構はきわめて多様で、独自の*cas*遺伝子とCasタンパク質をもつ、多くの異なるカテゴリーに分類できることがわかったのである。

CRISPRは驚くほど多様だった。二〇〇五年には九種類のCRISPR免疫機構が同定された。[7] 二〇一一年になるとその数は三種類に減っていたが、これらの基本型が一〇種類の亜型に分類された。[8] そして二〇一五年に分類は再び変更され、CRISPR免疫機構は二種類に大別され、それらが六種類の型と一九種類の亜型に分類された。[9]

こうした研究成果に照らして、私たち自身の研究の全体における位置づけが明らかになると同時に、研究の限界も浮き彫りになった。私たちが大腸菌と緑膿菌から得ていた結果は、I型CRISPR-Cas免疫機構と呼ばれるものの二種類の亜型にしか当てはまらなかったのだ。研究結果の多くはCRISPRのほかの亜型にも当てはまったが、(CRISPRが細菌の免疫機構であることが初めて証明された)サーモフィルス菌などのII型システムをもつ細菌に当てはめるのはますます難しくなっていた。

それに、ファージDNAが破壊される方法に関しても、CRISPR-Casシステム間で奇妙な違いがあった。大腸菌や緑膿菌のようなI型システムでは、例の「電動刈り込み機」のCas3酵素がDNAをバラバラにした。小さなマシンがあまりのスピードで刈り込むため、DNAが実際に破壊される様子を目で確認できないほどだった。私たちが試験管実験で反応を観察したときも、DNAの長い鎖が標的配列全体にわたって完全に破壊され、あとには分子が散乱しているだけだった。これに対してサーモフィルス菌などのII型システムはより抑制が利き、精度が高かった。カナダのシルヴァン・モアノとジョジアン・ガルノはダニスコのチームと共同で、ＣＲＩＳＰＲ免疫機構によって破壊されている最中のファージゲノムを感染細胞から取り出すことに成功した。何であれ、サーモフィルス菌内で切断を担っていたものは、単純なヌクレアーゼに典型的なプロセスで、ハサミに近い方法で、ウイルスゲノムの塩基配列がｃｒＲＮＡの配列と正確に一致する部位でＤＮＡを切断した。

サーモフィルス菌でのＣａｓ酵素タンパク質の精度の高さは驚異的だったが、私たちはⅡ型システムでのタンパク質のことは、Ｉ型システムの酵素ほどには知らなかった。ブレイクと私が研究していた大腸菌のＩ型ＣＲＩＳＰＲシステムでＤＮＡ標的化の役割を担っていたが、それらのどれ一つとしてサーモフィルス菌のⅡ型システムには存在すらしなかった。さらに、Ⅱ型の酵素タンパク質がｃｒＲＮＡとどのように相互作用して、ウイルスＤＮＡの切断箇所を認識しているのかもわからなかった。

Ⅱ型システムの壊滅兵器は、もしＣａｓ３でないとしたらどの酵素だろう？　またこのシステムでは、何がＤＮＡ標的化を担っているのか――つまり何がｃｒＲＮＡと相互作用しているのだろう？　もしこれらの問いへの答えを見つけることができれば、ウイルスＤＮＡを破壊するという分子的課題を、自然がどのようにして解決したかを明らかにできるはずだ。そのうえ、この強力な新種の細菌免疫機構の仕組みを解明し、意のままに操ることさえできるようになるかもしれない。

不思議なことに、自然の生み出したこの神秘的な防御機構には、人工ヌクレアーゼを思わせる特性があった。人工ヌクレアーゼとは、プログラム可能なＤＮＡ切断酵素のことで、当時遺伝子編集と呼ばれるプロセスで、細胞のＤＮＡ配列を正確に改変するために利用されることが増えていた。サーモフィルス菌のⅡ型ＣＲＩＳＰＲ免疫機構は、ファージＤＮＡを編集するというよりは破壊しているように見えたが、それでも特定のＤＮＡ配列を認識し切断する能力は、少なくとも原理的には、当時すでに存在していた先行の遺伝子編集ツールであるＺＦＮとＴＡＬＥＮの機能と遜色がなかった。だが両者の間には重要な違いもあり、なかでも二つの問題がＣＲＩＳＰＲ研究者の関心を集めていた――Ⅱ型システムではどの種類の酵素が、どのような仕組みでＤＮＡ切断を担っているのか？

とはいえ、私の関心はまだⅠ型システムにあったため、もしもあの幸運な出会いがなかったら、この新しい研究対象に挑もうとは思わなかったかもしれない。それは遠く離れた研究室に所属する、研究を通してしか知らなかった人との邂逅だった。この偶然の出会いに導かれるようにして、ＣＲＩＳＰＲの解明をめざす私たちの取り組みは新たな方向に進み、やがて人生を変えるような共同研究へと発展した――その研究はこの驚くべきシステムの誰も想像もしなかった一面を明らかにしたのである。

プエルトリコの運命的な出会い

二〇一一年春、私はアメリカ微生物学会の年次総会に出席するために、バークレーからプエルトリコに飛んだ。私たち研究者にとって、こういう会議は新しい研究仲間と出会い、彼らの専門分野の最新情報を仕入れ、研究室での過酷な日々を離れて一息つく、またとない機会だ。微生物学会の総会は私が普段出ている会議ではなかったが、ＣＲＩＳＰＲに関する研究成果を報告するために招待されていたのだ。友人で研究仲間のジョン・ファン・デア・オウストと直接会って話せるのも楽しみだったし、プエルトリコも見て回りたかった。大学院生時代に一度だけ訪れたことがあり、美しい熱帯雨林や海の景色が故郷のハワイを思い出させるのだ。

二日目の夜、ジョンと私は次のセッションの会場に行く前にコーヒーを流し込もうと、カフェに立ち寄った。カフェの片隅に、おしゃれな若い女性がすわっているのが見えた。ジョンが私たちを引き合わせてくれた。エマニュエル・シャルパンティエというその名前を聞いたとたん、頭に電球が灯った。

その前年にエマニュエルがオランダのワーヘニンゲンで開かれた小規模なＣＲＩＳＰＲ会議で行った講演のことを、研究室の学生が話題にしていたのだ。私は出られなかったが、出席した学生が化膿レンサ球菌（*Streptococcus pyogenes*）のⅡ型ＣＲＩＳＰＲ免疫機構に関するエマニュエルの講演のことを熱っぽく話してくれた。そこではたと思い出したのが、エマニュエルが最近「ネイチャー」誌に発表した同じテーマの論文[10]が、研究室でちょっとしたセンセーションを巻き起こしていたことだ。論文が発表されるまで、ＣＲＩＳＰＲ経路に関与するＲＮＡ分子は一種類だけだと、世界中の誰もが考えていた。しかしエマニュエルが、細菌の小さなＲＮＡ（スモールＲＮＡ）の機能を長年研究しているヨルグ・フォーゲルと共同で行った研究は、ｃｒＲＮＡの生成に必要とされる（場合がある）、第二のＲＮＡ分子の存在を偶然にも明らかにしたのだ。ＣＲＩＳＰＲ研究者は沸き立った。なぜならこの発見は、細菌の免疫機構の魅惑的な多様性を示し、進化が抗ウイルス防御のための「万能ナイフ」を生み出したことを物語っていたからだ。

ちょっと話しただけで、エマニュエルがもの柔らかで内気だが、茶目っ気があり、驚くほど気さくな人とわかり、すぐに好意を抱いた。次の日は朝の講演のあと、午後が空いていた。中庭に座ってパソコンで仕事をするつもりだったが、エマニュエルに旧市街のビエホ・サン・ファンに行きませんかと誘われると、一も二もなく飛びついた。彼女が幼い頃住んでいたパリの家を思い出すといった石畳の道を散策しながら、最近した旅行の話をし、バークレーと（彼女の研究室が最近移った）スウェーデンの大学制度について語り合い、会議で聞いた講演を振り返った。やがて話題が私たち自身の研究に移ると、彼女は打ち明けた。実は共同研究を提案するために、しばらく前から電話をかけようと思っていたのだと。

エマニュエルは化膿レンサ球菌という感染性細菌のⅡ型ＣＲＩＳＰＲシステムを研究していて、ウイルスＤＮＡが切断される仕組みを解明することに熱意を燃やしていた。彼女の研究や、シルヴァン・モアノ、ウィルギリウス・シクスニスらによる初期の遺伝子研究を通して、*csn1*と呼ばれる少なくとも一つの遺伝子が切断に関与している可能性がますます濃厚になっていた。一緒に力を合わせて、あなたの研究室の生化学と構造生物学のノウハウを活かして、*csn1*遺伝子がコードするタンパク質の機能を解き明かしませんか？　青い輝く海へと続く細い道を歩いていると、エマニュエルが向き直っていった。「私たち力を合わせれば、謎めいた*csn1*の作用を必ず解明できるはずです」。プロジェクトの可能性について思いをめぐらせるうちに、興奮が背筋を走り抜けるのを感じた。

私はＣａｓ３やCascadeのタンパク質をもたない、Ⅱ型ＣＲＩＳＰＲシステムを調べる機会に惹かれた。もしもこの謎めいたＣｓｎ１タンパク質が、実際にⅡ型システム内でＤＮＡ切断に関与しているのなら、エマニュエルと組むことは、私の研究室がＣＲＩＳＰＲ研究のこの分野に貢献できる大きなチャンスになる。

それに、新しい細菌にも興味をひかれた。研究対象としての化膿レンサ球菌は、当時ＣＲＩＳＰＲ研究のモデル生物としてよく使われていたサーモフィルス菌と、興味深い類似点と相違点があった。類似点として、どちらもレンサ球菌属に属し、どちらのＣＲＩＳＰＲ免疫機構も非常によく似ているように思われた。標的化するファージはそれぞれ異なるが、どちらも構成要素や遺伝子はまったく同じで、研究対象をどちらかからもう一方に移すことは容易にできそうだった。

　だが化膿レンサ球菌は、私たちの暮らしではサーモフィルス菌とまったくちがう位置づけにある。サーモフィルス菌はチーズやヨーグルトを作るために乳業界で広く用いられているため、その研究には経済的価値がある。それにサーモフィルス菌はレンサ球菌属のなかで、ヒトやその他のほ乳類において一般に安全と認識されている唯一の菌種だ。他方、化膿レンサ球菌とその他のレンサ球菌属のほぼすべては、ヒトを含む多くのほ乳類の病原体として知られ、驚くほど多くのヒトの病気がこの細菌と関連している。化膿レンサ球菌は人間の致死的な感染病の一〇大原因の一つであり、年間五〇万人以上の死者を出している。[11] 化膿レンサ球菌が原因と考えられる病気には毒素性ショック症候群、猩紅熱（しょうこうねつ）、レンサ球菌咽頭炎などがある。とくにおそろしいのは壊死性筋膜炎で、そのせいで化膿レンサ球菌は「ヒト喰いバクテリア」の異名をとる。

　そんなわけで、化膿レンサ球菌の研究には多大な医学的価値があるため、研究者にとってはなおさら研究対象としての魅力が増す。実際、エマニュエルを最初ＣＲＩＳＰＲの研究に駆り立てたのは、化膿レンサ球菌の病原性を解明したいという願いだった。ＣＲＩＳＰＲシステムが、レンサ球菌感染症を治療する新しい方法になり、数え切れないほどの命を救うことを彼女は期待していた。

　研究者にとって幸いなことに、こうした毒性細菌は、危険を最小限に抑えるような方法で扱うことが可能である。エマニュエルに初めて共同研究を持ちかけられたとき、私の研究室では化膿レンサ球菌を「インビボ（生体内）」ではなく、完全に「インビトロ（「ガラスのなかで」という意味のラテン語から、試験管内での意味）」で扱うつもりだと、それだけははっきりさせておいた。つまり、生体細胞やファージDNAを使う実験ではなく、精製タンパク質やRNA分子、DNA分子の試験管実験を行う。ヒツジの血液を注入したシャーレで化膿レンサ球菌を培養したり、致死的病原体を封じ込めるために外部から完全に隔離された実験室で作業したりはしない。扱う人が感染する恐れがないように、化膿レンサ球菌から分離した遺伝子やタンパク質を、働き者の大腸菌で安全に量産する、ということだ。

プエルトリコでの会議を終えてカリフォルニアに戻るフライトで、提案された共同研究について考えながら、研究室の誰にプロジェクトの運営を任せられるだろうと思った。二〇一一年当時、私たちのCRISPR研究は当初に比べて大幅に拡大していて、何人もの博士研究員、大学院生、専門研究員がCRISPRの生化学やツール開発に多面的に取り組んでいた。全員がプロジェクトに忙殺されていて、新しい任務を負わせるのはためらわれた。

でもそのとき、これ以上ないほどうってつけの人材がいるのに気がついた。才能あふれる勤勉なチェコ共和国からの博士研究員が、まもなく研究室での任期を終えようとしていた。彼は教員の採用面接のために世界を飛び回っていたが、バークレーでの最後の一年間で何か新しいことをやりたいといっていたのを思い出したのだ。

Cas9タンパク質が鍵となる

マーティン・イーネックは、いろいろな意味でブレイクとは対極的な人物だ。ブレイクが明るく社交的なのに対し、マーティンは物静かで内省的だ。実験で何か問題や未知のことにぶつかると、ブレイクがすぐに助っ人を探し出してくるのに対し、マーティンは猛勉強して自力で解決策を見つける——といっても、彼がすでに答えを知らなければ、の話である。生物学と生化学にかけては百科事典並みの知識の持ち主で、そのことは数々の輝かしい研究実績にも、研究分野の多様さにも表れていた。そして何より、彼はＣＲＩＳＰＲの分野に精通していた。ヒトのＲＮＡ干渉を研究するために私の研究室に加わり、ブレイクとレイチェルをみっちり指導して、多くのＣＲＩＳＰＲ関連プロジェクトを完了に導いていた。

エマニュエルとの共同研究について相談すると、マーティンは熱狂的な反応を示した。そして夏にドイツから来ることになっていた修士学生のミヒャエル（ミチ）・ハウアーも加えてはどうかと提案してきた。私に異論はなかった。人材は多いほどいい。そしてエマニュエルの謎めいたタンパク質について調べれば調べるほど、そこには何か特別なものが、ＣＲＩＳＰＲの最も深遠な秘密を解き明かす手がかりが隠されているはずだという、確信めいた直感がわいてきた。

Ｃｓｎ１酵素は数年の間にいろいろな名称で呼ばれるようになっていたが、最終的に二〇一一年夏にそのうちの一つ、Ｃａｓ９に落ち着いた。絶え間なく変化する名称に手こずりながらも、Ｃａｓ９に関する既存研究を読むうちに、私はこのタンパク質の重要性をはっきり確信した。ロドルフとフィリップは二〇〇七年の研究で、Ｃａｓ９タンパク質をコードする遺伝子を不活性化させると、サーモフィルス菌の抗ウイルス能力が失われることを証明した。さらに、ＣＲＩＳＰＲ免疫応答中にファージゲノムが切断されることを示したジョジアンとシルヴァンの研究は、Ｃａｓ９をコードする遺伝子を不活性化すると、ＣＲＩＳＰＲからウイルスＤＮＡ

を破壊する能力が失われたことも明らかにした。同様にエマニュエルも化膿レンサ球菌の実験で、Ｃａｓ９をコードする遺伝子に変異が起こると、ｃｒＲＮＡ分子の生成に支障が生じ、免疫機構全体が損なわれることを示した。最後に、二〇一一年秋に発表された、ウィルギリウス・シクスニスの研究室とダニスコのロドルフとフィリップの共同研究は、サーモフィルス菌のＣＲＩＳＰＲシステムでタンパク質を生成することが知られている*ｃａｓ*遺伝子のうち、抗ウイルス応答に絶対的に欠かせないものは*ｃａｓ９*だけであることを示唆していた。

読めば読むほど、Ⅱ型ＣＲＩＳＰＲシステムの免疫応答の破壊段階において、Ｃａｓ９タンパク質が重要な役割を担っている可能性が高いように思われた。少なくともレンサ球菌属の細菌で不可欠なことはまちがいないようだったが、Ⅱ型システムの一部の集団にとって重要なものが、システムの全集団にとっても重要だという可能性は十分あった。しかし、Ｃａｓ９が正確にどのような役割を果たしているのかは、まだ明らかにされていなかった。

マーティンを交えて、エマニュエルとスカイプ会議を行い、Ｃａｓ９の実験について構想を練り始めた。電話会議のセッティングに手こずり、私たちの共同作業の多難な前途が思いやられた。エマニュエルがいるのはスウェーデン北部のウメオ大学で、私たちのいる西海岸との時差は、向こうの方が一〇時間早い。そしてＣＲＩＳＰＲプロジェクトのリーダーを務める、エマニュエルの研究室の博士学生クシシュトフ・チリンスキーは、研究室が以前あったウィーン大学からの参加になる。実に国際色豊かな集団だ。スウェーデンのフランス人教授に、オーストリアのポーランド人学生、そしてバークレーのドイツ人学生とチェコ人のポスドク、アメリカ人教授。

とにもかくにも、全員に都合のよい時間を決めて会議を行い、ざっくりとした構想を立てた。

私の研究室にとっての当面の課題ははっきりしていた。Ｃａｓ９タンパク質を分離、精製する方法を考案すること。エマニュエルの研究室は、これができていなかった。Ｃａｓ９が私たちの推測通りｃｒＲＮＡと相互作用するのか、抗ウイルス応答でどのような機能を担うのかを解明する生化学実験を行うには、Ｃａｓ９を手に入れることが先決だ。

　エマニュエルの研究室の大学院生クシシュトフが、化膿レンサ球菌から抽出した*cas9*遺伝子を含む人工染色体を送ってくれ、マーティンが注意深く見守るなか、ミチがタンパク質の精製に取りかかった。ミチはまず人工ＤＮＡをさまざまな大腸菌株に導入し、成長条件や富栄養培地の種類を変えて、数十種類のパラメータを系統的にテストし、Ｃａｓ９タンパク質の生成レベルが最も高いプロトコルを特定した。ちょうど庭師が土壌と肥料を変えながら、新しい花に最適な成長条件を探そうとするようなものだ。次に、クロマトグラフィー法という化学的手法を用いて、細胞を破壊し、細胞に含まれる多くのタンパク質からＣａｓ９を分離する方法をテストした。最後に、精製したＣａｓ９タンパク質の安定性を調べた。タンパク質のなかにはほかより不安定で、たった一度の使用で劣化するものもある。たとえば凝集や沈殿を起こし、それまで透明だった試験管が微小な雪片が舞うように乳白色に混濁するなど。他方、冷凍と解凍の繰り返しに耐え、高い耐久性を示すものもある。さいわい、Ｃａｓ９は後者のタイプだった。

　とうとう、最初の生化学実験を行うときがやってきた。ミチとマーティンが精製、分離に取り組んでいる間、私たちはこのタンパク質にＤＮＡ切断能力があるとすれば、その能力はｃｒＲＮＡの存在に依存するはずだと考えた。それまで実験室で調べていたＩ型ＣＲＩＳＰＲシステムでは、ｃｒＲＮＡと多数のＣａｓタンパク質が結合してＤＮＡ結束・切断マシンを形成しためため、Ｃａｓ９も同様にｃｒＲＮＡと相互作用するのではないかと考えたのだ。これを裏づけるように、Ｃａｓ９のアミノ酸配列の計算解析は、この酵素タンパク質内に一種類ではなく、二種類の核酸切断モジュール、すなわちヌクレアーゼが存在する可能性を示していた。これらのモジュールの一方または両方が、ファージＤＮＡを切断するのかもしれない。

ミチは論文を完成させるためにドイツに戻らなくてはならず、フライトを予約ずみだったが、研究室での残り少ない時間で、精製したＣａｓ９酵素がＤＮＡを切断するのをマーティンとともに見届けると決意していた。二人はエマニュエルの化膿レンサ球菌の研究で定義された機能性ｃｒＲＮＡ分子を合成し、このｃｒＲＮＡとＣａｓ９タンパク質、ＤＮＡ試料を混ぜ合わせた。重要なことに、この実験で使ったＤＮＡには、ｃｒＲＮＡの一端の配列に対応する配列が含まれていた。

科学研究のプロセスにはありがちなことだが、実験は残念な結果に終わった。ＤＮＡには観察できる変化は認められず、相補的なｃｒＲＮＡとＣａｓ９に曝露する前と後で何の違いもなかった。実験の設定が適切でなかったか、そもそもＣａｓ９にＤＮＡ切断能力がなかったかのいずれかである。ミチは研究室で結果を発表し、Ｃａｓ９の分離、精製、観察に費やした一夏の苦労が水の泡になったことに気落ちして、ドイツに戻っていった。

ついに標的ミサイルであるＣａｓ９タンパク質の仕組みを解明

クシシュトフとエマニュエルとの共同研究が始まって以来、マーティンは実験室でミチをつきっきりで指導していたが、それと並行して大学教員になるための就活にも余念がなかった。

面接のために世界中をめぐり、最終的にスイスのチューリッヒ大学に助教の職を得た。私たちにとって幸運なことに、ミチが去る頃にはマーティンの旅行スケジュールはかなり楽になっていたため、彼はミチの仕事をそのまま引き継ぎ、Ｃａｓ９とその機能の解明に全力を注ぎこんだ。

ミチとマーティンの実験結果は、Ｃａｓ９にＤＮＡ切断能力がないことを示唆しているように思われたが、実験に問題はなかっただろうか？　よくある原因（試験管内でタンパク質が劣化したなど）から、興味深い原因（応答に必要な要素が欠けていたなど）まで、いろいろなことが考えられた。後者の可能性を探るために、マーティンとクシシュトフはＤＮＡ切断実験の設定をさまざまに変えながらテストを続けていたが、このプロジェクトの思いがけなくも幸運な展開の一つとして、ある事実が判明した。二人は国境を挟んだすぐ近くで育ち――クシシュトフはポーランド側、マーティンは旧チェコスロバキア側――二人ともポーランド語を話したのだ。おかげでますます頻繁になりつつあったスカイプでのやりとりが格段に楽になり、アイデアを検討しやすくなった。

最終的にクシシュトフとマーティンは、ｃｒＲＮＡのほかに、二つ目の種類のＲＮＡを含めて実験を行った。それはトランス活性化型ｃｒＲＮＡ（ｔｒａｃｒＲＮＡ）と呼ばれ、エマニュエルの研究室が化膿レンサ球菌のｃｒＲＮＡが生成されるために不可欠なものとして、以前の研究で特定していたものだ。二人は実験を行い、単純だが私たちにとっては衝撃的な結果を得た。ｃｒＲＮＡ分子の二〇塩基と完全に一致する配列を持つＤＮＡが、スパッと切断されていたのだ。同時に行った対照実験との比較から、切断が行われるためにはｃｒＲＮＡとＤＮＡの配列の一致と、Ｃａｓ９タンパク質とｔｒａｃｒＲＮＡの存在が必要だということが判明した。

要するに、この結果はＣＲＩＳＰＲの免疫応答時に細胞内で起こることを、最小限の構成要素だけを用いて再現したものだ。化膿レンサ球菌細胞の内部を模して、細胞分子はＣａｓ９と二種類のＲＮＡだけ、それとファージのゲノムを模したＤＮＡ分子が一つ。そして決定的に重要なのが、ＤＮＡ配列にｃｒＲＮＡの配列と一致する二〇塩基が含まれること、つまりｃｒＲＮＡがＤＮＡ二本鎖の片方と相補的に対合し、独自の二重らせんを形成できることである。このＲＮＡ-ＤＮＡ二重らせんが、Ｃａｓ９による特異的なＤＮＡ切断のカギなのかもしれなかった。

試験管内でのＤＮＡ切断反応を確認するには、巧妙な検出法を考案する必要があった。ＤＮＡが切断される様子を直接可視化することはできない。五〇塩基のＤＮＡは長さにしてわずか一七ナノメートル、つまり一〇億分の一七メートル、人の毛髪の直径の約千分の一で、どんなに強力な顕微鏡をもってしてもとらえられないからだ。そこでマーティンとクシシュトフは核酸生化学者の御用達ツールの二つ、放射性リンとゲル電気泳動を使うことにした。まずＤＮＡをＸ線フィルムに感光させて検出できるように、ＤＮＡ分子の両端に放射性リン原子を化学的に結合させておく。それからＤＮＡに高電圧をかけ、分子ふるいのような働きをする厚いゲル状の物質に通すことで、ＤＮＡ分子を大きさによって分離することができた。切断後にＸ線フィルムをゲルに重ね合わせて感光させると、複数の帯状の領域（バンド）が現れた――フルサイズのＤＮＡを示す長いバンドが一本と、切断されたＤＮＡを示すバンドが一本である。

マーティンはさらに、ＤＮＡ鎖が二本とも、Ｃａｓ９タンパク質によってｃｒＲＮＡに対して同じ位置で切断されたことを示した。また重要なことに、ｃｒＲＮＡとｔｒａｃｒＲＮＡ分

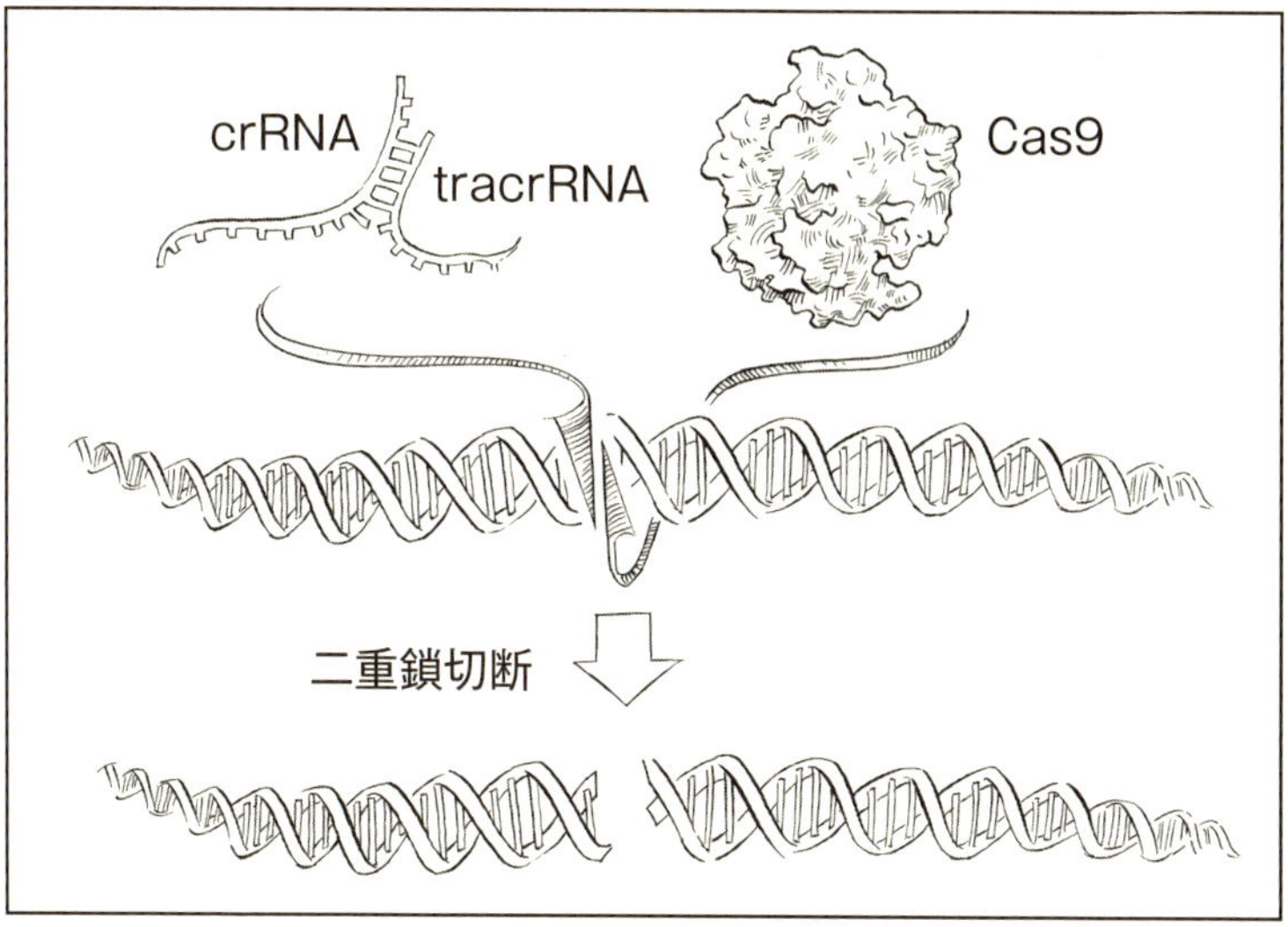

〔図11〕Cas9は二種類のRNA分子を用いてDNAを切断する

子は実験を通して変質することがなく、Cas9タンパク質はそれらを繰り返し用いて切断すべきDNA配列を認識することができた。

これらの結果から、DNA切断機構——すなわち化膿レンサ球菌とサーモフィルス菌、同種のCRISPRシステムをもつほかのすべての細菌に、特定のファージDNA配列を標的化し、破壊する能力を与える機構——に不可欠な構成要素を特定することができた。それはCas9酵素、crRNA、そしてtracrRNAである。

この結果を得て、私は天にも昇る気持ちだったが、その反面、至急答えを出さなくてはならない問題の多さにも圧倒された。まず、Cas9酵素がRNAに誘導されてDNAを切断する仕組みを正確に理解するには、切断機能を制御しているのがタンパク質のどの部位なのかを正確に知る必要があった。またＤＮＡの切断が特異的で、ｃｒＲＮＡとＤＮＡの配列の一致が必要であることを証明するには、ＲＮＡとＤＮＡ配列の文字を変化させて、ＲＮＡとＤＮＡの相補性が不完全な場合に切断が行われないことを示す必要があった。それにｃｒＲＮＡとｔｒａｃｒＲＮＡの仕組みを明らかにするには、これらＲＮＡ分子の構成要素を系統的に除去していき、真に必要な構成要素を突き止めなくてはならなかった。

マーティンとクシシュトフはこれらの問いに答えを出すべく、疲れも知らずに作業を続け、やがて驚くべき全貌が明らかになり始めた。Ｃａｓ９がＤＮＡ二重らせんと結合して二本鎖をこじ開けると、ｃｒＲＮＡがＤＮＡの一本の鎖と新しいらせんを形成する。するとＣａｓ９は二種類のヌクレアーゼを使ってＤＮＡの二本の鎖を同時に切断し、ＤＮＡ二本鎖切断を起こすのである。Ｃａｓ９はＲＮＡ分子の配列を変えれば、それと相補的などんなＤＮＡ配列も標的化し、切断することができた。ｃｒＲＮＡ分子はまるでＧＰＳのように、自らの配列をもとに長いＤＮＡ分子のなかの正確な切断部位にＣａｓ９を誘導した。塩基の相補性（ＡはＴと、ＧはＣと対になる）を利用して、どんな恣意的なＤＮＡ配列も標的化できる、真にプログラム可能なヌクレアーゼとはまさにこのことだ。ガイド役のＲＮＡにどんな二〇塩基が含まれようとも、Ｃａｓ９はそれと相補性のあるＤＮＡの配列をみつけ、切断するのだ。

Ｃａｓ９の機能は、細菌がウイルスと戦ううえで絶好の武器になる。過去に攻撃を受けたファージのＤＮＡ断片が保管されたＣＲＩＳＰＲアレイを由来とする多様なＲＮＡ分子があるから、ウイルスゲノム上の相補的な部位を切断するよう、Ｃａｓ９を簡単にプログラムすることができる。細菌の最終兵器、迅速に驚くほどの精度で攻撃できるウイルス追撃ミサイルだ。

これは遺伝子編集技術に転用できる！

マーティンとクシシュトフの結果を得て、次の問いに取り組む準備ができた。もし細菌が特定のウイルスDNA配列を切断するようCas9をプログラムしているというのなら、私たち研究者も、任意のDNA配列（ウイルスに限らずあらゆるDNA配列）を切断するようCas9をプログラムできるだろうか？　マーティンと私は遺伝子編集分野の動向を、またZFNやTALENのようなプログラム可能なヌクレアーゼが背負わされた期待――と深刻な限界――を、強く意識していた。そして、過去に発見、開発されたどんなツールよりもはるかに使いやすい遺伝子編集技術になりうるシステムを発見したことに、畏れながらも気がついたのである。

ただ、この小さな分子機構を強力な遺伝子編集ツールに変えるには、もう一歩先に進む必要があった。ここまで私たちは、複雑な免疫応答の仕組みを、さまざまな方法で分離、改変、組み合わせが可能な、一連の単純な可動部分に分解した。さらに重要なことに、周到な生化学実験により、これら可動部分を支配する分子法則を導き出した。次に必要なのは、任意のDNA配列を標的化し、切断するよう、Cas9とRNA分子を操作できることをはっきり示すことだ。これを実証することでこそ、CRISPRの力を余すところなく見せつけられる。

「CRISPR－Cas9機構を自分たちの手でプログラムする」というこの一歩は、実際には二つの小さなステップに分かれていた。まずアイデアを考案し、それから実験を行わねばならない。

最初はアイデアである。マーティンは、二つのRNA分子――Cas9を標的配列に誘導するｃｒＲＮＡと、ｃｒＲＮＡをＣａｓ９につなぎとめるｔｒａｃｒＲＮＡ分子――をこれまで以上に綿密に系統的に変化させて、二つのＲＮＡの一つ一つの塩基が機能に与える影響を見きわめた。この知識をもとに、マーティンと私は二つのＲＮＡ分子を一つに統合するアイデアを出し合った。一方のＲＮＡの末端ともう一方のＲＮＡの先端をつなぎ合わせ、どちらの機能も損なわずにキメラＲＮＡをつくることができれば、プログラム可能なＤＮＡ切断マシンの扱いやすさは格段にアップする。Ｃａｓ９と二つのＲＮＡ分子（ガイド役のｃｒＲＮＡと補助役のｔｒａｃｒＲＮＡ）を組み合わせる代わりに、たんにＣａｓ９酵素を、両方の役割を兼任する単一のＲＮＡ分子、すなわちシングルガイドＲＮＡ（ｓｇＲＮＡ、またはガイドＲＮＡ）と組み合わせるだけですむのだ。ＣＲＩＳＰＲを遺伝子編集ツールにするには、システムの複雑さを減らし、使い勝手を大幅に向上させることがカギだ。

このアイデアをもとに、私たちは実験を設計した。二つのＲＮＡをつないだ単一のＲＮＡ分子が、結合前と変わらずに、Ｃａｓ９をＤＮＡの切断部位まで誘導できることを確かめる必要があった。またＣａｓ９が、細菌の進化の過程で自然選択されたファージのＤＮＡ配列だけでなく、あらゆる任意のＤＮＡ配列を切断するようプログラムできることも、実験で示さなくてはならない。

私たちは意図的にというよりは便宜上、緑色蛍光タンパク質（ＧＦＰ）をコードするクラゲ遺伝子を標的に選んだ。自分たちが大きなブレークスルーを成し遂げたことをこの時点ですでに自覚していたから、研究室の冷凍庫にない遺伝子を選んで実験を遅らせたくはなかったのだ（ちなみにＧＦＰは、細胞や細胞を構成するタンパク質を可視化するバイオテクノロジーの強力なツールとして、世界中の研究室で用いられるようになり、発見者のマーティン・チャルフ

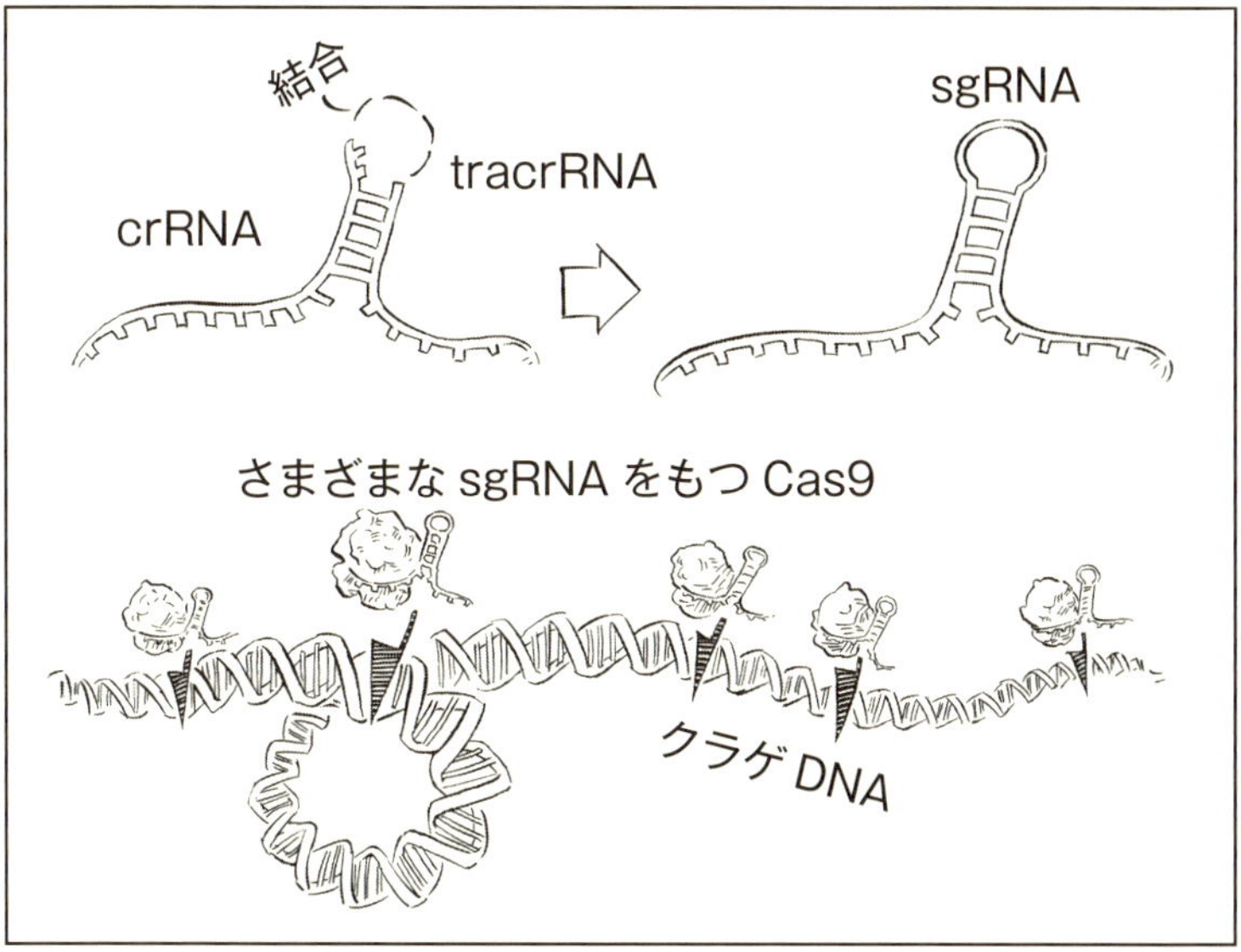

〔図 12〕CRISPR-Cas9 によるプログラム可能な DNA 切断

イー、下村脩（おさむ）、ロジャー・チエンはその功績により二〇〇八年にノーベル化学賞を受賞した）。マーティン・イーネックは標的配列として、クラゲ遺伝子から二〇塩基の配列を五つ選び、それらと完全に一致するように五つのキメラRNAの配列を変更した。こうしてつくった新しいsgRNA分子をCas9とクラゲDNAとともに、いまやおなじみになったDNA切断アッセイに加え、結果を待った。

　私たちは研究室のコンピュータを囲んですわり、マーティンがGFP実験のデータをくわしく説明するのを聞きながら、ゲルの美しいスキャン画像を見た。すべてのGFP DNAが、意図した箇所で切断されていた。sgRNA分子はどれも意図したとおり作用し、クラゲDNAの標的配列を正確に認識し、Ｃａｓ９と相互作用してその正確な部位でクラゲＤＮＡを切断していた。

とうとうやり遂げたのだ。この短期間のうちに新しい技術を構築し、その有効性を実証した。ＺＦＮとＴＡＬＥＮタンパク質の先行研究を土台とする、ゲノム編集が可能な技術、それも細菌ウイルスのゲノムだけでなく、あらゆるゲノムの編集が可能な技術だ。私たちは第五の細菌兵器システムをもとに、生命の暗号を書き換える手段を構築したのである。

その夜、キッチンに立って夕飯の支度をしているとき、頭のなかをこのちっぽけなマシンが舞っていた。Ｃａｓ９とガイドＲＮＡが相補的なＤＮＡ配列を求めて、細菌細胞の周りをぴょんぴょん飛び跳ねているのだ。気がつくと、私は声を上げて笑っていた。ウイルスＤＮＡを発見、破壊するタンパク質戦士をプログラムする方法を、細菌が編み出したとは、なんてすごいことだろう！　そして細菌のこの基本特性をまったくちがう目的に役立てられるのは、なんて奇跡的で、なんて幸運なことだろう。あれは純粋な喜び、発見の喜びに浸ることができた、貴重なひとときだった。過ぎ去りし日にヘムス博士の研究室で味わったのと同じ感情だ。

「サイエンス」誌に論文を提出

二〇一二年六月、エマニュエルとクシシュトフが会議のためにバークレーを訪れ、マーティンと私はとうとう二人と顔を合わせることができた。信じがたいことに、あれほどの科学の長旅をともにしながら、それまでのやりとりはほぼすべてネットを介していた。数え切れないほどの電話やスカイプ会議、メールの交換を経て、とうとうバークレーの私のオフィスに集い、短いが濃密だった共同作業の成果に胸を熱くした。

エマニュエルとクシシュトフは、CRISPRに関する第五回年次会議に出るために来ていた。会議に集まったのは、当時細菌の防御機構を研究していた二〇から三〇の研究室のメンバーで、ほとんどが食品化学や微生物学分野の研究者だった。CRISPRは科学界全体からはまだそれほど注目を集めておらず、過去一〇年間でこのシステムに言及した科学論文は二〇〇本ほどだった。しかし状況が大きく変わろうとしていることを、私たちは知っていた。

このときの会議は絶好のタイミングであり、最悪のタイミングでもあった。私たちの研究を仲間たちの研究と比較してとらえるよい機会だった一方で、あの狂乱の数週間のあとでは早く休みを取りたくて仕方なかった。

GFP実験のあと、私たちはプロジェクトを可能な限り早く完了させることに決め、プロジェクトを説明する研究論文の執筆に専念した。マーティンとクシシュトフがまだすべての実験を終えないうちから、また海外の研究者がバークレー出張の荷造りを始めないうちから、エマニュエルと私は執筆にとりかかった。

この論文の主な狙いは、化膿レンサ球菌の抗ウイルス防御におけるCRISPRの働きを解明したことを示すことにあったが、この研究成果のもつ、とてつもなく重大な意味についても指摘しておきたかった。そこで論文の概要に、プログラム可能なDNA切断酵素がゲノム編集に有用であることを指摘する一文を含めた。加えて、細菌以外の生物種やほかの細胞種へのCRISPRの応用に対する、簡潔だが意義ある賛意を、論文の結論に示した。ZFNとTALENに言及したあとで、論文を次のように結んだのである。「遺伝子ターゲティングとゲノム編集への幅広い応用可能性を秘めた、RNAによってプログラム可能なCas9を利用する代替的手法を、ここに提唱する」[12]。

二〇一二年六月八日のよく晴れた金曜の午後、コンピュータの「確認する」のボタンをクリックして、「サイエンス」誌に正式に投稿した。論文はわずか二〇日後の六月二八日に掲載され、私にとって、また同僚たちや生物学分野にとっても、世界が二度と再び元に戻ることはなかった。だがその頃には、画期的業績を成し遂げたことの高揚感は萎えていた。それまでの人生にないほど疲労困憊していた。

何週間もぶっ通しで机に向かっていたように感じた。気分転換をしようと、もうろうとした頭のまま立ち上がり、スタンレーホールをふらりと出て、バークレーキャンパスの緑地に入った。オフィスのある棟の正面の人工池を囲む芝生には、人っ子一人いなかった。春学期はひと月も前に終わり、いつもは騒がしいキャンパスは気味が悪いほど静まりかえっていた。

今はわかる。あれは嵐の前の静けさだったのだ。

第4章　高校生も遺伝子を編集できる

私たちが二〇一二年に論文を発表してから、堰を切ったようにＣＲＩＳＰＲの多様な利用法が発見されている。私を含む科学者は、医療ベンチャー企業をたちあげた。これまでの六〇〇分の一以下のコストで、短時間でできるこの「魔法の杖」を誰もが使い始めた。

鎌状赤血球症の治療にクリスパーを使う

私たちの論文が「サイエンス」誌に掲載されたほぼ一年後、私はＣＲＩＳＰＲについて話し合うためにマサチューセッツ州ケンブリッジを訪れていた。このときを初回として、その後はこうした話し合いのために毎月のように全米を回るようになる。

二〇一三年六月初旬、ハーバード大学幹細胞・再生生物学部の将来を嘱望された科学者に会うためにキャンパスを訪問した。キラン・ムスヌル教授のオフィスのあるシャーマン・フェアチャイルド生化学ビルは、私が大学院生だった一九八〇年代に生物科学の講義を受けていた場所だ。あれから三〇年を経て、建物の外観にはほとんど変化がなかったが、内部はすっかり改装されていた。老朽化した講堂や生化学実験室は消え、最先端設備が並ぶ白く広々とした明るい施設に変わっていた。私が訪れた日、この近代的な空間は、細胞や組織の成長の奥深い謎にともに取り組む数十人の研究者で賑わっていた。

フェアチャイルドビルの変貌ぶり、とくに基礎生化学から応用生物学への重点のシフトは、ある意味では私自身の考えや研究の変遷を見るかのようだった。この一年は嵐のように過ぎていった。世界中の研究者、どの一つの研究室にもとうてい収まりきらない数の科学者が、CRISPR‐Cas9の生化学的特性に関する私たちの発見を足場に、急ピッチで研究を進めていた。すでにこの新しい知識を利用して、さまざまな生物のDNAのみならず、ヒト細胞の遺伝物質までもが編集されていた。研究者も医師も、遺伝子コードの欠陥を、すばやく簡単にしかも正確に修正する方法として、CRISPR‐Casをまるで遺伝子編集の聖杯のように称賛していた。それまで細菌とCRISPR‐Cas生物学の世界にいた私は、瞬く間にヒト生物学と医学の世界へと連れて行かれた。私のような高度に専門的な研究者にとっては、バークレーで眠りに落ち、目覚めたら火星にいた、というほどの大激変である。

キランとの顔合わせは、この新技術を取り巻く熱狂をよく表していた。この日はCRISPRの治療ツールとしての応用可能性について話し合うつもりだったが、キランはすでに一歩先を行っていた。オフィスに腰を落ち着ける前に、彼について研究室を見て回った。二人で歩く間、彼はチームがCRISPRをどのように使って遺伝性疾患の治療法を開発しているのかを、熱っぽく説明してくれた。

彼のチームの研究対象の一つが、鎌状赤血球症という、DNAのたった一塩基が置き換わるだけで、赤血球が変形して十分な酸素が全身に運ばれなくなる病気だった。チームはCRISPRを使って変異したβグロビン遺伝子を標的化、切断し、誤って置き換わった一七番目の「A」を正しい「T」に戻そうとしていた。もしも実験室で本物のヒト細胞を使って技術を改良することができれば、いつの日かこの遺伝性疾患の根治治療の一環として、人間の患者の遺伝子に同じ編集を行えるようになるはずだ。

キランのあとについて、コンピュータのワークステーションに行った。画面にはＤＮＡの長い配列が左から右に向かって表示されている。彼は上方の二つの配列を指さして、これは二人の鎌状赤血球症患者から採取した血液細胞中のβグロビンＤＮＡの配列だといった。たしかに通常はＴであるべき一七番目の塩基がＡに変わっている。

するとキランは画面の一番下のパネルを指さし、同じ患者が三種類のＣＲＩＳＰＲ関連要素を投与されたあとのＤＮＡ配列だと教えてくれた。すなわち、化膿レンサ球菌からＣａｓ９タンパク質を生成するための遺伝的指令と、βグロビン遺伝子を変異部位に正確に誘導するためのＣＲＩＳＰＲ由来のガイドＲＮＡ分子、そして置き換え用の合成ＤＮＡ、つまりＣａｓ９が遺伝子を切断したあとで、細胞が遺伝子の修正、修復に用いるβグロビン遺伝子の正常な配列である。キランはＣＲＩＳＰＲ－Ｃａｓ９システム、略してＣＲＩＳＰＲを、ゲノムの適切な部位を標的化、切断するためだけでなく、修復箇所を標識するためにも利用していた。細胞は標識を目印にして、誤った配列を正常な配列で置き換えるのだ。

画面の一番下を見てまさにそれが起こったことを知り、とてもうれしかった。患者のＤＮＡ配列は健康な人の配列と見分けがつかなかった。キランのチームはＣＲＩＳＰＲを使って、ゲノムにほかの混乱を生じることなく、疾患を引き起こしていたＡの塩基を正しいＴの塩基に置換した。患者の血液細胞を使ったこの単純な実験によって、ＣＲＩＳＰＲ－Ｃａｓ９システムが世界全体で数百万人を苦しめているこの難病を治癒できることが証明されたのだ。

その夜、チャールズ川沿いの道を走りに行った。大学院生の頃に何度となく走った道だ。すぐそばを流れるチャールズ川の懐かしい風景を眺めていると、学生に戻ったような気分になり、いつしかDNA修復について論じ合った大学院時代に引き戻されていた。あの頃、私の指導教官のジャック・ショスタクと大学院生のテリー・オー＝ウィーバーが発表した研究が、議論の的だった。DNA二重らせんの損傷を細胞が修復する仕組みを説明した彼らのモデルに、多くの科学者が当惑していた。また、この修復法を利用すれば任意のDNA配列を改変できるという、メモリアル・スローン＝ケタリングがんセンターのマリア・ジャシンらが提唱した考えは、さらに大きな困惑を招いていた。しかしこの戦略は、人工酵素のZFNやTALENをはじめとする先行技術で有効性が証明され、今やCRISPRでの成功を私たちは目の当たりにしていた。そのうえCRISPRベースの遺伝子編集技術ははるかに使いやすかった。CRISPRは、CDがカセットテープを（またカセットテープがレコードを）駆逐したように、先行技術に取って代わるだろうか？　そんなことを考えながら、知らぬ間にハーバード・スクエアとロング・フェロー橋を往復し、CRISPRに思いをはせるうちに、通り過ぎる町の風景はいつしか遠くへかすんでいった。

この時の訪問で私が何より期待を持ったのは、キランの研究室が用いた手法を、ほかの多くの遺伝性疾患の治療に応用する可能性である。もしもCRISPRを人体に安全かつ効率的に導入し、培養細胞で成功した遺伝子編集を患者の細胞でも行えるなら、CRISPRが医療に革命をもたらす可能性は無限に広がるだろう。しかしこの可能性を実現するには、どんな学術研究所も単独ではとても賄えない、莫大な資金と人的資源が必要になる。当時私が研究仲間とCRISPRベースの治療法の開発をめざす企業の立ち上げを検討していたのは、まさにそのためだった――実際、ケンブリッジ訪問の目的もそこにあった。CRISPRを活用して、かつて不可能とされた遺伝性疾患の治療法を提供することを、私たちは夢見ていた。

二〇一三年の夏から秋にかけて話し合いを重ね、私と四人の科学者で起業の構想を練った。ジョージ・チャーチ、キース・ジョング、デイビッド・リウ、そしてフェン・チャンである。私たちは二〇一三年一一月にベンチャーキャピタル三社から合計四三〇〇万ドルを調達し、エディタス・メディシンを共同設立した。その半年後、エマニュエルはCRISPRセラピューティクスを二五〇〇万ドルの資本金で共同設立し、二〇一四年一一月には〔私が共同設立した〕インテリア・セラピューティクスが、シリーズAラウンドで一五〇〇万ドルの資金を調達して布陣に加わった。二〇一五年末までにこれら三社は、エマニュエルと私が初めて開発、解明したCRISPR技術を利用して、嚢胞性線維症、鎌状赤血球症、デュシェンヌ型筋ジストロフィー、遺伝性盲目症など、さまざまな疾患の治療法を研究開発するために、五億ドルを大きく超える資金を調達していた。

医療応用には大いに期待がもてたが、CRISPRがヒト臨床試験の段階に進むのはまだ何年も先のことに思われた。それでも、生体細胞の遺伝子編集がほんの数日間で、簡単に行えるようになったことが知れ渡るにつれ、CRISPR技術は世界中の科学界に瞬く間に広まった。CRISPRは、かつて空想のものでしかなかった実験を可能にする、生物学研究者の夢のツールになると、多くの専門家が予測した。これまで少数の特権だった技術が、大衆の手に届くものになるだろう。CRISPR以前の時代、遺伝子編集を行うには複雑なプロトコルと高度な科学的専門知識、それに巨額の資金が必要なうえ、対象はごく少数のモデル生物に限られていた。だが私が初めてハーバードを訪問したこの頃には、遺伝子編集の経験がない研究室までもがこの技術を利用していた。

セミナーや科学会議でCRISPRの話をしてもポカンとした反応しか返ってこなかった時代は過ぎ去った。今やCRISPRは話題の的、関心の的だった。しかもそれはCRISPRをめぐる狂騒のほんの始まりでしかなかった。

初めてのケンブリッジ訪問を終え、サンフランシスコに向かう機内にすわっていた私には、人類が遺伝子を指揮統制する新時代が――CRISPRが生物学者のツールキットをすっかり変え、ゲノムを思い通りの方法で書き換える能力を彼らに授ける時代が、すぐそこに迫っているように感じられた。手のつけようがない、解読不能な文書だったゲノムは、編集者が赤ペンで意のままに書き換えられる文学作品のように扱いやすくなるだろう。そんな無限の可能性に思いをはせていると、マーティンとクシシュトフが試験管内でDNAを切断するよう初めてCRISPRをプログラムするのに成功して以来、ものごとがいかに急速に展開したか、自分でも信じられないほどだった。いまや科学界は、みるみるうちに広がる光の輪の中心にあった。CRISPRのしくみや、それを人間の健康向上に役立てる方法について、驚くべき新しい手がかりが次々と明らかになっていたのだ。

先行技術に比べ600分の1以下のコストで済む

二〇一二年に「サイエンス」誌に掲載された私たちの論文でマーティンとクシシュトフが行った実験は、画期的な事実を明らかにした。ヒト喰いバクテリアから抽出したＣＲＩＳＰＲ関連タンパク質Ｃａｓ９が、二種類のＲＮＡ分子と相互作用して、ＲＮＡ配列に対応するＤＮＡ配列中の二〇塩基を標的化し、切断するのである。ＲＮＡは攻撃目標のＧＰＳ座標にＣａｓ９を誘導するガイド役で、Ｃａｓ９はその標的を取り除く兵器だ。ウイルスに感染した細菌は、適応免疫応答の一環としてこのＣＲＩＳＰＲ機構を動員し、特定のＤＮＡ分子を切断、破壊している。

ウィルギリウス・シクスニスらも、二〇一二年秋に同様の論文を発表した。[1] この論文は同じくレンサ球菌の一種であるサーモフィルス菌のＣａｓ９の機能を説明したもので、私たちと同様、Ｃａｓ９がｃｒＲＮＡ配列に対応するＤＮＡ配列を切断することを発見した。しかし彼らは、適応免疫応答の不可欠な要素であることを私たちが実証した第二のＲＮＡ（ｔｒａｃｒＲＮＡ）の重要な役割を明らかにしていない。

これに対して私たちの論文は、この防御機構に不可欠な分子を余すところなく詳細に説明し、任意のＤＮＡを切断できる新型のＣＲＩＳＰＲシステムをシンプルかつ簡単に設計できることを示した。そのうえ私たちはさらに一歩進んで、細菌の二種類のＲＮＡ分子（ｃｒＲＮＡとｔｒａｃｒＲＮＡ）を組み合わせ、ガイド役としての機能を損わずに単一のｓｇＲＮＡ分子に簡素化し、それとＣａｓ９を使って任意のＤＮＡ配列を認識し、切断できることを示したのだ。またこの防御機構を異なる目的のために、すなわちウイルスＤＮＡの破壊ではなく、細胞ＤＮＡの高精度な編集に利用することを提唱した。ＲＮＡの二〇塩基の配列を、ヒト遺伝子の特定の配列に合わせて変更し、それからこの改変したガイドＲＮＡとＣａｓ９をヒト細胞に移植すれば、ＣＲＩＳＰＲは標的遺伝子を切断し、修復されるべき部位を標識する。ＣＲＩＳＰＲはＤＮＡを切断することによって、細胞に対して損傷の修復を促す非常警報を発するのだ。それも私たちに制御可能な方法で。

私たちが提唱した通り、ＣＲＩＳＰＲがヒト細胞に応用されれば、この新しい遺伝子編集技術のもつ力が裏づけられるだろう。そして、これがうまくいくと期待できる理由は十分にあった。Ｃａｓ９タンパク質とガイドＲＮＡは相手を「えり好み」する性質があり、互いとしっかり結びついているため、ヒト細胞内ではぐれたりしないことが、私たちの研究からわかっている。またこの複合体をＤＮＡが存在する細胞の核に導入する仕事は、化学の「郵便番号」を指定するだけで、あとは細胞が勝手にやってくれる。すでに多くの研究室が、細菌のタンパク質やＲＮＡ分子をヒト細胞に移植することに成功していたほか、ＣＲＩＳＰＲを本来の環境外で効率よく働かせるための分子ツールも多くあった。

私たちはただ、ＣＲＩＳＰＲがヒト細胞でも意図したとおりの動作をすることを証明しさえすればよかった。

マーティンはまずＣａｓ９とＣＲＩＳＰＲ由来のＲＮＡをそれぞれコードする細菌のＤＮＡを、二つのプラスミドに導入した。プラスミドとは人工ミニ染色体のようなふるまいをする、小さな環状のＤＮＡである。一つ目のプラスミドには、ガイドＲＮＡをコードする遺伝情報と、ヒト細胞にガイドＲＮＡを大量に生成するよう指示する別のＤＮＡ配列を入れた。二つ目のプラスミドには*ｃａｓ９*遺伝子を導入したが、それはヒト細胞内のタンパク質合成工場が読み取れるよう、「ヒト化」されていた。またマーティンは*ｃａｓ９*遺伝子に、生物学でよく用いられる二種類のタンパク質をコードする遺伝子をつなぎ合わせていた。一つは核局在シグナル

（ＮＬＳ）と呼ばれる、タンパク質を細胞の核に導く小さなタンパク質。もう一つは緑色蛍光タンパク質（ＧＦＰ）で、紫外線に当てると緑色の蛍光を発するため、ヒト細胞によるＣａｓ９タンパク質生成を確認できる。

これらの分子をすべて組み合わせることによって、マーティンと私はヒト細胞を、自らのゲノムを標的化、切断するようプログラムされた分子を量産する、ＣＲＩＳＰＲ生成工場に変えようとした。とはいえ、ＣＲＩＳＰＲがウイルスＤＮＡを切断して細菌内のウイルスを破壊するような方法で、ヒト細胞を破壊してしまうことはないと、私たちは知っていた。人は（それをいうならすべての真核生物は）発がん性物質や紫外線、Ｘ線などの要因によって、ＤＮＡに絶えず損傷を受けており、細胞は損傷したＤＮＡを修復するために、二本鎖切断を修復する複雑なＤＮＡ修復システムを進化させているのだ。最も基本的な手法として、ＣＲＩＳＰＲがヒト遺伝子の切断を成功させた場合、細胞は二本の金属パイプを溶接するような方法で、ＤＮＡの末端を直接つなぎ合わせる場合がある。このプロセスは「非相同末端結合」と呼ばれる。相同組み換えとは異なり、この修復は鋳型を必要としないからだ（相同［ホモロガス］という名称は、ギリシャ語で「一致する」を意味するホモロゴスから来ている）。

この修復プロセスの重要な特性は、本質的な「いい加減さ」である。溶接工が二本のパイプをつなぐ前にパイプの端をきれいに処理するように、細胞は切断されたＤＮＡ断片をつなぎ直す前に、末端をきれいにする必要がある。そのために、損傷した塩基を除去したり異なる塩基を挿入することがあり、結果として修復により永久的な遺伝子変化が生じる。つまり遺伝子はＣＲＩＳＰＲによって標的化、切断され、細胞によって修復されると、切断される前とは変化している可能性が高いということだ。この乱雑で「誤りがち」な修復のおかげで、マーティンと私は遺伝子編集が成功したかどうかを簡単に調べることができた。特定の遺伝子を選び、CRISPRによる処置が行われる前後のDNA配列を解析して、乱雑な修復の兆候が見つかれば、CRISPRが標的を認識し、切断したことを証明できるというわけだ。

マーティンと私は、クラスリン軽鎖A（*CLTA*）遺伝子と呼ばれるヒト遺伝子を標的化するよう、CRISPRをプログラムすることに決めた。*CLTA*は、エンドサイトーシスという、細胞が栄養分やホルモンを取り込むプロセスに関与するタンパク質の一種である。それまでエンドサイトーシスを研究したことはなかったが、*CLTA*遺伝子はバークレーのデイビッド・ドルービンの研究室で、先行技術のZFNを用いて編集されていた。おかげでこの遺伝子の編集が可能だということがわかり、またCRISPRとZFNを並行してテストして、両者を比較対照することができた。もちろん、*CLTA*を編集するためのZFNツールの構築には数カ月を要し、かつデイビッドのチームにZFNを無償で提供した企業の協力を取りつける必要があった（当時のZFNの相場は一個当たり二万五〇〇〇ドルと、非常に高価だった）。これとは対照的に、マーティンはほんの数分間のコンピュータ作業で、CRISPRツールを設計することができ、しかもコストは数十ドルだった。特定の遺伝子を驚くほど簡単［かつ安価］に標的化できるというこの特性こそが、CRISPRの最大のウリの一つである。DNAの配列から編集したい二〇塩基を選び、それを対応する二〇塩基のRNA配列に変換するだけでいい。RNAは細胞内に入り込むと、塩基対合により相補的なDNAと結合し、そしてCas9がDNAを切断するのだ。

私たちが初の遺伝子編集テストの実験対象として選んだのは、ヒト胎児由来腎臓細胞HEK293である。HEK293細胞は一九七三年に中絶胎児から得た腎臓細胞から初めて生成されて以来、実験室で容易に培養でき、外来ＤＮＡを受け入れやすいという利点から、細胞生物学者によく利用されている。私たちが二種類のプラスミド――Ｃａｓ９をつくる遺伝的指示を入れたものと、ガイドＲＮＡをつくる指示を入れたもの――をリピド（脂質）と呼ばれる石けん水のような溶液に混ぜると、これらのミニ染色体（プラスミド）は、チキンスープの表面に浮かぶ小さな油の球のような、微細な油の球に自然にのみ込まれた。この混合液をＨＥＫ２９３細胞に加えると、油球は細胞膜と統合して、中に入っていたＤＮＡを細胞内に放出する。このようにして細胞内に入ったＤＮＡは、複製、転写、翻訳され、Ｃａｓ９タンパク質と*ＣＬＴＡ*に特異的なガイドＲＮＡを生成する。こうしてできたＤＮＡ切断マシンは、標的のＤＮＡ配列が存在する核の内部に入り、そこで対応する二〇塩基のＤＮＡ配列を探し当て、切断する。すると細胞が（私たちに検知可能な方法で）ＤＮＡを修復する、というわけだ。

マーティンの実験により、ミニ染色体がＣＲＩＳＰＲの構成要素をヒト腎臓細胞に生成させたことが、ただちに証明された。マーティンが細胞を顕微鏡で調べたところ、高い割合の細胞が緑色に蛍光していたのだ。これはＣａｓ９が生成され、緑色蛍光タンパク質と融合した場合にのみ起こることである。また細胞の一部を採取し、粉砕して、中のＲＮＡ分子を分析したところ、腎臓細胞がガイドＲＮＡを量産していたことも確認できた。

ＣＲＩＳＰＲの細菌細胞からヒト細胞への移植は、意図したとおりに行われた。残る疑問は一つ、ヒトＤＮＡはＣＲＩＳＰＲによって編集されたのだろうか？

マーティンは、最近プロジェクトに参加した若い学生アレクサンドラ・イースト＝セレツキーとともに、細胞をもう少し粉砕してＤＮＡを抽出し、*ＣＬＴＡ*遺伝子を解析した。答えは歴然としていた。*ＣＬＴＡ*遺伝子は、ｃｒＲＮＡ配列と正確に一致する部位で編集されていたのだ。素人目には、何ということもない結果かもしれない。薄いゲルのプレートに数本の黒いバンドが現れているだけだ。だがこれが意味するところはきわめて大きかった。

このようにマーティンと私はいくつかの簡単な手順で、三二億塩基対のヒトゲノムから任意のDNA配列を選び出し、それを編集するCRISPRを設計し、微細な分子機構が新しいプログラムを実行する様子を観察した――そしてそのすべてがヒト細胞内で行われたのである。私たちはこの実験の成功をもって、この新しい技術の有効性を実証した。それは生命のコードを高精度で驚くほど簡単に書き換えるという目覚ましい能力を、科学者にもたらす技術である。CRISPRは先行の遺伝子編集技術の二〇年分の研究開発成果に、ほとんど時を置かずに追いついていた。

半年前のクシシュトフとエマニュエルとの共同研究で行ったように、私たちは今回も最新の研究成果を説明する原稿をすばやく執筆した。二〇一二年の一本目の論文が、CRISPRを新たな遺伝子編集プラットフォームとして細胞に適用するという明確な方向性を打ち出したのに対し、今回の二本目の論文は、この新たに見出されたシステムの力を明確に実証し、確認するものだった。

二〇一二年が終わろうという頃、私たちの一本目のCRISPR論文を掲載した「サイエンス」誌が、その年の最も発展的な研究「ブレークスルー・オブ・ザ・イヤー」の第二位に遺伝子操作技術を選びながらも（第一位はヒッグス粒子だった）、私たちのCRISPR研究の直前に発見された先行技術（TALEN）にハイライトを当てたことは、なんとも皮肉に感じられた。CRISPRは、科学界にほかにどんな貢献ができるだろうと私は考えた。

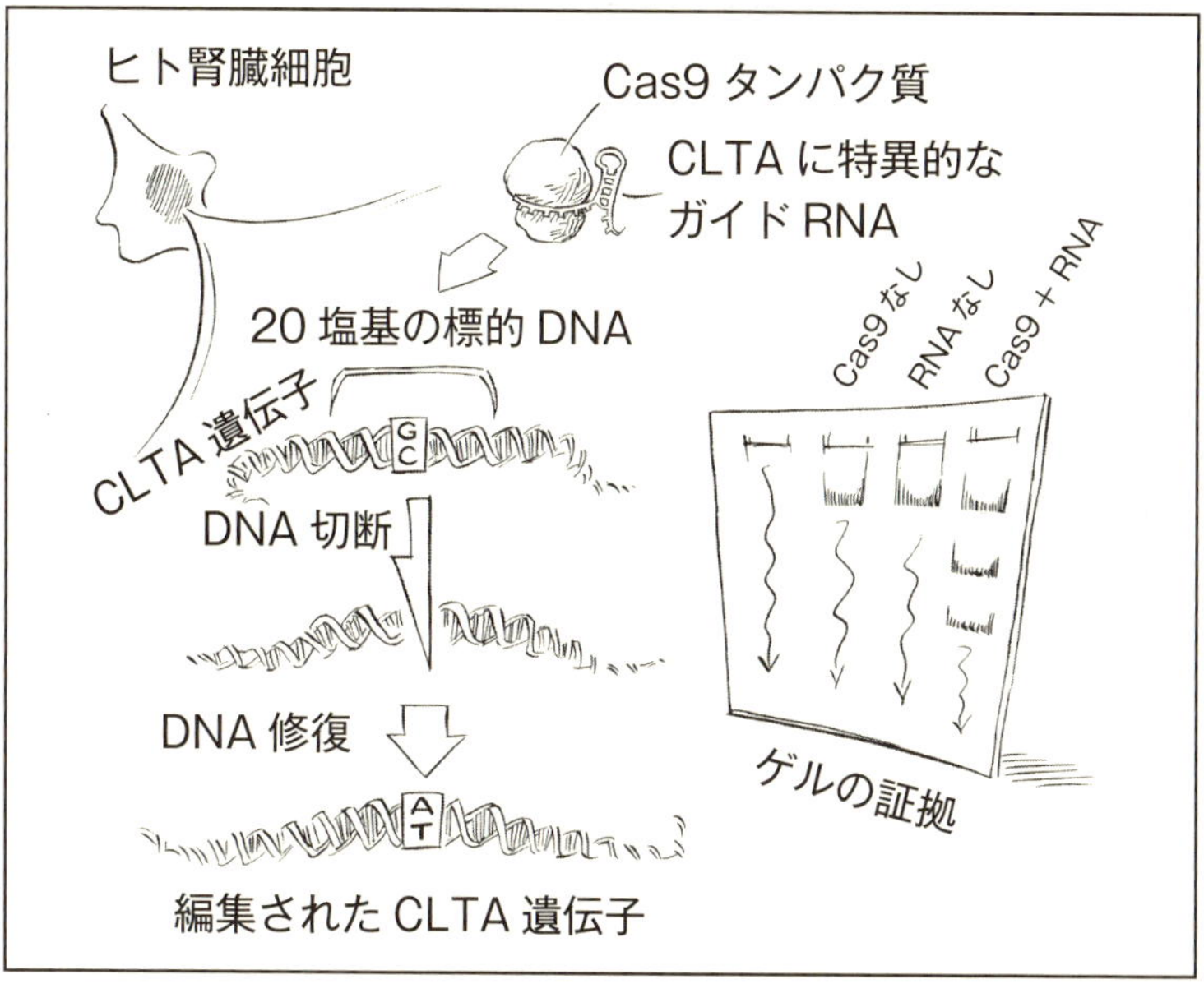

〔図 13〕ヒト細胞の DNA を CRISPR で編集する

とてもうれしいこともあった。二〇一三年の最初の数週間に、CRISPRに関する論文が、私たちの論文以外に五本も発表され、[2]そのすべてが私たちの二〇一二年の論文が提唱した通り、CRISPRを使って細胞の遺伝子を編集する実験を説明するものだった。MITのフェン・チャン教授とハーバードのジョージ・チャーチ教授の二人は事前に連絡をくれ、論文が出ることを教えてくれた。チャンとチャーチの「サイエンス」誌の論文は、どちらも一月初旬にまずオンライン版に掲載され、同じ月の下旬にはマーティンと私の論文のほか、ソウル大学校のジン・ス・キム教授、ロックフェラー大学のルチアーノ・マラフィーニ教授、ハーバード大学医学大学院のキース・ジョング教授の研究室による三本の論文が発表された。

あの頃は有頂天だった。前年の夏にエマニュエルと発表した研究に触発されて、いまや多くの研究者が私たちと同じ種類の実験を推進していることに高揚感を覚えた。これらの論文の内容や発表年月が、CRISPRの特許権をめぐる論争での主張を裏づけるために精査されたのは、あとになってからのことである。もとは仲間同士の交流と研究の意義に対する純粋な興奮の分かち合いとして始まった関係から苦い反転であった。

六本の論文を比較してみると、一二種類以上の遺伝子の編集が行われたことがわかった。多様なDNA配列が編集されたということ以上に刺激的だったのは、編集された細胞の種類が多岐にわたっていたことである。CRISPRはヒト胎児由来腎臓細胞の遺伝子のほか、ヒトの白血病細胞と幹細胞、マウスの神経芽腫細胞、細菌細胞、そして遺伝子研究に欠かせないモデル生物ゼブラフィッシュの一細胞期胚までもを編集するようプログラムされていた。ＣＲＩＳＰＲは成功の兆しを見せているどころではなかった。とほうもない多用途性をあらわにしていたのである。細胞内にＣａｓ９タンパク質が存在し、かつ二〇塩基のＤＮＡ配列と相補的な二〇塩基をガイドＲＮＡが持ってさえいれば、ＣＲＩＳＰＲはどんな細胞のどんな遺伝子も標的化、切断、編集できるように思われた。

何世代もかかっていたトランスジェニックマウスも一世代で作成

ＣＲＩＳＰＲをめぐる興奮は、五月になるといっそう高まった。ＭＩＴのルドルフ・イエーニッシュの研究室が、ＣＲＩＳＰＲを使って遺伝子組み換えマウスを作製することに成功したと発表したのだ。[3] ほ乳類遺伝子の研究に最も広く使われているモデル動物のマウスに遺伝子改変を導入する手法を開発した数人の科学者がノーベル生理学・医学賞を受賞したのは、わずか六年前のことだった。この有効だが骨の折れる手法は、過去二〇年以上にわたって、ヒトの疾患やがんを引き起こす変異をマウスに導入する最良の方法、実際には唯一の方法として使われていた。イエーニッシュは一九七四年に、外来の遺伝物質を導入したトランスジェニックマウスを初めて作製し、その一五年後にはノーベル賞受賞技術をいち早く用いたことで、再び大きな脚光を浴びた。しかし今やイエーニッシュの成功により、ＣＲＩＳＰＲはただ古い手法に取って代わる技術というだけでなく、どんな動物のゲノムも継ぎ目なく編集する方法を示唆する、まったく新しい技術として注目を集めたのである。

従来の遺伝子ターゲティング手法には、胚性幹細胞（ＥＳ細胞）と、広範な戻し交配や異種

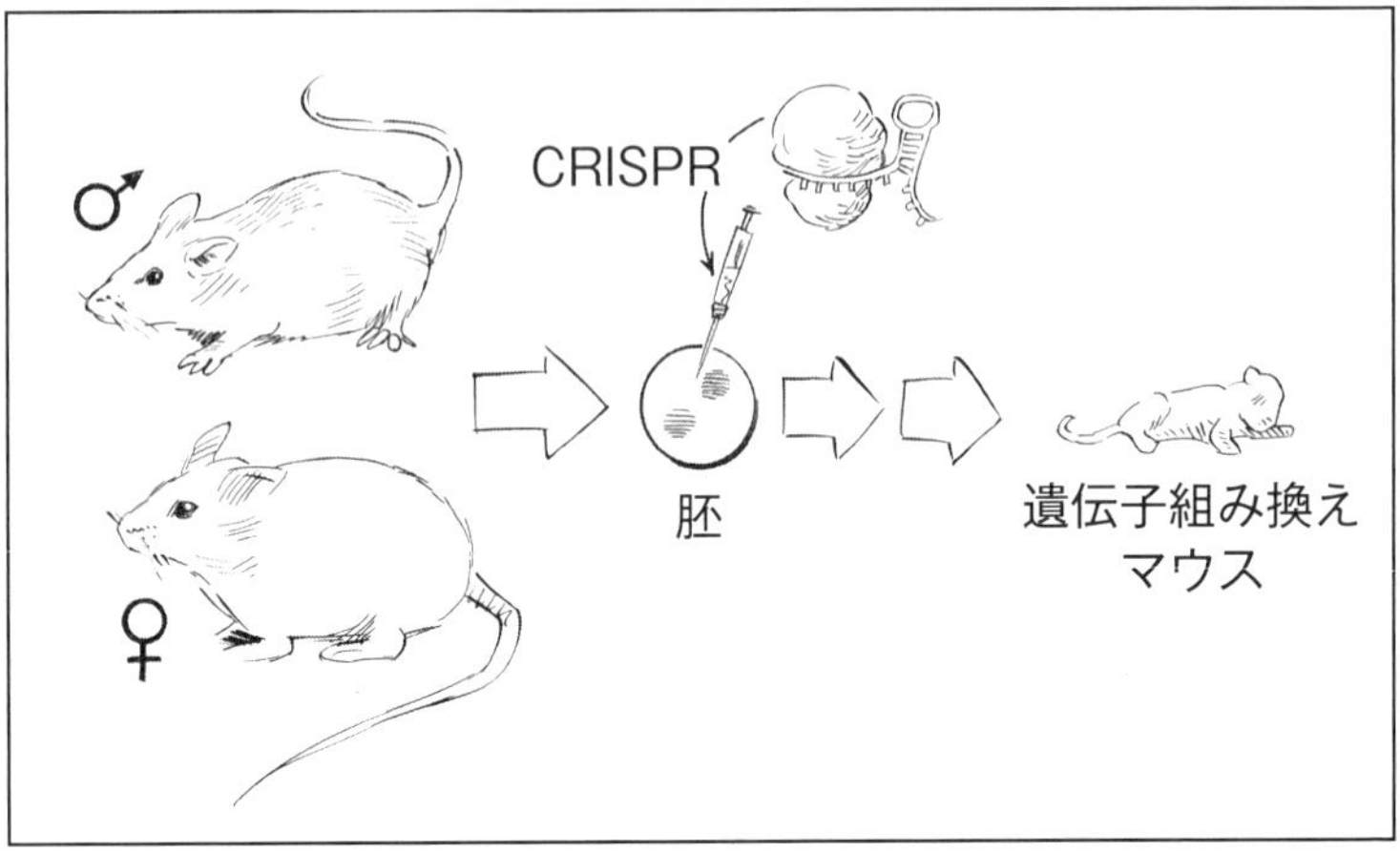

〔図14〕CRISPRで遺伝子組み換えマウスを作製する

交配、多世代のマウスが欠かせなかった。博士論文全体が、たった一つの遺伝子組み換えマウス系統の作製と特性解析で終わってしまうことも珍しくなかった。イエーニッシュのチームはCRISPRを用いて、単純で合理的なプロトコルにより、同じことをたったひと月でやってのけた。CRISPRの構成要素を一細胞期胚にマイクロインジェクション（微量注射）で直接的に導入し、それから遺伝子編集された胚をメスの子宮に移植するという手順である。さらにCRISPRでは、一つだけでなく複数のRNAガイドを併用して、Cas9をマウス胚の複数のDNA配列に誘導し、同時に切断させることもできる。このようなワンステップ型の多重遺伝子編集は、それまでマウスで行われたことはなかった。

イエーニッシュの研究で――少なくともマウス以外の動物を扱う遺伝学者の間に――おそらく最も興奮を呼んだのは、この手法を用いればほぼすべての生物の遺伝子を、いとも簡単に編集できることを明らかにした点である。ＥＳ細胞を用いる従来のテクニックがマウスだけに用いられたのに対し、ＣＲＩＳＰＲはどんな生物種の生殖細胞（卵子と精子）や胚にも注入できるようだった。つまりその結果起こる遺伝子変化は、すべての細胞に忠実にコピーされ、将来の子孫に永久的に伝えられるということだ。当時私は、ＣＲＩＳＰＲのヒト胚への応用が、ＣＲＩＳＰＲをめぐる最大の論争の一つに発展するとは思っていなかった。しかしその後まもなく私は、否応なしにそうした論争にのみ込まれることになる。

二〇一三年夏、私はＣＲＩＳＰＲの急速な普及に目を見張りながらも、この技術を利用して編集された細胞の種類と生物をすべて記録していた。最初のうちは把握できていた。一月と二月のゼブラフィッシュ、培養細菌、マウス、ヒト細胞に、その後酵母、マウス、ショウジョウバエ、線虫が加わり、年末になるとリストにはラット、カエル、カイコが並んでいた。二〇一四年末にはウサギ、ブタ、ヤギ、ホヤ、サルがリストに含まれたが、それ以降は、あるセミナーでリストを発表しながら聴衆に告白したように、とても把握しきれなくなった。もとは細菌が抗ウイルス防御に用いる手段として自然に発達したタンパク質とＲＮＡ分子が、実に多様な動物種のＤＮＡ配列を切断し、正確に編集する様子は息を呑むほどだった。

しかも動物だけではない。植物生物学者もやや出遅れたが、作物をはじめとする植物種のＤＮＡ編集ツールとして、ＣＲＩＳＰＲにとてつもない可能性があることを次々と示している。二〇一三年秋に発表された一連の論文では、イネ、ソルガム、ムギといった主食の遺伝子編集にＣＲＩＳＰＲが利用され、一年後にはダイズ、トマト、オレンジ、トウモロコシが植物のリストに加わっていた。

ＣＲＩＳＰＲで編集された動植物のリストは、今も増え続けている。二〇一六年時点でキャべツからキュウリ、ジャガイモ、マッシュルームまで、イヌからフェレット、カブトムシ、チョウまでの多岐にわたる動植物のDNAが編集されている。生物と無生物の境界線をまたぐ生物学的存在である——自己複製能力はないが遺伝物質をもつという意味で——ウイルスさえもが、細菌がウイルスを破壊するために進化させたCRISPRシステムを使って、ゲノムを書き換えられているのだ。

他方、ホモサピエンスの成人は、CRISPRで編集される最後の動物種の一つになるのはまちがいないが、ヒト細胞に対しては、これまでにほかのどの生物の細胞よりも多くの遺伝子編集が行われている。たとえばCRISPRを肺細胞に用いて嚢胞性線維症の原因となる遺伝子変異を修正したり、血液細胞に導入して鎌状赤血球症やβサラセミアを引き起こす変異を修正したり、筋細胞に用いてデュシェンヌ型筋ジストロフィーの原因遺伝子変異を修正するなどの試みが成功している。また体内のあらゆる種類の細胞や組織をつくる能力を持つ、幹細胞の変異を編集、修復するのにも、CRISPRは用いられている。新しい薬剤標的や治療法を発見する目的で、ヒトがん細胞の数千の遺伝子を編集するのにも利用されている。

私にとって、CRISPRがありとあらゆる生物種に利用されるのを見守ること以上に刺激的だったのは、研究者が遺伝子編集の限界に挑み、押し広げるのを目の当たりにすることである。一九八〇年代の遺伝子組み換えの研究者は、わずか数分の一パーセントの成功率に甘んじていた。二〇〇〇年代初頭になると成功率は数パーセントにまで上昇し、また新たに開発された二種類の遺伝子改変技術を利用できるようになった。しかし今やCRISPRというきわめて強力で多面的なツールを得たことで、遺伝子編集はゲノム工学と呼ばれることも多くなっている。このことは、科学者が生体細胞内の遺伝物質を自在に操れるようになったことの端的な表れである。

ＣＲＩＳＰＲが多様な生物種に利用されるうちに、ＤＮＡ編集のさまざまな戦術の開発、改良が進んでいる。たんにＤＮＡを切断したり、新しい配列を標的ゲノムに挿入するだけにとどまらず、遺伝子を不活性化する、遺伝子配列を組み換える、あるいは私がキラン・ムスヌルの研究室への初めての訪問で見せてもらったように、たった一塩基の誤りを正す、といったことも今では可能である。そうした技術進歩により、ヒトを含む動植物で新しい種類の実験を行えるようになっている。そこで、遺伝子編集技術の応用をくわしく見ていく前に、信じられないほど多目的なこのツールを使ってどんなことができるかを紹介しよう。

多彩なクリスパーの遺伝子編集法

二〇一四年春、息子のアンドリューの小学六年生の理科の先生に、教室で生徒にＣＲＩＳＰＲのことを説明してもらえないだろうかと頼まれた。声をかけていただいたのはとても光栄だったが、不安もあった。ＤＮＡの基礎知識しかない子どもたちの集団に、どうしたら遺伝子編集をわかってもらえるだろう？

そこで私はＣａｓ９タンパク質とガイドＲＮＡがＤＮＡに結合した、３Ｄプリントのモデルを持参することにした。このモデルはあれ以来、私のオフィスの呼び物になっている。蛍光オレンジのＲＮＡと目のさめるような青のＤＮＡ、真っ白いＣａｓ９タンパク質が複雑に絡み合ったものを磁石でくっつけた、フットボール大の模型だ。分子の説明は子どもたちにはちょっと難しいだろうから、とりあえずフットボールを回覧して手に取って見てもらえばいいだろうと思った。

私は生徒たちの好奇心を甘く見ていた。モデルを手渡したとたん、彼らはＣａｓ９が切断する箇所でＤＮＡを外す方法や、ＣＲＩＳＰＲ複合体からＤＮＡを着脱する方法を見つけたのだ。複雑な概念をわかってもらえないのではなどという心配は、とんだ取り越し苦労だった！

この時クラスに説明したように、ＣＲＩＳＰＲは特定の二〇塩基のＤＮＡ配列に狙いを定め、その部位で二重らせんの鎖を二本とも切断するという主要な機能を持っていることから、自在な「分子のハサミ」にたとえられる。だがこの技術を使ってできる遺伝子編集は驚くほどいろいろあり、この理由からＣＲＩＳＰＲはハサミというよりは、一つの分子機構が多様な機能を備えている「スイス・アーミーナイフ」といった方が近いだろう。

ＣＲＩＳＰＲの最も簡単な使用法は、最も広く用いられている方法で、特定の遺伝子を切断して、細胞に末端結合で鎖を修復させることだ。この乱雑で誤りがちなプロセスは、修復されたＤＮＡに紛れもない痕跡を残す。ＣＲＩＳＰＲによって切断された部位に、短いＤＮＡ配列の挿入や欠失（インデルと呼ばれる）が生じる。この使用法は、ＤＮＡが修復される方法を正確に制御することはできないものの、非常に役立てられている。

遺伝子とは、突き詰めれば家の設計図のような情報を伝達する媒体に過ぎない。これに対し遺伝子編集の究極の目的は、ただ設計図を変更するのではなく、構築される家の形を変えることにある。多くの場合、これは遺伝子がコードし、遺伝子発現の過程で細胞が産生するタンパク質を変えるということである。

遺伝子発現とは、ＤＮＡの単純な塩基が分子生物学のセントラルドグマ（中心原理）に基づいて、正常なタンパク質に翻訳されるプロセスをいう。まず最初に細胞の核内でＤＮＡが転写されてｍＲＮＡ（メッセンジャーＲＮＡ）がつくられる。ｍＲＮＡはＤＮＡ鎖と同様、塩基が並んだもので、ＲＮＡの配列は転写元のＤＮＡの配列と一致する（ただしＴの文字がＵに置き換わっている点だけが異なる）。ｍＲＮＡは細胞の核を出て、タンパク質合成工場のリボソームに運ばれ、そこでＲＮＡの四塩基（Ａ、Ｇ、Ｃ、Ｕ）で構成される言語が、タンパク質の二〇塩基の言語（二〇種類のアミノ酸）に翻訳される。この翻訳のプロセスは、遺伝暗号に則って行われ、リボソームがｍＲＮＡの三つの連続する文字（コドンと呼ばれる）を一つのアミノ酸に翻訳してつなげていく（コドンの組み合わせが六四通りなのに対して、アミノ酸は二〇種類しかないことからわかるように、複数のコドンが同じアミノ酸に対応していることも多い。またどのアミノ酸にも対応しないコドン〔終止コドン〕が三種類あり、これらはタンパク質合成を停止させるというシグナルである）。リボソームはｍＲＮＡの端から端まで一つ一つ順にコドンを読んでいき、それに対応するアミノ酸をつなげてタンパク質の鎖をつくる。ちょうど車を組立ラインで組み立てるのと似たプロセスだ。このシステムの要をなしている特徴は、リボソームが三文字の読み枠を厳格に守ることである。ほんの小さなエラーが生じても、翻訳全体に劇的で悲惨な影響がおよんでしまう。

わかりやすくするために、The dog bit the mailman in the leg.（イヌが郵便配達夫の足をかんだ）という文章で考えてみよう。このとき単語の文字数は変えずに最初の一文字を飛ばすだけで、まったく意味をなさないHed ogb itt hem ailmani nt hel eg. という文章ができてしまう。リボソームが遺伝暗号の翻訳で同じことをすれば、意味不明のメッセージのせいで、完全に誤ったアミノ酸配列からなる異常なタンパク質が生成されてしまう。そのうえ、もし意味不明のメッセージに三種類の終止コドンのどれかが含まれていれば、翻訳プロセスは時期尚早に終了し、遺伝子発現に混乱が生じる。

ここにこそ、CRISPRの最も基本的な力がある。CRISPRは、正常なタンパク質を生成する遺伝子の能力を破壊することができるのだ。もしCRISPRで編集された遺伝子に［末端結合により］小さな挿入や欠失が生じれば、その遺伝子から生成されるmRNAにも同じ異常が転写される。そしてほとんどの場合、そうした挿入や欠失のせいで、三文字の読み枠がずれてしまい、タンパク質に変異が生じるか、より一般的にはまったく生成されなくなる。いずれにせよタンパク質は通常の役割を果たせなくなる。遺伝学者はこれを遺伝子ノックアウト（KO）と呼ぶ。ボクシングのノックアウトで選手が倒れるように、遺伝子の機能が事実上停止するからだ。

動物遺伝学者はCRISPRを使い始めた当初、はっきりした形で効果が現れる遺伝子ノックアウト動物を作製しようとした。当時よく標的にされたのが、チロシナーゼ（*TYR*）と呼ばれる遺伝子である。五〇億年以上前に生まれたこの遺伝子は、動植物菌界に広く分布し、重要な色素であるメラニンの合成に関わるチロシナーゼと呼ばれるタンパク質をコードする。ヒトにおける*TYR*変異はチロシナーゼ欠乏を招き、視覚障害や皮膚の色素欠乏、赤目などを伴う遺伝性疾患であるI型白皮症を引き起こす。もしもマウスの*TYR*遺伝子を編集するようCRISPRをプログラムすることができれば、アルビノ（色素欠乏）のマウスができるだろうか？　二〇一四年にテキサス大学の研究チーム[4]が、*TYR*遺伝子のDNA配列の二〇塩基を標的とするCRISPRを設計し、マウス受精卵に導入したところ、驚くべきマウスが誕生した。どの子マウスも通常の黒毛の親から生まれたのに、多くが真っ白な毛と赤い目をもっていたのだ。この結果は、DNA変異による*TYR*遺伝子の翻訳異常によってのみ説明できる。マウス

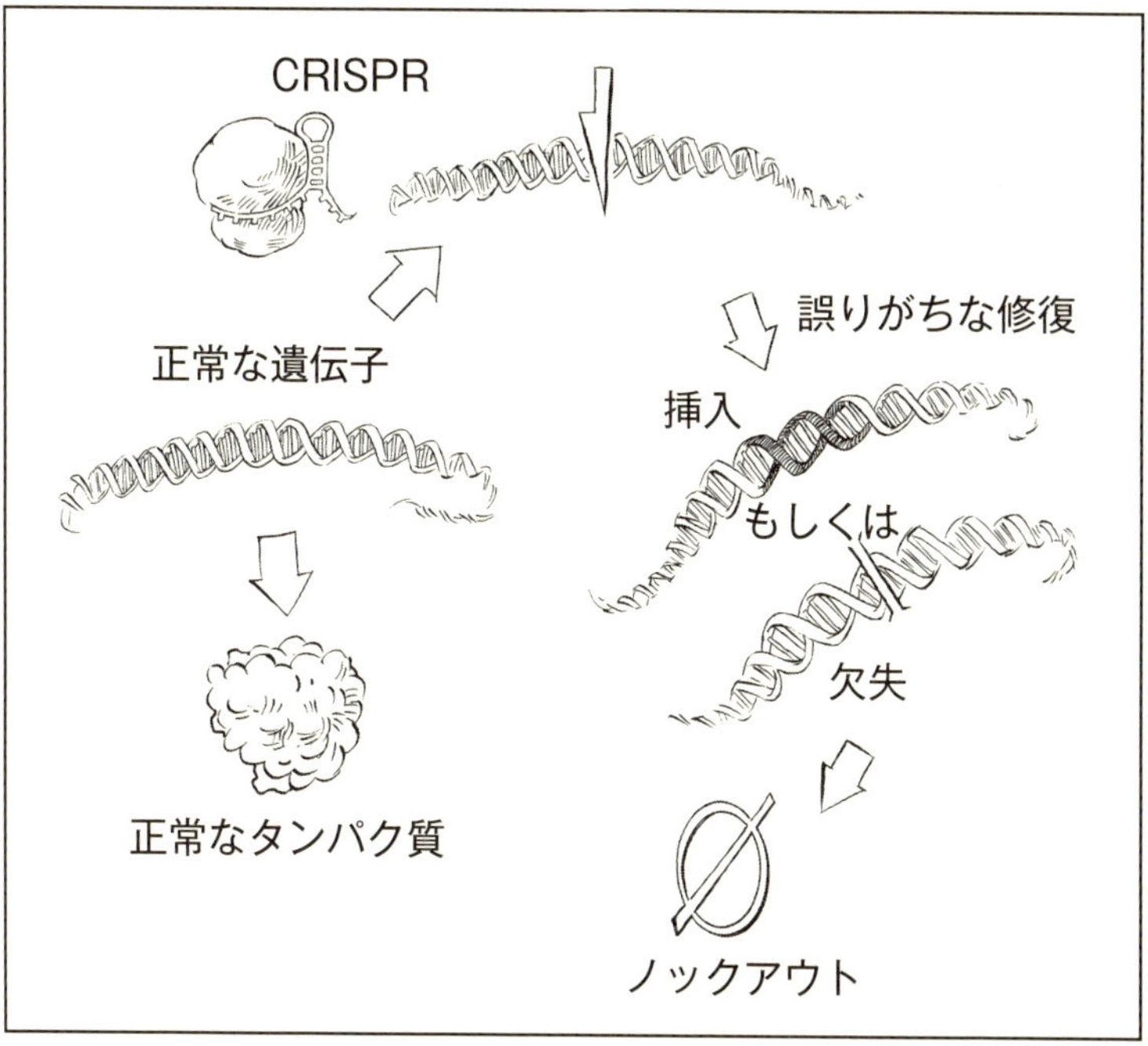

〔図 15〕CRISPR で遺伝子のノックアウトをつくる

の皮膚、毛、目の色を変化させることほど、明白で絶大な効果はないだろう。

遺伝子編集が行われたことは、ＤＮＡ配列データによって確認されたが、*ＴＹＲ*遺伝子を標的にすることのメリットは、研究者が自分の目でも結果を確認できることにある。たんに黒毛の（遺伝子編集が行われなかった）子マウスと、白毛の（遺伝子編集が行われた）子マウスの頭数を数えるだけで、ＣＲＩＳＰＲの効率に関する驚くほど正確な指標を手に入れることができるのだ。そのうえほかの研究室がＣＲＩＳＰＲの設計と準備の最適化を進めるうちに、効率がどのように変化するかを追跡することもできる。テキサス大学の研究では、完全なアルビノは子マウスの一一％に過ぎなかった。同時に産まれた子の写真を見ると、ごま塩の子が折り重なっていて、塩よりはごまの方にやや近い。だがそれから一年と経たないうちに日本の研究チームが微調整を加えて同じ実験を行い[5]、九七％の成功率を実現している。四〇匹のうち三九匹が輝くようなアルビノのホモ接合の外観をもっていた。チームはほんの数週間で、この動物集団のひと世代全体の（またそのすべての子孫の）遺伝子構成を、自然が意図しなかった方法で、永久的にかつ正確に変えたのである。

遺伝子ノックアウトは、研究者がＣＲＩＳＰＲを使って完璧に行えるようになった多くの遺伝子編集戦略の一つに過ぎない。遺伝子工学では、ランダムな挿入・欠失により無差別的に遺伝子変異を起こす以上のことが求められることが多々ある。結局のところ遺伝子編集の主な目的、少なくとも医療応用上の目的は、遺伝性疾患を根治することにある。そして遺伝性疾患は、親から受け継がれた変異のせいで重要な遺伝子が不活性化するために引き起こされる場合がほとんどだ。そうしたケースでは、患者は機能しない遺伝子に苦しめられているため、遺伝子ノックアウトは用をなさない。必要なのはＤＮＡ中の単一塩基の変異を見つけ、編集し、修正す

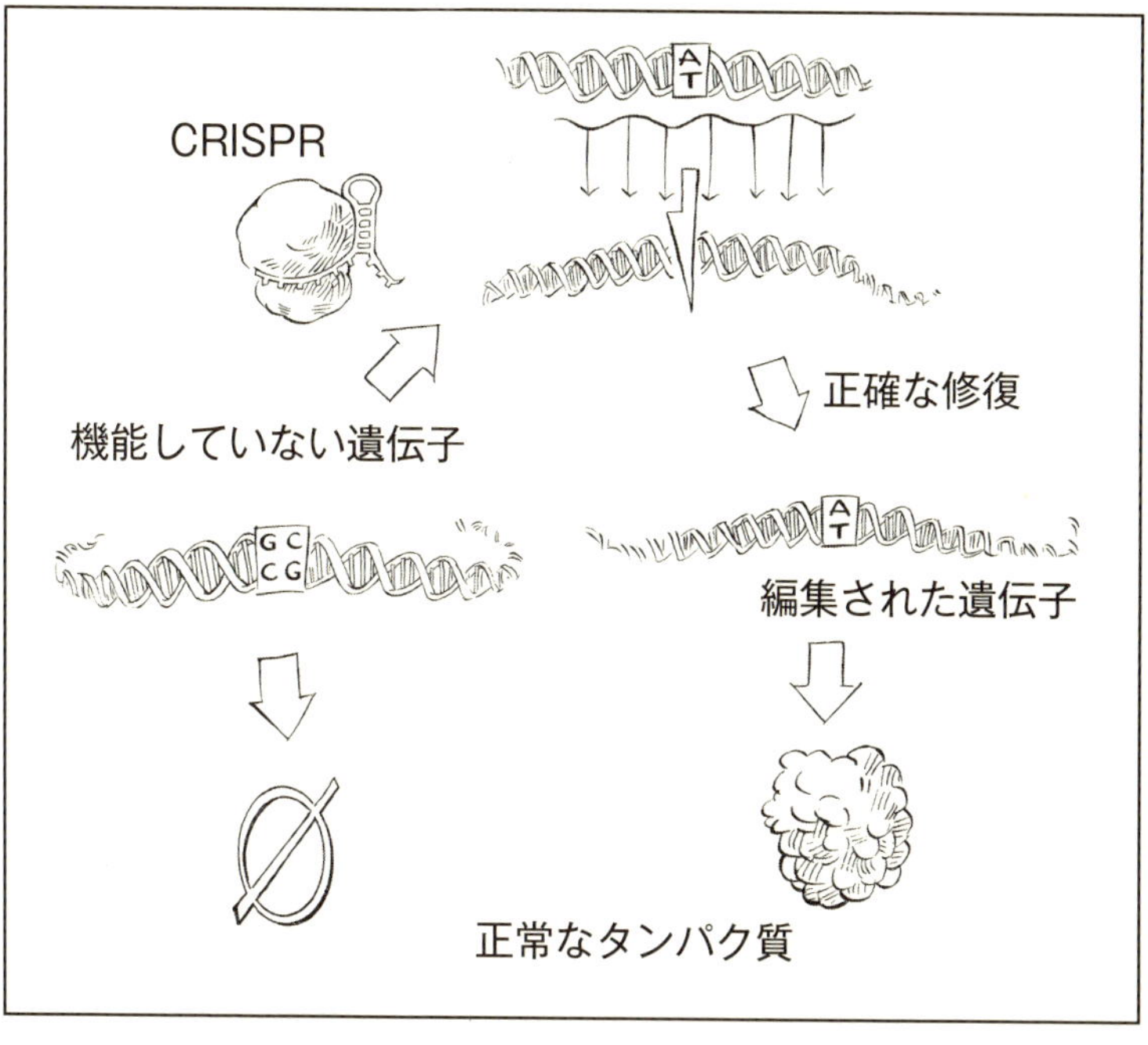

〔図 16〕CRISPR を使った相同組み換え

る手法なのだ。

　さいわい、細胞には切断されたDNAをただくっつけ直すよりもはるかに高精度で制御された、別の自己修復法がある。この手法――初期の遺伝子編集研究者が利用していた経路――では、無関係な配列のDNA断片を結合する代わりに、配列の類似した断片だけを特異的につなぎ直す。このえり好みは、相同組み換えと相同組み換え修復という名称にも表れている（相同という呼び名は、ギリシャ語で「一致する」を意味するホモロゴスから来ている）。

　相同組み換えは、写真家が重複部分のある三枚の写真を組み合わせて、風景のパノラマ写真をつくるのに似ている。きちんとした写真をつくるためには、真ん中の写真の両端を外側の写真の端に正確に重ね合わせる必要がある。もしパノラマ写真の中央部分が切れたり傷ついたりした場合は、真ん中の写真のコピーを重ね合わせれば復元できる。たとえ現実の風景が変化したとしても――たとえば新しい塔が建ったり、大木が倒れるなど――同じようにして新しい写真を組み込めれば、継ぎ目のない新しいパノラマ写真をつくることができる。

　実は細胞内にはパノラマ写真つまりDNAをカット＆ペーストする酵素がある。前に説明した修復方法の誤りがちな末端結合は、ちょうど写真家が風景の一部が欠けた写真を使ってパノラマ写真をつくろうとするように、細胞が切断された染色体の末端を適当につなぎ合わせようとする現象である。これに対し、染色体が切断されたとき、切断でできた二つの末端と相同な別のDNA断片が――写真家の重複した写真のような修復テンプレートが――あれば、細胞はこちらのよりよい修復オプションを選び、切断された染色体に、相同な末端と完全に重なり合うような方法で、DNA断片をペーストする。この戦略では、CRISPRによって標的化された部位またはその近くの有害な遺伝子変異が、正常な新しいDNA配列によって永久的に置き換えられる。遺伝子の切断部分と相同な修復テンプレートをCRISPRと組み合わせておけば、細胞は勝手にテンプレートを使って損傷部分をつぎはぎするのだ。

誤りがちな（非相同）修復または正確な（相同）修復を通して遺伝子をわずかに組み換える方法に加えて、研究者はCRISPRを使ってDNAの大きな塊を切り取ったり入れ替えたりして、ゲノムのずっと大きな領域を編集することもある。この手法は、細胞が「できる限りの方法で染色体の完全性を維持しようとする」という特性を利用するものだ。Cas9に二つのガイドRNAを組み合わせて、染色体内の隣り合う二つの遺伝子を切断するよう、CRISPRをプログラムすることができる。すると細胞は、次の三通りの方法のいずれかで染色体を再構成して、攻撃から生き延びようとする。

このケースでは細胞が処理しなくてはならないDNAの切断端が二倍多いため、第一の選択肢では細胞が末端結合修復をフル稼働させてすべてを元通りにつなぎ合わせ、二カ所の切断部位を同時に修復する。だが細胞内の分子はつねに激しく揺れ動いているため、このタイプの修復を行えるタイミングは限られている場合が多い。また、二カ所の切断部位に挟まれたDNA断片が拡散してしまった場合、細胞は第二の選択肢で手を打ち、中間部分の断片が欠失したまま、切断で生じた末端をつなぎ合わせる。この修復法は、昔の映画編集者が映画のリールからシーンを取り除いた方法に似ている。フィルムを二カ所——シーンの最初と最後——切断し、切り取ったコマを捨てて、新しい端と端をつなぎ合わせるのだ。

第三の修復法は、中間部分のDNA断片を反転させる方法だ。切り落とされたDNA断片がもみくちゃにされ、裏返しになって先端と末端が入れ替わった状態で同じ位置に落ち着く。そして末端結合を促すのと同じ酵素が、切り離された断片を向きを無視してでたらめにつなぎ合わせるのだ。

ＣＲＩＳＰＲの利用法には、遺伝子編集と無関係なものもある。ＣＲＩＳＰＲのＤＮＡ切断能力を利用せず、いわばこのツールを故意に壊してしまう。分子のハサミをわざと使えなくすることによって、ＤＮＡを永久的に編集するのではなく、ＤＮＡの解釈、翻訳、発現の方法を変えて、間接的にゲノムを操作するのだ。ちょうど人形遣いが透明な糸を使って操り人形のふるまいや動きをほぼ完璧にコントロールするように、科学者は切断能力のないＣＲＩＳＰＲを通じて、細胞の挙動や出力を指示することができる。

この人形遣い機能の土台ができたのは、私の研究室がＣＲＩＳＰＲ‐Ｃａｓ９研究を始めて間もない頃だ。タンパク質は通常、数百個から数千個のアミノ酸ビルディングブロックが組み合わさってできているが、ブロックの大部分はタンパク質の全体的な立体構造を決めるために存在し、酵素の特定の触媒反応に関与するアミノ酸はほんの少数である。マーティン・イーネックは初めてＣａｓ９酵素の生化学的機能を明らかにしようとしたとき、Ｃａｓ９中のどのアミノ酸にＤＮＡ二重らせんの鎖を化学的に開裂させる、つまりほどく作用があるのかを正確に突き止めた。そしてすばらしいことに、それらのアミノ酸を変異させることにより、ＤＮＡ切断能力は完全に失ったが、ガイドＲＮＡと相互作用して配列が対応するＤＮＡ分子に密着する能力はまだ保っているＣａｓ９をつくったのだ。Ｃａｓ９の触媒領域を不活性化したが、Ｃａｓ９はまだ機能の一部を保ち、ゲノム上の特定のＤＮＡ配列を探し、認識することはできた。たんに切断できないだけである。同様の研究[6]がウィルギリウス・シクスニスらによって発表されている。

その頃、バークレーで博士号を取得したスタンレー・キーは、ＵＣサンフランシスコ校で研

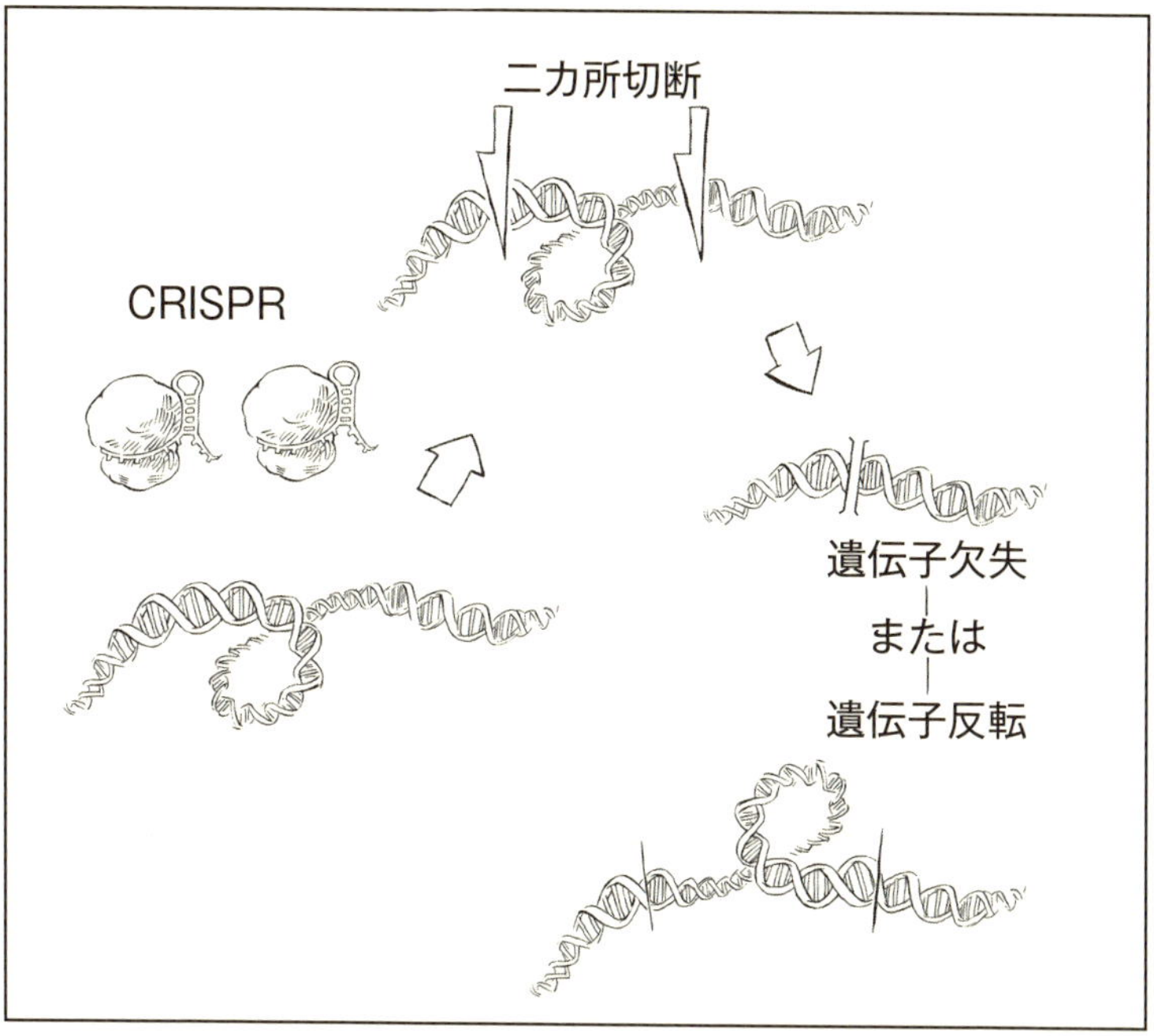

〔図17〕CRISPRを用いた遺伝子欠失または遺伝子反転

究室を立ち上げようとしていた。彼はUCサンフランシスコ校のジョナサン・ワイスマン、ウェンデル・リン両教授と共同で、不活性化型CRISPRが遺伝子操作のツールになりうることを実証した[7]。不活性化型CRISPRを使えば、DNAを編集して永久的な遺伝子変化を導入する代わりに、一時的な変化を起こすことによって、細胞の基本的な遺伝情報は変えずに遺伝情報の発現方法を変えることができる。彼はとくに、CRISPRを遺伝子発現のコントローラに変え、まるで照明器具の明るさを調整する調光器のように、遺伝子をオン・オフしたり、発現のレベルを微妙に調整できることを示した。

不活性化型CRISPRシステムは、分子の「荷馬(にうま)」のような働きをする。DNAを切断する目的で特定の遺伝子を標的化する代わりに、Cas9またはガイドRNAにタンパク質のペイロード（搭載物）を組み合わせ、細胞内の特定の遺伝子にペイロードを送達するようCRISPRをプログラムする。ペイロードは、機能出力を「減光」または「増光」することによって、遺伝子の発現方法に影響を与えるタンパク質分子である。

遺伝子発現制御、つまりDNAという形の遺伝情報がタンパク質に変換される時期と期間を決定する、複雑で重複するインプットは、生物学にとってはおそらくそのもとになる遺伝情報と同じくらい重要である。ヒト体内の約五〇兆個の細胞のほぼすべてが同じゲノムをもつが、細胞は多種多様で、形状や大きさがまちまちな細胞が、異なる特性や機能を持つ複雑な器官をつくっている。血液中の病原体を攻撃する細胞もあれば、全身に血液を送り出すために伸縮する細胞、中枢神経系で記憶を貯蔵する細胞もある。これら免疫細胞、心臓細胞、脳細胞を区別する唯一の違いは、それらをつくり出した遺伝子発現パターンの違いである。それに、がんや疾患の原因となる遺伝子変異が深刻な影響をおよぼすことが多いのは、変異によって遺伝子が完全に不活性化されるからではなく、遺伝子発現に異常が生じるからである。

遺伝子発現を促進または阻害する能力は、遺伝子編集能力と同じくらい強力である。たとえば細胞を、二〇〇〇種類以上の楽器からなる世界最大のオーケストラと考えてみよう。細胞が健康で正常に機能しているとき、個々の楽器の奏でる音は完全に調和している。だが悪性がん細胞や感染細胞ではバランスが乱れ、音が鳴りすぎる楽器や弱すぎる楽器が出てくる。DNA編集は、楽器を丸ごと取り除いたり交換するようなもので、オーケストラを正常の状態に戻す方法としては乱暴すぎる場合がある。これに対して不活性化型ＣＲＩＳＰＲシステムでは、オーケストラのどんな楽器でも、つまりゲノム上のどんな遺伝子でも、よりきめ細かく微調整することができるのだ。

いまやＣＲＩＳＰＲのツールキット一式をもつ科学者は、ゲノムの構成とその出力の両方をほぼ完全に制御できるようになった。乱雑な末端結合か正確な相同組み換えを利用するか、切断箇所を一カ所にするか複数にするか、または切断なしで行うかなど、選択肢は無限に広がる。それにツール開発のペースは今も留まるところを知らない。遺伝子の立体構造を細胞内で可視化できる蛍光型ＣＲＩＳＰＲ、ＤＮＡではなくｍＲＮＡを標的化して特殊な遺伝子制御を可能にする型のＣＲＩＳＰＲ、ゲノムにバーコードを導入して細胞の履歴をＤＮＡの言語で直接記録できるようにする型等々、人間の想像力が許す限り、ゲノム工学の応用範囲は無限に広がるように思われる。このとてつもない汎用性を考えれば、ＣＲＩＳＰＲが分野を問わずすべての生物学者にとってますます標準的なツールになるのはまちがいないだろう。

高校生が数日でできる

このようなすばらしい技術的可能性が、当初はほんの数十人で始まりＣＲＩＳＰＲツールの普及とともに数百人、数千人に増えていった科学者たちの懸命な努力を通じて結実している様子を目の当たりにするのは、じつに心躍ることだ。発明家やイノベーターなら誰でも知っているように、新しい発明が広く受け入れられることほど満足感を得られることはない。技術の改良や再創造を急速に進めるには、普及を促すのが最速の方法である。

ＣＲＩＳＰＲ研究が爆発的に前進した理由は、ＣＲＩＳＰＲが多様な能力を有しているからでもあり、応用範囲が驚くほど広いからでもある。ＣＲＩＳＰＲのツールボックスが拡大するうちに、ＤＮＡのどの塩基であれ、どの遺伝子やその組み合わせであれ、ゲノムのなかで私たちに手の届かないものはなくなった。これからの章で説明するように、人類はこの力を利用することで、がんや遺伝性疾患の治療法を刷新し、動植物への応用により食料生産を増やし、特定の病原菌を根絶し、絶滅種を復活させることさえできるかもしれない。ＣＲＩＳＰＲを使った遺伝子編集が初めて報告されてから数カ月後に、この技術はバイオテクノロジーを永久に変えてしまうだろうと「フォーブズ」誌が予言したの[8]も不思議ではない。

しかし、ＣＲＩＳＰＲがあれほど爆発的な勢いでバイオテクノロジーの世界に受け入れられた真の理由は、低コストと使いやすさにあった。ＣＲＩＳＰＲの登場により、すべての科学者がとうとう遺伝子編集を利用できるようになったのだ。ＺＦＮとＴＡＬＥＮなど従来型のツールは、設計が難しく、コストが法外に高かった。この理由から、私の研究室を含む多くの研究室が、遺伝子編集を必要とする研究への挑戦をためらっていた。だがCRISPRがあれば、ほんの数日間で、外部の助けをまったく借りずに、任意の遺伝子を標的化し、必要なCas9タンパク質とガイドRNAを準備し、標準的な手法を使って、自ら実験を行うことができるのだ。ベーシックなCRISPRが組み込まれた人工染色体（プラスミド）さえあれば、だれでも始めることができる。便利なことに、非営利団体のアドジーンがこのニーズに幅広く応えている。アドジーンはプラスミド保管機関（リポジトリ）およびプラスミド流通サービスとして、大きな成功を収めている。

　アドジーンは、プラスミドを扱うネットフリックスのようなものだ。マーティンと私もいったんCRISPR論文を投稿すると、プラスミドをアドジーンに寄託した。ちょうど映画会社がネットフリックスに映画の使用許可を与えるようなものだ。CRISPRプラスミドを作製するほかの多くの研究室や研究所も、同様に寄託している。アドジーンは保管するプラスミドを注意深く管理し、プラスミドとその詳細な説明をウェブサイトで公開し、数千個の複製を作製して関心の高い顧客向けに販売している。学術研究所の負担するコストは、二〇一六年現在で一プラスミドあたりわずか六五ドルである。アドジーンはプラスミド生産者の負担を軽減し、プラスミド消費者のニーズを満たすことによって、世界中のすべての学術・非営利研究機関が、CRISPR技術に必要な素材をはじめ、実験のニーズに合った研究素材を入手できるようサポートしている。二〇一五年の一年間で、アドジーンは八〇カ国以上に六万個を超えるCRISPR関連プラスミドを出荷している。[9]

　それに、コンピュータのおかげで遺伝子編集がかつてないほど簡単になっている。最近では先進アルゴリズムを用いた多様なソフトウェアパッケージが市販されている。重要な設計原則

（どのような配列を標的化すると成功しやすいかといった、科学文献の経験的データを含む）がすべてアルゴリズムに組み込まれているおかげで、研究者は特定の遺伝子の編集に最適な型のＣＲＩＳＰＲを、自動的にワンステップでつくることができる。このようなアルゴリズムに助けられて、研究者は怠惰になるどころか、むしろこれまで以上に複雑で洗練された遺伝子編集実験に挑んでいるのだ。ＣＲＩＳＰＲを用いてすべてのゲノムを編集する、ゲノムワイド解析の設計と実行などがその好例だ。

このようなＣＲＩＳＰＲの特性のおかげで、今日では基礎的な化学の知識しかもたない科学者の卵でさえ、ほんの数年前には考えられなかった離れ業ができる。「先進的な生物学研究所で数年かかったことが、今では高校生が数日間でできる」とは、この若い分野で古い格言のようになった言葉だ。最新のツールを使えば誰でも二〇〇〇ドルでＣＲＩＳＰＲ実験室を立ち上げられるという専門家もいる[10]。また独学のバイオハッカー、つまり自宅でＣＲＩＳＰＲを使って遺伝子編集のまねごとをする熱心な技術オタクが増えるという予測もある。ＣＲＩＳＰＲはクラウドファンディングでも人気を集めた。ＤＩＹ遺伝子編集キットを生産、販売するという触れ込みのベンチャーが、五万ドルを優に超える金額を集めた。一三〇ドルの寄付で、「自宅で高精度なゲノム編集を行うために必要なすべて[11]」が得られるという。

ＣＲＩＳＰＲによって誰でも遺伝子編集を利用できるようになったことで、かつての奥義が、やがてビールの自家醸造のような趣味や工芸になるかもしれない（ちなみに、私がこれまでに聞いた中で一番面白くて意外なＣＲＩＳＰＲ利用法の一つが、酵母ゲノムを編集して新しい風味のビールをつくるというものだ[12]）。これはいろいろな意味ですばらしいことだ。しかしこれほど強力なツールの急速な普及には、どこか不穏なところもある。

ＣＲＩＳＰＲの民主化は、この章で説明した研究開発のプロセスを加速させるだろう。だがそれだけでなく、私たちがまだ受け入れる用意のできていない利用法や、研究室の枠を超えて幅広く影響がおよぶ利用法を促すこともまちがいない。すでに世界中の科学者が、想像を超えるような方法でＣＲＩＳＰＲを多様な生物種に使い始めている。ヒトゲノムが同じ対象になるのも、そう遠いことではない。

私たち自身の遺伝子コードを操作することの利益と代償を比較検討するなど、一体どうすればできるだろう？　私たち人類は果たしてＣＲＩＳＰＲの正しい利用法について合意できるのか、また濫用を阻止できるのだろうか？

「生命のコード」の支配には、私たちが個人として、人類全体として担う準備が嘆かわしいほどできていない、重大な責任がついて回る。第二部ではＣＲＩＳＰＲ革命がもたらしたジレンマを取り上げるとともに、ＣＲＩＳＰＲが生み出した、とてつもない善をなす機会についても考えていこう。ＣＲＩＳＰＲのような技術に内在する危険と、人類や地球のためにその力を利用する責任とをてんびんにかけることは、想像を絶する試練である。しかしそれは必ず立ち向かわなくてはならない試練でもある。きわめて大きな影響がおよぶ問題だからこそ、避けて通るわけにはいかないのである。

第二部「応用」

第5章　アジア象の遺伝子をマンモスの遺伝子に変える

CRISPRを利用した様々な試みが、世界中の研究室で、あるいは企業で始まっている。うどんこ病抵抗性遺伝子を挿入したパンコムギの作成。角の生えない牛。ハーバード大はマンモスを現代に蘇らせるプロジェクトも始めた。が、倫理的境界線をどこにひくべきか？

自閉症のサル、パーキンソン病のブタをCRISPRでつくる

食料庫でゆっくり熟し、何カ月も腐らないトマト。気候変動に適応する植物。マラリアを媒介できない蚊。警官や兵士の恐ろしいパートナーになる、筋肉隆々のイヌ。角の生えないウシ。絵空事のように聞こえるかもしれないが、どれも遺伝子編集によってすでに実現している動植物だ。しかも、これらはほんの序の口に過ぎない。これを書いている今、私たちに受け入れる準備ができていようがいまいが、CRISPRは周りの世界に否応なしに革命を起こしつつある。この新しいバイオテクノロジーによって開発された、収穫量の多い作物や病気になりにくい家畜、栄養価の高い食品が、数年以内に私たちのもとに届くだろう。数十年もすれば遺伝子組み換えブタから人間の移植用臓器を得られるだろう――それにマンモスや翼竜、ユニコーンさえお目見えするかもしれない。いいえ、からかってなんかいない。

地球の生命史の新しい時代、人類が地球上の生物の遺伝子構成にかつてないほどの支配を行

使する時代が、今まさに始まろうとしていることに驚嘆させられる。ＣＲＩＳＰＲによって、人間が太古の昔から夢見てきたように、自然を自らの意志に従わせる力を得るのも、そう遠いことではないだろう。その意志が建設的なことに向かえば、すばらしい結果が期待できる——しかし、意図せざる影響や、破滅的な影響がおよぶ可能性も否定できない。

動植物の遺伝子編集は、すでに科学界に大きな影響をおよぼしている。研究者はＣＲＩＳＰＲを利用してかつてないほど高精度に、かつ自在にヒト疾患のモデル動物を作製している。しかもマウスに限らず、自閉症のサル、パーキンソン病のブタ、インフルエンザのフェレットなど、対象疾患を最もよく発現する動物のモデルだ。ＣＲＩＳＰＲ技術のとくに興味深い側面に、生物の特性を思うままに研究できることが挙げられる。たとえばメキシコサンショウウオの四肢再生や、キリフィッシュの老化、甲殻類の骨格の発達など。研究仲間がＣＲＩＳＰＲでこんな実験をしたといって送ってくれる資料や画像を見るのを、私はいつも楽しみにしている。遺伝的背景が解明された蝶の羽の美しい模様や、ヒト組織に侵入する能力が遺伝子レベルで明らかにされた感染酵母。自然界の新たな真実や、すべての生物を一つに結びつけている遺伝的特性を浮かび上がらせる実験に、私は大いに刺激を受ける。

その対極にあるのが、学術誌というよりはＳＦ小説から飛び出したような遺伝子編集の応用例だ。たとえば深刻な臓器ドナー不足を異種移植（ブタなどの動物の体内で育てた臓器をヒトに移植すること）で解消することをめざして、複数の研究チームがＣＲＩＳＰＲを使ってブタの遺伝子を「ヒト化」しようとしている。そうかと思えば、動物の外観を自在に変える能力を見せつけるかのように、遺伝子編集技術を使って小型犬ほどの大きさにしか成長しないマイクロピッグなどのデザイナーペットをつくる企業もある。映画化されて大ヒットしたＳＦ小説のページからそのまま抜け出したような、「脱絶滅」プロジェクトを進める研究室さえある。クローニングや遺伝子工学を駆使して絶滅種を復活させようという試みだ。私の友人でUCサンタクルーズ校教授のベス・シャピロは、この戦略を使っていつか絶滅種の鳥を復活させ、現生種との関係を研究する可能性に胸を躍らせている。現に、CRISPRを用いてゾウゲノムをマンモスゲノムに少しずつ近づけようとする取り組みが進行中である。

皮肉なことにCRISPRはその逆も、すなわち望まれざる動物や病原菌の強制絶滅も可能にするだろう。そう、いつか近いうちに、生物種全体を破壊するためにCRISPRが使われるかもしれない。私の研究室が、細菌適応免疫機構という当時生まれたばかりの分野に足を踏み入れたほんの一〇年前には、想像もできなかった適用例だ。

自然界におけるこうした取り組みには、人間の心身の健康を増進させる大きな可能性を秘めたものもあれば、軽率なものや奇をてらったもの、恐ろしく危険なものさえある。とくにこの技術の利用が加速している現状を踏まえ、私は遺伝子編集のリスクを理解する必要をますます痛感するようになった。

CRISPRは私たちに生命の分子そのものを思うままに書き換える手段を与え、生物圏を根底から、不可逆的に変える力を授ける。現時点では、そのことがもたらすよい可能性、悪い可能性について十分な議論がなされているとはとても思えない。生命科学にとってはスリリングな時代だが、浮かれている場合ではない。CRISPRが世界をよりよい方向に変える大きな可能性を秘めていることは否定できないが、その一方で、生態系の遺伝的基盤に手を加えれば、思わぬ影響を招くおそれがあることも肝に銘じたい。手遅れになる前に、起こりうる問題を前もって検討し、自然界に遺伝子編集を適用する方法について、世界規模のオープンで参加型の対話を行う責任が、私たちにはある。

うどんこ病の遺伝子を除去する

二〇〇四年にヨーロッパの研究チームが、オオムギ育種家の長年の謎を解決した。うどんこ病を起こす有害な菌への抵抗性を与える遺伝子変異を発見したのだ。[1] うどんこ病は、オオムギの優良品種を栽培するヨーロッパの農家を長らく苦しめてきた病気である。うどんこ病抵抗性のあるオオムギの変異株は、一九三〇年代末にドイツの探検隊がエチオピア南西部の穀物倉庫で収集したオオムギ種子に由来する。エチオピアではオオムギが栽培化されてからまもなく（約一万年前）、*Mlo*と呼ばれる遺伝子の変異が自然発生し、最も丈夫で収穫量の高い作物を求める農家によって選択された。

人間の影響を受けたこの進化プロセス、すなわち自然選択ではなく、自然変異後の人為選択こそが、農業が数千年の間たどってきた発展経路だ。農学者の草分けルーサー・バーバンクが、一九〇一年のスピーチで述べたとおりである。「種は固定的で不変なのではなく、陶器職人の手のなかの粘土や芸術家のキャンバス上の色のように可塑的で、どんな画家や彫刻家が表現しうるよりもはるかに美しいかたちと色に成形することができる」[2]。実際、オオムギのうどんこ病抵抗性遺伝子*Mlo*の発見は、一九四二年に人為突然変異を起こすためにＸ線を照射されたドイツの栽培品種にさかのぼる。[3] 植物の種に放射線（Ｘ線やガンマ線など）照射や化学薬品などの人為的な刺激を与えると、有用な突然変異を生じることがあり、それを利用して望ましい特性を持つ品種を育成できることに、当時の科学者は気づいた。

こうした手法で生み出される変異株は、数百から数千種類の遺伝子が何らかの形で変異している。もしもこのようなランダムな遺伝子変化のなかに、株全体によって分かち合われる変異（たとえば*Mlo*遺伝子の変異など）があれば、得られた植物全体が望ましい形質（この場合でいえば、病原菌抵抗性[4]）をもつ可能性がある。二〇〇四年にオオムギのうどんこ病抵抗性*Mlo*変異が同定されてから一〇年後には、同じ遺伝子の変異がほかの植物種にもうどんこ病抵抗性をもたらしている可能性が指摘された。これを機に、*Mlo*遺伝子を編集すればほかの多くの作物にうどんこ病抵抗性を授けられるのではないかという期待が高まっている。

ここにこそ、遺伝子編集の力がある。科学者はCRISPRを使えば、自然突然変異や、X線や化学薬品を利用した誘発突然変異、異種交配（数千種類の新しい遺伝子を一気に導入する）などの従来型の品種改良法とは比べものにならない高精度で、ゲノムを制御することができる。この技術が農業に与える可能性を私が改めて実感したのは、二〇一四年に中国科学院の研究者がCRISPRを含む遺伝子編集ツールを使って、世界で最も重要な穀物の一つ、パンコムギの*Mlo*遺伝子を六つ同時に編集したときのことだ［パンコムギは六倍体のため、同じ遺伝子が六セットある］。すばらしいことに、*Mlo*遺伝子が六つとも変異していた個体はうどんこ病抵抗性をもっていた。しかも*Mlo*遺伝子だけがピンポイントで編集されたため、研究者はほかの変異による有害な影響や意図しない影響を心配する必要もなかった。遺伝子ノックアウトであれ（*Mlo*など）、遺伝子の修復、挿入、欠失であれ、科学者は前例のない一塩基単位の精度をもって、どんな遺伝子、どんなDNA配列をも改変できるのだ。

うどんこ病は、CRISPRによって対処できる農業問題の一例に過ぎない。CRISPRは誕生からわずか数年で、白葉枯病（しらはがれびょう）抵抗性のあるイネや、除草剤に自然耐性をもつトウモロコ

〔図18〕植物にDNA変異を導入する方法

シャダイズ、ジャガイモ、黒ずまずに日持ちするキノコを生み出している。[5] CRISPRはオレンジジのゲノム編集にも用いられ、[6] カリフォルニアの研究チームは現在この技術を使って、アジアの一部で猛威を振るい、近年フロリダやテキサス、カリフォルニアの果樹園を脅かしているカンキツグリーニング病（中国名の黄龍病でも知られる）から、アメリカ柑橘業界を救おうとしている。[7] 韓国では研究者のジン・ス・キムらが遺伝子編集により、壊滅的な土壌菌の拡散に脅かされたバナナのメジャーな品種、キャベンディッシュを絶滅から救おうとしている。[8] そのほか、植物ウイルスをズタズタにするよう再プログラムした細菌のCRISPRシステムを丸ごと作物に導入し、まったく新しい抗ウイルス免疫機構を作物に与えるアイデア[9]も検討されている。

私がとくに興味をそそられるのが、遺伝子編集を利用して健康的な食品を生み出そうという試みで、とくに二つの例が大きな注目を集めている。一つはダイズに関わる研究だ。ダイズからは年間五〇〇〇万トンの大豆油が生産されているが、残念なことに大豆油には高コレステロール血症や心疾患との関連が指摘されるトランス脂肪酸が多く含まれる。最近ミネソタ州のケイリクストという企業が、遺伝子編集技術TALENを用いてダイズの二種類の遺伝子を編集し、不健康な脂肪酸が大幅に少なく、脂肪構成がオリーブ油に類似した種を生み出した[10]——しかも意図せざる変異の発生や、外来DNAの導入を伴わずにである。

二つめの例は、コムギとイネに次いで世界で三番目に重要な食品作物であるジャガイモに関わるものだ。ジャガイモを長期保存のために低温貯蔵すると、デンプンがブドウ糖や果糖などの還元糖に変換される、低温糖化という現象が生じる。こうした還元糖を高温加熱——フレンチフライやポテトチップスの調理に欠かせない——すると、アクリルアミド（AGE）という、神経毒性や発がん性をもつ化合物が生成される。また低温糖化したジャガイモでつくったポテトチップスは、焦げが生じて苦みをもちやすいため廃棄部分が多く、加工工場では年間生産量の一五％がこの理由から廃棄されている。ケイリクストの研究者は、レンジャー・ラセット種のジャガイモを遺伝子編集して、糖をブドウ糖と果糖に分解する酵素をコードする遺伝子を不活性化することで、問題を難なく解決した。遺伝子強化ジャガイモでつくったポテトチップスは、アクリルアミド含有量が七〇％抑えられ、焦げが生じることもなかった[11]。

食品科学者は、手軽な遺伝子編集がもたらす可能性に舞い上がっている。だが、誰もが見て見ぬふりをしている大きな問題がある。生産者や消費者は、高精度な遺伝子編集を施された作物をどう受け止めるだろう？　X線やガンマ線、化学的変異原などによってゲノムにランダム変異を導入されてきた数千種類の作物のように、抵抗なく受け入れるだろうか？　それとも遺伝子編集作物は、従来型の遺伝子組み換え生物（GMO）と同じ運命にさらされ、有用な貢献をする大きな可能性を秘めながらも、激しい反発を、あえていうならば、誤った情報に基づく反対を招くのだろうか？

世の中に自然な農産物はない

CRISPR技術が世界的に普及したことで、私はいろいろな分野について自分なりに学ぶことを余儀なくされている。食料政策もその一つである。遺伝子編集動植物はGMOとの比較が問題になることがわかっていたため、まずは各国の政府や公益団体が「遺伝子組み換え生物」というとき、具体的に何を指しているのかをしっかり調べる必要があった。

アメリカ農務省は遺伝子組み換えを、「遺伝子工学またはより伝統的な手法を通じて、特定の用途のために動植物に遺伝可能な改良を加えること[12]」としている。この定義は包括的で、遺伝子編集などの新しい技術から、突然変異育種などの古い技術までを含みうる。実際この定義のもとでは、私たちの食べているほぼすべての食品（野生のキノコ、野生のキイチゴ、野生の動物と魚の肉を除く）がGMOと見なされる。

だがより一般的なGMOの定義には、外来DNA配列をゲノムに挿入する組み換えDNAや遺伝子組み換え技術を用いて遺伝物質を改変された生物だけが含まれる。世界で初めて商業栽培されたGMO植物（「フレーバーセーバー」という、日持ちのよいトマト）が食用として承認された一九九四年以来、アメリカではキャノーラ、トウモロコシ、綿花、パパイヤ、イネ、ダイズ、カボチャなど、五〇種を超えるGMO作物が開発され、商業栽培を認可されている。二〇一五年時点で、アメリカで栽培されているトウモロコシの九二％、綿花の九四％、ダイズの九四％が、この方法で遺伝子を組み換えられたものだった[13]（遺伝子組み換えとCRISPRによる遺伝子編集の違いは、第1章で述べたように、それまでの技術は、ピンポイントで塩基のひとつひとつを標的にして変えることは不可能であること。運任せで長時間の試行錯誤のうえで遺伝子の改変がなされる。日本語版編集部注）。

組み換え作物は環境面、経済面で大きなメリットがある。害虫抵抗性の作物を栽培する農家は、強力な化学農薬や除草剤への依存を減らしながら、収穫量を高めることができる。それに遺伝子工学はハワイのパパイヤ産業など、産業全体をウイルスの害から救ってきた実績があるほか、バナナやプラムなどの果物を新興病原体から守るうえで重要な役割を果たせることがまもなく明らかになるだろう。

ＧＭＯ食品はこれほどの利点がありながら、また数億人の人たちがすでに何の問題もなく消費しているにもかかわらず、根拠の薄い声高な非難や、世間の厳しい目、執拗な抗議にさらされている。批判のよりどころとなっているのは、消費者の健康や環境への悪影響を明らかにしたと謳う、ほんの一握りの研究である。たとえば遺伝子組み換えジャガイモを与えたラットががんを発症した、遺伝子組み換えトウモロコシの花粉を食べたオオカバマダラ（チョウの一種）が死んだといったものだ。しかしこうした報告は多くの追跡研究によって否定され、科学界全体の非難を招いている。実のところＧＭＯ食品は、人間の消費用に販売されている全食品のなかで、規制当局によって最も慎重に審査されている食品である。遺伝子組み換え食品が、従来の方法で生産された食品と同じくらい安全だというのは、ほぼ衆目の一致するところで、アメリカ連邦政府監督機関、アメリカ医師会、アメリカ科学アカデミー、イギリス王立医学協会、欧州委員会、世界保健機構（ＷＨＯ）はすべてＧＭＯを支持している。それにもかかわらずアメリカ人の六〇％が、ＧＭＯを安全でないと見なしているのだ[14]。

ＧＭＯに関する科学界のコンセンサスと世論との乖離は、気がかりと言わざるを得ない。それは科学者と一般市民のコミュニケーションの断絶の表れでもあると、私は考える。私がＣＲＩＳＰＲの研究を開始してからの比較的短い期間のうちにも、これら二つの世界の間で建設的で開かれた対話を維持することの難しさと、同時に科学的発見の前進におけるそうしたコミュニケーションが大切であることを、深く痛感するようになった。

ＧＭＯはどこか不自然で気味が悪いもの、という認識が、この断絶をよく表している。私たちの食べるほとんどすべてのものは、人間の手によって変えられている。人間は植物のＤＮＡにランダムな変異を起こし、有用なものを選んで繁殖させてきた。そのため「自然」と「不自然」の境界線はあいまいである。中性子線を照射してつくった赤いグレープフルーツに、コルヒチンという薬剤で処理してつくった種なしスイカ。りんご園のすべての木は遺伝的に同一なクローンである。現代農業のこういった側面のどれ一つとっても「自然」とはいえない。だが私たちは、何の文句も言わずにこうした食品を食べているのだ。

ＣＲＩＳＰＲをはじめとする遺伝子編集技術によって、ＧＭＯと非ＧＭＯ食品の境界はさらにぼやけ、そのせいで議論はいっそう複雑になるだろう。従来のＧＭＯは、ゲノムにランダムに入り込んだ外来遺伝子が、まったく新しいタンパク質を生成し、従来もたなかった有益な形質を生物に与えている。これに対して遺伝子編集生物は、生物に有益な形質を与えている既存の遺伝子に、わずかな改変を加えたものだ。つまり、外来ＤＮＡの導入を伴わず、もともと体内に存在するタンパク質のレベルを操作するに過ぎない。この意味で遺伝子編集生物は、突然変異を誘発する化学薬品や照射によって生み出された生物と、何ら変わりはない。そのうえ科学者は遺伝子編集タスクの完了後、植物のゲノムに編集の痕跡が残らない方法を用いている。たとえばＣＲＩＳＰＲ分子は（私たちが二〇一二年の論文で示したとおり）実験室での作製、精製、構築が可能で、調整後ただちに植物細胞に導入され[15]、すばやくゲノムに作用する。Ｃａｓ９とガイドＲＮＡはわずか数時間で標的遺伝子を編集し、それがすむと細胞内の自然な循環プロセスによって分解されるのだ。「痕跡が残らない」という遺伝子編集技術の特性に助けられて、高精度な手法で改良された作物やその他の植物種が、いつか世間に受け入れられることを期待している。

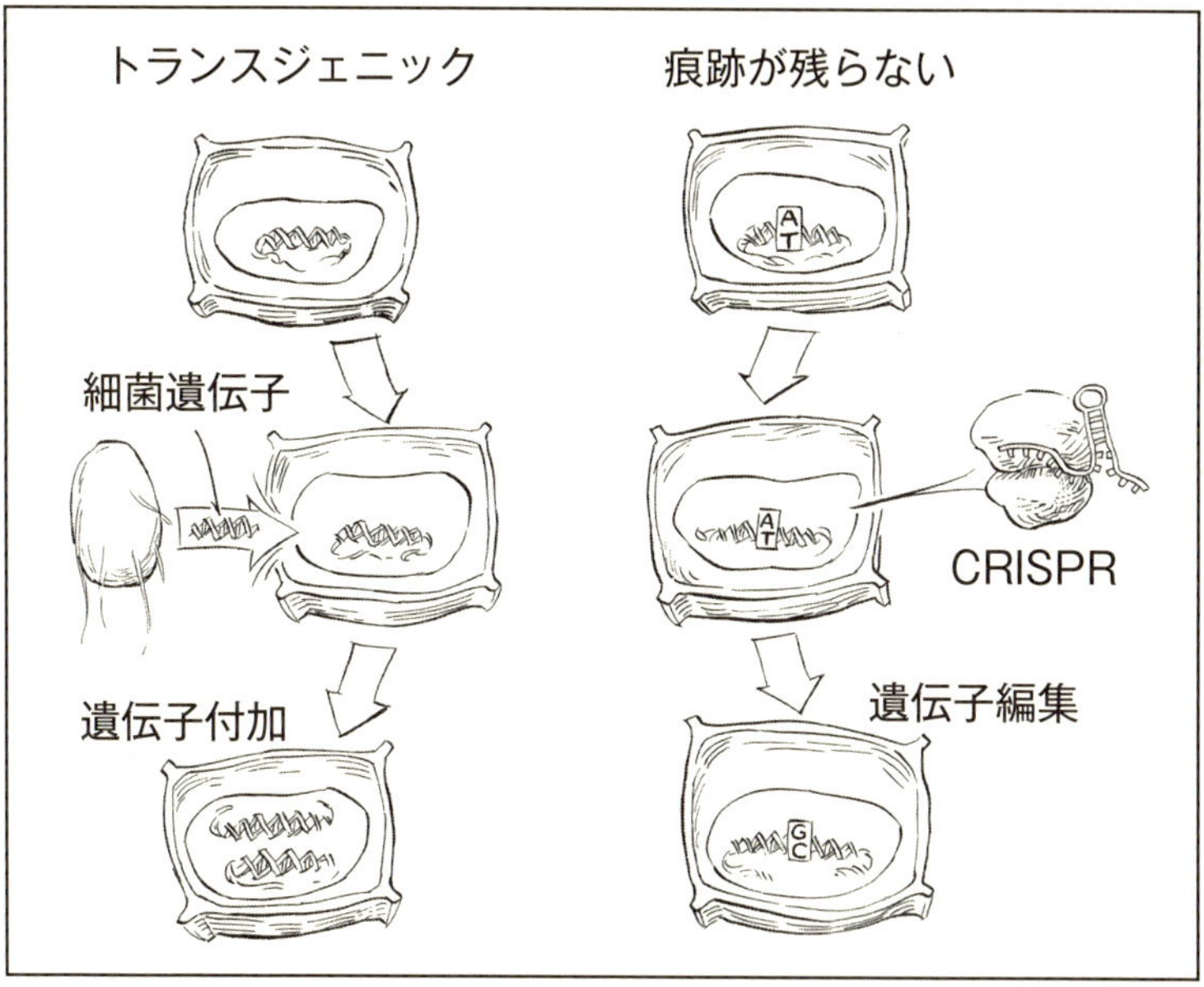

〔図 19〕トランスジェニック（外来遺伝子導入）GMO と痕跡の残らない遺伝子編集生物

政府の規制は変わるか？

だが遺伝子編集生物に対する異論は徐々に出始めている。初の本格的な抗議活動が行われたのは二〇一六年春のことだ。[16] GMOに反対していた活動家が、CRISPRの研究者に矛先を向けるケースもある。

農業関連会社や農家、消費者、そしてとくに政府関係者にとっての大きな問題は、遺伝子編集作物をどのように分類し、規制するかだ。遺伝子編集作物を「新育種技術」（NBT）［従来の交配や接ぎ木などの手法に、分子生物学的手法を組み合わせたもの］の産物に分類する科学者に対し、抗議者は、遺伝子編集作物は隠れたGMOにほかならず、科学者は裏口からこっそり食料品店に運び入れようとしている、と反発する。この問題はいろいろな意味で、突き詰めれば「最終産物をとるか、プロセスをとるか」という問題に行き着く。つまり、新種の作物に対する規制は、最終産物だけを考慮すればいいのか、それとも開発に用いられたプロセスまでも考慮に入れるべきか、ということだ。うどんこ病の例に戻れば、新しいコムギ株が、自然変異や人為的に誘発された変異が生み出すものと理論上まったく変わらないとしても、パンコムギにこの病気への抵抗性を持たせるために高度な遺伝子編集が行われたことは、問題にされるのだろうか？

現時点では、新しく開発された遺伝子組み換え作物には、多くの紛らわしい規制のハードルが課される。アメリカでは食品医薬局（FDA）、環境保護庁、農務省に管轄が分かれていて、承認プロセスは長くコストがかかり、一部からは不公正で厄介との声も上がっている一連の要件を満たさなくてはならない。法外なコストがかかるせいで、中小企業の多くはＧＭＯ分野から完全に閉め出され、巨大アグリビジネスの市場独占に拍車をかけている。驚いたことに学術研究者さえもが、厄介な規制のせいで遺伝子組み換え作物の実地試験を行うのに苦労しているのだ。

さいわい、事情は変わりつつある。アメリカ農務省は、新世代の遺伝子編集作物には農務省の承認が不要であることを、ひっそりと企業に通告し始めている。ただし、ＦＤＡの承認はまだ必要である。遺伝子編集技術を使って開発された除草剤耐性のあるキャノーラは、カナダでの使用が承認され、アメリカ農務省の規制対象ではないとされた。同様に、ケイリクストの科学者がＴＡＬＥＮを用いて開発した遺伝子編集ダイズとジャガイモのほか、三〇種類の遺伝子編集植物が、農務省の規制対象外とされた[17]。ＣＲＩＳＰＲは登場してまだ日が浅いが、デュポンパイオニアは二〇一〇年代の終わりまでにＣＲＩＳＰＲを用いた農産物を商品化する予定を明らかにしている[18]。

その一方で、二〇一五年に大統領府科学技術政策局は、新たな技術動向に照らし、また現在の方針が一九九二年以来更新されていないことを踏まえ、遺伝子組み換え作物および動物の規制を再考すると発表した[19]。二〇一六年に遺伝子組み換え原材料の表示を義務化する連邦法が成立したため[20]、遺伝子組み換え食品の販売方法も流動的である。

こうした規制の変化は重要だが、それに伴って遺伝子強化食品に対する一般市民の意識が変わらないうちは、社会全体としてＣＲＩＳＰＲのもつ力を十二分に役立てることはできない。バイオテクノロジーは、世界の食料安全保障を強化し、栄養不良を防止し、気候変動に適応し、環境悪化を食い止めようとする取り組みの力になれる。だが科学者、企業、政府、そして一般市民が実現に向けて力を合わせない限り、そうした進展が見られることはないだろう。私たちの一人ひとりが、この協力体制にごく簡単な方法で貢献できる。まずは偏見のない心をもつことだ。

筋肉ムキムキになる遺伝子編集

アグリビジネス企業のCRISPRへの関心は、作物にとどまらない。近い将来、遺伝子編集技術は家畜の品種改良にも広く利用されるだろう。だがGMO作物が手強い障害に阻まれてきたことを考えれば、遺伝子編集動物は同じ規制のハードルと、一段と激しい反対にさらされる可能性が高い。動物に関しても植物と同様、うまくかじ取りができれば得るものは大きく、失敗すれば失うものはさらに大きいだろう。

アメリカで初めて［二〇一五年に］食用として認可された遺伝子組み換え動物、成長速度の速いGMOサーモン「アクアドバンテージ」は、市場に到達するまでにFDAの規制当局者との二〇年におよぶ闘争と、開発者側の八〇〇〇万ドルを超えるコストを要した[21]。この遺伝子組み換えサケは、成長の早い別種のサケの成長ホルモン遺伝子を組み込んで開発された。通常の養殖サーモンに比べて半分の期間で市場に出せる大きさに成長するが、栄養価は通常のサーモンとまったく変わらず、サーモンやそれを食べる人の健康上のリスクを高めることもないとされた[22]。擁護派は、収獲量の多い養殖サーモンは天然魚資源の枯渇を防ぎ、アメリカのサーモン輸入率を下げ（現在は九五％）、市場への配送に伴う二酸化炭素排出量が通常のサーモンの約二五分の一に減る[23]など、環境によい影響があると主張する。それでもGMO作物と同様、GM

Oサーモンは激しい反発を招いている。反対派はこれを「フランケンフィッシュ」と呼び、消費者の健康はもちろん、天然魚の生態系までを危険にさらすことになると批判している。二〇一三年のニューヨークタイムズによる世論調査で、回答者の七五％が遺伝子組み換え魚を食べないと答えた[24]。消費者の反対を受けてホールフーズやセーフウェイ、ターゲット、トレーダージョーズなどの大手スーパーマーケットを含む六〇以上の食品チェーンが、このサーモンを取り扱わないと宣言するまでになっている[25]。

ちなみにアクアドバンテージ・サーモンは、初めて食用に開発された遺伝子組み換え動物ではない。二〇〇〇年代初めに日本の研究チームが、ホウレンソウの遺伝子を組み込んだブタの開発に成功している。ホウレンソウ遺伝子はブタが脂肪酸を代謝する方法を変え、遺伝子組み換えブタは通常のブタに比べて肉質が健康的だった。しかし研究は多方面から非難を招き、ブタはついぞ実験室の外に出ることはなかった[26]。同じ頃カナダのチームが環境に優しい遺伝子組み換えブタ「エンバイロピッグ」を開発した。このブタにはフィチン酸（リン化合物）を分解する酵素をつくる大腸菌遺伝子が組み込まれていた[27]。通常のブタの糞にはリンが豊富に含まれ、それが河川に流れ込むと「水の華」と呼ばれる藻の異常繁殖と、水中酸素の減少、水生生物の窒息死、温室効果ガスの産出を招く。エンバイロピッグは糞に含まれるリンが通常のブタより七五％も少ないため、地球環境にも、養豚場の近くで生活し働く人たちにも優しいという触れ込みだった。だがそれにもかかわらず、またデータが安全性を保証していたにもかかわらず、エンバイロピッグは消費者の反発を招き、プロジェクトへの資金提供は打ち切られた。ブタは最終的に二〇一二年に安楽死させられた[28]。

こういった事例を考えれば、ほかの遺伝子組み換え動物の見通しも暗そうだ。だがここでもやはり、すべては規制当局や一般市民が「遺伝子組み換え」をどのように定義するかにかかっている。アクアドバンテージ・サーモンは、チヌークサーモンの成長ホルモン遺伝子のほか、成長ホルモンを一年中分泌するようにゲンゲという別種の魚のＤＮＡ断片を導入されていた。もし何らかの方法で、外来ＤＮＡを付加せずに、サーモン本来の成長ホルモン遺伝子の働きを高めるようゲノムを編集できたらどうだろう？　それでも、消費者や規制当局はＧＭＯと見なすだろうか？

遺伝子編集家畜の研究開発が急速に進められていることを考えると、この問題が近いうちに取りざたされるのはまちがいない。最初の遺伝子編集動物はすでに実験室で誕生しており、規制当局の戸口にやってくるのは時間の問題だ。そうした草分け的な動物のなかにはアクアドバンテージ・サーモンのように、成長を促す遺伝子が組み込まれるものもあるだろう。しかしこのサーモンとは違って、ただ成長が速いだけでなく、より大きく成長するのだ。

ＣＲＩＳＰＲなどの新しい高精度遺伝子編集技術を使って、平均より力が強く筋肉が発達した、ボディビルダーのような派手な体格の「筋肉肥大」ウシ、ブタ、ヒツジ、ヤギがすでに開発されている。しかし、この変異は実験室で開発された得体のしれない形質ではなく、オオムギのうどんこ病抵抗性のように、自然によって誘発されたものだ。

ウシの筋肉肥大は、ベルジャンブルー種とピエモンテ種という、人気のある二種類のウシの品種に生じることが多く、畜産農家の間では昔から知られていた。これらの品種のウシは通常より筋肉量が平均で二〇％多く、骨に対する肉の比率が高く、よい部位の肉が多くとれるという、牛肉生産者にとってはまさに夢のウシである。[29]この異常な筋発達に関与する遺伝子が、一九九七年に三つの研究室によって同定された。ミオスタチンと呼ばれるその遺伝子は、筋肉組織の生成にブレーキをかける機能を担っている。ベルジャンブルー種はミオスタチン遺伝子に一一塩基の欠失、ピエモンテ種は一塩基の欠失があるというちがいはあるが、どちらもミオスタチン遺伝子がコードするタンパク質に異常がある。ある意味では、自然が昔のマウスの遺伝子実験をまねたようなものともいえる。(30)ミオスタチン遺伝子をノックアウトすると、筋肉質で、脂肪ではなく筋肉量が多いために体重が平均的なマウスの二、三倍というマウスが生まれるのだ。

筋肉肥大の形質を自然に得る動物は、ウシだけではない。オランダ原産のヒツジで、赤身肉と発達した筋肉が珍重されているテクセル種も、ミオスタチン変異をもっている。(31)ドッグレースでおなじみのウィペットという、グレイハウンドの系統を引くイヌも同様だ。ウィペットはこのサイズの犬種で最速のスピードを誇るだけでなく、加速力は世界のどんなイヌにも勝る。とくに「ブリー」タイプのウィペットは、ミオスタチン遺伝子の二塩基が欠失しているせいで、胸幅が広く、足と首の筋肉組織が異常に発達している。それ以外のウィペットは正常なミオスタチン遺伝子をもつが、なかにはヘテロ接合の場合もある。つまり両親から一本ずつ受け継いだペアの染色体のうち、一本が正常でもう一本が変異しているケースだ（ＮＩＨの研究によると、最速のウィペットはヘテロ接合である。(32)筋肉量が多いが極端に肥大はせず、ちょうどよい案配なのだ）。

人間にも筋肉肥大に相当する形質をもつ人がいる。二〇〇四年にベルリンの医師のチームが、誕生時から筋肉量が著しく多く、上腕と大腿部の筋肉が非常に発達した男の赤ちゃんに関する注目すべき研究を発表した。(33)赤ちゃんはその後も異常にたくましい筋肉を発達させ、四歳の時には三キロのダンベルを両手にもって腕を伸ばすといった力技ができた。ウシやマウスの筋肉肥大と症状が似ていて、また代々が力自慢の家系だったことから、医師たちは赤ちゃんの体格が遺伝によるものではないかと考えた。解析の結果、赤ちゃんのミオスタチン遺伝子の両方にノックアウト変異が確認され、また元プロアスリートの母親は、遺伝子の片方に変異があるヘテロ接合と判明した。筋肥大（筋肉肥大の医学用語）が人間に起こる確率はきわめて低いが、その後少なくとももう一件、ミシガン州の家庭の例が報告されている。

最近ではこの変異を人為的に再現すること、つまりミオスタチン遺伝子を不活性化させ、筋肉の成長を促すことが、筋ジストロフィーのような筋肉消耗性疾患の有効な治療法になるかどうかが検討されている。その一方で、正常な人のミオスタチン遺伝子を編集すれば、驚異的な身体能力をもつ超人をつくれる、などといった記事[34]が世間を賑わせることもある。ただし、後の章で論じるように、この種の必要不可欠ではないヒト遺伝子の編集がもたらす影響に、私は不穏なものを感じる。

角（つの）のない牛をつくることで牛は除角の苦しみから逃れられる

家畜については、ヒトと違って、有利な形質をもつ新種の動物を開発するために遺伝子編集を利用すべき理由がある。第一に、動物ゲノムのわずかな改変が、食料生産の大幅増加につながる可能性があるからだ。すでに遺伝子編集技術を用いて、筋肉肥大ウシ、ヒツジ、ブタ、ヤギ、ウサギの新種が開発されている。農家がこういった家畜を飼育するようになれば、人類の栄養状態を大いに改善できる可能性が十分ある。脂肪分の少ない赤身肉の生産量を増やすという、畜産業界の主要な目標は、遺伝子編集の助けがあれば容易に達成できる。ある研究では、

〔図 20〕自然のおよびCRISPRでつくった筋肉肥大動物

遺伝子編集ブタは通常のブタに比べ、赤身肉が一〇％多く、体脂肪率が大幅に低く、肉の軟らかさが高かった[35]。しかも肉の栄養価や、ブタの発達や食餌、全体的な健康状態に影響はなかった。遺伝子編集ブタはゲノムに外来遺伝子の痕跡がないため、自然変異を通して筋肉肥大の形質を持つようになったベルジャンブルー種と同じ規制のもとに置かれることを、生産業者は期待している。

ＣＲＩＳＰＲを使えば複数の遺伝子の編集を容易に行えるため、複数の新しい形質を同時に導入することも可能だ。ある中国の研究チームは、ヤギのミオスタチン遺伝子と、毛の長さを調節する成長因子遺伝子を標的とした[36]。この成長因子遺伝子の自然突然変異は、ヒトではまつげが著しく長くなる長睫毛症（ちょうしょうもう）という症状を引き起こすほか、ネコやイヌ、ロバの毛の長さとも関連がある。研究チームは、繊細なカシミアと肉のために飼育される陝北（せんほく）カシミア種のヤギに遺伝子編集を行い、八六二個の胚にＣＲＩＳＰＲを導入して、四一六個の受精卵をメスのヤギに移植したところ、九三匹の子ヤギが生まれ、うち一〇匹が両方の遺伝子に変異を持っていた。農家はこの遺伝子編集ヤギを出発点として、食肉とカシミアの収穫高の高い新種の開発を進められるだろう。

そのほか、遺伝子編集ツールを使って生殖を制御し、メスしか産まない鶏[37]や（養鶏場では卵を産まないオスは、通常孵化した日のうちに殺処分される）、不妊化した養殖魚（在来種を汚染しないように）、金になるオスだけを産む肉牛（メスは飼料効率がオスよりずっと低い）などを開発する試みが行われている。ウシゲノムに睡眠病を引き起こす寄生虫への抵抗性を付与したり、少ないエサで育つブタを開発するなど[38]の研究も行われている。オーストラリアのある研究チームは、卵アレルギーの最大の原因となるタンパク質をコードする遺伝子を欠損させた鶏を開発中で、牛乳のアレルゲンを除去するためにも同様の戦略が提案されている[39]。

遺伝子編集は、動物の健康を図り、病気への抵抗性を高める目的でも用いられており、その効果は最近のブタでの実験でも明確に実証された。養豚業で最も一般的な病気といえば、ブタ繁殖・呼吸障害症候群ウイルス（ＰＲＲＳＶ）を原因とする感染症である。このウイルスは一九八〇年代末にアメリカで確認されて以来、北米、ヨーロッパ、アジアに急速に広まり、アメリカの養豚業に年間五億ドルを超える損害をもたらし、食肉生産量を一五％も低下させている。ブタ自身にも大きな苦しみを与え[40]、食欲不振、発熱、死産、ミイラ胎子、重度の呼吸障害などを引き起こす。予防接種プログラムはこれまでのところ有効性が確認されておらず、二次感染を防ぐには、飼料に添加する抗生剤の量を増やすくらいしか手立てがない。

ミズーリ大学の研究チームは、*ＣＤ１６３*と呼ばれる遺伝子がブタの体内でウイルスを拡散させる役割を担っているという先行研究をもとに、この遺伝子を不活性化させればウイルス抵抗性のブタができるのではないかと考えた（家のカギをなくした人が、家のカギをつけ替えて強盗を防ごうとする戦略に似ている）。ＣＲＩＳＰＲを用いて作製した遺伝子ノックアウトブタ[41]は、ウイルス感受性を調べるために、通常の子ブタの対照群とともにカンザス州立大学に送られ、一〇万個以上のウイルス粒子に曝露され、継続的に監視された。驚くことに、遺伝子編集ブタは発症せず、ウイルスも検出されなかった[42]。

ウイルスの感染を助ける遺伝子をノックアウトして動物にウイルス抵抗性を与えるというこの戦略は、非常に効果が高く、すでに食肉業界の多くの分野で動物の苦難や飼育場の無駄を減らすために用いられている。イギリスの研究チームも、アフリカ豚コレラウイルスとの戦いで同様の戦略により勝利を収めている。このウイルスはＰＲＲＳＶと似て感染性が非常に高く、ワクチンが存在しない。しかもアフリカ豚コレラウイルスはさらに致死性が高く、型によっては感染したブタが一週間以内に全身に出血を起こし、一〇〇%近い確率で死亡する。[43] 悲しいことに、この病気で死ぬのは発症した動物だけではない。ウイルスが東欧を襲った際には、農家は感染拡大を防ぐ窮余の策として、農場ごとブタを殺処分することもあった。

イギリスの研究チームは、アフリカ在来のブタやイボイノシシなどがウイルスに感染しても発症しないことに注目し、このめざましい抵抗力と関連のありそうな遺伝子に照準を合わせた。[44] イボイノシシと家畜ブタのゲノムのちがいはわずか数塩基だったため、チームは家畜ブタのゲノムのほかの部分には影響を与えずに、イボイノシシのゲノムと同じになるようにゲノムを編集したのだ。[45] 遺伝子編集ブタがイボイノシシと同じ免疫性をもつかどうか、またさらに重要なことに、この新しい遺伝子組み換え動物が社会に受け入れられるかどうかは、時間が経たないとわからない。だがわずかな改変が動物の健康を促すのであれば、またとくにその改変が自然にすでに存在するのであれば、消費者は問題にしないだろうと、少なくとも研究チームは確信している。[46]

家畜の遺伝子編集のもう一つの例として、ミネソタのリコンビネティクスという企業が行ったものを紹介しよう。同社は遺伝子改変により角の生えない乳牛をつくるという離れ業を成功させた。その目的は、残酷だが欧米の酪農業で広く行われている、ウシの除角という慣行をなくすことにあった。集団飼育では、飼育員が角でケガをしたり、ウシ同士も角突きで負傷することがあるため、角が伸びないように、ウシが若いうちに角の生え際に焼きごてを押しつけて角焼きをするのが一般的である。この処置は組織の損傷を招き、乳牛にひどいストレスと苦痛を与えている。[47] アメリカだけでも毎年一三〇〇万頭以上のウシが除角されている。

〔図 21〕商用化が近いその他の遺伝子編集動物

だがウシには角のない品種もある。実際、人気の高いアンガス牛を含む多くの肉牛品種は無角である。二〇一二年にドイツの研究チームが、その遺伝的原因を正確に特定した[48]。原因は一番染色体中のDNAの一〇塩基の欠失と二一二塩基の挿入を含む、複雑な変異だった。この知識をもとに、リコンビネティクスの研究者は、ブルーリボン賞受賞のオスの乳牛の遺伝子を編集して、肉牛とまったく同じ変異を導入した[49]。しかも牛乳の生産を最適化する目的で数世紀にわたる選抜育種で培われた、重要な遺伝子構成を変えずにである。こうして誕生した初めての角なし乳牛の子ウシ、スポティジーとブリ[50]は、角を取り除かれる恐怖を一生味わわずにすむのだ。

今後規制当局と消費者は遺伝子編集家畜について考えるにあたり、手段と目的のどちらが重要かを判断しなくてはならない。つまり最終産物をとるか、それを生み出したプロセスをとるかである。角のない乳牛は、従来方式の品種改良でも時間をかければいつか生み出されていた可能性があり、遺伝子編集はたんに同じ結果をはるかに効率的に実現したに過ぎない。もしもCRISPRや関連技術によって、除角のような残酷な慣行をなくし、抗生物質の使用量を減らし、家畜を致死的な感染から守ることができるというのなら、私たちはその技術を使わずにいられるだろうか?

ヒト化したブタの臓器を人間に移植する

動物のゲノム編集を行っているのは、畜産家や食品科学者だけではない。生化学者もそうだ。彼ら彼女らがめざすのは、遺伝子編集動物を通して実証された手法や、そうした動物に由来する成分を通して、人々の生活を向上させることである。

動物研究は、人間の疾患の研究に欠かせない。特定の疾患の遺伝的原因を確認するのであれ、開発段階の医薬品を評価するのであれ、手術や細胞療法といった医学的介入の有効性をテストするのであれ、動物研究は必須である。その際、患者と同じ身体的症状とそのもとになる遺伝因子をもつ、しっかりした遺伝モデルを用意することが重要な出発点となる。ＣＲＩＳＰＲはそうした遺伝モデルを作製するための有効で合理的な方法になる。

二〇世紀初頭からこの方、生物医学研究で最もよく使用されているほ乳類のモデル生物といえば、マウス（ハツカネズミ）である。マウスとヒトの遺伝子は九九％まで共通する。遺伝的に近いというほかにも、大きな利点がいろいろある。マウスとヒトは免疫系、神経系、心臓血管系、筋骨格系などが生理学的に類似している。マウスは飼育下で繁殖でき、小型で扱いやすく多産のため、維持が容易でコストが安い。寿命が短いため（マウスの一年はヒトの約三〇年に相当する）、その一生を数年で観察することができる。そしておそらく何より重要なことに、マウスは多様なヒトの疾患や病態をもつように、さまざまな手法を使って遺伝子を操作できる。そうした手法のうち、最も強力で最も新しいものがＣＲＩＳＰＲである。年間数百万匹のマウスが繁殖され、世界中の研究者に出荷されている。現在三万を超える系統が存在し[51]、がんから心疾患、盲目症、骨粗しょう症までの多様な疾患を研究するために利用されている。

だがマウスはモデルとして限界もある。嚢胞性線維症、パーキンソン病、アルツハイマー病、ハンチントン病を含む多くのヒト疾患について、マウスは典型的な症状を示さないか、治療法への反応がヒトと異なるのだ。このせいで、基礎研究の成果をそのまま臨床試験に活用する、いわゆる「ベンチ（実験台）からベッドサイド（臨床）へ」のアプローチにギャップが生じている。

CRISPRはこのギャップを埋めるのに役立つだろう。ほかの動物でも、マウスと同じくらい簡単にヒト疾患モデルを作製できるからだ。この動きはすでにサルで見られる。トランスジェニックサルが初めて作製されたのは二〇〇〇年代初頭で、当時はウイルスを利用してサルゲノムに外来遺伝子が導入された。しかし遺伝子編集サルはCRISPR以前の時代には実現しなかった。状況が変わったのは二〇一四年初頭、中国のチームが遺伝子編集カニクイザルをつくったときだ[52]。このときは一細胞期胚にCRISPRを注入するという、その一年前に遺伝子編集マウスが作製されたのとほぼ同じ方法が用いられた。チームは二つの遺伝子を同時に標的にするよう、CRISPRをプログラムした。一つはヒト重症複合免疫不全症（SCID）の原因遺伝子、もう一つは肥満に関わる遺伝子で、どちらも私たちの健康に明らかな影響を与えるものだ。以来、ほかの研究チームによって、ヒトがんの五〇％以上で変異があるとされる遺伝子を改変したカニクイザル[53]や、デュシェンヌ型筋ジストロフィーの原因遺伝子変異をもつアカゲザル[54]が作製されている。遺伝子編集は、神経障害に関わる遺伝子にも使われている[55]。サルはヒトの行動異常や認知障害を研究するのにとくに適しているのだ。サルをこのような方法で用いることに、ある意味では落ち着かない気持ちにさせられるが、人々の苦しみを和らげるためにヒト疾患の治療法を開発する切実な必要性も理解できる。遺伝子編集サルに、人間の患者の信頼できる「身代わり」になってもらえるからこそ、科学者は人命を脅かさずに思うまま治療法を追求できるのだ。

CRISPRのおかげで、ブタもヒト疾患のモデル動物として広く使われるようになった。解剖学的構造がヒトと類似していること、妊娠期間が比較的短く多産であることなどがその理由だ。適切なガイドラインのもとで行われるのであれば、生物医学的研究のための家畜の使用は、霊長類のようないわゆる伴侶動物（コンパニオン・アニマル）を用いるよりは妥当なように私には思われる。実際、遺伝子編集ブタはすでにヒトの色素欠乏症や難聴症候群、パーキンソン病、免疫不全のモデリングに使われていて、対象疾患は増え続けている。

またブタ自体を利用して治療薬を合成する可能性も、多くの科学者によって検討されている。いつか近いうちにブタは動物バイオリアクターとして、ヒト治療用タンパク質のような、ゼロから合成するには複雑すぎて生細胞でしか生成できない貴重な医薬品を生み出すために利用されるだろう。すでにほかのトランスジェニック動物を使ってバイオ医薬品を生み出す方法が研究されている。この種の医薬品でＦＤＡに初めて承認されたものは、遺伝子組み換えヤギの乳からつくる抗凝固剤、アンチトロンビンだ。遺伝子組み換え動物によりつくり出されたＦＤＡ承認医薬品には、ほかに遺伝子改変ウサギの乳由来の医薬品や、二〇一五年の遺伝子改変ニワトリの卵白を精製したタンパク質性医薬品[56]がある。

培養細胞ではなく、トランスジェニック動物からの抽出物を使った医薬品の製造には、十分な製造量を確保できる、製造工程の規模を拡大しやすい、コストが低いなど、多くのメリットがある[57]。ＣＲＩＳＰＲを用いることにより、モデル動物作製において遺伝子をはるかに制御しやすくなるため、バイオ医薬品の生産効率がさらに高まることが期待される。たとえばブタの実験で、ＣＲＩＳＰＲを使えばブタ遺伝子をヒト遺伝子で直接置き換えられるため[58]、遺伝子がコードする治療用タンパク質をより効率よく回収できることが示されている。世界のベストセラー医薬品の多くがタンパク質由来であることを考えれば、この分野に遺伝子編集が大きく貢献できる可能性があるのは明らかだ。

ブタにはほかの利用も検討されている。ヒトに移植可能な全臓器の莫大で再生可能な供給源としての可能性である。これは今に始まったアイデアではない。ブタは繁殖が容易で妊娠期間が短いという、疾患モデルに適しているのと同じ理由や、臓器の大きさがヒトと非常に近いという理由から、過去にもこのアイデアが検討されてきたが、今に至るまで実現不可能な夢とみなされていた。人から人への同種移植でさえ、人体の免疫機構による拒絶反応が、医師と患者にとって大きな壁になっている。長期的な異種間臓器移植の成功例となると、数えるほどである。

臓器移植の代替法へのニーズは、今までになく高まっている。現在アメリカでは臓器移植を待つ人が一二万四〇〇〇人以上いるのに[59]、年間の実施例数はわずか二万八〇〇〇件ほど。全米の移植待機者リストには一〇分に一人のペースで新しい患者が登録され[60]、毎日平均で二二人が待機中に死亡するか、病気が重篤化して登録を抹消していると推定される。ドナー臓器の不足が、現在進行中のこの悲劇をもたらしている最大の原因である。

CRISPRをはじめとする新技術は、ヒトに移植可能な臓器をもつブタの作製に道を開く。従来の研究では、ブタ臓器の超急性拒絶反応を回避するために[61]、ヒト遺伝子をブタゲノムに導入することに焦点が置かれていた。最近では遺伝子編集技術を利用して、ヒトの免疫応答を引き起こす物質をコードするブタの遺伝子を不活性化したり、ブタゲノムに含まれるレトロウイルスが生物種の垣根を乗り越えて移植中にヒトに感染するリスクを排除することに焦点が当てられている。最後にクローン技術は、さまざまな遺伝子改変を継ぎ目なく組み合わせて一つの動物を作製する方法を提供する。この分野の有力企業のCEOは、患者一人ひとりに合わせてカスタマイズした「移植可能な臓器を無制限に供給すること[62]」が目標だと述べている。

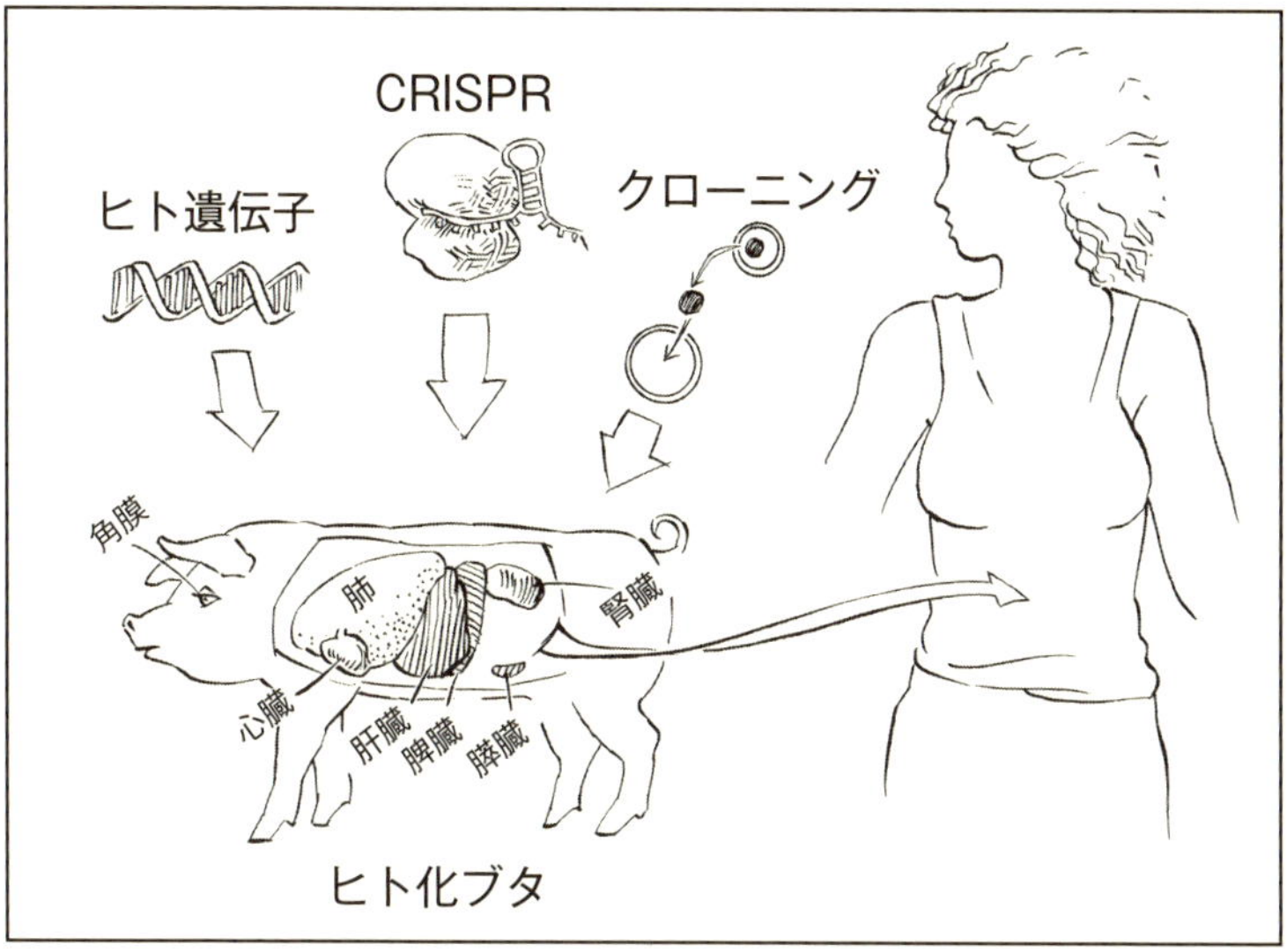

〔図22〕ヒト化ブタを用いた異種間臓器移植

この取り組みはまだ始まったばかりだが、すでに遺伝子工学を用いてヒト化したブタを用いて、記録が次々と塗り替えられている。ヒヒに移植したブタの腎臓が六カ月以上機能し続け、ブタの心臓はヒヒの体内で二年半も機能した。今後の研究開発に数千万ドルが投資され、リバイビコーという企業は、手術室と生きた臓器をすばやく届けるためのヘリポートを備えた最先端施設で、年間数千匹のブタを繁殖させる計画を明らかにしている。異種間臓器移植がヒトでの臨床試験に進み、そして新しい臓器や医薬品を切実に必要とする患者にCRISPRが新しい扉を開くのも、時間の問題と思われる。

ハーバード大研究室のマンモス再生計画

ハワイの豊かな生態系に形作られた動植物に囲まれて育った私は、CRISPRが実にさまざまな動物の遺伝子改変に使われていることに興味をかき立てられるとともに、正直なところ少しばかり危惧を覚えている。遺伝子編集された家畜が、ただ農業に利益をもたらすだけでなく、家畜の苦痛を和らげ、環境への負荷を抑えることを願ってやまない。これからもマウスやサルなどの遺伝子改変モデル動物はヒト疾患に関する私たちの理解を深め、遺伝子編集ブタは将来の臓器ドナーになることが期待される。しかしそうした取り組みが、動物福祉という観点から適切な配慮のうえでなされることを望みたい。

しかしCRISPRによって遺伝子編集が可能になったいま、何の医療上の目的ももたず、畜産業の持続可能性や生産性、人道性を高めるためでもなく、動物の遺伝子編集を行う人が現れることは避けられない。ブタを小型化したマイクロピッグ(63)という新しい品種も、その一つだ。

中国の北京ゲノム研究所（ＢＧＩ）が遺伝子編集技術を駆使してつくったこのかわいらしいブタは、中国で開催されていたバイオテク・サミットで初めて発表され、来場者をあっと驚かせた。養豚場で飼育されているブタが通常九〇キロを超えるのに対し、マイクロピッグは成長しても中型犬並みの一三キロほどにしかならない。ＢＧＩは当初、マイクロピッグを研究目的で作製した。通常サイズのブタに比べて飼育や世話が簡単で、研究員にとって扱いやすいためだ。ブタの成長ホルモンに反応する遺伝子を切断して不活性化させることにより、サイズ以外の点では通常と変わらないブタをつくり出した。別の中国の研究チームがＣＲＩＳＰＲを利用してマイクロピッグでヒト・パーキンソン病のモデルを作製するなど[64]、マイクロピッグは研究にも役立っている。だがＢＧＩは一匹当たり約一五〇〇ドルの価格をつけて、ペットとしても売り出したのだ。いずれ遺伝子編集によって、消費者が好きな毛色や模様を選べるようにする計画もあるという。

ハーバード大学医学大学院のジーンタイン・ランショフなど一部の生命倫理学者は、「人間特有の美的好みを満足させるだけのため[65]」に遺伝子操作が用いられることに警鐘を鳴らしている。ただ私には、これが一概に悪いことだという確信はない。たとえばドッグパークに行けば、体重二キロ足らずのチワワが跳ね回る横で、九〇キロのグレートデーンがどっしり構えている――どちらも同じ種の仲間だ。品種改良も、予測性と効率性が低いとはいえ、ＣＲＩＳＰＲと同じ遺伝子操作ツールであることに変わりはない。ＣＲＩＳＰＲを使った遺伝子操作には、品種改良より好ましい点さえある。マイクロピッグの健康状態が通常サイズのブタとまったく変わらないのに対し、長年の同系（近親）交配はイヌの健康に深刻な影響をおよぼしている。ラブラドールには三〇種類以上の遺伝性疾患が出やすく、ゴールデンレトリバーのがん罹患率は六〇%に上り、ビーグルはてんかんを起こしやすい。キャバリア・キング・チャールズ・スパニエルは頭蓋骨が変形していて、頻繁な発作や慢性的な痛みに苦しめられる。[66] このような痛ましい医学的問題もおかまいなしで、人間は自分の好みに合わせて、「最良の友」の遺伝子型や表現型を決定しているのだ。

好むと好まざるとにかかわらず、バイオテクノロジーの助けを借りてつくられた遺伝子編集ネコやイヌは、まもなく登場する。二〇一五年末に中国の広州の科学者が、CRISPRをビーグル犬に適用したことを初めて報告した。筋肉量を増やすために、ウィペット犬やベルジャンブルー牛と同じく、筋肉肥大を抑えるミオスタチン遺伝子をノックアウトしたのだ。意図した通りの変異をもって生まれた二匹の子犬は、ギリシャ神話の超人的英雄と中国の神話の天上の犬にちなんで、「ヘラクレス」と「天狗」と名づけられた。[67] 研究チームのリーダーは、通常より筋肉量が多いこのビーグル犬をペットとして繁殖するつもりはなく、生物医学研究での使用を促したいとしつつも、筋肉量の多いイヌは警察犬や軍用犬にも有利だとも指摘している。[68] 研究チームは、CRISPRによって「その他の目的に適した形質をもつ、新種のイヌの創出が進むだろう」と論文を結んでいる。

遺伝子編集が簡単にできるようになったことで、消費者がどんな犬種にも自分好みの改変をオーダーできる時代が、遠からずやってくる。想像力を働かせて、ほかにどんな活用例があるか、考えてみよう。遺伝子操作でウシを除角できたというのなら、ウマに角を生やすのはどうだろう? それにどうせ突起物を増やすなら、とことんやってしまおう。UCバークレーの研究者はCRISPRを使って、奇妙に変形した甲殻類をつくった[69]——通常とはちがう部位にエラができたもの、ハサミの代わりに足が生えたもの、顎脚が触角に、遊泳肢が歩行肢になったものなど。学者やジャーナリストは、ＣＲＩＳＰＲでコモドドラゴンの遺伝子を編集して翼竜をつくる、などと夢想し[70]、生命倫理学の主要な学術誌に、物理学的制約のせいで火を噴くことはできないにせよ、「（空を飛ぶのは無理でも翼をはためかせることのできる）ヨーロッパのドラゴンやアジアの龍のような、超大型は虫類をつくろうとする人が出てくるかもしれない[71]」と寄稿している。

ＣＲＩＳＰＲを使って存在したことのない新しい変異生物をつくろうとする科学者がいる一方で、もはや存在しない絶滅生物を復活させようとする科学者もいる。「脱絶滅」といみじくも名づけられたこのプロセスは、ＣＲＩＳＰＲが登場する何十年も前から存在し、遺伝子編集は、それを実現するために用いられる手法の一つでしかない。絶滅種の形質が現代の子孫に受け継がれている場合は、選択育種を通じて現生種を絶滅種に近づけ、絶滅種を彷彿とさせる動物をつくれる可能性がある。この戦略は、一六〇〇年代初頭にヨーロッパで絶滅したオーロックス（原牛[72]）や、最後の生き残りがガラパゴス諸島で二〇一二年に死に絶えたピンタ島のサドルバックゾウガメの亜種を復活させるために採用されている。また絶滅動物の体組織が注意深く保存されているケースでは、クローニングという可能性もある。たとえば一九九九年に死滅した野生のヤギの一種ピレネーアイベックス（別名ブカルド）は、最後の生体から採取した皮膚が低温保存されていたため、スペインの科学者はそこから得た遺伝物質を家畜ヤギの受精卵に移植することができた（一九九六年に誕生したクローンヒツジのドリーがつくられたのと同じ手法だ）。一頭のクローンが誕生し、チームは史上初の絶滅動物再生を成し遂げた[73]。だが残念なことに、赤ちゃんは誕生からわずか数分で死亡した。現在ロシアと韓国の共同研究チームが、シベリア東部の永久凍土から発見されたマンモスの組織を使って、同じクローニング手法でマンモスを復活させようとしている[74]。

ＣＲＩＳＰＲを使えば、別の方法で過去の種をよみがえらせることもできる。一九九三年にハリウッドで映画化された小説『ジュラシック・パーク』に出てきた、絶滅した恐竜を再生させる方法とそうちがわない手法だ。あの痛快なＳＦ物語では、琥珀に閉じ込められた蚊の化石から取り出した絶滅恐竜の遺伝子を、カエルのＤＮＡに注入していた。残念ながら（恐竜が怖い人にとってはさいわいなことに）、ＤＮＡは化学的に不安定で、六五〇〇万年もの間原形をとどめることはありえない。だが著者マイケル・クライトンのアイデアは、それほど的外れではなかった。

同様の戦略が、ジョージ・チャーチ率いるハーバードのチームによって、ケナガマンモスに用いられているのだ。このプロジェクトの重要な出発点となったのは、六万年前から二万年前頃に死亡した二頭のマンモスの標本から得られた、質の高いゲノムである。これらの全ゲノムの配列を決定した結果、マンモスとそれに最も近い現生種のアジアゾウが分化したあとに生じたＤＮＡ変化を網羅的に解析することができたのだ。マンモスが寒冷地に生息していたことを考えると驚くことではないが、両者のゲノム間で違いのあった一六六八個の遺伝子は、温度感覚や、皮膚と毛の生成、脂肪組織の生成を担うタンパク質をコードする遺伝子だった[75]。チャーチのチームは、二〇一五年にＣＲＩＳＰＲを使ってゾウの細胞にマンモスのＤＮＡを組み込み[76]、こうした遺伝子のうちの一四個について、ゾウの遺伝子をケナガマンモスの遺伝子に置き換えることに成功した。残りについても理論的には、遺伝子編集によって同様に置き換えが可能だろう。

ゾウゲノムを完全にマンモスゲノムに変えるには、ＤＮＡの一五〇〇万塩基以上の違いを正す必要があり、また編集したゾウ細胞を使って実際に妊娠を成立させられる保証もない。たとえ妊娠させられたとしても、その結果として誕生する動物は、ゾウから生まれ、本来の環境や社会文化を欠いているのに、それでもケナガマンモスと呼べるのだろうか？　それともマンモスの遺伝的特徴に似た新しい形質をもつゾウでしかないのだろうか？[77]

この種の実験のことを初めて知ったときから、称賛すべきなのか、嘆くべきなのか、はたまたその中間なのか、私は心を決めかねている。科学界の大方の人と同じで、まだ判断を下せずにいるが、一つだけ、はっきりしていることがある。ＣＲＩＳＰＲの動物への適用例には、高潔な志に基づいたものも、そうでないものもあるが、いざどれか一つの例について気持ちを整理しようとするたび、複雑に入り組んだ主張や反論の藪に入り込んでしまう、ということだ。

マンモスを、いやそれをいうなら絶滅種を復活させることに、どんな意味があるというのだろう？　一つの動機は、驚異の念かもしれない。自然がもたらす可能性と、最先端のレベルで展開される科学に対する驚嘆と称賛の気持ちである。ライオンやキリンを間近に見たいがために、動物園やサファリに出かける人もいる。本物の生きたマンモスと対峙することがどんな魅惑的で心を揺さぶられる経験になるか、想像してほしい。また、ゾウゲノムを編集してマンモスゲノムに近づける別の動機としては、アジアゾウに新たな生息地を与えて絶滅から救うことや、マンモスの生態を通じてツンドラからの炭素放出を減らすことなどがあげられる。

それに、脱絶滅は倫理的に正しいという議論もできる。もしも人類が過去に絶滅に追いやった種を復活させる力が手に入ったとすれば、それを実行する務めが私たちにあるとは言えないだろうか？　脱絶滅運動を先導する組織の一つ、ロング・ナウ基金の答えは、イエスだ。この組織は遺伝子工学と保全生物学のツールを駆使して、「絶滅危惧種と絶滅種の遺伝的救済を通じ、生物多様性を高めること」[78]を使命とし、脱絶滅と絶滅防止の取り組みを進めている。脱絶滅の候補として、一九世紀に狩猟によって絶滅したリョコウバトや、人間によって羽毛のために乱獲され一六世紀に個体数が激減して絶滅したオオウミガラス、人間によって自然の生息地に病原性真菌が持ち込まれたために一九八〇年頃に絶滅したカモノハシガエルが検討されている。

しかし、復活を遂げた種が現代の自然界に温かく迎えられる保証や、絶滅種を自然界に再導入することが、彼らや私たちにリスクをおよぼさないという保証はまるでない。異質な環境に投げ込まれた現生種が、新しい生息地に混乱を生じるおそれがあるのと同じで、脱絶滅種も新しく導入された生態系を混乱に陥れる可能性がある。さらにいえば、人類はこれまで絶滅種を復活させることができなかったがために、種の再登場がもたらす衝撃の大きさや影響を推測しようがないのだ。

CRISPRを使った絶滅種復活への反論はまだある。それは、CRISPRでデザイナーペットをつくることへの反論と似た理由で、倫理性と動物福祉をないがしろにしてはいけないということだ。人間の健康向上と無関係な科学研究を行うために、動物に苦しみ（たとえばクローニングにつきものの奇形や早死）を与えることは許されるのか？　脱絶滅やデザイナーペットよりも、現存する絶滅危惧種や、虐待やネグレクトを受けている伴侶動物に目を向けるべきではないのか？　またより基本的な問題として、人類がすでにこれほど自然に影響を与えていることを考えれば、自然への介入は可能な限り避けるべきではないのか？

CRISPRが登場したがために、私たちはこうした厄介で、もしかすると答えようがない問題に向き合わざるを得ない。これらの問題の多くは、突き詰めれば「人間は自然とどう関わるべきか」という難しい問いに帰着する。人間は遺伝子工学が誕生するはるか昔から、動植物の遺伝子構成に変更を加えてきた。これまではとくに自制してこなかったにもかかわらず、ＣＲＩＳＰＲで環境に影響をおよぼすのは慎むべきなのだろうか？　人間が意図的であれ偶然であれこれまでに動植物におよぼした影響と比較して、ＣＲＩＳＰＲを使った遺伝子編集は、より不自然で有害なのだろうか？　これらは簡単に答えを出せるような問題ではない。

遺伝子ドライブでマラリア蚊を絶滅させる

動植物の遺伝子を編集する能力の活用例のうち、これまで人間が地球におよぼしてきたどんな影響よりも大きな危険をはらむものが、少なくとも一つある。それは、遺伝子ドライブと呼ばれる革命的技術だ。改変された新しい遺伝子とそれに関連する新しい形質を、異例な速さで野生集団に「送り込み（ドライブ）」、止めようのないカスケード的な連鎖反応を起こすために、この名前がついている。

遺伝子編集という急成長中の分野ではありがちなことだが、遺伝子ドライブに関する研究は前進のペースが速すぎてついていけないほどだ。ＣＲＩＳＰＲを利用した遺伝子ドライブが理論論文で初めて提唱されてからちょうど一年後に、最初はショウジョウバエで、続いて蚊で、その有効性が確かめられた。遺伝子ドライブは、遺伝情報が生物の世代間で通常受け継がれる方法を覆す、特殊な継承パターンの力を利用する手法だ。

各染色体を二本ずつもつ種間の通常の有性生殖では、子は父親と母親から染色体を一本ずつ受け継ぐため、遺伝子変異が子に伝わる確率は五〇％だ。ところが遺伝子のなかには、子孫に適応上有利な形質を何ら与えないにもかかわらず、世代を下るにつれて遺伝子プール内での頻度を増していくDNA配列、いわゆる「利己的な遺伝子」がある。二〇〇三年に進化生物学者のオースティン・バートは、利己的遺伝子を利用すれば、新しい形質をより効率的に広め、子に特定のDNA断片を一〇〇％確実に受け継がせることができると提唱した[79]。ただしそのアイデアは、当時ほとんど存在しなかった技術を前提としていた。遺伝子編集を容易にする、プログラム自在なDNA切断酵素である。

そこへ登場したのが、CRISPRだ。二〇一四年夏、ハーバードのジョージ・チャーチ研究室のケビン・エスベルト率いるチームが、この効率的な遺伝子編集技術を用いて、遺伝子ドライブを設計、構築する方法を提案した[80]。簡単に言えば、遺伝子を「ノックイン」（導入）する手法を利用するものだ。CRISPRを使ってDNAの狙った部位を切断し、そこに新たな塩基配列を挿入する。ただし遺伝子ドライブには、通常と大きくちがう点が一つある。挿入する新たなDNA配列に、CRISPRそのものをコードする遺伝情報が含まれているのだ。CRISPRを利用した遺伝子ドライブは、SF小説でおなじみの自己複製マシンよろしく、新しい染色体に自分自身をコピーすることができるため、新しい遺伝子は集団内に指数関数的に増えていく。このときCRISPRに耐病原菌性遺伝子などのさまざまな遺伝情報を組み合わせることで、自分自身だけでなく、ほかの望ましい形質も併せてコピーするようCRISPRをプログラムできると、エスベルトは考えたのだ。

その後の研究で、理論が予測した通りの驚異的な効率性が確認されている。二〇一五年初頭、UCサンディエゴ校のイーサン・ビアと学生のバレンティノ・ガンツが、CRISPRベースの遺伝子ドライブの実証を、キイロショウジョウバエで初めて成功させたと報告した[81]。遺伝子

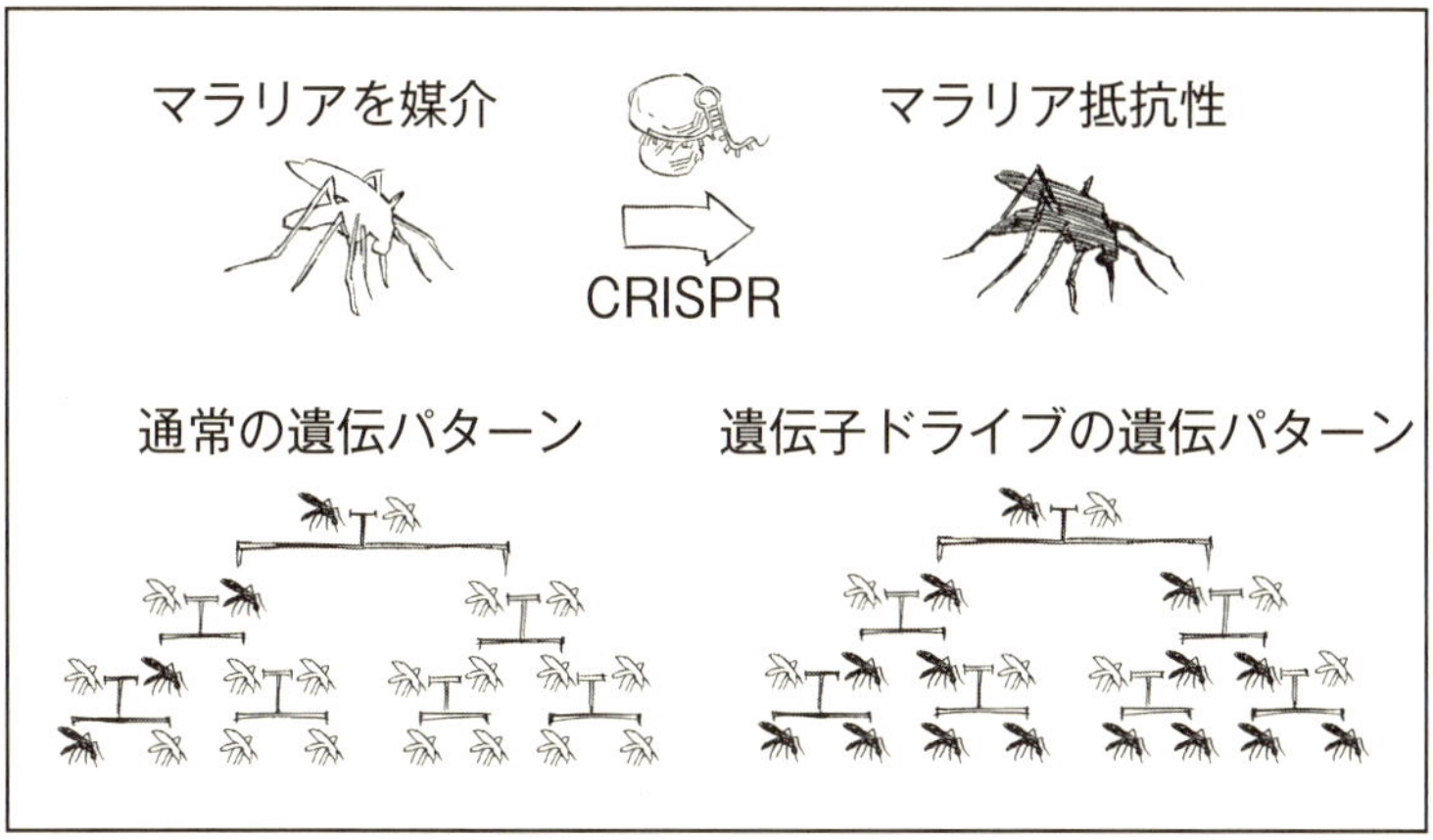

〔図23〕CRISPRを使って「遺伝子ドライブ蚊」を創出する

ドライブを使って欠陥のある色素遺伝子をゲノムに送り込んだところ、遺伝子編集されたハエの九七％が、通常の黄褐色ではなく薄黄色になった。半年後、チームは当初のショウジョウバエでの概念実証を拡張し、さらに蚊で実験を行った。ただし今度の遺伝子ドライブでは昆虫の色を変える遺伝子の代わりに、年間数億人にマラリアを感染させる寄生虫、熱帯性マラリア原虫への抵抗性を付与する遺伝子を拡散させることにした[82]。蚊の野生集団に対して行った実験の効率性はさらに高く、九九・五％だった。

　もしも一つ目の遺伝子ドライブ（色素）が無害で、二つ目（マラリア抵抗性）が有益だというのなら、三つ目の例はどうだろう。上記のチームとは独立して研究を進めていた（遺伝子ドライブの概念の提唱者、オースティン・バートを含む）イギリスのチームが、メスの不妊遺伝子を広める、拡散性の高いＣＲＩＳＰＲ遺伝子ドライブを開発した[83]。不妊は劣性の形質だったため、この遺伝子は頻度を増しながら集団全体に急速に広がり、最終的に十分な数のメスが変異遺伝子のコピーを二つ獲得すると、その時点で集団全体が突然死滅した。遺伝子操作でマラリアを媒介しない蚊をつくってマラリアを根絶する代わりに、この戦略は繁殖を妨ぐことによって蚊の集団全体を死滅させるという、鈍器のような方法を用いたのだ。もし野生の蚊への応用が成功すれば、最終的に蚊の種全体を完全に根絶させることができるだろう。

CRISPR処理による遺伝子ドライブの危険性

昆虫の個体数を減らすために遺伝子組み換えが用いられるのは、今に始まったことではない。数十年前から利用されている一般的な方法に、人工的に不妊化したオスを環境に放つというものがあり、北中米で特定の病害虫の根絶に成功している[84]。イギリス企業オキシテックが開発した別の手法は、蚊ゲノムに致死遺伝子を組み込んで、野生に放出するというもので、すでにマレーシア、ブラジル、パナマで野外試験が始まっている[85]。だがこれらの戦略は本質的に自己制限的で、遺伝子組み換え蚊を大量に放出し続けない限り、遺伝子変異は自然選択によって急速に取り除かれてしまう。

これに対して、CRISPRを利用した遺伝子ドライブは自己維持的だ。遺伝子ドライブの継承パターンは自然選択の裏をかくため、遺伝子組み換え蚊は繁殖して不良形質を永久的に伝え続ける。この徹底性こそが、遺伝子ドライブの威力の根源であり、また懸念の種でもあるのだ。もしも初めての遺伝子ドライブ実験中に、一匹のショウジョウバエがサンディエゴの実験室から逃げ出していたら、CRISPRをコードする遺伝子と黄色い体色の形質が、全世界のショウジョウバエの二〇%から五〇%に広まっただろうと推定されている。[86]

CRISPR遺伝子ドライブの研究者は、実験をこれ以上進める前にリスクを慎重に検討する必要性と、研究の安全性に関するガイドラインを策定する重要性について、これまでも積極的に発言してきた。[87]遺伝子ドライブの不用意な流出を防ぐための対策として最もわかりやすいのは、厳重な封じ込めだろう。遺伝子改変された個体を環境から隔離する物理的障壁や、実験室を動物の生息域に置かない生態学的障壁などである。最近イーサン・ビアが会議で研究を発表するのを聞いたが、昆虫の不慮の流出を防ぐために講じている幅広い封じ込め策を、写真を使って説明していた。また万一に備えて、暴走する遺伝子ドライブを理論的に停止させる戦略も、科学者によって提案されている。その一つが「逆ドライブ」と呼ばれるもので、[88]もとの遺伝子ドライブによって導入された改変を上書きする、解毒剤のような手法だ。

しかしどんなに周到に実験を設計、計画したとしても、遺伝子ドライブが環境にもたらす影響をすべて予測することはできない。また遺伝子ドライブが暴走し、生態系の微妙なバランスを崩してしまう可能性を完全に排除することもできない。そうしたリスクは最近アメリカ科学工学医学アカデミー（NASEM）が発表した報告書[89]にも取り上げられている。報告書は研究の継続と限定的な野外試験を支持する一方で、環境への遺伝子ドライブの放出を推奨するには至っていない。

それにこの信じがたいほど強力なツールが、害をおよぼすことに良心の呵責を感じない人たちや、進んで害をおよぼそうとする人たちの手に渡らないという保証はない。バイオテクノロジー監視機関のETCグループは、遺伝子ドライブを「遺伝子爆弾」と呼び、人間の腸内微生物叢や主要な食品供給源を狙うために軍事化、兵器化されることを懸念する。[90]

しかし、たとえ遺伝子ドライブにこうした恐ろしい側面があったとしても、それを実験室に永久に閉じ込めておくことも正当化できない。オースティン・バートもこう述べている。「ここで説明した技術は当然ながら、軽々しく利用されるべきでない。だが一部の生物種が人間にもたらしている苦難を考えれば、棚上げされるべきでもない」[91]。遺伝子ドライブを使えば、農業や環境保護、人間の健康に関する世界規模の問題に、従来の手法ではありえなかったほど的を絞った方法で対処することができる。これまで提案されているCRISPRの応用例には、生物が進化の過程で獲得した形質で、農家にとって大きな問題となっている除草剤や殺虫剤への耐性を無効化する、生物多様性を促すためにコイやオオヒキガエル、ハツカネズミなどの侵入生物種を制御または駆逐する、ライム病（マダニが媒介する細菌による感染症）や住血吸虫症（水生巻貝に寄生する寄生虫による感染症）を根絶させる[92]、といったものだ。だが最も熱心に推進されているのは、何といっても蚊を対象とする遺伝子ドライブだ。

蚊は地球上で最も人間を苦しめている生物だ。マラリア、デング熱、ウエストナイル熱、黄熱病、チクングンヤ熱、ジカ熱をはじめ、蚊が媒介する多くの病気で、年間一〇〇万人以上が死亡している[93]。CRISPR遺伝子ドライブは、遺伝子を編集して特定の病原菌を媒介できなくする、蚊を根絶するなど、世界に蔓延する蚊の脅威に対抗するための最大の武器なのかもしれない。そのうえCRISPRのような遺伝子戦略は、有害な殺虫剤を使うよりおそらく安全で、また生物の問題を生物によって解決できるという点でも魅力的だ。

地球上に一億年前から生息しているこの昆虫が突如いなくなるのは、人類にとって恵みだろうか、それとも呪いだろうか？　信じがたいようだが、科学者は「蚊のない世界」にそれほど懸念をもっているようには思えない。ある昆虫学者も述べている。「たとえ明日蚊を根絶したとしても、生態系は一時的に混乱するだけで、やがて正常化するだろう」[94]。もしも彼の言うとおりなら、またもしも蚊の媒介する病気のない世界を実現できるなら、行動を起こさないことを正当化できるだろうか？

　私がこう問いかけるのは、自分自身も答えをまだ模索しているからだ。これは対応を誤れば大きな影響がおよびかねない問題で、いま私たちが直面している最も差し迫った科学的問題の一つといってもいい。この新しいバイオテクノロジーを動植物界にどのように用いるべきかについて、私たちの一人ひとりが議論に加わることが欠かせない。ともに学び、ともに考え抜くことにより、私たちはきっと答えを出し、動植物の遺伝子編集における最大の落とし穴を避けながら恩恵を受けられるはずだと願っている。

　とはいえ私も多くの科学者と同じで、これまで動植物になされたすべての遺伝子編集は、究極の目標のための布石なのではないかと思うことがある。その目標とはもちろん、エマニュエルと私があの共同研究の成果を初めて振り返ったときに考えていたこと、つまり自分たちの研究が、いつか人間の患者のＤＮＡを書き換えるために使われ、病気の治癒に役立つという夢である。

第6章　病気の治療に使う

CRISPRは7000以上ある単一遺伝子疾患の治療に福音となる。先天性白内障、筋ジストロフィーなどではすでにマウスでの治療は成功済みだ。TALEN（ターレン）を使った遺伝子編集では末期の小児がんを治療した例もある。その最前線を報告する。

バイデン副大統領の息子のがんから

二〇一五年が暮れようとする頃、私はいつもの学期末の雑事に追われていた。学生の成績つけに、翌年度のプロジェクトの予算作成、研究目標の設定。でもそれと並行して、まったくちがう仕事の準備も進めていた。二〇一六年一月にスイスのダボスで開催される世界経済フォーラムの年次総会で、ジョー・バイデン副大統領とともに行うプレゼンテーションである。

副大統領と並んでプレゼンテーションをしてほしいという依頼は、医療ツールとしてのCRISPRへの、いわば「信任投票」だった。ダボス会議は、世界の政財界のリーダーが毎年冬に集まり、世界が直面する重大な問題について話し合う会議で、もともと招待されていた。二度目の出席となる今回も、前回と同様、CRISPRの技術と世界経済、社会、とりわけ医療の世界への影響について話すつもりだった。

だが今回はバイデン副大統領直々の依頼を受けたことで、公衆衛生の分野でCRISPRが果たす役割が、これ以上ないほどはっきり肯定されたように感じた。ＣＲＩＳＰＲ研究にとってもつ意味合いと同じくらい意義深かったのが、今回の依頼の背景にある副大統領の動機だった。この記者会見でバイデン副大統領は、オバマ大統領が立ち上げたがん撲滅のためのイニシアティブを、科学者や医師たちとともに発表することになっていた。人類を月に送ることを決意し、実際に成し遂げた一九六〇年代のアポロ計画になぞらえた、この「がんムーンショット」計画は、わが国の最優秀な人材を結集してがん治療法の開発とがん撲滅をめざすものだ。副大統領のご子息ボー・バイデンが長い闘病の末に脳腫瘍で最近亡くなったことで、プロジェクトはいっそう切実なものに感じられ、がんが多くの家族に悲劇と無差別な苦痛を与えていることを改めて思い知らされた。

多少苦労したが、一月の授業を代わってくれる同僚が何とか見つかり、おかげで早めにダボスに向かうことができた。会見は大成功に終わり、また人々の心を打つものになった。会見に同席したがん関連研究や医薬品開発、臨床診療に携わる研究者からも多くを学んだ。医療のこの一角における最新の研究成果を分かち合い、新しい事実を学ぶうちに、私の父が一九九五年にメラノーマを宣告されあっけなく亡くなって以来、がん治療が大きく前進していることに目を見張ったものである。だがその反面、がんの有効な治療法や、まして根治法の開発にはまだ遠いことを思い知り、ＣＲＩＳＰＲにこのプロセスを早める力があることをあらためて胸に刻んだ。

記者会見でＣＲＩＳＰＲの技術とがん治療への応用について説明しながら、ずらりと並ぶテレビカメラや記者たちに視線を向けたときのことだ。ふと、自分が記者の目で会見を見ているような気がした。がん治療法の発見と開発にキャリアを捧げてきた医師たちに交じって、ＲＮ

Aが専門の生化学者がいったい何をしているのだろう、と。アメリカ副大統領と並んで重大な公衆衛生問題を論じる機会を得たのはとても光栄なことだったが、それとともにこれまでの来し方を思い、自分が文字通りにも比喩的にも遠い道のりを歩んできたことを強く実感したのだった。

遺伝子編集が病気の治療法や根治法の開発で重要な役割を担うことが、政治家や科学者、最近はとみに一般市民の間でも理解されるようになっている。連邦政府が学術研究者への助成金という形で治療法の開発を支援しているほか、民間部門の関与も拡大している。これまでエマニュエルと私を含む学術科学者が、ベンチャーキャピタルから数億ドルを調達して、遺伝子治療のバイオベンチャー企業を三社立ち上げている。[1] うち二社はマサチューセッツ州ケンブリッジに、一社はスイスのバーゼルに本拠を置き、これを書いている時点で三社とも上場を果たしている。ペンシルベニア大学はIT長者のショーン・パーカーの財政支援を得て、アメリカで初めて認可されたCRISPR臨床試験を実施中だ。[2] UCバークレー校、UCサンフランシスコ校、スタンフォード大学の協力を得て設立されたサンフランシスコの新しいバイオテクノロジー研究所[3]は、フェイスブックのCEOマーク・ザッカーバーグと妻で小児科医のプリシラ・チャンから、五億ドル超の潤沢な拠出を得ている。私自身は、CRISPR関連技術を活用して遺伝子工学革命を先導し、病気を根絶することを目指す研究機関イノバティブ・ゲノミクス・インスティテュートを、幸運にもベイエリアで立ち上げることができた。[4]

このような動向を考えると、今後医療分野でのCRISPRの利用がさらに進み、官民の支援者との新たな連携やパートナーシップが加速することはまちがいない。だが病気予防におけるCRISPRの威力は、今後の研究を待つまでもなく明らかだ。証拠はもう目の前にあるのだから。

七〇〇〇以上ある単一遺伝子疾患治療の福音となるか

生きている動物の体内の変異遺伝子を認識し、修復するＣＲＩＳＰＲの驚くべき能力は、モデル動物を使った臨床前研究ですでに実証されている。私の研究室をはじめとする複数の研究室が、細菌由来のＣＲＩＳＰＲ分子がヒト細胞の遺伝子編集に有効であることを報告してから一年と経たない二〇一三年一二月、中国の研究チームがマウスゲノムを構成する二八億塩基からたった一塩基の変異を認識、修復するようＣＲＩＳＰＲ分子をプログラムして、初めてＣＲＩＳＰＲベースの遺伝性疾患の治療法を生体動物に適用することに成功した(5)。

この知らせに私は色めき立ったが、とくに驚いたわけではない。技術の導入はそれくらい急速に進んでいたのだ。だがこのチームの業績は、きわめて重大な意味をもっていた。それは新しい超高精度な遺伝子治療の初めての実施例であり、医療の新時代の始まりを告げるように思われた。七〇〇〇以上も存在する単一遺伝子疾患の少なくとも一部が、この万能な分子ツールによって治癒される時代である。

中国チームの概念実証実験で治癒されたのは、先天性白内障のマウスだった。先天性白内障とは、遺伝子変異が水晶体の混濁と視力低下を招く病気である。その後の二年間でＣＲＩＳＰＲベースの治療法により、科学者は筋ジストロフィー（重度の筋肉消耗性疾患）の生きたマウスを治癒したほか、代謝異常によるさまざまな肝臓疾患を治癒した。また数百人の研究者が、患者自身の組織から採取され培養されたヒト細胞を使って、鎌状赤血球症や血友病、囊胞性線維症、重症複合免疫不全症などの重篤な遺伝性疾患に関わるＤＮＡ変異を、ＣＲＩＳＰＲを使って修復している。疾患の根本原因がＤＮＡ配列の置換や欠失、挿入であれ、大きな染色体異常であれ、それが単一遺伝子の変異である限り、ＣＲＩＳＰＲに修復できないものはないように思われた。

遺伝子編集の治療応用の目的は、変異遺伝子を健康な状態に戻すだけにとどまらない。ＣＲＩＳＰＲはヒト細胞へのウイルス感染を阻止するためにも使われている。ウイルス感染の阻止こそ、この細菌の自然な防御機構のそもそもの目的である。実際、遺伝子編集を人間の治療に応用する初の臨床試験は、患者自身の免疫細胞を編集してウイルスの侵入を防ぐことにより、ＨＩＶ／エイズを治癒することを目的としていた。また別の画期的な取り組みとして、遺伝子編集は、医療におけるもう一つの新しいアプローチであるがん免疫療法と併用されることにより、初めて人命を救った。がん免疫療法とは、患者自身の免疫システムを強化して、がん細胞を狙い撃ちにする治療法をいう。

実に心躍る展開である。遺伝子編集が、疾患の根本原因となる遺伝的変異を修復して、疾患の進行を永久に食い止めると考えただけでも胸が熱くなる。だがＣＲＩＳＰＲがさらにすごいのは、どんなＤＮＡ配列も、つまりどんな疾患も標的にするよう、自在にプログラムできるという点だ。ここ数年で大手医薬品会社からＣＲＩＳＰＲの技術や新薬開発への応用について問い合わせを受けることがすっかり多くなったのも、とてつもないポテンシャルの証拠なのだろう。

体細胞から治療するのか、生殖細胞からなのか

だが遺伝子編集技術をベースとした治療はまだ揺籃期にあり、臨床試験は始まったばかりだ。この分野が今後大きく発展するためには、山積した問題を解決することが先決である。遺伝子治療が過去数十年間、期待を実現しようとしてたどってきた苦難の道のりを、医療技術の進歩が一筋縄ではいかないことの戒めにしなくてはならない。ＣＲＩＳＰＲも例外ではなく、基礎研究から臨床応用までの道のりは、長く険しいものになりそうだ。

研究者を悩ませている数多くのジレンマの一つが、どの種類の細胞を、つまり体細胞と生殖細胞のどちらを標的にするか、という問題だ。これら二種類の細胞の区別こそ、今日の医学界の最も白熱した、最も重要な論争の核心にある。

生殖細胞とは、遺伝情報を次世代に受け継ぐことのできるすべての細胞をいい、生物の生殖細胞はまとめて「生殖細胞系」と呼ばれる。生殖細胞系は、世代から世代へと伝えられる遺伝物質の流れである。ヒトの生殖細胞と聞いてまず頭に浮かぶのは卵子と精子だが、生殖細胞系には卵子と精子が成熟する前の前駆細胞や、発生初期段階の胚細胞からつくられる胚性幹細胞までもが含まれる。

体細胞は、心臓や筋肉、脳、皮膚、肝臓などをつくる、体内のその他すべての細胞で、遺伝情報を子孫に伝えることができないものをいう。

マウス遺伝学の研究者（や動物育種家全般）は、ＣＲＩＳＰＲを使って生殖細胞を編集するという可能性に、一も二もなく飛びついた。生殖細胞系の編集こそ、ＣＲＩＳＰＲの治癒能力

が最も遺憾なく発揮される分野なのだ。一般に、疾患の原因遺伝子変異をもつマウスを治療するには、マウスが成熟してからでは遅すぎる。受精卵に起こるたった一つの異常は、数十億個の子孫細胞に受け継がれるため、それをいちいち取り除くことは事実上不可能だ（新聞が印刷、配達されてから記事を修正するのと、パソコン上のテキストファイルの段階で修正するちがいと考えればわかりやすい）。だが生殖細胞系を標的にすれば、受精直後の胚にＣＲＩＳＰＲを導入して、たった一つの細胞内で遺伝子変異を修正してしまうことができる。胚が成体になるまでの過程で、修復されたＤＮＡは生殖細胞を含むすべての娘細胞に正確に複製され、のちには生殖細胞を通して次世代に伝えられる。

しかし生殖細胞系の遺伝子編集は、実験用マウスでは研究ツールとして役立っているが、人体への適用は安全上と倫理上の大きな問題をはらんでいる。生まれる前の人間のゲノムを操作して、ホモサピエンスの遺伝子プールを簡単には戻せないような方法で編集してしまって、本当によいのだろうか？　私たち人類は、自らの遺伝子構成を運任せにするのをやめて、進化の手綱を握り、意図的に改変する覚悟ができているのか？　これはとても重大で異論の多い問題であり、第7章と第8章でも立ち戻って十分に議論することにしたい。

倫理的な観点からいえば、体細胞の遺伝子編集によって遺伝性疾患を治療するのは、改変が子孫に伝わらないという意味で、生殖細胞系の編集よりずっと問題が少ない。だが実際には、体細胞の遺伝子を編集するのはとんでもなく大変なことだ。一つの生殖細胞内の原因変異を修復する方が、体を構成する五〇兆個の細胞について同じことをするよりはるかに簡単だ。体細胞の遺伝子を編集して疾患を治療するには、解決しなくてはならない新しい問題がたくさんある。それでも、遺伝性疾患に苦しむ多くの老若男女を救うために、なんとしても解決する必要

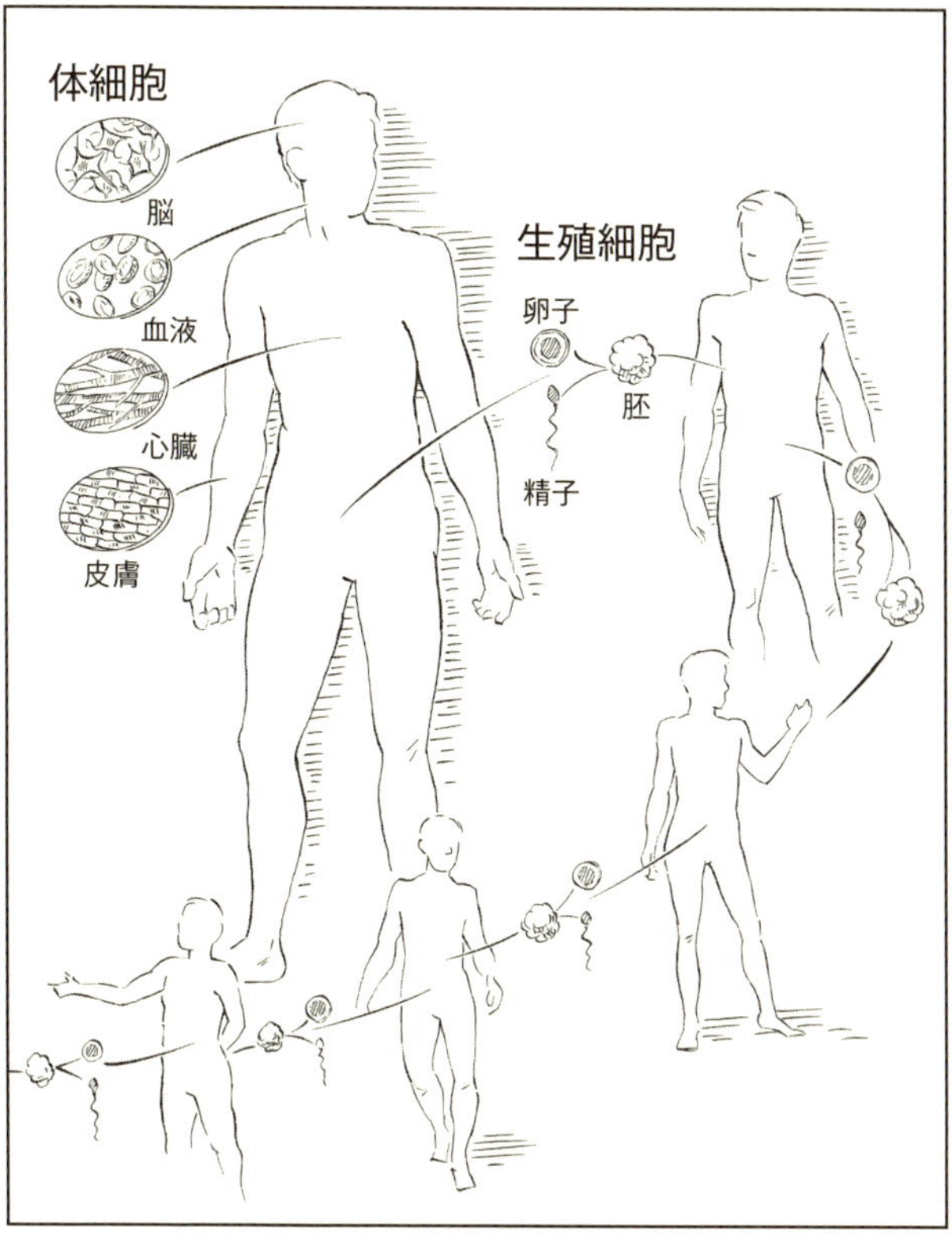

〔図24〕体細胞と生殖細胞の違い

がある。なぜならそうしたケースは生殖細胞の編集で対処するには遅すぎるため、体細胞の編集が唯一の治療法になるからだ。

体外遺伝子編集治療の実際

遺伝子編集は、どんな人の病気も治せるわけではない。まして生涯を通じて病気に苦しめられてきた人の場合、根本原因は深く根を張っていて、DNAを編集したところで欠陥遺伝子の長年の影響までは取り消せないだろう。

この意味で、CRISPRを使ってできることには、当然限りがある。すべての病気に明快な遺伝的原因があるわけではないし、統合失調症や肥満のように、遺伝が果たす役割が複雑で、多くの遺伝子が関係しているが、一つ一つはわずかな影響しかおよぼさないケースもある。CRISPRを使って人体のたった一つの遺伝子を安全かつ効果的に編集することでさえ困難が予想されるため、複数の遺伝子を一度に編集するのは、当分先のことになりそうだ。

CRISPRの効果が最も期待できるのは、単一遺伝子疾患の治療である。一般にこの種の疾患が起こるのは、変異遺伝子が異常タンパク質を生成するか、タンパク質をまったくつくらなくなるときだ。もしも遺伝子変異が不可逆的なダメージをおよぼす前に、健康なタンパク質を合成するよう遺伝子を修正できれば、一度きりの介入で生涯にわたる治療効果をおよぼすことができる。これは、移植や医薬品の反復投与などの一時的な解決法に依存する従来の対症療法と対極的なアプローチである。そして大事な点として、遺伝性疾患を治すために、患者の体内のすべての細胞を編集する必要はない。疾患の原因となるDNA変異はすべての細胞に含ま

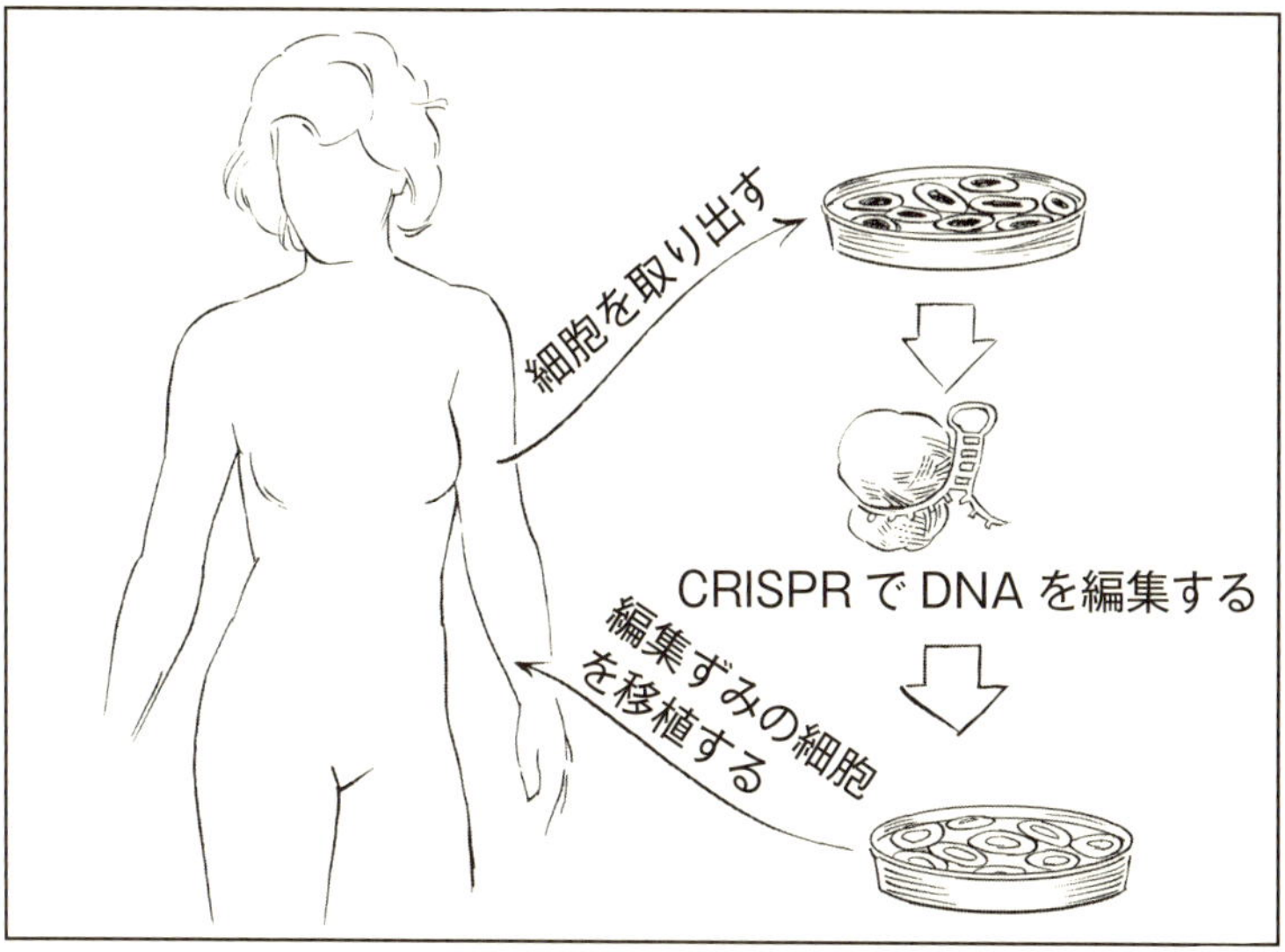

〔図25〕CRISPRによる生体外遺伝子治療

れるが、一般に症状が現れるのは原因遺伝子の正常な機能が最も求められる組織なのだ。たとえば免疫不全症は主に白血球に影響を与え、ハンチントン病は主に脳内のニューロンに、鎌状赤血球症はヘモグロビンを運ぶ赤血球だけに影響を与え、嚢胞性線維症が主なダメージを与えるのは肺の中である。遺伝性疾患の影響はこのように局所的なため、体内で最も影響を受けている細胞を治療することになる。

とはいえ、CRISPRをそうした部位に送り込むのは容易ではないし、ましてや細胞内に送達するのは輪をかけて難しい。この導入上の問題は、体細胞編集技術で乗り越えなくてはならないハードルの一つだ。

現在用いられている導入戦略は、二つに大別できる。生体内での遺伝子編集（インビボ法）と、生体外の遺伝子編集（エクスビボ法）である。前者はCRISPRを患者の体内に導入して直接ゲノムを編集するのに対し、後者は患者の細胞を取り出し、体外で編集してから体内に戻す方法をいう。生体外治療ははるかに簡単で、また研究者はすでに実験室で細胞編集の方法をマスターしているため、生体内治療より実現に一歩近づいているといえる。生体外治療のもう一つのメリットは、遺伝子編集された細胞を厳格に品質チェックしてから、体内に戻すことができる点である。

生体外遺伝子編集治療では、最初に医師が異常細胞を体内から取り出す必要があるため、とくに血液疾患の治療に向いている。遺伝子編集と献血、輸血の技術の組み合わせにより、変異した血液細胞を体内から取り出し、CRISPRで編集してから循環系に戻す。

CRISPRを利用した生体外編集で、治療効果がとくに期待できる疾患が、鎌状赤血球症とβサラセミアの二つだ。どちらも最も一般的な遺伝性疾患で、ヘモグロビン（赤血球中に存在し酸素を肺から全身へと運搬するタンパク質の一種）分子の異常によって起こる。この異常の原因は、βグロビン（ヘモグロビン分子を構成する二本のタンパク質鎖のうちの一本）をコードする遺伝子のDNA変異である。

鎌状赤血球症とβサラセミアは、どちらも骨髄移植による治療が可能だ。健康な人の骨髄を患者に移植すれば、骨髄内の豊富な造血幹細胞が生涯を通じて健康で新鮮な赤血球を供給し続ける。だがこの種の幹細胞移植には、慢性的なドナー不足という問題がある。レシピエント（提供を受ける側）と白血球の型が一致し、かつ侵襲的な手術に同意してくれるドナーを見つけるのは並大抵のことではない。また適合するドナーが見つかり、患者の体が移植された細胞を受け入れたあとも、処置にはリスクが伴う。多くの患者が拒絶反応の逆の現象である、移植片対宿主病（へんたいしゅくしゅびょう）（ドナーの血液が患者の臓器を攻撃する現象）を発症し、ときには死に至ることもある。

遺伝子編集では、患者自身が幹細胞のレシピエントでありドナーでもあるため、この問題は解決する。医師が患者の骨髄から幹細胞を分離して、細胞内の変異したβグロビン遺伝子をＣＲＩＳＰＲで修復し、それを患者の体内に戻すだけですむため、ドナー不足や免疫拒絶などの心配がない。患者の細胞を実験室で正確に修復できること、そして編集された細胞が健康なヘモグロビンを安定的に生産することを、多くの研究室がすでに説得力ある方法で実証している。それに、編集されたヒト細胞が、免疫不全マウスの体内で機能することさえ示されている。現在、人間の患者に処置を提供するための研究開発が、複数の学術研究チームや営利企業によって進められている。

「生体外遺伝子治療」という類似分野での最近の動向を考えれば、生体外遺伝子編集の臨床試験にも期待がもてそうだ（前述の通り、遺伝子編集がゲノム上の変異遺伝子を直接修復するのに対し、遺伝子治療は新しい健康な遺伝子をゲノムに導入する方法をいう）。バイオテクノロジー企業のブルーバード・バイオは、新しいβグロビン遺伝子を造血幹細胞に導入する、βサラセミアと鎌状赤血球症の治療薬を開発中だ。一方グラクソ・スミスクラインは、欠失した遺伝子をゲノムに導入して重症複合免疫不全症（ＳＣＩＤ）を治療する、効果的な遺伝子治療薬を開発した。遺伝子編集も遺伝子治療も、患者の細胞を取り出し、試験管内で修正してから患者の体内に戻すという大まかな介入戦略は同じだが、遺伝子編集の方がゲノムの攪乱を最小限にとどめられるため、おそらくより安全なアプローチになるだろう。

生体外遺伝子編集を人間の患者に使う初めての臨床試験により、この手法がいかに有望で強力であるかが示された。ただし、このときの標的は遺伝性疾患ではなく、ＨＩＶ（ヒト免疫不全ウイルス）だった。またこの臨床試験は、ＣＲＩＳＰＲ技術が登場する前に構築されたものだが（第1章で説明したＺＦＮ技術を活用したもの）、それが成功したことで、世界的に蔓延するこの疾患だけでなく、多くの遺伝性疾患の治療法への応用が大いに期待されている。

信じられないような話だが、世の中には生まれつきＨＩＶへの抵抗性をもつ幸運な人たちがいる。彼らはＣＣＲ５と呼ばれるタンパク質をコードする遺伝子に三二塩基の欠失がある。ＣＣＲ５タンパク質は、免疫システムの根幹を担う白血球の表面を覆い、ＨＩＶは細胞に侵入する際にこのタンパク質を手がかりにしている。だがこの特異な三二塩基の欠失変異があると、ＣＣＲ５タンパク質が生成されないため、ウイルスは細胞の表面にまで到達できない。つかまるＣＣＲ５タンパク質がないため、ＨＩＶ分子は細胞に侵入できず、したがって感染が阻止される。

*CCR5*遺伝子の三二塩基の欠失はアフリカ系とアジア系の人にはほぼ見られないが、白人の間ではかなりよく見られる。白人の一〇%から二〇%が変異遺伝子のコピーを一つもち、コピーを二つ持つホモ接合の人はＨＩＶに対して完全な抵抗性を示す。世界全体の白人の約一%から二%（ほとんどがヨーロッパ北東部の人）が、幸運にもこの形質をもっている[6]。この変異を持つ人は健康状態はまったく変わらず、むしろ炎症性疾患のリスクが低い[7]。タンパク質の欠失は、ウエストナイル熱ウイルス[8]への抵抗性を弱めることを除けば、なんら悪影響をおよぼさない。

医薬品業界は、*CCR5*遺伝子に三二塩基の欠失をもつ幸運に恵まれない人たちを守るために、ＨＩＶとＣＣＲ５の結合を阻害する医薬品の開発に莫大な投資を行っている。しかし

*CCR5*遺伝子を直接編集すれば同じ効果が得られる（つまりＨＩＶがＣＣＲ５と結合できなくなる）ことが、最近の研究によって確認されており、すでに複数の研究室がＣＲＩＳＰＲを使って（少なくともシャーレの細胞で）これを達成している。だが人間の患者の*CCR5*遺伝子の編集を初めて成功させたのは、ＺＦＮ技術とカリフォルニアに本拠を置くサンガモ・セラピューティクスの功績だ。

サンガモの研究者は、ペンシルベニア大学の医師たちと共同で、*CCR5*遺伝子をノックアウトする遺伝子編集製剤の臨床試験を行った。[9] この早期臨床試験の主な目的は、実験室でＤＮＡを編集した細胞が、大きな副作用を起こさずに患者の体に受け入れられるかどうかを確かめることにあった。そしてこの研究では、遺伝子編集がＨＩＶの進行を食い止めるうえでも、きわめて有効な手法であることが示されたのだ。

サンガモのチームはまず、試験に参加した一二人のＨＩＶ感染者全員から血液を採取して、白血球［免疫細胞］を抽出した。白血球は研究室で浄化され、*CCR5*遺伝子の一五五番目の塩基を標的化し切断するよう設計されたＺＦＮを使って編集された。切断された遺伝子は「誤りがちな末端結合」によって修復されたため、結果として遺伝子は不活性化され、正常に機能するＣＣＲ５タンパク質を合成しなくなった。編集された細胞は実験室で増殖させてから患者の体内に戻され、患者はその後約九カ月にわたって経過観察された。

この試験を実施した研究者は、*CCR5*遺伝子を改変した免疫細胞の注入は「本研究の範囲内では安全である」[10] と結論づけた。これは目を見張るような結果ではないかもしれないが、遺伝子編集を——少なくとも実験室で培養、処理された細胞を用いた生体外編集を、人間の治療に使えることを示す有望な兆しだった。また論文の「結果」のセクションには、さらに明るいデータが埋もれていた。編集された細胞は、体内で長期的な持続性を示した（移植した細胞が速やかに生着、増殖したことの表れである）うえ、抗レトロウイルス療法が一時的に中断された際も、編集された細胞のおかげで血中のＨＩＶ濃度の戻りが通常より緩やかだったという。いいかえれば典型的な医薬品とはちがい、ＺＦＮを使った治療が患者のゲノムの一塩基を改変することによって感染を抑制したことを示す明らかな兆候があった。

このようにＺＦＮはさい先のよいスタートを切ったが、今ではＣＲＩＳＰＲがＨＩＶ治療法の開発にすでに用いられている。一つの方法は、ＨＩＶの遺伝物質を標的化するようＣＲＩＳＰＲをプログラムして、ＨＩＶに感染したＤＮＡをゲノムから切り取ることにより、患者の細胞からＨＩＶを完全に除去するというものだ。別の手法は「ショック・アンド・キル」と呼ばれ、不活性化型ＣＲＩＳＰＲを使って休眠しているＨＩＶを故意にたたき起こし、既存薬で攻撃して根絶するという方法だ。

このように、生体外遺伝子編集の臨床応用は、遺伝性疾患やウイルス感染の治療などに大きな可能性があることが明らかになっている。だがもちろん、病気の原因が血液にあるとは限らない。体の組織にダメージを与える病気に関しては、異常細胞を取り除いてからまた戻す治療法は、侵襲性が高くリスクが大きすぎて利用できない。このような病気を治療するには、ＣＲＩＳＰＲを患者の体内に導入して、病気が最大の影響をおよぼしている組織に届ける必要がある。この治療法を人間の患者に提供できるようになるまでにはまだ課題が山積しているが、この分野には、私がこれまで医学で見てきたなかでもとびきりめざましい進歩が見られるのだ。

体内治療にはウイルスベクターを使う

医師が実際に生体内遺伝子編集を行うためには、生体外手法にはない問題をいくつか解決しなくてはならない。まず、疾患が最も影響をおよぼしている組織にＣＲＩＳＰＲを正確に、かつ患者の体内に免疫応答を起こさずに導入する方法を考えなくてはならない。さらに、編集が完了するまで体内に存在できる、安定したＣａｓ９とガイドＲＮＡを開発する必要がある。

これらの問題に対処するために、おなじみの送達手段の一つ、ウイルスを使う研究者もいる。ウイルスは、宿主細胞に遺伝物質を忍び込ませるのが信じられないくらいうまい。なんといっても数百万年の進化の過程で技を磨いてきたのだ。ウイルスは特定の種類の組織や器官に特異的に感染するが、ウイルスのなかには比較的安全に利用できるようになったものもある。ここ数十年の遺伝子工学の取り組みにより、特殊なウイルスに改良が加えられ、ＤＮＡを体内に（全身または特定の器官に）確実に送達し、治療に必要なペイロード（搭載物）以外のものを宿主に感染させないウイルスが開発されている。

生体外遺伝子編集治療の開発で、とくに広く使われているベクター（遺伝情報の運び屋を指す科学用語）がある。アデノ随伴ウイルス（ＡＡＶ）と呼ばれる、人体に無害なヒトウイルスだ。ＡＡＶは免疫応答がごく軽度で、人間に疾患を引き起こさないと考えられている。またこのウイルスベクターは、Ｃａｓ９タンパク質とガイドＲＮＡをコードする治療用遺伝子を組み込みやすく、宿主細胞に遺伝物質を高い効率で送達できる。そのうえ、このウイルスは一般的なウイルスとはちがって、ヒトゲノムに自らのＤＮＡを永久的に組み込まないよう改変できるため、過去に取り組みの障害となってきたゲノムの傷つきやすい場所へのDNA誤挿入もない。

AAVのもう一つの大きな利点が、多様性に富むことだ。これまでに分離されたウイルス株をさまざまに組み合わせることにより、実に多様な種類の細胞に移送できるAAVベクターファミリーが開発されている。たとえば肝細胞へのCRISPR導入に適したものや、中枢神経系や目、心筋、骨格筋に最も有効なものなど。

CRISPRを使った生体内遺伝子編集が、遺伝性疾患の痛ましい影響を軽減できることが最も早く、最も劇的に示されたのは、筋肉への適用だった。この手法が実証されたのはモデルマウスでの実験だったが、ヒトにも有効と考えられる十分な理由がある。この筋肉疾患が人間に多い遺伝性疾患だったことも理由の一つである。

デュシェンヌ型筋ジストロフィー（DMD）と呼ばれる致死的な筋肉消耗性疾患は、筋ジストロフィーのなかで最も頻度が高く、出生男児の約三六〇〇人に一人の割合で発生する病気だ。DMD患者は出生時は正常だが、四歳頃までに症状が現れ、痛ましいほど急速に悪化する。全身の筋肉の萎縮と筋力の低下が進行し、一般に一〇歳頃には車いすの生活になり、呼吸機能低下や心筋の変性により、多くの患者が二五歳頃には亡くなってしまう。

デュシェンヌ型筋ジストロフィーを引き起こすのは、ジストロフィンと呼ばれるタンパク質をコードする*DMD*遺伝子の変異である。遺伝子の変異パターンは数種類あり、どの一つが起こっても発症する。ちなみに*DMD*遺伝子は人間のすべての遺伝子のなかで最もサイズが大きい。ジストロフィンは筋肉細胞の収縮を助けるタンパク質で、正常に機能するジストロフィンがつくられなくなることが疾患の根本原因である。患者は男性が圧倒的に多い。*DMD*遺伝子はX染色体上にあり、男性にはX染色体が一本しかない（もう一本は父親由来のY染色体）た

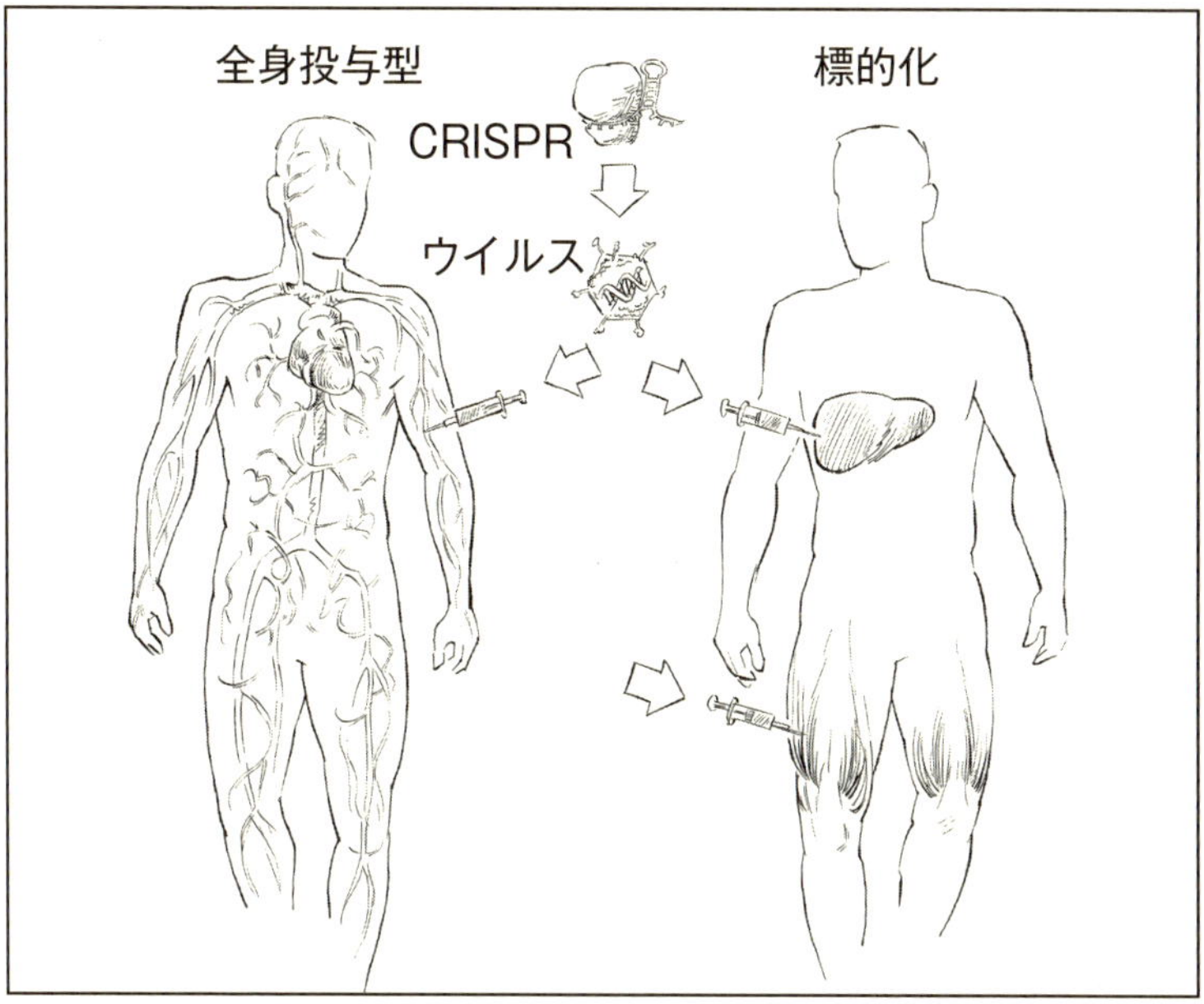

〔図 26〕CRISPR による生体内遺伝子治療

め、親から*DMD*遺伝子が変異したX染色体を受け継ぐと、正常なジストロフィンを生成できなくなるからだ。女性はX染色体が二本あるため、一本の染色体に異常があっても、もう一本が正常に働けば異常がカバーされ、発症しないか、したとしても影響は軽微ですむ。だがたとえ発症しなくても保因者（キャリア）となり、変異が息子に遺伝する確率は二分の一である（このような継承パターンから、DMDはX連鎖劣性遺伝疾患と呼ばれる）。

果たしてCRISPRは、DMDの影響を軽減できるだろうか？　判断を下すにはまだ早い——確信をもってこの問いに答えるには、何年もの研究と臨床試験が必要だろう。だが最近のマウスでの研究の有望な結果から、生体内治療にも期待がもてそうだ。二〇一五年末までに独立して行われた四つもの研究が、筋ジストロフィーを発症させた成体マウスにCRISPRを導入して、この疾患の痛ましい影響を取り除けることを証明しているのだ。[11]これらの研究ではAAVベクターにCRISPRをコードする配列を載せ、マウスの筋肉に直接注入するか血流を通して導入したところ、骨格筋細胞と心筋細胞が修復された。ジストロフィン遺伝子は正常な機能をもつよう修復され、マウスは処置後に筋力が大幅に高まった。

私はこれらの研究成果を、テキサス大学サウスウエスタン医療センターのエリック・オルソン教授のプレゼンテーションで聞き、CRISPRベースの生体内遺伝子編集の前進に心を弾ませた。そして、いつかDMD以外の遺伝性疾患の治療や治癒にCRISPRが応用されるという希望を新たにした。たとえばMITの研究チームが、別の遺伝子を編集するようプログラムしたCRISPRと、肝細胞への導入に適したAAVを使って、チロシン血症という疾患の原因遺伝子変異をもつマウスの治療に成功している。[12]この疾患はヒトが発症すると、有毒な代謝産物が蓄積して広範囲な肝障害が起こり、患者は治療されずに放置されると一〇歳頃までに亡くなる。しかしモデルマウスでは、損傷した遺伝子がＣＲＩＳＰＲによって修復され、疾患の進行が食い止められた。

ＡＡＶはそのほか、成体マウスの脳や肺、目の網膜細胞にＣＲＩＳＰＲを導入するのにも利用されており、これらの成果はいつかハンチントン病や嚢胞性線維症、先天的盲目症などの遺伝性疾患の治療法の開発に役立てられるだろう。実際、先進国世界で初めて商業利用が認可された遺伝子治療薬は、ＡＡＶベクターを利用したものであり、初のＣＲＩＳＰＲベースの遺伝子編集薬も、生体内送達にＡＡＶベクターを用いる可能性がある。

とはいえＡＡＶは、ＣＲＩＳＰＲを生体細胞に導入するために用いられる、数多くの手法の一つに過ぎない。ウイルスだけをとってみても、特有の長所と短所をもつ多様なウイルス版トロイの木馬が開発されている[13]。その一つが、風邪などの疾患の原因となる、アデノウイルスを利用したものだ（ちなみにＡＡＶはアデノ関連ウイルスに依存して増殖するため、アデノ「随伴」ウイルスという名がついた）。アデノウイルスを分離し、病原性を取り除いて作製したベクターは、ＡＡＶベクターよりも多くの治療用ＤＮＡを搭載できる。レンチウイルス（ＨＩＶなど）も実験室で無毒化され、効果的なベクターになった。レンチウイルスは、搭載量はＡＡＶと同程度だが、標的細胞のゲノムに遺伝物質を長期的に安定して導入することができる。この特性は、実験室内の基礎研究で重宝されているが、生体内治療に利用する場合には導入機能をオフすることもできる。

そのほか、ウイルスをまったく用いない生体内導入法もある。先端的なナノテクノロジー（超微細な構造を加工する技術）をもとにした手法で、脂質ナノ粒子を利用してＣＲＩＳＰＲを全身に浸透させる方法が開発されている。この種のベクターは、劣化に対する耐性があり、製造が容易という特性のほか、Ｃａｓ９タンパク質とガイドＲＮＡを厳格に制御された方法で患者の体内に放出できるというメリットもある。ウイルス（とＣＲＩＳＰＲ分子）は、細胞に長く残存する場合があり、そのことは（これから説明するように）遺伝子編集の過程で問題を生じることがあるが、脂質ナノ粒子はＣＲＩＳＰＲを高い効率で細胞に導入し、細胞のリサイクル工場で自然に分解されてなくなる前にすばやく作用させる。

ＣＲＩＳＰＲは特定の遺伝性疾患の治療だけでなく、別の方法でも人間の健康を劇的に変えようとしている。このバイオテクノロジーは、人類史上最も恐れられてきた病気である、がんの研究と治療に革新的な影響をおよぼしているのだ。

がん治療への応用

がんを引き起こすのは、親から子へと受け継がれるものであれ、一生の間に獲得されるものであれ、ＤＮＡの突然変異である。したがって遺伝子編集は、不可逆的な損害をおよぼす前に変異を取り除くことによって、がんの治療や予防さえ、簡単にできるように思われるかもしれない。しかしがんは、少なくとも現時点ではまだＣＲＩＳＰＲが最も貢献している分野とはいいがたい。

ＣＲＩＳＰＲは、それ自体が治療法としてというよりは、既存の治療法のツールやサポートシステムとして、がん治療の前進に一役買っている。がんの生物学的特性を解明し、また患者自身の免疫力を利用してがん細胞を攻撃する「がん免疫療法」を開発するうえで大いに役立っている。ＣＲＩＳＰＲはこれらの分野の最前線で、人類ががんという恐ろしい病気との長年の戦いで拡充してきた兵器庫の最強の武器として真価を発揮しているのだ。

ＣＲＩＳＰＲのこれまでの医療への貢献のなかで、私が個人的に最も期待を寄せているのが、この分野だ。たとえあなた自身ががんに苦しんでいなくても、きっとこの病気のせいで人生を脅かされ、奪われた知り合いがいることだろう。私自身、父をメラノーマで亡くしたことで、この複雑きわまりない病気を抱えて生きていくことの大変さを思い知り、深く心を痛めた。がんはアメリカ人の主要な死因の一つで、心疾患に次いで第二位である。早期発見とがん治療の進化によって、がんの生存率はここ数十年で大きく上昇しているが、それでもがんによる死は私たちの日常生活に壊滅的な影響を与えている。アメリカだけでも毎年約一五〇万人が新たにがんと診断され、五〇万人ほどががんで死亡する。[14] 毎日約二〇〇〇人ががんで亡くなる計算である。

がんに関わるＤＮＡの突然変異には、親から伝わるものもあれば、自然発生するもの、たばこなどの発がん性物質への曝露によって引き起こされるものもある。ここ十数年の間にＤＮＡシーケンシングにより、がん細胞と正常で健康な細胞とを区別する多くの変異を同定する取り組みが大きく前進している。がんの原因変異を同定できれば、がん細胞の増殖を招く遺伝子異常を修復する治療薬を設計できる、という考えがその根底にある。

だが一つ問題がある。なにしろ情報が多すぎるのだ。がんを引き起こす重要な変異は、病理とは直接関係のない、おびただしい量の補助的な変異のなかに埋もれている。実際、がんの特徴の一つは、ゲノムの突然変異が加速度的に増えることであり、そのせいで中心となって腫瘍を引き起こしている変異を特定するのがとても難しいのだ。

ＣＲＩＳＰＲが登場するまでは、がんの原因変異を究明するためのツールは限られていた。

患者から採取した検体の変異を検出、解析したり、モデルマウスを使って数種類の変異を研究するのがせいぜいだった。しかし今、そうした突然変異を（一つずつ、または複数同時に）精密に、しかも従来に比べてほんのわずかな時間とコストで再現する方法が開発されたことで、がん研究が飛躍的な前進を遂げようとしている。以前なら、細胞に苦心して（成功率一〇〇万分の一という苦行で）正しい変異を誘発させたり、何世代も繰り返し交配を行って（数年がかりで）望ましいモデルマウスを作製していたのが、今ではＣＲＩＳＰＲを使ってたった一度の試行で変異を効率的に導入できる。科学者はこの能力の助けを借りて、細胞が成長を制御するシグナルに反応しなくなる原因を、遺伝子レベルで正確に理解することができるのだ。

一例として、ハーバード大学医学大学院のベンジャミン・エバート率いるチームが、白血球のがんである急性骨髄性白血病の遺伝的原因を明らかにしようとした[15]。マウスの造血幹細胞から八つの候補遺伝子を選び、それらを編集するようＣＲＩＳＰＲをプログラムして（それぞれに対応するガイドＲＮＡを設計して）、ノックアウトを試みた。このような多重遺伝子編集は過去には考えられなかったが、ＣＲＩＳＰＲを使えば簡単に行うことができる。そしてこれらの造血幹細胞の遺伝子をすべてのありうる組み合わせで編集してから、細胞を成体マウスの血流に戻し、どのマウスが急性骨髄性白血病を発症するか見守った（いうなれば、病気を治療するための生体外手法の逆である）。そうして、マウスの結果とＣＲＩＳＰＲで不活性化した遺伝子とを照合することにより、白血病の発症に必要十分な遺伝子変異を推測したのだ。このような実験は、がん研究の前進を大いに助けている。

多数の遺伝子を同時に標的化できることは、ＣＲＩＳＰＲの最大の特性の一つである。ゲノム上の二〇塩基の配列を認識するようＣＲＩＳＰＲを設計するプロセスは、それ以前の遺伝子編集技術とちがって、高校生でもマスターできるほど簡単だ。実際、コンピュータで自動化できるほど単純である。今や科学者はゲノムの奥深い謎を探るためにコンピュータサイエンスと遺伝子編集の技術を組み合わせ、予備知識なしに新しいがん関連遺伝子を見つけようとしている。

技術の詳細は複雑だが、要するにこの究極の多重化方式を利用すれば、ゲノム上のどの遺伝子も——たった一度の実験で——ピンポイントで編集し、ノックアウトすることができるのだ。MITのデイビッド・サバティーニ教授は、この種の全ゲノム遺伝子ノックアウト・スクリーニングを初めて行った一人である[16]。ただしサバティーニのチームは、（エバートのチームがやったように）がんを引き起こす遺伝子突然変異を突き止める代わりに、がんを無効にする遺伝子を見つけようとした。別のいい方をすると、がん細胞の病原性を成り立たせている遺伝子、それがなくてはがんが生存できない遺伝子はあるだろうかと考えたのだ。チームはこの問いを四種類の血液がんで検討し、がんの生存に不可欠と思われる数々の新しい遺伝子を発見するという、真の偉業を成し遂げた。これらの実験により、白血病とリンパ腫の新しい遺伝的感受性が同定され、化学療法薬の新しい有望な標的が明らかになった。

その後もほかの研究室の実験により、大腸がん、子宮頸がん、メラノーマ、卵巣がん、膠芽腫（悪性度の高い脳のがん）などのがんの弱点が明らかになっている。また全ゲノム遺伝子ノックアウト・スクリーニングを通して、がん細胞に転移能力（血流を介してほかの組織に侵入する能力）を与えている遺伝因子が新たに同定された。

がんに関する基礎的理解が進んでも、すぐさま治療に役立てたり治療法を生み出せるわけではないが、それでもこの種の研究が大切なことに変わりはない。医療の個別化が進むなか、この膨大な情報を利用すれば、患者一人ひとりのがんの性質を知り、がんの生物学的特性に合った治療法を提供できる可能性がある。遺伝子編集ツールは、がんの最も強力な予測因子となる変異や、さまざまな薬剤への応答性に影響を与える変異を明らかにし、この膨大な情報を理解する手がかりを与えてくれる。

だが遺伝子編集は、がんとの戦いで重要な諜報機関の役割を果たすだけでなく、攻撃の担い手としても期待できる。この点で遺伝子編集が最も有望なのは、最近とみに注目を集めているがん免疫療法の支援システムとしての役割だろう。

この革命的ながん治療法は、外科手術・放射線治療・化学療法という、従来のがん治療の三本柱とは一線を画している。がん免疫療法は、患者自身の免疫システムを利用して、有害な細胞を標的化し、破壊することをめざすという点で、先行の治療法とはまったく異なる。逆転の発想ともいうべき方法で、がんではなく患者自身の体をターゲットにし、自らがんと戦えるよう免疫力を増強するのだ。

終末期の小児がん患者を救ったある遺伝子編集

がん免疫療法の中核をなしているのが、人間に備わる免疫システム、とくにその歩兵たるT細胞を操作するというアイデアである。がんの〔ゲノム上の位置の目印となる〕「分子マーカー」を認識するようT細胞を操作して、目印をもつがん細胞に対する免疫応答を開始させる。ここでの課題は、どうやってT細胞の潜在能力を解き放つかである。

有望な手法の一つに、免疫チェックポイント阻害剤という、がん細胞がヒトの免疫応答に対してかけた「ブレーキ」を解除する医薬品を利用する方法がある。また別の戦略として、患者のＴ細胞を取り出し、がん細胞を認識できるように特別に遺伝子を改変してから、再び体内に戻す方法がある。このプロセスは養子細胞移植（ＡＣＴ）と呼ばれ、生体外療法の一例だ。遺伝子編集が免疫療法で大きく貢献できるのは、この分野である。

ＡＣＴの主な目的は、Ｔ細胞ががん細胞を認識しやすくすることにある。そのために、がんの分子マーカーを特異的に認識し攻撃するよう改変した受容体（レセプター）というタンパク質を生成する新しい遺伝子を、Ｔ細胞に付加する。だがＴ細胞はもともと受容体遺伝子をもっているため、そうした遺伝子を複数もつと混乱するおそれがある。ＣＲＩＳＰＲを使えば、元の受容体遺伝子をノックアウトして、問題を解決することができる。また改変したＴ細胞の能力をさらに増強するために、ＣＲＩＳＰＲを使ってさまざまな編集を行うこともできる。

遺伝子編集技術は、今後おそらくがん免疫療法のあり方を変えるだろう。がん免疫療法はパッケージ化され、特定のがん向けに設計された一ロット分の遺伝子改変Ｔ細胞が、そのがんに苦しむすべての患者にあまねく提供されるだろう。現在、ＡＣＴの臨床試験が進行中であり、二〇一五年末に起こった感動的な物語が、この手法の驚くべきポテンシャルをはっきりと指し示している。物語の主役レイラ・リチャーズは、遺伝子編集による治療によって初めて命を救われた人なのだ。[17]

レイラはロンドンに住む一歳の少女で、小児がんのなかで最も多い急性リンパ芽球性白血病を患い、医師たちが見たことのないほど激しい症状に苦しめられていた。一般に、治療を開始した子どもの九八％は症状が緩和するが、レイラは化学療法と骨髄移植、抗がん剤治療を受けても一向に改善しなかった。[18]免疫システムが弱っていたため、自身のＴ細胞を遺伝子操作して体内に戻す方法も、選択肢になかった。そもそも白血病は、免疫システムを正常に機能させる重要な役割を担う、白血球に異常を来す病気である。彼女にはもう抽出できるほどの量のT細胞がなかった。

回復の見込みは薄く、医師たちはすでに終末期の緩和ケアを両親に勧めていた。だがいよいよというそのとき、別の選択肢が現れたのだ。

奇しくもレイラが治療を受けていた病院の付属施設で、CRISPRの先行技術の一つTALENを使ってT細胞の編集が行われていた。編集システムを開発したのはフランスのバイオ医薬品企業セレクティスで、T細胞はACTの臨床試験で使われる予定だった。病院はレイラの両親とセレクティスの同意を得たうえで、まだ人体でテストされていない遺伝子改変されたT細胞をレイラに注入した。これはほかに治療法がない患者の救済を目的とする、コンパッショネート・ユース（人道的使用）制度のもとで、特例として認められていることである。

レイラが注入されたT細胞は、いくつかの点で特別なものだった。第一に、白血病の分子署名［細胞に特徴的な遺伝子の発現様式］が含まれるすべての細胞を攻撃するよう特別に設計されていた。第二に、レイラ自身の細胞を攻撃しないよう遺伝子編集されていた（ドナーとレイラは免疫学的に適合していなかった）。そして最後の点として、T細胞はレイラの体内に長く存在できるよう、細胞内で姿をくらませる「透明マント」を与えるための編集を別の遺伝子に施されていた。

細胞移植を受けてから数週間で、少女の体内に奇跡的な変化が起こった。そしてレイラは十分回復してから骨髄移植を受け、がんは数カ月のうちに完全に寛解した。マウスでしか試されていない治療法を試みるという、大きな賭けとして始まったことは、文句なしの成功に終わり、また遺伝子編集を使った免疫療法に対する世間の理解を深める結果にもなったのだ。

レイラの例をはじめとする多くの成功を経て、CRISPRベースの遺伝子治療法を開発する企業は、がん免疫療法開発企業と提携を結び、互いの強みを研究開発に活かそうとしている。エディタス・メディシンはジュノ・セラピューティクスとT細胞療法の開発で提携し、数百万ドルの独占的ライセンス契約を結んだ。インテリア・セラピューティクスは大手製薬会社ノバルティスと免疫療法開発で提携した。ペンシルベニア大学によるCRISPR遺伝子編集技術を使った初の臨床試験が国立衛生研究所（NIH）によって承認され、二〇一六年一〇月には中国四川大学の研究チームが、CRISPRを使って改変した細胞を初めて人体に注入した。[19]こうした称賛すべき取り組みを通して、いつか難病に苦しむ患者に遺伝子編集の恩恵がもたらされるだろう。

レイラの物語が珍しいことでなくなり、遺伝子編集の進歩が人命を救ったよくある例の一つとして、あたりまえに受け止められる日が来ることを願うばかりだ。そんな明るい未来に、私たちはゆっくりとだが確実に近づいている。だがそこに到達するためには、遺伝子編集にまつわる大きな問題を解決しなくてはならない。それはCRISPRベースの遺伝子編集の精度に関わる問題である。それが解決されるまでは、レイラのような物語はあくまで例外的な事例にとどまるだろう。

CRISPRの読み誤りをどう正していくか？

CRISPRは——少なくとも細菌にもともと存在するかたちのCRISPRは、完全無欠のDNA標的化・切断手法ではない。このことは、私の研究室が初めて実験を行ったときからわかっていた。

マーティン・イーネックはCRISPRの基本機能を明らかにすると、続いてCas9酵素とガイドRNAがどれだけの精度でDNAを切断できるのかを調べることにした。小さな自動誘導ミサイルは、ガイドRNAの配列に対応するすべてのDNA配列をめざましい精度で追跡、認識、攻撃できるように思われた。だがその精度に限界はあるのだろうか？　CRISPRは（ガイドRNAに対応する）二〇塩基の配列と、それ以外の、たとえば一、二塩基だけがちがう配列とを本当に区別できるのだろうか？　この細菌の防御機構を安心して生身の人間に使える遺伝子編集ツールにするには、真っ先にこの問題に答える必要があった。

マーティンが、一部の塩基を故意に変更してRNAと相補的でなくなるように改変したDNA配列にCRISPRを導入したところ、改変した配列をCas9酵素が切断してしまう場合があった。[20]コンピュータの高精度な検索機能なら、「affect」の単語を検索して「effect」の結果が返ってくることはないが、CRISPRはときどき間違いを犯し、塩基を混同することがあった。

その後私たちはハーバード大学のデイビッド・リウ率いるチームと共同で、[21]同じ実験をさらに徹底して行った。さまざまなDNA変異を対象に、どのような「オフターゲット」配列（ガイドRNAと相補的でない配列）が、ガイドRNAと相補的な標的配列（「オンターゲット」配列）と混同され、CRISPRによって認識、切断されるのかを調べた。ほかの研究室も細胞内で同様の実験を行い、[22]CRISPRによる誤切断のせいで、標的配列以外の部位が永久的に改変される場合があることを示した。

　むろん、どんな医薬品にも何らかのオフターゲット効果はつきものであり、オンターゲットに期待される利益がオフターゲットのリスクを上回る限りは、一般に医師や規制当局はこれを許容している。たとえば抗生物質は病原菌だけでなく善玉菌まで殺してしまうし、化学療法薬はがん細胞だけでなく健康な細胞も攻撃する。突き詰めれば、これは特異性をいかに高めるかという課題である。意図した標的に厳密に適合した医薬品を開発することができれば、たった数個の原子が適合しないだけで相互作用が弱まり、意図せざる効果が阻止される。

　一般に、ある程度のオフターゲット効果は避けることはできない。どんな市販薬にも副作用の警告が記載されているのはそのためだ。だが、遺伝子編集に関する限り、副次的影響はとくに危険な影響をおよぼすおそれがある。医薬品の副作用は、患者が服用を控えれば止まることがほとんどだが、遺伝子編集では、オフターゲットＤＮＡ配列はいったん編集されてしまえば、二度と元に戻すことはできない。意図しないＤＮＡ編集それ自体が永久的というだけでなく、もとの細胞が分裂を起こすたび、そのＤＮＡは複製されていく。それに、そうしたランダムな編集のほとんどは細胞を傷つけるおそれはないとはいえ、疾患やがんの研究が示す通り、たった一つの変異が生物全体を大きく揺るがすこともあるのだ。

　さいわい、ＣＲＩＳＰＲによるオフターゲット編集は、ほかの遺伝子編集技術と同様、予測可能性がかなり高い場合が多い。というのも、ガイドＲＮＡの配列と類似したＤＮＡ配列だけが対象となるからだ。たとえば、ＣＲＩＳＰＲが遺伝子Ｘの二〇塩基を標的化するようプログラムされ、遺伝子Ｙにそれと一塩基しか違わない、非常によく似た配列が含まれる場合、ＣＲＩＳＰＲがＸとＹの両方の遺伝子に編集を施す可能性はゼロではない。配列の類似性が低いほど、オフターゲット変異が起こる可能性も低い。

この潜在的な問題を回避する方法が、すでに開発され始めている。たとえば、ヒトゲノムの三〇億塩基対を自動的に調べ上げ、標的配列と類似する配列が含まれる領域がほかにいくつあるかを教えてくれるアルゴリズムが、複数の研究室によって開発されている。潜在的なオフターゲット配列が多すぎる場合、研究者はアルゴリズムを使って、新しい標的領域を探すことができる（多くの場合、標的配列の近くに存在する複数の配列のうちの一つを選び直すことによって、同じ遺伝子を切断することができる）。ただ、このアプローチにも問題があり、コンピュータアルゴリズムはどんなに巧妙に設計されていても、オフターゲット編集を予測できるとは限らない。

オフターゲットをどう防ぐか？

こうした「既知の未知」［未知であることがあらかじめわかっているリスク］があるために、研究者は第二の戦略をとるようになった。すなわち、無知を決め込むのだ。どのバージョンのＣＲＩＳＰＲにも、予測不可能なオフターゲット効果が必然的に生じるとみなし、オフターゲットを検知する唯一の方法は、まず実験を行ってオフターゲットが起こらなそうな場所を特定し、続いてそうした場所でさらに検証を行うことだと仮定する。つまり計算による予測を行う代わりに、経験的に検証するのだ。標的配列を決める前に、まず培養細胞で関連するＤＮＡ配列を徹底的に検証し、どの配列が最もオフターゲット効果が少ないかを判断する。こうして標的配列を選んだら、そこで初めて臨床試験に進むという段取りである。

潜在的なオフターゲット変異を避けるための第三の戦略は、すでに広く実行されているもので、より特異性の高い標的配列を選ぶよう、CRISPRを改変する方法だ。たとえばCRISPRが認識するDNA配列を長くして、不運なミスマッチが生じる確率を減らすといった方法である。これはコンピュータのパスワードを長くして、推測されにくくする方法と似ている。ハーバード・メディカル・スクールのキース・ジョングやMITのフェン・チャンなどの研究者は、自然のCas9タンパク質を数カ所改変した——アミノ酸配列を入れ替えた——だけで、細菌が発達させたバージョンよりもオフターゲット編集の確率が低い、高精度版CRISPRを開発している[23]。

最後の点として、CRISPRの投与量も、意図せざる編集が生じる確率に影響を与える。一般に、細胞に導入するCas9とガイドRNAの量が多くなるほど、また細胞内での滞留時間が長くなるほど、CRISPRが類似するが相補的でない配列を認識し、オフターゲット編集を行う確率が高くなる。正しい標的DNA配列が編集されるよう、適量のCRISPRを細胞に導入することがカギとなる。

生殖細胞にCRISPRを導入し、進化そのものを左右できるか？

CRISPR技術が誕生したのはほんの数年前のことだが、今ではCRISPRによる治療可能性が指摘されていない疾患を挙げることはますます難しくなっている。この本でとりあげたがんやHIV、遺伝性疾患以外にも、CRISPRベースの新しい治療法が開発された疾患には、発表された科学文献をざっと調べただけでも、軟骨無形成症（小人症）、慢性肉芽腫症、アルツハイマー病、先天性難聴、筋萎縮性側索硬化症（ALS）、高コレステロール、糖尿病、テイ＝サックス病、皮膚障害、脆弱X症候群、不妊症などがあり、リストは今も長くなる一方だ。特定の変異やDNAの欠陥配列が病理を引き起こしていると考えられるほぼすべての症例で、CRISPRは原理上、変異を修復したり、損傷した遺伝子を正常な配列に置き換えることができる。

どんなDNA配列でも容易に探し出し、修復できるCRISPRは、病気を根絶するための突破口として脚光を浴びているが、そう簡単にはいかないのが世の常だ。たとえば自閉症や心疾患など、遺伝的な因果関係が明らかでない疾患や、遺伝的要因と環境要因との複雑な相互作用によって起こる疾患もあり、遺伝子編集はそうしたケースにはあまり貢献できない。それに、遺伝子編集はヒト培養細胞のDNAを修復することはできても、人間の患者で有効性が実証される（または否定される）のは、何年も先のことだろう。またこれまでの少数の臨床試験が成功しているからといって、将来も成功が続くとは限らない。

これまでも、遺伝子治療やRNA干渉などの遺伝子編集の先行技術が、医療を変える画期的前進として称賛されながら、数百件の臨床試験によって冷や水を浴びせられる結果となっている。もちろん、遺伝子編集も看板倒れに終わる運命にあるなどということではなく、たんに、現実的な期待と系統的な研究、徹底的な臨床試験によって、過度の熱狂を和らげる必要があるというだけだ。そうしてこそ、CRISPRベースの遺伝子治療の第一波が成功する確率を最大限に高め、危険な副作用のリスクを最小限にとどめることができるだろう。

これを執筆している今も、遺伝子編集治療の分野は、学術、商業両部門で猛烈なペースで拡大している。新しい研究が一日平均五本のペースで発表され、投資家はCRISPRを利用したバイオテクノロジーツールや治療法を開発するスタートアップに、すでに一〇億ドルを優に超える金額を注ぎ込んでいる。

私はＣＲＩＳＰＲにかかわるほぼすべてのめざましい前進に胸を躍らせている――ただし、一つの分野における前進だけは別である。次世代の人類のゲノムを永久的に改変するためにＣＲＩＳＰＲ技術を利用することは、少なくとも生殖細胞系の遺伝子編集がもたらしうる問題について今よりずっと注意深く検討がなされるまでは、差し控えるべきだと考える。安全上、倫理上のすべての問題について理解を深め、より広範な利害関係者に議論への参加を呼びかけるまでは、科学者は生殖細胞系には手を出さない方がよいだろう。だが実のところ、私たち人間が自らの遺伝的運命を先導する知的、倫理的能力を持てるかどうかは、簡単に答えの出せない問題であり、私がＣＲＩＳＰＲの威力に気づき始めて以来ずっと頭を離れない問題でもある。この理由から私は、この章で説明したさまざまな形態の遺伝子編集と、生殖細胞系の編集との間の明確な境界線をはっきり意識するようになった。この境界線をまたぐ前に、私たちはもう一度、そしてさらにもう一度熟考する必要がある。

第7章　核兵器の轍は踏まない

豚の顔を持つヒトラーは私にこう語りかけた。「君の開発した素晴らしい技術の利用法を知りたい」。CRISPRは核兵器の轍を踏むのか？　そうさせないためにも、社会を巻き込んだ議論が必要だ。私たちは「サイエンス」誌に呼びかけの一文を掲載する。

人間の進化を変えてしまう

私が初めてダボス会議に参加する一年ほど前の二〇一四年春、CRISPRの方向性を話し合う国際的取り組みの必要性を肌身に感じるできごとがあった。

遺伝子編集技術としてのCRISPRの有用性を指摘した私たちの論文が「サイエンス」誌に発表されてからまだ二年と経っていなかったが、この技術が開発されたという知らせは、すでに科学界を越えて広く伝わっていた。主流メディアが遺伝子編集研究を華々しく取り上げたせいで、CRISPRは世間にも熱狂を巻き起こしていた。CRISPR技術を使っての応用研究にはますます弾みがついていたが、科学者の多くはこうした議論には加わらず研究室内の研究に没頭していた。遺伝子編集の技術をさらに進化させ、それを新たな方法で試してみるという方向だ。

私とて例外ではなく、バークレーの研究室でチームとともにCRISPRの研究と開発に没頭していたが、一方で、人間の治療に遺伝子編集を用いることの問題点を理解しようと努力もしていた。実際、そうした研究はいくつもの学術研究室で進められていたほか、数社のバイオベンチャーでも始まろうとしていた。ＣＲＩＳＰＲの技術の仕組みを解き明かし、遺伝子編集の秘める莫大な可能性を解き放つために大勢の研究者と一丸となって取り組むことに高揚感を覚えた。自分たちの取り組みが農業から医療までのさまざまな分野にポジティブな進展をもたらしていることに興奮と期待を抱いた。でもときには、この急成長中の分野によからぬ動機で強い関心をもつ人たちのことを考えて、眠れない夜を過ごすこともあった。

この本の共著者で、私の研究室の博士学生だったサム・スターンバーグが、起業家を名乗る女性（仮にクリスティーナと呼ぼう）からメールを受け取ったのも、この頃のことだ。彼女の会社はＣＲＩＳＰＲと関連があり、事業の提案をぜひ聞いてもらいたいと言ってきた。

こうしたメールが来ること自体は、とくに珍しいことではなかった。ＣＲＩＳＰＲの開発と普及が爆発的なペースで進み、バイオテクノロジー市場の多くの分野に画期的成長をもたらすことが明らかになるなか、私たちのもとには遺伝子編集に関わる新しい企業や製品、ライセンス契約の話が、毎週のように持ち込まれていた。でもサムがすぐに気づいたように、クリスティーナのベンチャーは、変わっていた――とても変わっていた。

サムは何もわからないまま、キャンパス近くの高級メキシコ料理店でクリスティーナと会ったが、思わぬ話の展開に戸惑いを覚えた。クリスティーナはメールでは真意をぼかしていたが、顔を合わせると、サムが開発に携わっている技術で何をもくろんでいるのかを臆面もなく話した。

カクテル片手に、クリスティーナは熱っぽく語った。幸運なカップルに、いつか世界初の健康な「クリスパーベビー」を提供したいのだと。ベビーは実験室で体外受精によってつくられるが、特別な特徴を持つことになる。CRISPRで一人ひとりに合わせた遺伝子変異を導入され、遺伝性疾患の発症リスクがゼロなのだという。科学者としてぜひ計画に加わってほしいとサムを口説きながら、ヒト胚に導入するのはあくまで予防的な改変だと、彼女は強調した。サムが計画に加わることになれば、生まれ来る子どもの健康とは無関係な、そのほかの遺伝子強化のことは考える必要はないといった。

具体的な手順や操作の簡単さについて、サムに説明は必要なかった。彼女がほのめかしていた方法でヒトゲノムを編集するには、当時すでによく知られていた技術を組み合わせればよかった。親の卵子と精子を体外で受精させて胚をつくり、そこにあらかじめプログラムしたCRISPR分子を注入して胚のゲノムを改変し、編集された胚を母親の子宮に戻す。残りの作業は、自然がやってくれる。

サムはデザート前に席を立った。もうたくさんだった。クリスティーナはああいったが、サムは胸騒ぎがした。彼女はCRISPRの力と可能性にとりつかれているかのようだった。その目に宿るプロメテウスのような輝きを見て、彼女が良識的な改変に飽き足らず、さらに大胆な遺伝子強化計画をもっているように思われてならなかった。

もしこの会話が行われたのが数年前だったなら、サムも私もクリスティーナの提案をただの妄想と片づけていただろう。遺伝子組み換え人間は、SFのネタとしてはおもしろいし、人類の「自己進化」の可能性を哲学的、倫理的に考察するにはうってつけの題材だ。だがホモサピエンスのゲノムが、大腸菌などの実験室細菌のゲノム並みほど操作しやすくならない限り、そんなフランケンシュタインのような計画は実現しそうにない。

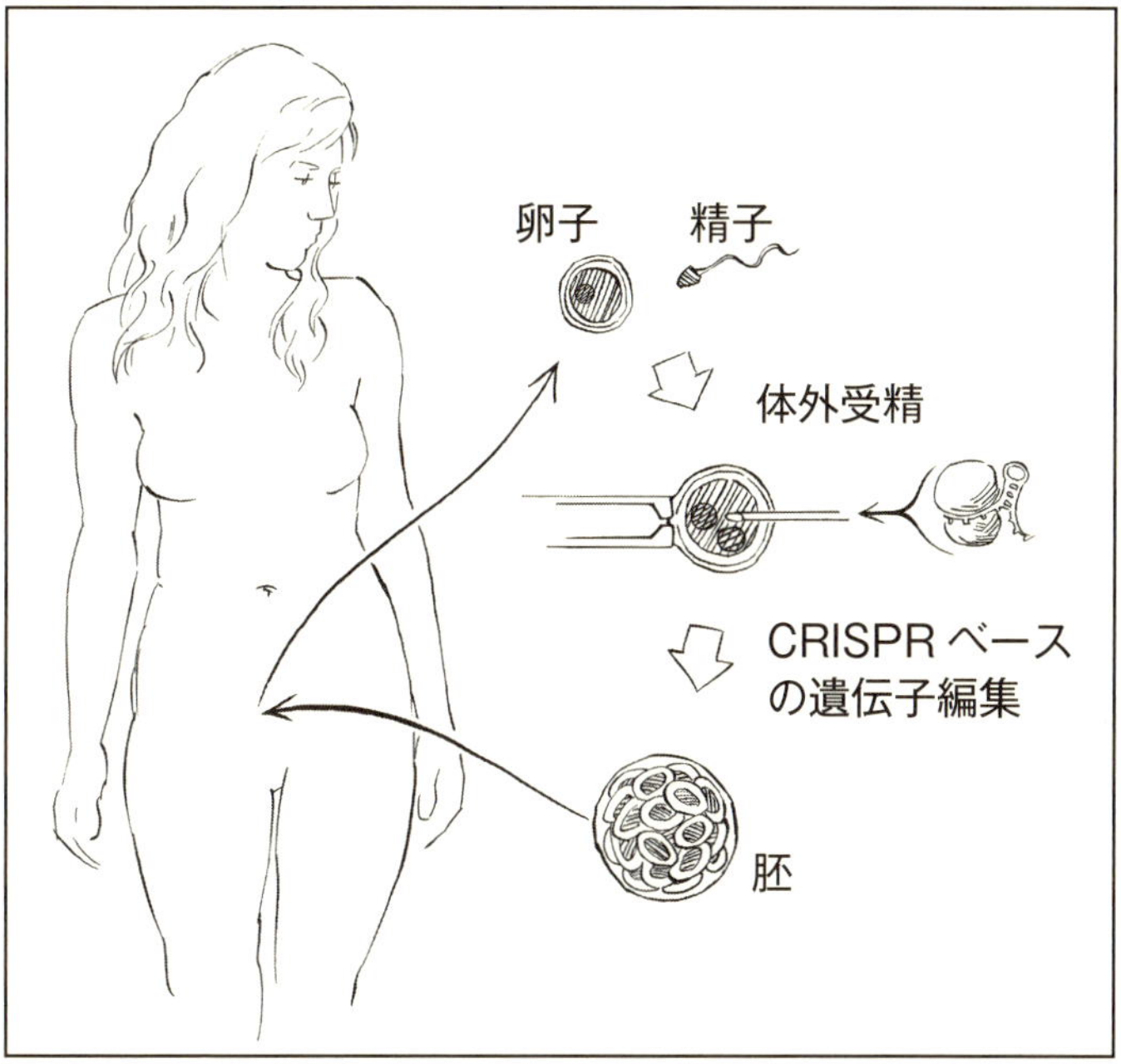

〔図 27〕ヒト胚の遺伝子編集の可能性

ところが今ではもう妄想と笑い飛ばすことはできない。ヒトゲノムを細菌ゲノム並みに簡単に編集できるようにすることこそ、ＣＲＩＳＰＲが実現したことなのだ。現に、サムがクリスティーナに会うほんのひと月前、高精度遺伝子編集技術でゲノムを書き換えられた世界初のサルが誕生していた。ＣＲＩＳＰＲ研究は着実に前進を続け、今やホモサピエンスの進化の戸口に到達していたのだ。[1] このような霊長類への応用や、それ以前に開発されていた昆虫からヤギまでの遺伝子編集動物の数を考えれば、ゲノム改変動物のリストに人間が加わるのも時間の問題に思われた。

私はこの可能性を強く意識し、そして懸念した。遺伝子編集が世界に圧倒的にポジティブな影響を多くもたらすことは否定しようがない。人間の遺伝的性質の解明が進み、持続可能性の高い食料生産や、深刻な遺伝性疾患の治癒が実現するだろう。それでも私はＣＲＩＳＰＲの使われ方に危惧を抱くようになっていた。私たちの発見によって、遺伝子編集は簡単になりすぎたのだろうか？　科学者は、実験の正当性や影響を深く考えもせず、新しい研究分野に見境なく飛びついているのではないか？　ＣＲＩＳＰＲは、とくにヒトゲノムと関わるところで誤用、濫用されることはないだろうか？

とくに不安を抱くようになったのが、いつか近いうちに科学者がヒトゲノムを遺伝しうる方法で改変し始めるのではないかということだ。生きている患者の病気を治療するためではなく、まだ生まれていないか、宿ってもいない子どもの病気の発症リスクをなくす目的で、遺伝子編集が行われるようになることである。まさにクリスティーナがサムに提案したことだ。たとえ彼女がやり遂げなかったとしても、この先誰もやらないという保証はない。

この考えに私は苛まれた。人間はかつてＣＲＩＳＰＲのようなツールをもったことはなかった。ＣＲＩＳＰＲにできるのは、生きている人間のゲノムを変えることだけではない。未来のすべての人間のゲノムをパリンプセスト（上書き可能な羊皮紙）の束に変え、ひと世代の気まぐれでどんな遺伝子コードも消去、書き換えられるようにするのだ。それにクリスティーナのような人がいるのを知って、科学者が深慮もせずに未来の人間のＤＮＡを書き換えてしまう可能性を、誰もが懸念しているわけではないことを認めざるを得なくなった。家族の生殖細胞系から鎌状赤血球形質を根絶するためであれ、治療とは無関係な強化のためであれ、いつか誰かがＣＲＩＳＰＲをヒト胚に使用することは避けられない。そしてそうするうちに、私たちの種の歴史の流れは予想できないようなかたちで変わっていくかもしれない。

　ようやくわかってきた。問題は、遺伝子編集技術で人間の生殖細胞のＤＮＡが変えられるかどうかではない。いつ、どのように変えられるのかが問題なのだと。そしてもう一つ気づいたことがある。未来の人間の遺伝子構成を変えるためにＣＲＩＳＰＲがいつ、どのような形で使われるべきかという問題について意見を表明したいなら、まずＣＲＩＳＰＲによる生殖細胞系の遺伝子編集が、過去の科学的成果と比べてどれほど異質なのかをしっかり理解しなくてはならない、ということだ。過去に行われたヒト生殖細胞系への介入にはどんなものがあり、どう受け止められたのか？　初期の介入は何をめざしていたのか？　また先駆者たち、とくに数世代前の偉大な科学者たちは、私がこれほど懸念している生殖細胞系の操作について、どのように考えていたのだろう？

ヒト生殖細胞系の遺伝子改変をめぐる倫理的な疑問

ヒト生殖細胞系の改変をめぐる論争は、ＣＲＩＳＰＲの登場とともに始まったわけではない。そんなことは断じてない。遺伝子編集技術の萌芽が生まれた頃には、再生医療に携わる医師たちはすでに妊娠を成立させるために胚を意図的に選別し、次世代に受け継がれる遺伝形質を選択していた。そして科学者やジャーナリストはその前から、人間がいつか自らの遺伝子構成を主体的に変えるようになると懸念を持っていた。

その後、遺伝情報の担い手としてのＤＮＡの役割が証明されると、遺伝子コードを正確に操作することの力が理解されるようになった。ただ、それを行うためのツールはまだ存在しなかった。遺伝暗号を一九六〇年代に解読した生物学者のひとり、マーシャル・ニーレンバーグ（その功績から［一九六八年に］ノーベル生理学・医学賞を共同受賞した）は、人類の「自らの生物的運命をかたちづくる力[2]」について、一九六七年にこう書いている。「そのような力は、賢明にも無分別にも、人類の向上のためにも不利益のためにも利用できる」。その力を科学者だけに独占させてはならないという認識のもとに、ニーレンバーグは続ける。「この知識の応用に関わる決定は、最終的に社会によって下されなくてはならない。そしてそのような決定を賢明に下すことができるのは、十分な情報を与えられた社会だけである」。

自制的な科学者ばかりではなかった。その数年後、カリフォルニア工科大学の生物物理学教授だったロバート・シンシャイマーは、「アメリカン・サイエンティスト」誌でヒトの遺伝子改変についてこんなふうに述べている。「人類史に起こった最も重要な概念になる可能性がある。……史上初めて、生あるものが自らの起源を理解し、自らの未来を設計し始めようとしている」[3]。遺伝子工学は、完璧な人間をつくるという昔ながらの夢物語の焼き直しに過ぎないとあざける批評家を、シンシャイマーは一蹴する。「人間は明らかに不完全で欠陥のある生きものだ。これまでたどってきた進化の道筋を考えれば、それは致し方のないことである。……私たちがいま垣間見ているのは、別の道筋だ。それは体内のひずみをやわらげ、欠陥を直接修復する可能性であり、二〇億年の進化がもたらしたこの驚くべき存在を、いまは見通せない遠い未来にわたって、意図的に完璧に近づけようとする試みである」。

シンシャイマーの論説が発表された二〇年後、科学者はシンシャイマーが一九六〇年代には垣間見ることしかできなかった完璧への道筋を、急速に描きつつあった。一九九〇年代初頭には、遺伝子治療の初の臨床試験が始まった。当時の比較的高度な技術をもってしても、ヒト生殖細胞系を正確に操作できないことは明らかだったが、それでも研究者はこの可能性を前に手をこまねいてはいなかった。世界初の遺伝子治療を行った科学者の一人フレンチ・アンダーソンは、体細胞か生殖細胞かにかかわらず、遺伝子治療を強化目的で用いることの危険と倫理的問題について、積極的に発言した人物である。とりわけ、科学者は責任を持ってこの新しい能力を行使できるのか、それとも「ものを分解して喜ぶ少年と大差ない」[4]のだろうかと、彼は問いかけた。「少年は腕時計を分解する知能はあるし、ちゃんと動くように組み立て直すことさえできるかもしれない。だが彼が時計の『改良』を試みたら、どうなるだろう？　時刻をわかりやすくするために、針を大きなものに取り替えるかもしれない。だがもしも新しい針が機械に比べて重すぎたら、時計の進み方が遅くなったり、不規則になったり、あるいはまったく進まなくなる可能性がある。……時計を改良しようとする試みは、おそらく害にしかならないだろう」。

アンダーソンなど有力な科学者の警鐘にもかかわらず、一部の生物学者は人間の遺伝子構成を改変、調整するという考えに、二〇世紀末までずっと情熱を燃やし続けた。ヒトの遺伝子治療の研究開発での躍進や、生殖医療、動物実験、人類遺伝学の三分野での画期的前進が起こるたび、彼ら彼女らは勇み立った。

人間の遺伝子構成の「改良」をいつか夢見る科学者にとって、当時の不妊治療の前進だけでも、有望な前途を予感させるに足るものだった。一九七八年の世界初の「試験管ベビー」ルイーズ・ブラウンの誕生は、人間の生殖がシンプルな実験手順に分解されうることを証明し、生殖生物学の重要な転換点になった。浄化した卵子と精子をシャーレのなかで受精させ、分割するまで胚を育て、それを女性の子宮に戻す、という単純さである。体外受精は、何らかの形態の不妊に悩む親が血のつながった子どもをもつことを可能にする一方、のちに実験室でヒト初期胚に行われるようになる、ほかの操作にも道を開いた。人の命をシャーレでつくれるというのなら、同じ無菌環境で使用される遺伝子改変技術が、いずれヒト胚に用いられるのは目に見えていた。不妊の回避を目的とする研究が、のちにヒト生殖細胞系の編集をめぐる議論の中心となる技術を、図らずも前進させたのだ。

体外受精とクローニング

生殖細胞系の遺伝子改変の実現を夢見る科学者にとっては、動物実験も希望の光だった。二〇世紀の最後の数十年間で、動物ゲノムを操作する巧妙な手法が次々と開発された。クローニング、ウイルスを介した遺伝子導入法、初期の高精度遺伝子編集技術など。一九九〇年代には、マウスの生殖細胞系の特定の遺伝子を操作して、ヒト疾患のモデルマウスを作製することは定番になっていた。こうした手法は、ヒトにそのまま使用することはできなかったが、ZFNやCRISPRなどの新しい技術の土台を築いた。そしてこれらの新技術によって、マウスの生殖細胞系の編集に用いられた粗削りな技術が、ヒトへの応用に耐えうる、合理的で正確な高度に最適化された手法になったのである。一九九六年には世界初のほ乳類のクローン、ヒツジのドリーも誕生した。スコットランドのイアン・ウィルムットらは、成体のヒツジ［ドナー］から採取した体細胞の核（とそれに含まれるすべてのDNA）を、核を取り除いた別のヒツジの未受精卵に挿入し、この雑種細胞に電気刺激をかけて細胞融合を促し、培養により細胞分裂を誘発させてから、代理母のヒツジの子宮に戻すという手順により、ドナーとまったく同じゲノムをもつ雌ヒツジを産み出したのだ。

体外受精とクローニングは、生殖細胞系の遺伝子編集の土台をつくった、飛躍的な技術革新である。これらの技術により、科学者が実験室で卵子と精子を混ぜ合わせて生存能力のある胚を作製できること、しかもたった一匹の動物の遺伝情報を使って胚を作製できることが証明されたのだ。この画期的成果に慌てた世界の規制当局は、生殖目的のヒトクローン作製を禁じる法律の制定を急いだ。しかし、やがて明らかになったことに、ほ乳類のクローン作製は技術的に困難きわまりなく、それを試みることができたのは世界でも一握りの研究室だけだった。体細胞核移植クローン技術は、CRISPRとは異なり、幅広い専門知識や技術が必要なことが足かせとなって、広く普及することはなかった。

最後の点として、未来の人類のDNAを改変するという考えをめぐる熱狂は、人類遺伝学の数々のブレークスルー、とくにヒトゲノムの解析がもたらした当然の帰結だった。このめざましい前進により、それまで謎と考えられてきた病気の根本原因や、一般的な形質（身体的、認知的特徴など）の遺伝子コードが近いうちに解明されるのではという期待が一気に高まったのだ。人の健康や能力にかかわる遺伝因子を完全に理解することができれば、親の遺伝子構成と異なる、いや親よりも優れた胚を選択し、操作することさえ可能になるかもしれない。

少なくとも一部の科学者は、そんな期待を持っていた。私はといえば、生殖細胞系を操作できるという考えをやみくもに煽り立てる、CRISPR以前の時代の手放しの楽観論には懐疑的だった。そうした技術によって、患者の子孫全員から本当に遺伝性疾患を安全になくせるのだろうか、それとも予見できない副次的影響があるのだろうか？　そんな疑問を実験で解き明かすのは到底不可能に思われた。それに、たとえ安全に行えたとしても、医師や患者は治療目的の応用で満足するだろうか、あるいは一線を越えて必要不可欠でない改変にまで手を出すのだろうか？　当時はこうした問いを深く考え抜いたわけではないが、生殖細胞系の問題が持ち上がるたび、頭を悩ませた。

生殖細胞系の遺伝子改変をめぐる熱狂（あるいは受け止める人によっては不安）の高まりを受けて、一九九八年にジョン・キャンベルとグレゴリー・ストックの二人の科学者が、この問題に関する初のシンポジウムをUCLAで開催した。「ヒト生殖細胞系の遺伝子改変」と題したこの会議では、遺伝子治療の草分けフレンチ・アンダーソンや、遺伝子編集の父マリオ・カペッキ、DNAの分子構造の共同発見者ジェームズ・ワトソンなど、そうそうたる研究者が講演を行った。私は出席しなかったが（当時はまだ微小なRNA分子が折りたたまれて複雑な立体構造を形成する仕組みを主に研究していた）、何年も経ってから会議の議事録[5]に目を通し、ヒト生殖細胞系の操作に懸念を抱いていたのが自分一人ではなく、その懸念が今に始まったものではないことを知って、心強く感じたものである。

UCLAの会議で参加者が取り上げた問題の多くは、最近のCRISPRの登場がまたぞろ巻き起こしている生殖細胞系の遺伝子改変に対する懸念と同じものだった。たとえば同意、不平等、アクセス、将来の世代への意図せざる影響といった問題である。当時の研究者も、今日の憂慮する科学者と同様、科学者によるヒト生殖細胞系の改変は、自然の法則あるいは神の掟の侵害ではないのか、そうした取り組みは優生学につながるのではないか、といった難しい問題に正面から向き合っていた。優生学とは、二〇世紀初頭に支持を集め、その後主流科学によって徹底的に否定された一連の誤った信条や実践を指す。しかし一九九八年のシンポジウムの参加者は、こうした重苦しい倫理的問題を考えつつ、あるいはそうした問題を考察したにもかかわらず——というべきかもしれないが、新しい画期的な科学技術を人類向上のために役立てるという、極度に楽観的な期待に沸き立っていたことが、はっきり見てとれるのだ。パネルディスカッションのテーマは、病気の根絶、重篤な遺伝性疾患の回避、自然進化の過程の改善といったものが主で、影響の深刻さを鑑み、何らかの介入が正当化されてしかるべきだという意見が大勢を占めていた。

その数年後にアメリカ科学振興協会が発表した、ヒト生殖細胞系の遺伝子改変に関する報告書[6]は、それよりずっと慎重なスタンスをとり、生殖細胞系への介入は（まだ）安全に、または責任を持って行うことはできず、倫理的に重大な懸念があり、生殖細胞系の遺伝子改変が能力強化の目的で行われるリスクがとくに問題である、と結論づけた。さらにその数年後、遺伝学・公共政策センターも同様の結論に達したが[7]、今後有効な手法が開発されれば、特定の用途に対する消費者のニーズが高まる可能性があるとも指摘している。

着床前診断

これらの会議や報告書に加えて、もう一つ、のちにＣＲＩＳＰＲの誕生で再燃する遺伝子改変の目的をめぐる論争の前触れとなるできごとがあった。それは、親が子どもに受け継ぐ遺伝物質を、限定的とはいえ選択できる医療処置の登場である。

体外受精の技術が開発され、受精の営みが実験室での単純な手順と化した結果、ヒトの初期胚もほかの生体試料と同じように、ＤＮＡ解析の対象になった。通常、父親と母親がそれぞれのＤＮＡの五〇％ずつを子どもに伝えるため、子が受け継ぐ染色体と遺伝子は本質的にランダムである。だが実験室で多くの卵子と精子を使って複数の胚を生み出せるようになると、事情は変わった。ランダムな胚を母親に移植する代わりに、体外受精ではまず複数の胚のＤＮＡを解析して、最も健康なゲノムをもつ胚を選ぶことができる。着床前遺伝子診断（ＰＧＤ）と呼ばれる手法である。

もちろん、出生前診断は自然妊娠でできた胚に対しても行われていて、そうした診断を受ける人は近年ますます増えている。羊水穿刺で採取した羊水や母親の血液サンプル（微量の胎児ＤＮＡが含まれる）を用いて、ダウン症などの染色体異常や、特殊な病気の原因遺伝子変異を調べることができる。だがここでも倫理的な問題は避けられない。もし出生前診断で胎児の遺伝子異常が判明した場合、選択肢は一般に妊娠を続けるか、中絶するかの二択である。選択的妊娠中絶をめぐる論争を考えれば驚くことではないが、この種の診断の是非は激しい議論の的となっている。

これに対して、ＰＧＤは、妊娠が成立する前に胚を選択できるため、そうした難しい問題に迫られることがない（ただしこの診断を受けるには受精が体外で行われる必要があり、それにはコストがかかり、母親から外科的な方法で卵子を採取する必要がある）。ＰＧＤは技術的にまだ問題が残るものの、全体としてみれば遺伝性疾患の回避に効果があるため、不妊のために体外受精を検討する親たちにとって、すでに魅力的な選択肢となっている。ただしこの技術は妊娠中絶の倫理的問題を回避できるとはいえ、独自の哲学問題をはらんでいるのだ。

ＰＧＤは当初、医療目的の男女産み分けのために用いられていた。Ｘ染色体上の遺伝子の突然変異が原因で起こるＸ連鎖性疾患は、女児になる胚を選ぶことで回避できる。だが善意のもとに開発された手法とは言え、親が子どもの性別を選べるという点を――とくに女子が男子ほど望まれない国が多いという現実に照らして――問題視する人や規制当局が多かった。今日では男女産み分け目的でのＰＧＤの利用は、多くの国（インド、中国など）で法律で禁じられているか、Ｘ連鎖性疾患を回避する目的でのみ許可されている（イギリスなど）。だがアメリカでは合法であり、多くの不妊治療院が、緊急な医療上の理由がない親にも、選択肢の一つとして勧めている。

ＰＧＤはほかの物議を醸す目的にも使用されている。その一つが、いわゆる「救世主弟妹」の作製である。母の子宮に移植されたその瞬間から、自分の人生を生きるだけでなく、兄姉に臓器や細胞を提供する役目を背負わされる存在だ。またいつかそのうちに、親は子どもの病気のかかりやすさや性別にとどまらず、行動や身体的外見、知能などの形質まで選択できるようになるかもしれない。遺伝子型と表現型（形質）の相関が次々と明らかになり、ＰＧＤ技術の改良がますます進むなか、不妊治療院がこの種の遺伝情報を利用して、親が最も望ましい、または最も「優れた」胚を選ぶ際に、さらに多くの選択肢を提供してはいけない理由があるだろうか？

三人の親からのＤＮＡを受け継ぐ「ミトコンドリア置換療法」

このような遺伝子検査がもつ意味合いはとてつもなく大きいが、ＰＧＤは生殖補助医療技術としては最新のものでも最先端のものでもない。その誉れを受けるのは、「ミトコンドリア置換療法」、通称「三人親の体外受精」だ。驚くことに、この手法で生まれる子どもは二人ではなく、三人の親（一人の父親と二人の母親）からＤＮＡを受け継ぐことになる。この治療法はミトコンドリア病という、治療法が存在しない遺伝性疾患を予防するために行われるもので、一人めの女性の卵子の核を、核を取り除いた二人めの女性の卵子に移すという処置だ。二つめの卵子には核はないが、ミトコンドリアがある。そしてミトコンドリアにも少量のヒトゲノムが含まれるため、生まれてくる子どもは三人の親の遺伝子を受け継ぐ。核ゲノムを提供する母親（おそらく子どもを育てる母親）と、核を摘出した卵子とミトコンドリアゲノム（少量だが重要な遺伝子の集まり）を提供する母親、そして精子ともう一セットの核ゲノムを提供する父親の三人だ。

ミトコンドリア置換療法は、マウスとサルで有効性が確認され、すでにヒトの卵子でも置換に成功していて、安全性についてはまだ課題があるものの、臨床応用が近い。イギリスでは、不妊研究と治療を監督する諮問機関が二〇一四年の報告書でミトコンドリア置換療法を支持し、二〇一五年に議会が移植を承認したことで、世界で初めて臨床応用が認められた。[8] アメリカがこれに続く日も近いかもしれない。二〇一六年初頭にアメリカ科学医学工学アカデミーは食品医薬品局（ＦＤＡ）に対し、三人親の体外受精の臨床試験を承認するよう勧告した。[9]

ＰＧＤや三人親の体外受精のような手法は、親が健康な子どもをもてるようにするために、科学界と医学界が倫理の限界を押し広げようとしていることの表れである。三人親の体外受精も、生殖目的のクローニングと技術的には大差ないにもかかわらず、大きな異論を呼んだクローニングに比べ、哲学的、規制上の問題が十分吟味されていない。それに三人親の体外受精は、ヒトゲノムを不可逆的に改変し、将来の世代に永久的に受け継がれるような方法で生殖細胞系を操作する。それでも規制当局は、この生殖医療法にゴーサインを出したのである。

こうした事例について読むうちに、いろいろな疑問が頭をもたげた。規制当局や研究者は、ＣＲＩＳＰＲがヒトゲノムに遺伝可能な変更を加えるために使われても、同じように安心していられるだろうか？　不妊治療医は、どんな親の組み合わせでもなしえない遺伝子の多様性を持って胚のゲノムを強化することを肯定できるのだろうか？　遺伝子を強化する技術を手に入れたなら、しばし立ち止まって起こりうる影響をじっくり考えるだろうか？　それとも、新たな能力にわれ先に殺到し、隠れて利用されれば制御が利かなくなる遺伝子ツールに手を出すのだろうか？

ＣＲＩＳＰＲふたつの危険

教授と生化学者としての毎日を送りながらこうした問題について考える習慣は、私にはなかった。大学院の願書にはたしかに「科学コミュニケーション〔社会との対話〕に関心がある」などと書いたが、本音を言えば自分の研究がもたらす理論的、長期的影響について考え、それを科学者でない人たちに説明するよりも、実験室で作業をしたり新しい実験を進めたりする方がずっと好きだった。それに自分の研究分野に深く関わるうちに、専門家同士で話すことが増え、それ以外の人たちとの接触は減っていった。そうしていつしかありがちな罠に陥っていた。科学者に限ったことではないが、私たちは自分と似た人たち、自分と同じ言語をしゃべり、同じ問題を抱える人たちと一緒にいるのが一番居心地がいいのだ。

だがCRISPRが新しい遺伝子編集手法として有効であることを示す論文を共同で発表してから二年ほど経った頃、こうした大局的な問題にもはや目をつぶれなくなっている自分に気がついた。科学者が多様な動物種の遺伝子の編集にCRISPRを利用し、ツールの能力を高めていく様子を目の当たりにするうちに、いつかどこかの研究者がCRISPRで人間の卵子や精子、胚を編集し、未来の人間のゲノムを永久的に書き換える日はそう遠くないと実感した。だが信じがたいことに、この可能性を問題視している人は誰もいないようだった。遺伝子編集の革命は、その影響をこうむる人たちの陰でひそやかに進行していた。研究分野が爆発的に成長していたにもかかわらず、身近な研究仲間を除けば、CRISPRのことを知り、この先何が起ころうとしているかを理解している人は、誰一人いないように思われた。そのせいで仕事とプライベートの生活の間に断絶が生じ、ついにはそれが目に見えるほどになった。日中は専門家と意見を交わし、夜になれば隣人たちと食事をしたり、PTAの親たちと談笑しながら、二つの世界の住人たちがお互いについてあまりにも知らないことに愕然とした。イギリスの当局者がミトコンドリア置換療法についてオープンに議論していたというのに、私ときたら、自分が共同開発した技術の周りでくすぶっていた倫理の嵐を避けて通れるだろうかと、一人悩んでいた。

とはいえ私は、科学者や医師がヒトゲノムに遺伝可能な変化を導入するために遺伝子編集ツールを使うことに、一概に反対ではなかった。もちろん、哲学上、実際上、安全上の問題（次章でくわしく取り上げる）について徹底的に議論し、意見を戦わせる必要があるのはたしかだが、どの問題一つをとっても、使用を全面的に禁止すべき理由には思えなかった。私がそれよりずっと懸念していたのは、具体的な二つの危険である。第一に、科学者が適切な監督が行われていない状況で、またリスクが十全に考慮されないうちに、十分に考え抜かれていない無謀な実験を通して、時期尚早にＣＲＩＳＰＲを導入してしまうこと。そして第二に、ＣＲＩＳＰＲが効果に優れ使いやすいがゆえに、濫用または悪用される危険である。

ブタ顔のヒトラーに協力を求められる

誰によってどのように悪用されるかは予測しがたい。だがこうした問題を深く考える前の二〇一四年春頃でさえ、私の無意識は悪夢というかたちで答えを出そうとしていた。その一つが、あの津波の悪夢である。

別の夢も見た。同僚が私のところにやって来て、誰かに遺伝子編集技術の仕組みを説明してほしいという。彼のあとについて部屋に入ると、なんとそこには本物のアドルフ・ヒトラーがすわっていた。しかも顔はブタで（たぶん、この頃ＣＲＩＳＰＲで編集されたブタゲノムのことばかり考えていたせいだろう）、メモをとるための紙とペンまで用意して、私を待ち構えていたのだ。彼は私をじっと見つめながら言った。「君が開発したすばらしい技術の利用法や意義をぜひとも知りたいのだよ」[10]。

あまりに恐ろしい容貌と気味の悪い要求に、ゾッとして飛び起きた。暗闇の中で動悸を抑えながら、悪夢が残した不吉な余韻をいつまでもぬぐえなかった。人間のゲノムを書き換える能力は、とてつもない力だけに、よからぬ者の手に渡れば大変なことになる。この頃になるとCRISPRは世界中の利用者に普及していたため、なおさら恐怖を感じた。数万セットのCRISPR関連ツールが数十カ国に出荷されていたし[11]、ほ乳類（少なくともマウスとサル）に自在な変異を導入するために必要な知識とプロトコル[12]は、多くの公開論文で詳細に説明されていた。そのうえCRISPRを利用していたのは世界の数百の学術・民間研究機関だけではない。数百ドル出せば誰でもオンラインで購入できる[13]のだ。もちろん、一般向けのCRISPR遺伝子編集キットは細菌と酵母の遺伝子を編集するだけだが、技術がごくシンプルで、動物ゲノムを使った学術実験が当たり前に行われていたことを考えれば、バイオハッカーが人間などの複雑な遺伝システムを操作する[14]というのは、ありえない話ではなかった。

私たちは何をしてしまったのだろう？　エマニュエルと私、研究仲間は、CRISPRの技術が遺伝性疾患の治療に用いられ、人の命を救うことを思い描いていた。でもいまや、私たちのこれまでの努力が悪用される事態ばかりが頭に浮かんだ。何もかもが猛烈な速さで進んでいて、いったん歯車が狂いだすと一気に大変な事態になりそうなことに圧倒され、自分がフランケンシュタイン博士になったような気さえした。私は怪物を生み出してしまったのだろうか？

不安はそれだけではなかった。科学者が透明性の高い研究を行うとは限らなかった。科学研究は世間から隔絶して行われるのではない。応用科学はとくにそれが顕著で、画期的前進は社会にダイレクトに影響を与える。ＣＲＩＳＰＲ分野の研究者は、一度行ったが最後二度と元の状態に戻れなくなる、「ルビコン川を渡る」ような実験をする前に、研究をオープンに行い、一般市民を啓蒙し、実験が与えうるリスクと利益、影響について社会全体を巻き込んだ議論を行うべきだと、私は強く思った。

ＣＲＩＳＰＲに関していえば、公の議論は科学研究の猛烈なペースにまったくついてきていなかった。もしも遺伝子編集がオープンに検討されないままヒトでの実験が行われれば、激しい反発が起きかねない。そしてそのせいで遺伝性疾患に苦しむ成人患者の治療などの、より喫緊で異論の少ない応用が阻まれ、棚上げにされるおそれがあった。そんなことを考えるうちにさらに不安は募り、今後の指針となるものを求めて奔走した。

私がＣＲＩＳＰＲの問題を核兵器になぞらえて考えるようになったのも、この頃である。原子力は、とくに第二次世界大戦中、科学が秘密裏に前進し、またその利用法に関する議論が十分に行われないまま研究が推進された分野だ。元バークレーの物理学教授で原爆の父と称されるＪ・ロバート・オッペンハイマーは、戦後開かれた安全保障に関する一連の公聴会で、まさにこのことを主張した。彼は核兵器開発競争の自制を堂々と呼びかけたために（また共産主義者を支援していたこともあり）、政治家の怒りを買った人物だ。ソ連による初の核実験に対するアメリカの反応と、破壊力のさらに高い水爆の開発への意見を求められ、彼はこう述べた。「（科学者は）技術的に甘美なものを見つけたら、まずやってみる、それをどう使うかなどということは、成功した後の議論だ、と考えるものです。原爆では、まさにそうだった。原爆の製造自体に反対した人は誰もいなかったように思います。つくられた後で、それをどう扱うかについての議論が多少なされただけです[15]」

オッペンハイマーの言葉を知って、さらに良心が痛んだ。私たちはいつかＣＲＩＳＰＲと遺伝子組み換え人間について、同じことを述べるのだろうか。ヒトの遺伝子編集が、原爆投下ほど壊滅的な影響をおよぼさないのはほぼまちがいないが、研究を性急に進めることには弊害があるだろう。少なくとも、社会の信頼を失うことだけはたしかだ。実際、遺伝子組み換え農産物に対する不安や反感の広がりを考えると、生殖細胞系の遺伝子改変についての情報の欠如や誤情報の蔓延のせいで、ＣＲＩＳＰＲを安全で必要不可欠な用途のために使おうとする試みまでもが妨げられることが危惧された。

そんなシナリオを思いめぐらすうちに、何とかして先手を打てないだろうかと思い始めた。事前に手を打って、自分が共同開発したこの技術について、率直でオープンな意見交換を始める方法を見つけたかった。私たち憂慮する科学者は、核兵器のように事後的にではなく、大混乱が生じる前に対策を講じて、ＣＲＩＳＰＲを自滅から救えるだろうか?

７０年代の遺伝子組み換え技術の誕生時に先人たちはどうしたか?

この問いに対する答えを求めて、バイオテクノロジーの歴史上のもう一つの重要な転換点に目を向けた。当時は科学界の内外に慎重論が巻き起こった。この懸念を引き起こしたのも遺伝子工学のブレークスルー、すなわち組み換えＤＮＡ技術の誕生である。このとき科学者は自らの研究が不用意に害をおよぼすことのないよう、事前に手を打ち、そして成功したのだ。

一九七〇年代初め、遺伝子組み換え（ジーン・スプライシング）という、生まれたばかりの技術で大きな前進があった。遺伝子組み換えとは、異種の生物から抽出した遺伝物質の断片を化学的に結合または組み換えて、まったく新しい合成DNA分子を作製することをいう。この偉業を初めて成し遂げたのは、スタンフォードの生化学者でのちにノーベル賞を受賞したポール・バーグだ。このとき彼が組み合わせたのは、バクテリオファージの一種であるλ（ラムダ）ファージ、大腸菌、そしてサル由来のウイルスであるシミアンウイルス40（SV40）のそれぞれから得たDNAである。[16]バーグはこれらウイルスと細菌のDNAを組み合わせてできた雑種のミニ染色体を細胞に導入して、通常とは異なる環境で発現した遺伝子の機能を調べようとした。

しかしこのときバーグやほかの研究者は、遺伝物質の組み換え実験が予測不能で重大な危険を多くはらんでいることに気がついた。最も懸念されたのが、もし合成DNAが適切に封じ込められず、実験室の外に漏れてしまった場合にどうなるか、ということだ。バーグは当初、合成DNAを大腸菌の実験室株に組み込むつもりだった。しかし人間の消化器系には数十億個の無害の大腸菌が存在し、遺伝子組み換え大腸菌が体内に入るようなことがあれば、人体に害をおよぼすおそれがあった。さらに、SV40ウイルスはマウスに腫瘍をつくることが知られていたため、万一SV40のDNA断片が新たながんを起こす病原体をつくり、それが環境に放出された場合、ヒトやその他の種にがんを引き起こす遺伝子や抗生物質耐性が拡散する可能性もあった。

このような懸念から、バーグの研究チームは実験を中断し、会議の開催を呼びかけた。カリフォルニア州パシフィック・グローブのモントレー半島西端にある美しいアシロマ・カンファレンス・グラウンズで、二度にわたって会議が行われた。研究をこれ以上進める前に、その利益と代償をほかの科学者たちと徹底的に検討することが狙いだった。

のちに「アシロマⅠ」と呼ばれるようになった一九七三年の第一回会議では、がんウイルスのＤＮＡとそのリスクに焦点が当てられ、バーグが検討していた新しい組み換えＤＮＡ実験が直接とりあげられることはなかった。しかし同年、とくに遺伝子導入に照準を合わせた別の会議が開かれた。そして会議で提起された懸念をふまえ、科学アカデミーはこの新技術を検討する「組み換えＤＮＡ分子に関する委員会」の設置を正式に決める。委員会の議長に任命されたバーグは、一九七四年にＭＩＴで委員会を開催し、その後まもなく「組み換えＤＮＡ分子の潜在的なバイオハザード」と題する注目すべき報告書が、委員会から発表された。[17]

「バーグ書簡」の通称で知られるこの報告書は、委員会が最も危険と見なした実験の世界的モラトリアム（一時停止）を要請するという、思い切った内容だった。その実験とは、抗生物質耐性をもたない細菌に耐性を持たせることを目的とするもの、および動物にがんを起こすウイルスを使って雑種ＤＮＡをつくることを目的とするものである。規制当局や政府の制裁措置がないなか、科学者が特定の種類の実験を自粛したのは、科学史上初めてのことだった。

バーグ書簡にはほかに三つの提言があった。第一に、動物とファージのＤＮＡの結合を目的とする実験には慎重な姿勢をとること、第二に、組み換えＤＮＡに関する今後の問題を監督する諮問委員会の設置をＮＩＨに提言すること、そして第三に、国際会議を開催して、世界中の科学者と最近の研究成果を検討し、組み換えＤＮＡがもたらしうる危険に対処する方法について意見交換することである。この最後の提言をもとに、一九七五年二月に再びアシロマで、「組み換えＤＮＡ分子に関する国際会議」（アシロマⅡ）が行われた。

アシロマⅡについては多くのことが書かれている。[18] 参加者は約一五〇人で、ほとんどを科学者が占めたが、法律家や政府関係者、報道関係者も参加した。議論はときに白熱し、組み換えＤＮＡ実験に関連する危険について、生物学者の間で意見が割れたこともあった。モラトリアムを性急に終わらせるべきでない、また特定の実験についてはリスクについて十分な情報が得られるまで禁止を続けるべきだ、といった主張も聞かれた。リスクはあったとしてもごくわずかで、適切な安全措置があれば防げないリスクはないという意見もあった。最終的にバーグらは会議の結論として、ほとんどの組み換えDNA実験は適切な安全措置の下で継続されるべきだとし[19]、特定の遺伝子組み換え生物を封じ込めるための生物学的、物理的障壁の設置を呼びかけたのだった。

このような決議の重要性はいうまでもないが、アシロマⅡは科学者と一般市民とのつながりを築いたという点でも意義深かった。会議に参加した報道関係者は、科学者の議論を読者や視聴者に広く伝えた。この透明性のおかげで、一部の科学者が恐れた猛烈な反対や大混乱、研究の足かせとなる制約を招くこともなく、最終的にコンセンサスが生まれ、研究は世論の支持のもとで継続されたのである[20]。

アシロマⅡには批判がないわけではない。会議は招待者限定で行われ、科学者以外の参加者は少数だったため、科学界の外に十分な影響力をおよぼさなかったという指摘がある[21]。またバイオセキュリティや倫理といったテーマが議題から外れていたという批判もあった[22]。おそらく最大の批判は、この新技術のリスクやメリット、倫理的問題を最もよく評価し、対処できるのは専門家なのだから、門外漢には口出しされたくない、という科学者の姿勢に対するものである。アリゾナ州立大学の科学史家ベンジャミン・ハールバットもこう述べている。「このやり方は民主主義をはき違えている。私たちが思い描き、民主主義を通して表現する未来像こそが科学技術を決めるべきであって、その逆はありえない。科学と技術は社会のしもべだとよくいわれるが、その公約を重々しく受け止めてほしい。私たちの世界にとって何が正しく、何が適切か、また何が社会の倫理的基盤を脅かすかを思い描くのは、民主主義の仕事であって、科学の仕事ではないのだ[23]」。

どんな科学技術についても、その使われ方を決めるのは社会全体であって、個人や集団の科学者ではないという考えに、私は全面的に同意する。だがこの考え方には難がある。社会は理解していない技術や何も知らない技術については、決定を下せないのだ。そんなときバーグらが行ったように、画期的発見を広く世に知らしめ、一般市民がその影響を理解しどのように使うべきかを決められるように、その技術的成果をわかりやすく説明するのは、科学者の務めである。遺伝子組み換え技術が初めて開発されたときも、ほとんどの生物学者はその存在すら知らなかった。そのため、この技術がどんなもので、実用化に向けてどのような実験が必要なのかを理解している専門家のコミュニティのなかで、議論を始めざるを得なかったという事情がある。バーグらは議論を公開し、メディアに協力を求め、一般市民が理解しやすいかたちで技術を説明してもらうことにより、科学者と一般市民の間の壁を崩し、そのことが「組み換えDNA諮問委員会」という規制当局の創設につながったのだ[24]。諮問委員会はその後の組み換えDNAの研究と臨床応用の監督において主体的な役割を果たした。

それから四十数年後の二〇一四年初頭、CRISPRと、また遺伝子編集技術全般に関して、同じ姿勢で臨む必要があると私は思い立った。CRISPRはすでに世界中の科学界に野火のように広まっていた。高精度遺伝子編集技術は、誕生以来のその短い歴史のなかで多岐にわたる動物種に利用されていて、そうしたすべてを勘案すると、治療用途でのヒト体細胞への適用も間近に思われた。しかし科学者と一般市民は、この技術がヒト胚に用いられるという、非常に現実味のある可能性が目に入らないようだったし、生殖細胞系の遺伝子編集の重大性には見るからに気づいていなかった。

生殖細胞系の編集に関するオープンで率直な議論を、速やかに開始する必要があるのは明らかだった。そしてその議論は、私自身が率先して始めるべきだ。組み換えＤＮＡの研究のリスクが明らかになった際にバーグらが警鐘を鳴らしたように、私も居心地のよい研究室を飛び出して、私たちの研究がおよぼす影響について、広く知らしめなくてはならない。そうしてこそＣＲＩＳＰＲは、その影響がまもなく生活におよぼうとしている人たちによって十分に理解されるだろう。そうしてこそ、最悪の事態を免れることができるだろう、と私は願った。

ＣＲＩＳＰＲの社会的規制について考える会議を組織する

私のような科学者が、自分の守備範囲のテーマで学術会議を主催することはよくある。しかし、自分の研究がおよぼす幅広い影響についての対話を自ら先導し、しかも反応速度論や生物物理学的メカニズム、構造・機能関係といったなじみ深いテーマではなく、政策や倫理、規制といった問題に関する議論を指揮するのは、まったくもって別の話だ。そんな役割を担ったことは一度もなく、最初は戦々恐々としていた。

さいわいなことに、一人でやる必要はなかった。ちょうどその頃、遺伝子編集技術の推進をめざす研究機関、イノバティブ・ゲノミクス・インスティテュート（ＩＧＩ）をベイエリアで立ち上げたところだった。そしてバーグがアシロマで主催したような会議を開催するのに、ＩＧＩがうってつけの立場にあることに気づいたのだ。だが最初から長期間の会議を開いて、何もないところからいきなり結論を導こうとするのではなく、まずは自然発生的な対話を促す必要がある。そこで二〇人ほどを招待して、小規模な一日限りのフォーラムを開くことに決めた。このフォーラムのさしあたっての目標は、私が考えるに、白書の作成だ。今後の方針を示し、遺伝子編集の問題に関する議論に加わるよう、より多くの利害関係者に呼びかける報告書をまとめる必要があった。バーグが一九七四年にMITで開催した会議のように、この最初の会議(最終的に「生命倫理学に関するIGIフォーラム」の名称に決まった)が呼び水となって、ずっと大規模で包括的な会議が開かれることを期待した。

会議の日程を二〇一五年一月と定め、バークレーから北へ一時間ほどのところにある、ワインの産地として有名なナパバレーのホテル、ザ・カーネロス・インを会場に選んだ。フォーラムの開催を手伝ってくれたのは、UCサンフランシスコ校の親しい同僚でIGIの共同代表を務めるジョナサン・ワイスマン、バークレーの同僚でIGI管理ディレクターのマイク・ボッチャン、IGI科学ディレクターのジェイコブ・コーン、バークレーの名誉教授でバイオテクノロジー企業チロンの共同設立者エド・ペンホートである。最初の招待状のうちの一枚を、スタンフォード大学名誉教授のポール・バーグその人に送り、出席の返事を受け取ったときには天にも昇る思いだった。バーグの研究仲間で、カリフォルニア工科大学教授のノーベル賞受賞生物学者デイビッド・ボルティモアも来てくれることになった。彼は一九七四年の会議に参加したうえ、組み換えDNA研究のモラトリアムを呼びかけた文書の共同執筆者でもあり、アシロマIIの議論では中心的役割を果たした。ポールとデイビッドの参加を得たことで、私にそもそものきっかけを与えてくれたあの会議と直接のつながりをもつことができた。何より、お二人の優れた知見は、これからの険しい道のりを歩むうえで心強い指針になるだろう。

ほかに出席を約束してくれたのが、ウィスコンシン大学マディソン校法学・生命倫理学教授アルタ・チャロ、ＣＲＩＳＰＲ以前の時代の遺伝子編集技術の草分け的存在ダナ・キャロル、ボストン小児病院の幹細胞研究者ジョージ・デイリー、ＩＧＩプログラムディレクターのマーシャ・フェンナー、スタンフォード大学法律・生命科学センター所長ハンク・グリーリー、ＵＣバークレー校名誉教授で元生物科学部長のスティーブン・マーティン、ＵＣサンフランシスコ校小児科教授ジェニファー・パック、映画プロデューサー・監督のジョン・ルービン、この本の共著者で当時博士号の学生だったサム・スターンバーグ、ＵＣサンフランシスコ校教授でＩＧＩ管理ディレクターのキース・ヤマモトである。招待されたが欠席した科学者も数人いた（ジョージ・チャーチとマーティン・イーネックの二人は、欠席したが、会議後に発表された文書に署名した）。

会議は二〇一五年一月二四日に開催され、幅広いテーマに関して白熱した議論が行われた。一七人の出席者は正式なプレゼンテーションを行った。テーマは遺伝子治療、生殖細胞系の遺伝子強化、遺伝子組み換え製品に対する既存の規制、そしてＣＲＩＳＰＲの詳細について。これらのプレゼンテーションよりもいっそう興味深かったのが、遺伝子編集の将来についての自由討議だった。私がそれまで一人でしか考えたことのなかったテーマを網羅し、熱っぽく、創意あふれる対話になった。

会議の結論を要約する白書のオーサーシップ（誰を著者にするか）を決める際、白書の対象読者とめざす成果についても話し合った。生殖細胞系の遺伝子編集におけるＣＲＩＳＰＲの役割だけでなく、ＣＲＩＳＰＲの使用がおよぼすあらゆる影響を、たとえば新しい種類の遺伝子組み換え生物（ＧＭＯ）やデザイナー生物といったことまでも扱うべきだろうか？　ＣＲＩＳＰＲは生殖細胞系の遺伝子改変について、これまでになかった新しい問題を実際にもたらしているのか、それとも先行技術とはたんに度合いが違うだけなのか？　そして私たちは生殖細胞系の遺伝子編集に強く反対する立場をとるのか、それとも将来的な利用の可能性を残しておくのか？

こうしたことを話し合ううちに、徐々にコンセンサスが生まれた。白書の焦点は、とくにヒト生殖細胞系への遺伝子編集技術の適用に置くことに決めた。体細胞の遺伝子治療は過去二〇年以上にわたって行われており、初期の遺伝子編集技術もすでに臨床試験で体細胞に用いられていた。生殖細胞系の遺伝子編集こそが、利用例がまだほとんどなく、最も公の議論が必要な分野だということは明らかだった。私たちの考えでは、これはかつてヒト生殖細胞系の編集をほぼ不可能にしていた技術的ハードルが、ＣＲＩＳＰＲによって引き下げられたことが大きい。生殖細胞系の遺伝子改変をテーマに多くの本が書かれ、また一九九八年のＵＣＬＡでの会議やあまたのＳＦ小説で最悪のシナリオが検討されてきたとはいえ、ＣＲＩＳＰＲ以前はヒト生殖細胞系の正確な編集は現実的に不可能だった。今や、状況は一変していた。このことを痛感したのは、ＣＲＩＳＰＲを使ってヒト胚を改変する研究を報告する科学論文の原稿が、すでに主要学術誌に出回っていると、参加者の一人に聞いたときである。この研究は、もし本当なら、ヒトに成長する可能性のある胚のゲノム上のＤＮＡ配列を、科学者が意図的に改変した初めての事例になる。

私たちが声明を出すべき時があるとすれば、それはまさに今だった。だがどのような立場を表明すべきだろう？　ヒトゲノムに遺伝可能な改変を行うことが安全なのかどうか、私たちの多くは確信が持てなかった。何か一つでも間違いがあれば、患者とその子孫に深刻な影響がおよびかねないからだ。その種の改変が倫理的に妥当かどうかは、また別の問題である。議論は午後までもつれ込み、社会的公正や生殖の自由の問題、優生学への懸念などが話し合われた。科学がこの方向に向かって進むことを警戒する人もいれば、遺伝子編集には、少なくとも理論上は問題はないと感じる人もいた。安全性と有効性が証明され、かつ利益がリスクを明らかに上回るならば、遺伝子編集にほかの治療法より高い基準を要求するのはおかしいのではないかと彼らはいう。

だが最終的に、これは私たちが下すべき決定ではないと判断した。生殖細胞系の遺伝子編集に対して一般市民がとるべき姿勢を示すのは、この部屋にいる一七人ではない。私たちの責任は二つあると考えた。第一に、生殖細胞系の編集が新たな社会問題であり、私たちは社会としてそれに向き合い、調査、議論、討論する必要があることを、一般市民に知らしめなくてはならない。第二に、この技術にすでに精通し、積極的に新しい方向に推し進めようとしている科学界に対しては、この種の研究を自粛するよう呼びかけなくてはならない。ヒト生殖細胞の改変を伴うあらゆる研究活動、とくに臨床試験に性急に取り組むことのないよう、仲間たちに呼びかけることが何より重要だと私たちは考えた。要するに、生殖細胞系の遺伝子編集の社会的、倫理的、哲学的影響が適切に、徹底的に、またできるならば世界規模で議論されるまで、科学界に一時停止ボタンを押してほしかったのだ。

続いて、これらの目標をどうすれば達成できるかを考えた。主要紙に論説を投稿するか、記者会見を開くか、それとも学術誌にパースペクティブ論文（オプエド［新聞の寄稿文］の学術誌版）を投稿するか？　多少の意見の対立はあったが、最後の選択肢に落ち着いた。第一線に立つ研究者の耳目を集めるには、おそらくこれが一番の方法だろうし、主要学術誌が大きくとりあげる論説には、有力なメディアが飛びつくことが多い。そして私たちの会議は生物学の最もホットな話題に焦点を当てていたため、論文が反響を呼ぶことはまちがいなかった。

私たちはパースペクティブの概要を確認して会議を締めくくった。そしてこれを「サイエンス」誌に投稿することにした。そうすれば詳細に深入りすることなく、問題に注目を集められるだろう。もちろん、異論の多い問題はいずれ議論することになるが、私たちが初めて示すパースペクティブ論文はそれにふさわしい場には思えなかった。この論文では、たんに議論の口火を切ればそれでいい。さらに進んだ議論は、大人数が出席し、話し合いを行う今後の会議に持ち越すことにした。

会議を終えてへとへとになりながら、ナパ川に張り出したフレンチレストラン、アンジェルに繰り出した。テラス席の長い楕円のテーブルを囲み、近くの丘から降りてくる涼しい風に吹かれながらナパ産のワインと前菜を楽しみ、仕事や家族、旅行などについて楽しく語らった。朝から午後一杯かけて討議した重い問題から離れることができてほっとした。だが頭のなかではいろいろな思いが駆けめぐっていた。

この新しい領域に乗り込むのは、正しい判断だったのだろうか？　いくら重大な問題とはいえ、科学的問題に対する自分の立場を公に示すことに、違和感ともいえる落ち着かなさを覚えた。パースペクティブ論文によって長期的なインパクトを与えられるかどうか、また論文が私たちの意図したとおりに受け止められるかどうかはわからなかった。それに、たとえうまくいったとしても、今さらどうにもならないかもしれない。そして誰かが言っていた、主要な学術誌に投稿されたという原稿のことが頭を離れなかった。今この瞬間にも同様の実験が行われているか、近いうちに行われる可能性があった。私たちが結論を表明する前に、そうした研究成果が発表されてしまうのだろうか？

一つ、はっきりしていることがあった――この道を進むと決めた以上、すばやく行動しなくてはならない。その夜バークレーに戻ったとき、私はすでにメモを整理し、大まかな概要をまとめ始めていた。実際の執筆にはかなり苦労したが、二週間後には最初の草稿を参加者に送り、全員で一斉に手直しにあたった。二〇一五年三月一九日、「ゲノム工学と生殖細胞系の遺伝子改変が進むべき慎重な道[25]」と題したパースペクティブ論文が、「サイエンス」誌のオンライン版に掲載された。

わずか数ページのこの論文で、私たちは技術を説明し、懸念のあらましを述べた。まずＣＲＩＳＰＲの概要と遺伝子編集の概念、現在進められている応用例を説明してから、生殖細胞の編集の問題に移った。この問題に関して、私たちは四つの具体的な提言を行った。第一に、科学界と生命倫理学界の専門家に対し、一般市民の有志が新しい遺伝子編集技術およびその潜在的リスクと利益、関連する倫理的、社会的、法的影響に関して信頼できる情報を入手できるよう、公開討論の場（フォーラム）を設けてほしいと呼びかけた。第二に、研究者に対し、臨床応用の前に安全性がよりよく理解されるよう、ヒト培養細胞やヒト以外のモデル動物を用いてＣＲＩＳＰＲ技術の検証と開発を継続するよう要請した。第三に、安全上、倫理上のすべての問題をオープンに透明性をもって話し合うために、科学者や生命倫理学者だけでなく、この件に関して意見をもつ多様な利害関係者（宗教指導者、患者・障害者権利の提唱者、社会科学者、政府規制当局、その他の利益団体など）を巻き込んだ国際的な会議の開催を呼びかけた。

最後におそらく最も重要な点として、科学者に対し、ヒトゲノムに遺伝可能な改変を加える研究を自粛するよう呼びかけた。法的規制が緩やかな国であっても、世界の多くの政府と社会がこの問題について考える機会をもつまでは、研究を中止するよう要請した。論文では禁止やモトリアムといった言葉の使用は避けたが、メッセージは明らかだった――そのような臨床応用は当面の間、立ち入り禁止区域にすべきである。

論文が受け入れられるだろうか、すぐに影響をおよぼすことができるだろうかという私の心配は杞憂に終わった。発表後の数日間で研究者から、この話題をとりあげてくれてよかった、次回の会議はいつにするのか、といった感想や問い合わせが相次いだ。会議を主催するのは専門団体なのか、国立アカデミーなのか？　アメリカ以外の国を含めるのか？　歴史的会議を再び行うためにアシロマに戻るつもりか、それとも別の会場を選ぶのか？　論文はメディアの注目も集め、報道関係者や一般市民からもメッセージが殺到した。私たちのパースペクティブは「ニューヨークタイムズ」紙の一面に掲載され[26]、読者から数百件もの意見が寄せられた。パースペクティブは「ナショナル・パブリック・ラジオ」や「ボストングローブ」紙などの報道各社のほか、数々のブログやウェブサイトでもとりあげられた[27]。奇しくも論文が発表される数日前に、ある研究チームが「ネイチャー」誌で生殖細胞系の遺伝子編集の禁止を呼びかけたこと[28]や、「MITテクノロジー・レビュー」誌が生殖細胞系の編集に関する興味深い記事を掲載していたことも幸いした[29]。

このテーマはいきなり世間の話題に上るようになった。画期的だが難解な技術とみなされていたCRISPRは、またたく間に人口に膾炙(かいしゃ)した。CRISPRが人類の未来にとてつもない影響をおよぼすことが知れ渡ったいま、あとは生殖細胞系の編集について、幅広い層を巻き込んだ率直な対話が行われることをひたすら望むのみだった。私たちは社会としてその利用を認めるのか、認めるとすればいつなのか。どのような形で規制が行われるべきか。どのような影響が予想されるか、想定外の影響にどう対処するか――。CRISPRに関する公の議論をとうとう開始することができて、晴れ晴れした気持ちだった。だが道のりはまだ遠そうだった。

第8章　福音か厄災か？

私たちの「呼びかけ」論文の直後に、中国の科学者によるヒト胚にCRISPRを使った論文が発表された。米国の諜報機関はCRISPRを「第六の大量破壊兵器」と指摘する報告書を書く。人間が人間の遺伝子を改変することはどこまで許されるのか？

ついにヒト胚を対象にした実験論文が発表される

ナパバレーでの会議の最中に、CRISPRをヒト胚に使った実験がすでに行われたらしいと聞いて、みぞおちあたりに嫌な感じを覚えた。その後もこの研究のうわさを聞いたり記事を読んだりするたび、具体的にどんな実験だったのだろう、いやそもそも本当の話なのだろうか、と考えた。この種の研究が無制限に進められるべきでないと考える私のような人たちの不安が招いた、根も葉もないうわさなのだろうか？

そんなことを考えるうちに、ヒト生殖細胞系の遺伝子編集を伴うすべての研究がおよぼしうる影響が心配で仕方がなくなった。たとえ編集されたヒト胚が、本物の人間をつくり出すために使われなかったとしても（よもやそんな世間の激しい反発を招くようなことをするはずがないだろうと、自分に言い聞かせた）、CRISPRを使ったヒト胚の編集は、まだ生まれぬ人間のDNAに史上初めて遺伝子編集が施されたという点で、それ自体科学における重大な転換点となる。そうした実験は、開いたが最後二度と閉じることのない扉を開くだけでなく、私たちが今まさに始めようとしている建設的な対話を台無しにするかもしれない。実験に関わった研究者は、公の議論を飛び越えてしまったことを宣言する結果になり、そのために大きな注目を浴び、猛反発を招くにちがいない。私が何より懸念していたのは、そのせいでこの生まれて間もない技術が、人類に大いに貢献できる力を秘めながら、世間にそっぽを向かれるのではないか、ということだった。

実験の詳細はまもなく明らかになった。私たちがヒト胚の遺伝子編集の自粛を科学者たちに呼びかけたちょうどひと月後の二〇一五年四月一八日、うわさになっていた科学論文が発表された。論文に記載された実験は、ヒトの子宮に移植して出産に至らせる胚をつくることを目的としたものではなかったが、それでも非常な注目を集めた。

中国のオンライン学術誌「プロテイン・アンド・セル」に掲載されたこの論文[1]は、中国広州にある中山大学の黄軍就（ファン・ジュンジウ）の研究チームによって行われた実験についての論文だった。ＣＲＩＳＰＲは八六個のヒト胚に注入されていた。編集の標的となったのは、酸素を全身に運搬するヘモグロビンを構成するタンパク質の一つ、βグロビンをコードする遺伝子である。βグロビン遺伝子の変異は、βサラセミアという消耗性の血液疾患の原因になる。八六個の胚のβグロビン遺伝子を正確に編集することによって、症状が発現する前にこの疾患を阻止できるという原理を実証することが、黄らの研究の目的だった。

この証拠を得るために、チームは必要なＣＲＩＳＰＲ分子（ゲノム内の編集部位をＧＰＳのように正確に特定するＲＮＡ分子と、その部位で遺伝子を切断するＣａｓ９タンパク質）をヒト細胞で発現させる遺伝的指令をヒト胚に注入した。それとともに、切断された遺伝子を修復するための合成DNAと、クラゲの緑色蛍光タンパク質（GFP）をコードする配列も一緒に導入した。GFPを加えることで、緑色に光る細胞を探せば、遺伝子編集後も成長し分裂を続ける胚を簡単に見つけることができた。

実験の結果は、純粋な科学的見地からいえばまちまちだった。八六個の胚のうち、βグロビン遺伝子が意図した通りに編集されていたのは四個だけ、つまり遺伝子編集効率は五％に過ぎなかった。ほかにも問題があった。一部の胚は、標的以外の誤った部位（オフターゲット）のDNA配列が編集され、意図せざる変異が生じていた。また、標的DNA配列が正しく切断されたが、修復が正しく行われなかったものもあった。注入された修復テンプレートが使われず、代わりに別のヘモグロビン関連遺伝子であるδ（デルタ）グロビン遺伝子が組み込まれていた。そのうえ成長を続けていた胚の一部には、複数の異なる改変が混在するモザイク現象が発生していた。ある例では、一つの胚に少なくとも四種類の方法で編集されたDNA配列が混在し、そのうち正しく編集されたものは一つだけだった。一細胞期胚が速やかに編集されれば、それが胚ゲノムのいわば「マスターコピー」となって、分裂してできたすべての娘細胞に正しい改変を伝えるが、この場合はCRISPRが作用し始めるのが遅く、受精卵が複数の娘細胞に分割したあとで編集が行われたのである。

私が臨床目的でのヒト生殖細胞系の遺伝子編集実験を自粛するよう呼びかけることを思い立ったのは、まさにこうした安全上のリスクを懸念してのことだった。たしかに黄のチームもこの技術が完璧にはほど遠いことを認め、臨床応用がなされる前に「CRISPR-Cas9プラットフォームの信頼性と特異性をいっそう高めることが急務[2]」だとしている。とはいえ、この研究によって私たちが一線をまたいでしまったことは、紛れもない事実だった。実験室でヒト生殖細胞系の遺伝子編集がなされた今、臨床の場で使われるのは時間の問題だろうと私は考えた。

少なくともこのケースでは、黄のチームは実験によってCRISPRベビーが生まれることのないよう、三倍体のヒト胚をあえて使用した。染色体が通常の二セット（二三本の染色体が二セットずつの計四六本）でなく三セット（計六九本）ある、生存能力のない胚で、体外受精では三倍体の胚は見分けやすいため移植前に廃棄される。

黄のチームは、こうした生存能力のない胚を、CRISPRの有効性をテストするのにうってつけのモデルと考えた。実験の目的からすれば、三倍体の胚は生存能力を有する通常の胚と何ら変わりはない。もともと廃棄されるはずの三倍体の胚を用いることで、人の命をないがしろにしているという批判をあらかじめ巧妙に回避できるというわけだ。また研究チームは胚の提供者の明確な同意を得、所属機関の倫理委員会から実験の承認を取りつけ、中国の既存の規制を完全に順守したうえで実験を行っていた(3)。そしてこのような実験は、アメリカで行われたとしても合法と認められることを、私は知っていた。

私はバークレーのオフィスでこの論文を読んだ。読み終えると、窓の外に広がるサンフランシスコ湾をぼんやり眺めながら考え込んでしまった。茫然自失で、少し気分が悪かった。考えたくはなかったが、まったくちがう目的で始まったとはいえ、私とエマニュエルの共同研究が黄の研究に直接つながったことは明らかだった。今後どんな研究者のどんな研究との関連を問われることになるだろう？

その後すぐ明らかになったように、科学界の多くの人が、私ほど個人的な危機感ではないにせよ、黄の実験に同じような危惧を抱いていた。権威ある学術誌「ネイチャー」と「サイエンス」は、実験に倫理上の問題があるという理由もあって、黄の論文を却下していたことを知った。[4]研究は時期尚早だったという意見が科学界の大半を占め、また隠された動機があるのではと疑う人もいた。ハーバードの研究者ジョージ・デイリーは、ヒト生殖細胞系の編集がもたらすような大きな注目は、「ときに人を惑わせ、よからぬ行動に駆り立てることがあるのかもしれない[5]」とニューヨークタイムズに語っている。

学術機関や政府機関の反応はすばやく、一様だった。遺伝子治療分野の主要な専門家団体であるアメリカ遺伝子細胞治療学会は、「生存能力のあるヒト〔受精卵〕に遺伝可能な改変をもたらすことを目的とする、ヒト細胞の遺伝子編集や遺伝子改変に強く反対する姿勢[6]」への支持を再確認した。国際幹細胞学会も同様の懸念を表明し、会長は「ヒト胚への遺伝子編集技術の応用に対するモラトリアムは不可欠である[7]」と断言した。バラク・オバマ政権までもが論戦に加わり、大統領府科学技術政策局長のジョン・ホルドレンは、「ゲノム編集に関する覚え書き」と題したブログ記事でこう宣言した。「オバマ政権は、臨床目的のヒト生殖細胞系の改変を現時点で超えてはならない一線と考える[8]」。国立衛生研究所（NIH）のフランシス・コリンズ所長も同様の立場をとり、NIHはヒト胚の遺伝子編集を伴ういかなる研究にも助成金を提供しないと、改めて明言した。[9]

米国の諜報機関は「第六の大量破壊兵器」に指定

アメリカの諜報機関さえ、実験に懸念を感じているようだった。アメリカの諜報コミュニティが上院軍事委員会に毎年提出する「世界の脅威に関する評価報告書（WTA）」のなかで、国家ぐるみで開発されアメリカに大きな脅威を与える恐れのある「第六の大量破壊兵器」として、遺伝子編集技術が挙げられていた[10]ことに、私はショックを覚えた（残る五つの脅威は、ロシアの巡航ミサイル、シリアとイラクの化学兵器、イラン、中国、北朝鮮の核兵器プログラムである）。「生物学的、化学的物質および技術は、ほぼ必ずデュアルユースであり、経済のグローバル化が進展するなかで移動が容易になっている」と報告書の著者は書いている。デュアルユース（二重用途）とは、平和目的にも軍事目的にも利用される可能性があるという意味だ。「最新の生命科学における発見も、世界全体に急速に浸透している」。続いて、遺伝子編集が、具体的にどのように兵器の開発に利用されるかについての説明はなく、ただこう書かれている。「西側諸国とは異なる規制基準や倫理基準をもつ諸国によって行われるゲノム編集の研究は、潜在的に有害な生物学的薬剤や製品が生み出されるリスクを高めるように思われる。このデュアルユース技術の広範な流布と低コスト、加速度的な開発のペースを考えれば、その誤用は意図的であるか否かを問わず、経済や国家安全保障に多大な影響をおよぼすおそれがある」。そして差し迫った懸念をはっきり示すために、報告書は明言する。「二〇一五年のゲノム編集における前進は、欧米の著名生物学者の集団が野放図なヒト生殖細胞系の編集に警鐘を鳴らさざるを得ない状況を生んだ」。もちろんこれは黄の論文と、私たちの見解のことである。

　生殖細胞系の遺伝子編集を、各界の指導者が危機感をもって受け止めていることを知って胸をなで下ろす一方で、ＷＴＡの脅威評価の警告には衝撃を受けた。私自身がＣＲＩＳＰＲを悪用する可能性や、ならず者の科学者が行いそうなことを考え、ヒトラーが技術を手に入れようとしているという悪夢さえ見た。だが、もしも今生きている独裁者やテロリストが邪悪な目的のためにＣＲＩＳＰＲの悪用を試みたらどうなるだろう？　彼らを阻止する手立てはあるだろうか？ それに、自然界をよりよく理解し人間の生活を豊かにしたいという願いから生まれた自分自身の研究が、逆に人間を傷つけるために使われたことを知りながら生きていくのはどんなにつらいことだろうと考えた。

私はまた、CRISPRを使った初のヒト胚の遺伝子編集への反応が、一概に否定的でなかったことにも驚いていた。二〇一五年六月に、著名な哲学者で生命倫理学者のジュリアン・サバレスキュらが、数カ月前に黄の研究を掲載したのと同じ学術誌に論説を寄せ、このような実験を積極的に推進し続けることが道義的に求められると述べた。彼らは遺伝子編集が「遺伝性の出生異常を事実上根絶」し、慢性病の悪影響を大幅に軽減できることを（過度に単純化して）指摘した上で、次のように主張する。「命を救うための研究を故意に自粛する人たちは、研究の恩恵を受けられたはずの人たちの予測可能で回避可能な死に対して、道義的責任を問われる。遺伝子編集の研究を行わないという選択肢はありえない。それは道義的必要である」[11]。そのひと月後、ハーバードの著名な研究者スティーブン・ピンカーが「ボストン・グローブ」紙に寄せた意見論文で、CRISPRなどの最新のバイオテクノロジー技術への慎重すぎる反応に不満を表明した。そして融通の利かない手続きや厳格な規制を導入するのではなく、「今日の生命倫理学が果たすべき最も重要な道義的目標は、このひと言に尽きる。『邪魔をするな』」と述べている[12]。

そのほか、ヒト胚の遺伝子編集実験を熱狂的に支持しつつも、研究と臨床応用を明確に線引きしたオピニオンリーダーもいる。一例として、倫理学者や科学者、法律家、政策立案者のつくる国際的ネットワーク、ヒンクストン・グループは、遺伝子編集が人間の健康を大いに高める可能性があると称賛し、基礎研究は今後も生存不可能な胚と生存可能な胚の両方を用いて滞りなく行われるべきだとした[13]。そして遺伝子編集の臨床応用についてはまだ容認できないものの、「安全性と有効性、ガバナンス上の必要がすべて満たされたならば、この技術が人間の生殖目的で道徳的に許容できる方法で利用されることがあるかもしれない。ただし、そのためにはさらなる議論と討論が必要である」としている。

手短に言えば、黄の論文が水門を開いて世論の波を解き放ったせいで、幅広いコンセンサスがすばやく醸成されるという私たちの期待は、すっかり押し流されてしまったのである。

国際会議を組織する

ナパバレーで私たちが呼びかけたようなグローバルな対話を開始するには、憂慮する科学者や市民運動の指導者、一般市民が直ちに行動を起こす必要があった。パースペクティブが発表されていくらも経たないうちに、黄の論文が登場し、生殖細胞系の遺伝子編集をめぐる議論はますます白熱した。そこへ拍車をかけたのが、ヒト胚にＣＲＩＳＰＲを使う実験をすでに計画または実行している中国の研究チームが複数ある、といううわさだ[14]。中国だけではない。ロンドンの権威あるフランシス・クリック研究所がヒト胚を遺伝子編集する研究に対し、規制当局に許可を申請していることを[15]、私たちは二〇一五年九月に知った。科学界や世論のいつ得られるとも知れないコンセンサスを待とうともせず、研究は前進を続けていた。

さいわい、ヒトの遺伝子編集に関する初の国際サミット開催に向けて、歯車はもう回り出していた。この年の晩春から初夏にかけて、私はナパバレーの会議の主催者たちと、サミットをいつどこで開催するか、どの団体に後援を求めるかといった基本事項を詰めていった。最終的に科学医学工学アカデミーが一二月にワシントンDCでサミットを主催することに同意してくれた。これはとても喜ばしいことだった。権威ある組織の後ろ盾を得て、会議の信頼性が高まることはまちがいない。さらにすばらしいことに、中国科学院〔中国における自然科学研究の最高機関〕と王立協会（イギリスの権威ある科学学会）から共同主催を取りつけることができた。世界の主要な遺伝子編集研究者の多くがアメリカ、イギリス、中国で活動しているため、これらの組織の関与が得られたことで、生殖細胞系の遺伝子編集が国際的な議論に値する喫緊の問題であり、個々の国や組織が個別的に扱うには大きすぎる問題だという強力なシグナルを、全世界に向けて発信できる。

こうした詳細を詰めながら、私と組織委員会の一一人は、サミットの議題をどうするかについても考えた。私たちがめざしていたのは、遺伝子編集の科学的側面について参加者を啓蒙し、この新技術の力が社会におよぼす影響を議論し、社会的公正や人種、障害者権利といった問題をとりあげることだ。多岐にわたる議題は、大まかに三つに分けることができた。安全性、倫理性、そして規制に関する考察である。

まず安全性の面では、生殖細胞系の遺伝子編集が、臨床利用を正当化できるほど安全だと証明できるかどうか、という問題を話し合う必要があった。いずれは潜在的な利益が、予測されるリスク（黄の研究で明白に示されたリスクを含む）の多くを上回るだろう。だが意図せざる結果や、それをコントロールする方法について議論しておかなくてはならない。それに人類遺伝学の知識を結集したとしても、起こりうる最悪の結果を予期し、回避できるかどうかはわからない。

第二に、厄介な倫理的問題についても議論する必要があった。そうした問題の多くは、妊娠中絶や生殖クローニング、幹細胞生物学といったほかの異論の多いテーマをめぐる論争につきものの問題である。生殖を目的とするのであれしないのであれ、ヒト胚を使って実験を行うのは本質的に間違ったことなのだろうか？　生殖細胞系の遺伝子編集のせいで、未来の子どもの遺伝的条件が不当な方法で決定されたり、特定の遺伝性疾患をもつ人が社会の縁に追いやられるだろうか？　この技術が悪用された場合、過去一世紀にわたって科学史を汚してきた、忌まわしい優生学が復活するのだろうか？

第三に、この強力な新技術を制御するための法的枠組みについて話し合う必要があった。とくに、生殖細胞系の編集の規制において、政府と科学界が果たすべき役割である。生殖細胞系の編集の用途には、許容されると考えられるもの（子どもに疾患を伝えないようにするなど）もあれば、禁止されると考えられるもの（遺伝子強化など）もある。そして私を含む組織委員の多くが、国際コンセンサスを得ることはどれほど重要なのだろう、もし得られない場合はどうなるのだろうと考えた。

これらの複雑な問題に取り組むために、私たちは幅広い分野の専門家に助けを求めた[16]。招待者には遺伝子編集におけるDNA切断酵素の利用の草分けマリア・ジャシンとダナ・キャロル、私のCRISPRの共同研究者エマニュエル・シャルパンティエ、遺伝子編集技術における二人の革新者フェン・チャンとジョージ・チャーチ、初めて臨床試験段階に到達した遺伝子編集製剤の開発者フョードル・ウルノフ、優生学史の専門家ダニエル・ケブレス、哲学者でヒューマン・エンハンスメント［人間の能力強化］の支持者ジョン・ハリス、遺伝学・社会センター代表マーシー・ダーノフスキー、ジェンダー・セクシュアリティの専門家キャサリン・ブリス、人種民族学、健康、バイオテクノロジーの研究者ルハ・ベンジャミンなどが名を連ねた。政府と法曹界からはビル・フォスター下院議員（民主党、イリノイ州）、大統領科学顧問ジョン・ホルドレン、法律専門家のアルタ・チャロ、ピラー・オッソリオ、バーバラ・エバンズ、ハンク・グリーリー。そして中国、フランス、ドイツ、インド、イスラエル、南アフリカ、韓国などの国の代表を招待した。

ヒト遺伝子編集国際サミットの目的は、ナパバレーでの会議と同様、生殖細胞系の遺伝子編集に関する対話を広げることにあった。実際、私は二〇一五年一二月初旬の数日間にわたって行われたこの会議を終える頃には、会議を始めたときと同じくらいかそれ以上の疑問を抱えていた。それでも異なる立場をとる人たちの熱心な議論を聞いたことで、彼らの考えをよりよく理解するとともに、私自身の考えをさらに掘り下げて整理することができた。

あの会議で行われた対話や表明された見解は一つの章に、いや一冊の本にさえ、とうてい収まりきるものではない。だからここでは一つの観点に的を絞って述べることにする。それは、私自身の観点である。残りの紙面を使って、ワシントンサミットでの議論や、それ以降に私が行った研究や熟考の結果として、私自身の意見がどのように変遷していったかを説明したい。

これまで私は、さまざまな見解や解釈を整理し、それぞれのプラス面、マイナス面を比較考量するよう努めてきた。すべての問題に答えを出したわけではもちろんないが、じっくり考えた末に、どうすればＣＲＩＳＰＲをまだ生まれぬ人間の遺伝子編集に安全かつ倫理的に利用できるようになるか、また生殖細胞系の編集の最大の危険がどこにあるのかについて、何らかの結論を導くことができた。また冷酷で厳しい公共政策の実態を直視し、現在の政策に何が欠けているのか、ＣＲＩＳＰＲを善のツールにするために（そうできると私は固く信じている）私たち市民社会が何をする必要があるのかを考えた。私がここで述べることが、生殖細胞系の遺伝子編集に関する対話をさらに広げ、私たちが今後人類進化の旅に介入するのかどうか、どのように介入すべきかを決める手がかりになることを願っている。

もともと私たち人間の細胞は全身では毎秒百万個の変異が起こっている

生殖細胞系の遺伝子編集が、やがて臨床応用を正当化できるほど安全になることは、ほぼ確実である。卵子と胚のマイクロサージェリー（超微細手術）、たとえば精子注入による体外受精や、着床前診断（ＰＧＤ）での胚生検法などは、すでに不妊治療院ではあたりまえのように行われている。ＣＲＩＳＰＲの送達も、動物胚や多くの種類のヒト細胞に最適化されている。おそらく最大の難関は、ＣＲＩＳＰＲそのものの精度を確保することだろう。だが最新の研究成果を見る限り、（遺伝子編集システムの精度を高め、たった一つの標的遺伝子を意図した通り正確に改変するという）その難題でさえ、近いうちに克服されるように思われる。

ＣＲＩＳＰＲがヒト生殖細胞に安全に使われるためには、どれほどの精度が必要なのか？意図しない部位でのＤＮＡ編集を誘発するような処置は、当然排除されるべきだろう。これはＣＲＩＳＰＲやその他の遺伝子編集技術で時折生じる現象だが、実は私たちは生涯を通じてそうしたランダムな遺伝子改変のリスクにつねにさらされていて、それがおよぼす脅威はＣＲＩＳＰＲがもたらすどんな脅威をもはるかに上回っているのだ。

私たちのＤＮＡはランダムに起こる自然の突然変異に攪乱されながら、つねに変化している。こうした自然変異は進化の原動力だが、世代を超えて伝わる遺伝性疾患の原因にもなる。細胞分裂でＤＮＡが複製されるたび、二個から一〇個の新しいＤＮＡ変異がゲノムに忍び込む[17]。全身では毎秒約一〇〇万個の変異が起こっていて[18]、腸管上皮のような細胞分裂の速い臓器になると、人が六〇歳に達する頃にはゲノム上のほぼすべての塩基が、少なくともどれか一つの細胞で一度以上変異している[19]。突然変異のプロセスは受精直後に始まり、一細胞期胚が二個、四個、八個の細胞へと分割しながら成長するうちに、獲得された変異は体内の子孫細胞に忠実に複製されていく。胚をつくる生殖細胞（母親の卵子と父親の精子）にさえ、どちらの親の生殖細胞系にも存在しなかった新しい変異が組み込まれている。そんなわけで、どんな人も親の生殖細胞に新規に生じた、五〇個から一〇〇個のランダムな変異をもって人生を始めているのだ。

CRISPRが（意図的であろうとなかろうと）引き起こしうるどんな変異も、生まれてから死ぬまで体内で猛威を振るい続ける遺伝の嵐に比べれば、ささいなものに過ぎない。ある人もこう書いている。「もしもCRISPRが病気の原因となる変異を、胚から高い精度で取り除くことができ、誤った場所にオフターゲット変異を起こすリスクがほんのわずかしかないのなら、危険を大幅に上回る見返りが期待できる[20]」。

さらに心強いのは、オフターゲット効果を防ぐツールが開発されていることだ。少なくとも、生殖細胞系の編集に使えるツールがある。たとえば着床前診断（PGD）を行えば、CRISPRでゲノム編集した胚が母親の子宮に戻される前に、まれな望ましくない変異を検出することができる。また将来実現しそうなツールとして、受精した胚ではなく受精前の卵子と精子を編集することにより、オフターゲット効果を完全に回避する手法がある。この技術はまだ開発されたばかりだが、実験室で幹細胞から卵子と精子を作製し、それを用いて妊娠を成立させうることが、マウス実験により示されている[21]。CRISPRを使って疾患原因変異を取り除き、受精前に徹底的なスクリーニングを行いオフターゲット効果を検出することによって、望ましいゲノムをもつ生殖細胞だけを使って受精させることができるのだ。現段階ではこの手法をヒトに適用する手段がないが、この先研究が進めば一〇年以内に実用化される可能性が高いだろう。

生殖細胞系の編集の精度評価に関しては、検討すべき課題が山のようにある。だが最前線の研究が示すとおり、本当に大きな障害になりそうな問題は、あったとしてもごくわずかだ。マウスとサルの遺伝子編集手法が短期間のうちに確立されたことや、残る技術的ハードルもまもなく克服されようとしていることを考えれば、何らかの形態の遺伝子編集技術が、ヒト生殖細胞系の改変に利用できるほど信頼性の高いものになるか、少なくとも自然生殖のリスクと同程度になることはまちがいないように思われる。

当然だが、もしも私たちがヒト生殖細胞系に遺伝可能な改変を加えることを提唱するのであれば、技術が正確に作用するかどうかだけでなく、正確な編集が意図した効果を確実にもたらすかどうかについても検討しなくてはならない。臨床応用が検討されている遺伝子編集には、副次的影響があることがすでに知られているものがいくつかある。たとえば胚の*CCR5*遺伝子に変異を導入すると、ＨＩＶ抵抗性が得られる一方で、ウエストナイル熱に感染しやすくなるおそれがある。[22] 鎌状赤血球症患者は*β*グロビン遺伝子の両方のコピーを修復すれば病気を取り除けるが、マラリア抵抗性が失われる。[23] 遺伝子編集がプラスとマイナス両方の影響をおよぼすケースは、ほかにも多くある。嚢胞性線維症を引き起こす変異遺伝子のコピーを一つもつ人（コピーが二つ揃わないと発症しない）は、結核になりにくいことがわかっている。[24] 結核は一六〇〇年から一九〇〇年にかけてヨーロッパで猛威を振るった病気で、当時の全死亡の二〇％を占めていた。またアルツハイマー病などの神経変性疾患に関わる遺伝子変異は、若年成人の認知機能やエピソード記憶、作業記憶の向上などのプラス面があるとされる[25]。

要するに、遺伝子の編集にはつねに予期しない影響が伴うということだ。だが影響をあらかじめ予期できないからといって、生殖細胞系の遺伝子編集をきれいさっぱり断念する理由にはならない。ハーバードの高名な遺伝学者ジョージ・チャーチも書いている。「全ヒトゲノムの完全な知識がなければ、ヒト生殖細胞系の遺伝子編集の臨床試験を実施できないという考えは、医療の現実にそぐわない[26]」。天然痘の根絶に要した四〇〇年近くの間、ヒトの免疫システムはほとんど理解されていなかったと、彼は指摘する。そのうえ有害な変異の修復に関していえば、「編集を一度行うたび、変異したDNAがほかの数十億人と同じ健康なDNAに修復される。これはかつてヒトで試されたどんな新薬よりもはるかに高い確実性である」。

これらの主張には議論の余地がないように思われる。これまで病気の仕組みが完全に理解されないうちから、数えきれないほど多くの治療法が開発され、人命を救ってきたのに、CRISPRだけがより高い安全基準を満たさなくてはならない理由はあるだろうか? また、(通常のヒトゲノムに見られないまったく新しい遺伝子配列をつくるのではなく)遺伝子の「正常な」状態を復元することによって変異を修復する限り、私たちは「安全」な側にいることができる。生死を分けるようなケースであれば、この種の手法に限り、潜在的利益のためにリスクを冒す価値はあるだろう。

「苦しみから救えるのなら、今すぐ使ってほしい」

生殖細胞系の遺伝子編集の是非を、安全面だけで判断できるのなら、私は慎重ながらも賛成の立場をとるだろう。だが考慮すべき基準はそれだけではとうていすまない。生まれる前の人のＤＮＡを編集するにあたっては、あらゆる倫理的問題を考慮する必要があるのだ。私が生殖細胞系の遺伝子編集の一時的な中断を呼びかけたのも、倫理的問題のあまりの手に負えなさに、くわしく検討する時間が必要だと思ったためだった。

ヒト生殖細胞系をただ編集できるからといって、編集すべき理由になるだろうか？　これは私が何度となく自問している疑問だ。もしもほかの選択肢が存在しないときに、親たちがＣＲＩＳＰＲによって病気のない子どもをもつことができ、かつ安全にそれを行えるのならば、ＣＲＩＳＰＲは使われるべきだろうか？

遺伝性疾患のない子どもをもつために、生殖細胞系の編集に頼るしかないケースは、まれにだがある。たとえば親が二人とも同じ劣性遺伝性疾患を持っている場合だ。嚢胞性線維症、鎌状赤血球症、色素欠乏症、ファンコニ貧血などがこれにあたる。このような場合、二人が自然生殖で授かる子どもは、同じ病気を持って生まれる運命にある。原因遺伝子変異が両親の遺伝子の両方のコピーに存在するため、子どもは遺伝子変異のコピーを必ず二つもつことになる。優性遺伝性疾患でも同様の問題が生じる。たとえばハンチントン病や早期発症型家族性アルツハイマー病、マルファン症候群などでは、子どもが父親由来、母親由来を問わず、変異遺伝子のコピーを一つ受け継ぐだけで病気を発症する。

もちろん、これらの病気は体細胞の遺伝子編集によっても治療できるが、生殖細胞系を編集すれば、子どもはそもそも病気にならないため、苦しまずにすむ。こうしたケースでは、生殖細胞系の遺伝子編集は、医療上の必要からたしかに正当化されるように思われる。ただ、前にも述べたように、そんなケースはまれである。それよりずっと多いのが、遺伝性疾患のリスクがあるが確実ではない場合だ。そのような状況でも、生殖細胞系の編集は正当化されるだろうか？　そしてこれら両方のケースを考え合わせた場合、生殖細胞系の編集は全体として善だろうか、それとも悪だろうか？　もたらす苦痛よりも、治療効果のほうが高いだろうか？

科学者もそうでない人たちも、この「なすべきか、なさぬべきか」の問いにとらわれている。そして当然のように、アメリカ人の間では意見が完全に割れている。二〇一六年にピュー・リサーチ・センターがアメリカの成人を対象に行った世論調査[27]では、生殖細胞系の遺伝子編集によって病気のリスクを減らすことに賛成するかという問いに、「ノー」と答えた人の割合は五〇％、「イエス」は四八％だった（赤ちゃんのゲノムを治療目的以外で強化することに賛成するかという問いに関しては、意見がかなりまとまっていて、「イエス」と答えた人は一五％に過ぎなかった）。このような答えは、さまざまな考慮の結果として導かれている。

宗教は、こうした難題に直面した人が用いるモラルの指針の一つだが、宗教によって考え方は大きく異なる。ヒト胚を用いる実験に関していえば、多くのキリスト教社会が、生命は卵子が受精した瞬間から始まると見なしているのに対し、ユダヤ教やイスラム教は体外受精でつくられた胚は人とは見なさず、より許容的だ。そのほか、生殖細胞系へのあらゆる介入を、人間存在における神の役割に対する冒瀆と見なす宗教もあれば、健康向上や生殖など、目的が本質的に善である限り、自然の営みへの人間の関与を歓迎する宗教もある[28]。

モラルの指針には、純粋に内面的なものもある。つまり、生まれ来る子どもの遺伝子をＣＲＩＳＰＲで永久的に編集するという考えに対する、本能的で反射的な反応だ。この考えそのものが不自然でどこかまちがっているように思われる、という人は多い。かくいう私も、ヒト生殖細胞系の編集について考え始めたときはそう感じていた。人類は自然に起こるＤＮＡ変異の助けだけを借りて、数千年、数万年の間子孫を増やしてきた。そのプロセスを私たちが、まるで生物学者がトウモロコシの遺伝子を組み換えるように、合理的に方向づけようとするのは、ほとんど邪悪なようにも思われた。ＮＩＨのフランシス・コリンズ所長もいっている。「過去三八億五〇〇〇万年の間、進化のプロセスはヒトゲノムの最適化を図ってきた。少数のにわか職人が、意図せざる結果も引き起こさずに、それよりうまくやれるはずがあるだろうか？」[29]。

人類が自らの進化をコントロールする、という考えに胸騒ぎを覚える気持ちは私にもよくわかるが、自然が私たちの遺伝子構成の最適化を図っているというのも言い過ぎだろう。ちょっと考えてみればわかることだが、進化は現代に合わせて、つまり最近の食品やコンピュータ、高速の移動手段によって生活が激変したこの時代に合わせて、ヒトゲノムを最適化などしていない。それに、今この瞬間まで綿々と続いてきた進化のプロセスを振り返れば、進化の原動力である突然変異のカオスに苦しめられた生物の例が山ほどあることに気づく。実際のところ、自然はエンジニアというよりは職人に近く、それもかなりずさんな職人である。自然の不注意さときたら、とても最適とはいえない遺伝的変異を不幸にも受け継いだ人たちには、残酷な仕打ちにさえ思われるだろう。

同様に、生殖細胞系の遺伝子編集はどこか不自然だという主張も、私にはあまり重要に思えなくなった。人に関すること、とくに医療が絡むことにおいては、自然と不自然を隔てる一線は、消えかけているといっていいほどあいまいである。私たちはサンゴ礁を不自然とはいわないが、東京のような巨大都市を不自然というかもしれない。それは一方が人間によってつくられ、他方がそうでないからだろうか？　私にとって、自然と不自然の区別は誤った二分法であり、またもしそのせいで人間の苦しみを軽減することができないのなら、それは危険な二分法でもあるといわざるを得ない。

　これまで、自身や家族が遺伝性疾患に苦しんでいる人たちに会う機会が何度もあり、そのたび深く心を打たれている。ある会議でＣＲＩＳＰＲの技術について説明し終えると、一人の女性が私を脇に呼んで、体験を語ってくれた。彼女の姉はまれな難病のせいで心身の健康を奪われ、家族全員が大変な思いをしたという。「もしも生殖細胞系の遺伝子編集を使って、人間からこの変異をなくして姉のような苦しみから救えるのなら、今すぐにでもやってほしいわ」と目に涙をためて訴えた。別の機会には、ある男性が私を訪ねてバークレーまで来てくれ、父と祖父をハンチントン病で亡くし、姉妹のうち三人が陽性と判明したと語った。そしてこの恐ろしい病気の治癒や予防の研究のためにできることがあれば何でもさせてほしいと、協力を申し出てくれた。彼自身もこの病気をもっているかどうかは、痛ましくてとても聞けなかった。もしもっていれば、いずれ近いうちに動くことも話すこともできなくなり、若くして亡くなることになる。自分の大切な人や、まして自分自身にそんな運命を宣告されるのは、なんてむごいことだろう。

　こうした物語に触れると、遺伝性疾患が、また疾患への対応をためらうことが、人類にもたらす損害の大きさを痛感する。いつかこのツールを使って、医師が受精の前か直後に、安全かつ効果的に変異を修復できるようになれば、使用は正当化されるように思われる。

　誰もがこの見解に賛成というわけではない。ゲノムは進化の過程で受け継いだ貴重なもの、大切に守られるべきものとして語られることがある。たとえばユネスコ（国連教育科学文化機関）が一九九七年に採択した「ヒトゲノムと人権に関する世界宣言」にもこう書かれている。「ヒトゲノムは、人類社会のすべての構成員の根元的な単一性並びにこれら構成員の固有の尊厳及び多様性の認識の基礎となる。象徴的な意味において、ヒトゲノムは、人類の遺産である」[30]。またユネスコは、遺伝子編集分野での近年の進展をふまえて、さらにこう述べている。CRISPRのような技術は、生命を脅かす病気の予防や治療に用いられるべきだが、将来の子孫に影響を与えるような方法で導入されれば、「すべての人間が生まれもつ、したがって平等な尊厳を脅かし、よりよい生活や向上した生活の希望の実現を装った優生学を復活させる」[31]ことになると。一部の生命倫理学者も同様の懸念を表明し、生殖細胞系の編集によって人間であることの本質が変わってしまい、人間の遺伝子プールの改変によって人類そのものが破滅的に変えられてしまうと警告する[32]。

こうした哲学的な反論は熟考するに値する。だが、遺伝性疾患がどれほどの苦痛を患者と家族に与えているかを考えると、生殖細胞系を編集する可能性を排除してしまえるほど、ことは単純ではない。

経済格差が遺伝的階層につながる可能性

生殖細胞系の編集の是非はひとまず置くとして、いつも私の頭を離れない倫理的な問題がもう二つある。どちらも遺伝子編集国際サミットで話し合われたが、答えは出ていない。第一が、救命目的での生殖細胞系の編集がいったん解禁されたら、その使われ方を誰がコントロールできるのかという問題。第二は社会正義に関わるもので、CRISPRが社会にどのような影響をおよぼすのかという問題である。

第一に、もし遺伝性疾患をなくすためにCRISPRを生殖細胞系に用いることに合意が得られた場合、それが遺伝子強化のために用いられる可能性があることを認めなければならない。有害な変異を修復するためではなく、何らかの遺伝的なメリットを付与するためにDNAが編集されるということだ。

もちろん、導入可能な強化や安全に導入できる強化には限りがある。「強化」と聞いて頭に浮かぶ形質の多く、たとえば高い知能や並外れた音楽や数学の才能、高身長、高い身体能力、目を見張るような美しさなどには、はっきりした遺伝的要因がない。遺伝性がないということではなく、いろいろな要因が複雑に絡み合っているために、CRISPRのようなツールでは手に負えないのだ。

とはいえ、単純な変異が引き起こす遺伝的強化には、実際にCRISPRによって再現できるものも多くある。たとえばエリスロポエチンというホルモン（ランス・アームストロングなど、多くのアスリートがドーピングしていたことで知られる）に反応する*EPOR*遺伝子の変異は、持久力の大幅向上をもたらす。*LRP5*遺伝子の変異は骨量を増加させ、*MSTN*（ミオスタチン）遺伝子（筋肉ムキムキのブタやイヌをつくるために編集される遺伝子）の変異は、引き締まった筋肉と筋肉量の増加をもたらすことが知られている。*ABCC11*遺伝子の変異は腋臭を抑え（不思議なことにこの遺伝子は耳垢のタイプも決める）、*DEC2*遺伝子に変異のある人は一日に必要な睡眠時間が短いことがわかっている。

皮肉なことに、病気予防目的の生殖細胞系の編集が行われるようになれば、そのうち治療とはまるで無関係な強化が、なし崩し的に行われるようになる可能性がある。それはなぜかといえば、遺伝子強化には治療目的でないとはっきりわかるものもあれば、よりあいまいで判断が難しいものもあるからだ。

そうした境界線上の生殖細胞系の編集例の一つに、*PCSK9*遺伝子にかかわるものがある。この遺伝子は低比重リポタンパク（ＬＤＬ）コレステロール（悪玉コレステロール）を調節するタンパク質を生成するため、世界で最も多い死因の一つである心疾患の予防薬をつくるための創薬標的として大いに期待されている。この遺伝子を編集するようＣＲＩＳＰＲをプログラムすれば、まだ生まれぬ子どもを高コレステロールから救うことができる。さてこれは治療目的の生殖細胞系の編集に当たるのだろうか、それとも強化目的だろうか？　突き詰めれば、病気の予防を意図した編集であっても、普通の人にはない有利な遺伝形質を子どもに与えることになるのだ。

治療と強化の境界線があいまいな応用例は、まだまだある。*CCR5*遺伝子をＣＲＩＳＰＲで編集すれば、生涯にわたってＨＩＶ抵抗性が得られ、*APOE*遺伝子を編集すれば、アルツハイマー病の発症リスクを下げることができる。*IFIH1*遺伝子と*SLC30A8*遺伝子のＤＮＡ配列を編集すれば、それぞれⅠ型糖尿病とⅡ型糖尿病の発症リスクを下げられる。*GHR*遺伝子の編集で、がんリスクを下げることができる。これらのどのケースでも、遺伝子編集の主な目的は子どもを病気から守ることだが、結果として平均的な人が遺伝的に受け継ぐよりもずっと強力な防御特性を子どもに与えることになるのだ。

このことは第二の懸念にもつながる。ヒト胚の編集では境界線をどこに引くかの判断が難しいのと同様に、それを公平な方法で、つまり特定の集団だけでなくすべての人の健康を一律に向上させるような方法で行うことも難しい。

富裕な家族がそうでない家族よりも、生殖細胞系の遺伝子編集の恩恵を多く得るのは、十分ありえることだ。最近利用可能になった遺伝子治療には一〇〇万ドルほどのコストがかかり、[33]

初期の遺伝子編集治療も同様に高価になるものと考えられる。

もちろん、新しい技術は高価だからという理由だけで却下されるべきでない。技術改良が進むうちにコストが下がり、利用が拡大するのは、パソコンや携帯電話、個人向けＤＮＡ解析サービスの例からも明らかだ。さらに、生殖細胞系の編集は、今後ほかの治療法と同様、医療保険でカバーされる可能性もある。アメリカではその見込みは薄いように思われる。今でさえ、数万ドル単位の費用がかかる体外受精やＰＧＤなどの不妊治療が、保険で補償されることはまれだからだ。だがフランスやイスラエル、スウェーデンなどの、生殖補助治療が国民健康保険でカバーされる国では、政府が単純なそろばん勘定により、必要な人が遺伝子編集治療を受けられるようにするかもしれない。結局のところ、遺伝性疾患の患者に生涯にわたって治療を提供する方が、遺伝子編集によって胚に予防的介入を施すより、はるかに多額のコストがかかるのだから。

だが、たとえ包括的な医療制度のある国で、すべての階層の人が生殖細胞系の編集を利用できるようになったとしても、それまで見えなかった遺伝の不平等が顕在化し、新たな「遺伝格差」が拡大するリスクがある。富裕層は治療をより頻繁に受けることができ、そして胚に施された遺伝子改変はすべての子孫に受け継がれることから、受療機会（アクセス）の格差がどんなに小さくても、社会階層と遺伝的特性とのつながりは世代を追うごとに確実に強まっていく。このことが社会経済構造にどんな影響をおよぼすか、考えてみよう。社会が今もすでに不公平だという人は、社会経済的階層に加えて、遺伝的階層ができてしまったらどうなるか、考えてほしい。お金のある人ほど有利な遺伝子のおかげで長寿と健康を享受できる世界とは、どんなものだろう。ＳＦじみているが、生殖細胞系の編集があたりまえになれば、フィクションは現実になりかねない。

このように生殖細胞系の編集は、期せずして社会の経済格差を遺伝子コードに刻み込むかもしれない――だがそれだけでなく、別の種類の格差を生み出すおそれもあるのだ。障害者権利の擁護者が指摘するように、難聴や肥満といった形質を「修復する」ために遺伝子編集を用いることは、一人ひとりの自然な違いを尊重する代わりに、誰もが同じであることを強要し、ことによっては障害者への差別を助長する、許容度の低い社会を生むことになりかねない。[34] ヒトゲノムは、一律的に削除すべき「バグ」を含むソフトウェアなどではないのだ。人類を人類たらしめているのは、また私たちの社会をこれほど強力なものにしているのは、多様性である。疾患を引き起こす遺伝子変異の一部は、生化学的に見れば欠損タンパク質や異常タンパク質をつくるが、患者に欠陥や異常があるわけでは断じてないし、彼らは幸せな人生を送り、遺伝子修復の必要さえ感じていないかもしれない。

優生学の復活につながらないか？

遺伝子編集のせいで、狭い範囲の遺伝的「規範」を外れる人たちへの偏見が助長されるのではないかという、この懸念こそが、生殖細胞系の編集が優生学につながるという危惧の根底にある。今日優生学といえば、まず頭に浮かぶのはナチスドイツの政策だろう。最優秀な民族を求めて数十万人に断種を強制し、数百万のユダヤ人、同性愛者、精神障害者、その他「生きるに値しない」人たちを大量殺戮した。残念なことに、アメリカでも同様の優生学的施策がヒトラーが政権を握るずっと前に一般的に行われ、強制断種は一部の州で一九七〇年代まで続いていた。遺伝子プール改良計画をめぐる人間の嘆かわしい歴史を考えれば、健康な遺伝子を与える力をもつCRISPRが、過去の残念な時代を思い出させるのも無理はないのかもしれない。

だが遺伝子編集を過去の後ろ暗い先例になぞらえるのは、センセーショナルではあるが、よく考えれば無理がある。病気を根絶するためのCRISPRを使った胚の編集は、厳密には優生学的処置に含まれ得るが、それをいうなら着床前診断や超音波検査、妊婦用ビタミン剤、果ては妊娠中の禁酒もそうだ。というのも、優生学のもともとの定義は「健全な生まれ（well-born）」であるため[35]、健康な子どもをもつことを目的とするあらゆる行為がこれに含まれるからだ。現代のよりおおざっぱな解釈には、一九世紀後半から二〇世紀前半にかけて生まれた、望ましい形質をもつ人同士の交配を奨励し、不適格とされる人たちの生殖を制限または阻止することによって、人種全体の遺伝子強化をめざした思想や慣行が色濃く表れている。

私たちの記憶に残る優生学の慣行はたしかにおぞましいものだが、遺伝子編集で似たようなことが繰り返される可能性は、万に一つもない。政府が親に子どもの遺伝子の編集を強制するなどありえない（だいいち、これから見ていくように、この処置はまだ多くの地域で違法なのだ）。市民の生殖の自由を制限する強権的な政府でもない限り、生殖細胞系の編集は役人が国民全体について下す決定ではなく、親がわが子に関して下す個人的決定にとどまるはずだ。

生殖細胞系の編集の倫理性に関する私の見解は、今も変わり続けていて、そのつど私は「選択」という問題に立ち返っている。私たちが何より尊重しなくてはならないのは、自分の遺伝的運命を自分で決める自由と、より健康で幸福な人生を送れるよう努力する自由である。この選択の自由を与えられれば、私たちは何であれ、自分が正しいと思うことをするだろう。ハンチントン病患者のチャールズ・サビーンもいっている。「この種の病気に実際に苦しんでいる人は、倫理的問題に目をつぶることに良心の呵責などこれっぽっちも感じないだろう」[36]。良心の呵責を感じろなどと彼に命じる権利が、一体誰にあるだろう？

異なる各国の対応

生殖細胞系の遺伝子編集を全面禁止することに倫理的根拠があるとは思わないし、親が健康な血のつながった子どもをもつためにＣＲＩＳＰＲを使用することを阻止できる正当な理由があるとも思わない（その手法が安全で、公平に提供される限り）。と同時に、従来の方法で子どもをもつことを選択する親たちを意識的に支持しない限り、また誰もが尊重され公平に扱われる社会を築く決意を新たにしない限り、生殖細胞系の編集を推進できるはずがない。もし私たちにこれらができるなら――つまりＣＲＩＳＰＲが禁止されて一部の人の健康が奪われるような事態と、ＣＲＩＳＰＲが濫用され社会の価値観が損なわれるような事態の両方を慎重に避けることができるなら、この新技術を文句なしによい方法で使えるにちがいない。

では、それを確実に行う方法はあるだろうか？　倫理性や安全性についての対話を開始したからといって、すぐにコンセンサスが得られるはずもない。それに、（仮に到達できたとして）そのコンセンサスを実行に移すなど、ここで検討する価値もないほど可能性は低いように思われる。しかし、一貫性のある国際的なガイドラインを今計画し始めなければ、そのチャンスは二度と来ないかもしれない。

ヒト生殖細胞を改変する手法の監督と規制において、世界各国の政府の関与が必要なことは言うまでもない。だがこれはそう簡単なことではない。というのも、この問題に関する現行の政府規制は国によってまちまちで、かつ実効性に欠ける場合が多いからだ[37]。たとえばカナダ、フランス、ドイツ、ブラジル、オーストラリアを含む多くの国では、ヒト生殖細胞系への臨床的介入は明確に禁止され、罰金から長期の懲役までの刑事罰の対象である。これに対して中国、インド、日本などでは、こうした介入は指針（ガイドライン）によって禁止されているが、指針は法律ではなく、したがって強制力に欠ける。アメリカは抑制的な政策をとっている。全面禁止ではないが、政府機関は生殖細胞系への臨床目的での遺伝子編集に反対を表明しており、また臨床試験を行うためには食品医薬品局（ＦＤＡ）の承認を得る必要がある（ただし興味深いことに、着床前診断や顕微授精、体外受精を含むほかの多くの生殖補助医療については、正式な臨床試験が行われたことも、ＦＤＡによる審査が行われたこともない）。

遺伝子編集されたヒト胚を用いた出産に関する規制はもちろん、ヒト生殖細胞系の編集の研究に関する規制さえ、一貫性を欠いている。ＣＲＩＳＰＲを胚に用いた実験が初めて行われた中国では、この種の研究は所属機関の倫理委員会の適切な監督の下で行われる必要がある。アメリカには同様の研究を規制する連邦法はない（ただし州によっては禁止されている）が、一九九六年に議会を通過したいわゆる「ディッキー・ウィッカー修正条項」が、ヒト胚を作製または破壊する研究への連邦政府の助成を禁じていて、ＣＲＩＳＰＲを用いた実験にも明らかにこの修正条項が適用される。しかし民間資金による研究を禁じる法律はないのだ。イギリスでは生殖細胞系の遺伝子編集を伴う研究は許可されている（すでに行われている）が、ヒト受精および胚研究認可局（ＨＦＥＡ）と呼ばれる政府の諮問機関の承認が必要だ。その他、ヒト胚を用いるすべての研究を禁じる政府もあれば、臨床と研究の区別がかなり不透明な法律を施行する政府もある。

生殖細胞系の編集に関する政策が不明瞭な文言で書かれていることも、規制の問題の難しさに拍車をかけている。たとえばEUで最近採択された、EU域内での臨床試験の規制に関する文書は、「被験者の生殖細胞系の遺伝的アイデンティティを改変する……遺伝子治療の臨床試験[38]」を禁じているが、「遺伝的アイデンティティ」が一体何を指すのかは明記されず、「遺伝子治療」にCRISPRを用いた遺伝子編集が含まれるかどうかも不明である。フランスでは「人類の一体性を損なう」行為および「人類の選別を組織化することを目的とする優生学的処置」は禁じられているが、優生学の文字通りの定義に含まれる着床前遺伝子診断はフランスの診療所で行われているため、やはりあいまいすぎて参考にならない。これに対してメキシコでは、ヒトの遺伝子操作に対する現行規制は目的によって判断され、「重篤な疾患や欠陥の除去または軽減」以外の目的は禁じられている。だが何が重篤な疾患や欠陥なのかを、誰が判断するのだろう？　政府、医師、それとも親だろうか？

アメリカ連邦議会は、これまでヒト胚へのCRISPRの使用を求める申請書を審査すること自体できないか、そうする意思がなかった。立法府がこのような姿勢をとるのは、選挙で選出された議員が現実から目を背けているのにも等しい。二〇一五年には、「次世代に遺伝する遺伝子改変を行うために意図的に作製または改変されたヒト胚[39]」を用いる臨床研究に連邦政府の資金を与えることを禁じる付帯条項が、上下両院の歳出法案に盛り込まれた。いいかえれば、議員らは胚へのCRISPRの使用を事実上禁止したが、実際の法律を制定するのではなく、FDAの行動を制限することによってこれを行ったのである（皮肉にも、この回りくどいやり方は裏目に出そうになった。というのも現在の規制プロセスでは、新薬の治験申請は、申請後三〇日以内にFDAより明白な却下拒否の通知がない場合は、自動的に受理されるからだ。この事態を避けるために、二〇一六年の土壇場になって、そのような申請を受領されなかったものとみなすようＦＤＡに指示する条項が加えられた）。

生殖細胞系の遺伝子編集を伴う研究を審査することさえ拒否するのは、規制を行う最善の方法とはとても思えない。研究や臨床応用をただたんに禁止することも、正しい規制のあり方とはいえない。一部で指摘されているように、アメリカは生殖細胞系の遺伝子編集を禁じることによって、この分野での主導的地位を他国に事実上譲り渡すことになりかねない。この種の研究に助成金を交付しない決定が、すでに悪影響をおよぼしているという見方もある。

また一部の国の過度に抑制的な方針は、他国へのいわゆる「クリスパー・ツーリズム」を促すリスクがある。裕福な患者なら、ＣＲＩＳＰＲに対する規制が緩いか存在しない国に行って治療を受けることができる。すでにそうした医療ツーリストが数百万ドルを投じて、[40]自国で規制されている幹細胞治療や、筋肉量を増やしたり寿命を延ばしたりするための遺伝子治療を受けているのだ。[41]このような危険で反倫理的でさえある慣行に対して各国政府がとるべき措置は、危険をはらみ有効性が実証されていない手法を許可することでは断じてない。また、研究に過度な規制を課すことでもない。そんなことをしても、研究が水面下で行われるという、考えうる最悪の結果を招くだけだ。それより、各国政府は研究と臨床応用を認めるほどには寛容で、最悪の行き過ぎを防ぐほどには厳格な規制環境を維持しなくてはならない。

規制と自由の間で適切なバランスをとることは、研究者と立法府がともに負わなければならない責任である。科学の専門家はＣＲＩＳＰＲを導入する最も安全な方法を明記した、合意された統一的なガイドラインを策定し、研究すべき疾患原因遺伝子に優先順位を設け、遺伝子編集治療法を評価するための品質管理基準を設定するよう努めなくてはならない。またとくにアメリカの政府関係者は、従来よりも積極的な役割を担い、適切な法整備を進める一方で、私たちが二〇一五年のワシントンＤＣでのサミットで行ったように、有権者の意見をくみ上げ、市民参加を促さなくてはならない。もちろん、生殖細胞系の遺伝子編集を行うべきかどうか、どのように行うかについて、すべての当事者の一致した合意がいつか得られると考えるのは非現実的だが、それでも各国政府はこの手法のポテンシャルを最大限に引き出し、国民の意思を反映する法律を制定できるよう、全力を尽くさなければならない。

そうした取り組みが実現したとしても、ＣＲＩＳＰＲが突きつける難題に対して、国際社会が首尾一貫した対応をとるとは考えにくい。それぞれの社会が独自の視点や歴史、文化的価値観に基づいて、生殖細胞系の編集というテーマに対応することになるだろう。ヒト生殖細胞系の遺伝子編集、とくに遺伝子強化が最初に行われるのは、中国や日本、インドなどのアジア諸国だろうと予測する識者もいる[42]。とくに中国には、生殖細胞系遺伝子編集の研究開発にうってつけの環境がある。中国の科学者はサルや生存不可能なヒト胚、人間の患者など、いくつかの分野で率先してＣＲＩＳＰＲ技術を導入している実績があるからだ。

しかし、たとえ国際合意が手の届かないところにあったとしても、それが得られるよう私たちは努めなくてはならない。遺伝子編集が人間の社会を分断化するリスクなど、先の世代の問題に思えるかもしれないが、歴史的に見るとそう遠いことではないように思われるからだ。

革新的な技術は、いったん世界に解き放たれれば、二度と封じ込めることはできない。新たな技術に性急に飛びつけば、そのこと自体が別の問題を生んでしまう。過去には核技術で優位に立とうとする競争のために、研究開発に膨大な労力や資金が費やされ、そのせいで世界の政治システムや人々の生活の多くの面が、前よりも安全でないかたちに根本からつくり替えられてしまった。さいわい遺伝子編集技術では、核技術の場合とはちがって、CRISPRの最も広範囲におよぶ力、すなわち生命の未来をコントロールする力の利用法について、十分な情報をもとに公の議論を行うチャンスがある。だが遅きに失すれば、手綱が手から離れるだろう。

技術それ自体に善し悪しはない

人間を人間たらしめている特徴の一つが、新しいものごとを知りたい、既知のものごとや可能性の境界をつねに押し広げたいという、根源的な欲求である。ロケット科学や宇宙航空の技術進歩のおかげで、私たちは惑星を探索できるようになり、粒子物理学の前進のおかげで、物質の根源を最も細かなレベルで解明できるようになった。同様に、遺伝子編集の前進によって、私たちは生命の言語そのものを書き換えられるようになり、そして私たち自身の遺伝的運命のほぼ完全なコントロールを手に入れようとしている。この技術を最もよく利用するにはどうすればよいかを、私たちはともに選択することができる。この新たな知識は閉じ込めることがけっしてできないのだから、受け入れるしかない。ただし慎重に、そしてその想像を超えた力に最大限の配慮をもって受け入れなくてはならない。

人類は歴史のほとんどを通じて、自然界の緩慢で感知できないほどかすかな進化の圧力にさらされてきた。それが今では、圧力の焦点と強度をコントロールできる立場にあるのだ。これから先は、私たちや地球が馴染んできたペースとは比べものにならない速さで進化が進むだろう。今から数十年後に平均的な人のゲノムがどうなっているかは、予想できそうにない。数百年後、数千年後に人類や世界がどのように変わっているかなど、誰にわかるだろう？

オルダス・ハクスリーが、あの背筋の凍るような小説『すばらしい新世界』で、遺伝的な階級制度が存在する未来を描いたことはよく知られている。最近では生殖細胞系の遺伝子編集が取り上げられるとき、この小説が直接、間接的に言及されないことはほとんどないといっていいくらいだ。だがハクスリーのディストピア（暗黒郷）は、西暦二五四〇年という設定だった。もしも生殖細胞系の編集が本当に遺伝格差を招くのなら、それよりずっと早くにはじまっているはずだ。それにＣＲＩＳＰＲのような技術が、今後五〇〇年間で私たちの社会を、人間をどのようにつくりかえる可能性があるか、想像を働かせてみてほしい。きっといろいろと考えさせられることだろう。

起こりうる変化の多くは、文句なしによい変化だ。ＣＲＩＳＰＲは世界をよい方向に変えるとてつもない力をもっている。想像してみてほしい、ちょうど予防接種が天然痘を根絶し、まもなくポリオを撲滅しようとしているように、遺伝子編集技術が重篤な遺伝性疾患をなくすことを。数千人の科学者がＣＲＩＳＰＲを使って、がんなどの災いを研究し、新しい治療法や根治法を開発することを。農家や育種家、それに世界の指導者が、ＣＲＩＳＰＲでつくった気候変動に強い作物によって、食料危機を解決することを。こうしたシナリオが実現するかしないかは、私たちが今後数年のうちに下す決定にかかっている。

本質的によい技術や悪い技術など、ほとんど存在しない。重要なのは、それをどう使うかだ。そしてＣＲＩＳＰＲに関していえば、私たちの想像力が許す限り、どんなよい可能性、悪い可能性も追求することができる。人間がこの力を悪いことではなく、よいことのために使うはずだと私は確信しているが、そのためには私たちが個人として、集団として、それを決意する必要があることも認識している。私たちは一つの種としてこれまでそんなことを行ったことがない。だが何度も言うようだが、私たちはかつてそのためのツールを持ったことがなかったのだ。

人類の遺伝的未来をコントロールするこの力は、畏怖の念、恐怖の念を起こさせる。それをどのように扱うかを決定することは、私たちがこれまでに挑んだ最大のチャレンジになるだろう。私たちがその責務を正しく果たせることを願い、信じている。

エピローグ　科学者よ、研究室を出て話をしよう

細菌の免疫システムというまったく関係のなさそうな研究からこの画期的な新技術が生まれたように、科学においては、基礎研究ほど大事なことはない。そして科学が行なっていることを一般の人たちと共有することが、より一層重要な時代になっている。

何と遠い道のりだったことだろう

このあとがきを書いている今、私は、ニューヨークのコールド・スプリング・ハーバー研究所からカリフォルニアの家へと帰路についたところだ。ニューヨークではＣＲＩＳＰＲによる遺伝子編集革命に関する第二回年次会議があった。会議で発表された研究の抄録集と、参加者らと行なった議論のメモがラップトップのうえに載っている。参加者は学術・民間研究機関の研究者のほか、医療関係者、報道関係者、編集者、投資家、遺伝性疾患の患者など、四一五人を数えた。ここ数年間に私が出席した大学や財団主催のセミナーの出席者と似た顔ぶれだ。遺伝子編集技術の影響を受け、今後の技術の利用を方向づける層を代表する人たちである。

コールド・スプリング・ハーバーでは、妊婦らしい学生が名を名乗ってからこんな質問をしてきた。ＣＲＩＳＰＲ革命の渦中にいる科学者として、母として、これまでたどってこられた道のりを振り返っていただけませんか。なんて遠い道のりだったろう。そのことを考えるとも

う笑ってしまうしかないのだが、でもとにかくやってみた。

当初想像もしなかった、ジェットコースターのような紆余曲折の日々。純粋な発見の喜び、リチャード・ファインマンのいう「ものごとをつきとめる喜び」を味わった。細菌によってプログラムされたタンパク質が、侵入したウイルスを武装兵のように認識し、破壊する様子に、息子と二人して目を見張った。人間の発達や生殖の医学、社会、政治、倫理的側面といった新たな分野に足を踏み入れ、学生のようになって新しいことを学ぶ喜びをいまひとたび感じた。自分がどんなにすばらしい人と結婚したかを改めて思い知った。賢明で頼もしく、世界トップクラスの研究室の運営から、息子のロケットづくりの手伝い、私が特許商標庁に提出した難解な法的書類の解説まで、なんでも見事にやってのける人。そのうえお手製のマッシュルーム・ケサディージャは絶品で、キャンティワインを語らせたら彼の右に出る人はいない。

この四年間、またキャリアを通じて、世界一優秀なきら星のような人材と仕事をしてこられたのは、とても幸運で名誉なことだった。私の研究室もさいわい多くの勤勉で献身的な学生、博士研究員、専門研究員に恵まれ、ブレイク・ウィーデンヘフトとレイチェル・ハウルウィッツ、マーティン・イーネック、そしてこの本の共著者サム・スターンバーグに日々の実験の運営を頼っている。研究室の外では、ポール・バーグとデイビッド・ボルティモアをはじめとする科学界の指導者たちの協力を得て、遺伝子編集の影響に関する公の対話を開始できて、本当に光栄だった。そしてジル・バンフィールドとエマニュエル・シャルパンティエのようなすばらしい共同研究者に鼓舞されて、新しい方向性を追求することができた。

科学者が外に出て、専門外の人たちと話すこと

協力は科学研究の潤滑油だが、研究のエンジンに火をくべるのはもちろん、競争である。健全なライバル意識は、科学的プロセスの自然な一面であり、人間の数々の偉大な発見の原動力になってきた。でもときにはCRISPRの研究や応用での熾烈極まりない競争に気圧され、この研究がわずか数年のうちに、生物学の研究者なら誰もが関わるグローバルな分野にまで発展したことに圧倒されもした。

競争と協力という科学の二本柱が私のキャリアを決定づけ、人間としての私を形づくってきた。とくにこの五年間は、深い友情から心かき乱す裏切りまで、さまざまな人間模様を経験した。そうした出会いを通じて私自身を知り、そして私たち人間が自らの欲望を制御するのか、それとも逆に欲望に支配されるのかを、自ら決めなくてはならないのだと学んだ。

また居心地のよい場所から思い切って飛び出し、ふだんの交友範囲を超えた研究者以外の人たちと科学について話し合うことの大切さを思い知った。科学者は社会の役に立つのか、科学に世界を解明し改善する力などあるのか、という懐疑的な人たちから、私たちはますます不信の目で見られるようになっている。人々が気候変動を否定し、子どもの予防接種を拒否し、遺伝子組み換え生物は食用に適さないと決めつけるのは、科学に対する無知のせいだけでなく、科学者と一般市民のコミュニケーションの断絶のせいでもある。CRISPRへの抗議運動も同じ理由だ。フランスとスイスでは「遺伝子組み換えベビー」への反対の声がすでに上がっている[1]。このような人々に直接働きかけなければ、不信は広がるばかりだ。

コミュニケーションの断絶は、科学者の側にも責任がある。私自身、最初はＣＲＩＳＰＲの影響について話すために研究室から出るのが億劫だったし、なぜもっと早いうちからやらなかったのだろうと後悔したこともある。科学技術の使われ方に関する議論に積極的に参加するのは、科学者たる者の務めだと、強く思うようになった。科学はグローバル化し、研究素材や試薬を主要サプライヤーが全世界に供給し、公開データへのアクセスがかつてないほど容易になった。知識が研究者の間を自由に流れるように、研究者と一般市民の間でも円滑に流れるようにしなくてはならない。

　遺伝子編集が人類と地球を根底からゆるがすような影響をおよぼそうとしている今、科学界と一般市民との間に対話の手段を設けることが、かつてないほど重要になっている。生命が進化の緩慢な力だけで形作られていた日々はとうに過ぎ去った。私たちはいま、新しい時代のとば口に立っている。それは生命の遺伝子構成と、それが生成する豊かで多様な物質に対して、人間が大きな影響力を持つ時代である。私たちは太古の昔から地球上の遺伝物質をつくってきた、耳と口と目をふさがれたシステムを、意識的で意図的な、人間が方向づけるシステムに置き換えようとしているのだ。

　それほどの重責を担う覚悟が、私たちにできているはずがない。しかしそれを避けて通ることはできない。人間が自らの遺伝的運命をコントロールするのを恐ろしいことだというのなら、この力をもちながらコントロール**できない**事態がどんなものか、考えてほしい。それこそ真に恐ろしく、真に想像を絶する事態というものだろう。

　科学と一般市民とを隔て、不信と無知をはびこらせてきた壁を壊さなくてはならない。私たち人間が、今直面する課題に立ち向かう妨げになるものがあるとすれば、それはこの壁である。

次世代の科学者が、私たちの世代よりもずっと真剣に、また率直に一般市民とかかわり合ってくれることを、そして科学と技術の利用法を決めるにあたって、「押しつけない話し合い」の精神で臨んでくれることを、心の底から願っている。科学者が一般市民の信頼を取り戻すために、ぜひとも必要なことだ。

前進を示す兆しはある。オープンアクセスの流れのおかげで、一般市民が多くの学術論文を自由に参照できるようになった。オンライン教育は、世界中のあらゆる年齢の人々に対して、教育の機会を拡大している。これは明るい傾向だが、それだけでは十分とはいえない。教育機関は、学生がどのように学び、知識をどのように社会問題の解決に役立てるべきかを、改めて考えなくてはならない。私も世界有数の公立大学である所属大学に対し、学際的な会議や講座、研究プロジェクトを積極的に組織するよう、働きかけている。科学者、著述家、心理学者、歴史家、政治学者、経済学者などと現実世界の問題にともに取り組む機会を設ければ、私たち科学者も、専門分野を一般の人々に説明する能力を高めていける。きっと学生も、専門分野をより幅広い観点からとらえ、知識を問題解決に役立てる方法を学ぶことだろう。アイデアは思いつくより実行に移す方が難しいのがつねだが、研究仲間の間で学際的イニシアティブへの関心が高まっているのを肌で感じている。そしてうれしいことに、科学、倫理学、経済学、社会学、生態学、進化など多くの分野に関係のあるＣＲＩＳＰＲ技術が、そうした取り組みに弾みをつけそうな予感がしている。

科学者は専門分野を問わず、自らの研究が幅広い社会におよぼす影響を直視する覚悟がなくてはならないが、それだけでなく、研究の内容についてもくわしく説明していくことが必要だ。先日シリコンバレーの著名な起業家たちとの昼食会に出た時、こんなことを言う人がいた。

「一、二〇〇〇万ドルの資金と有能なチームさえあれば、どんな技術的問題も解決してみせますよ」。この人物は技術的問題の解決法については明らかに一家言をもっているのだろう。数々の成功実績がそれを物語っていた。でも、残念ながらそんな姿勢では、CRISPRを利用した遺伝子編集技術を生み出せたはずもない。CRISPRは好奇心に端を発した自然現象の研究から生まれた。私たちが最終的に生み出した技術は、開発に一、二〇〇〇万ドルもの大金は必要なかったが、遺伝子編集とはまるで無関係にも思われる、細菌の適応免疫の化学的、生物学的側面の徹底的な理解がなければ開発され得なかった。これは、自然界の理解を目的とする基礎研究の大切さと、新技術開発における基礎研究の重要性を物語る一例である。自然は人間よりもたっぷり時間をかけて実験を行なってきたのだ！

一見まったく関係のない基礎研究が次の飛躍を生む

読者のみなさんにこの本から学んでほしいことを一つだけ挙げるとすれば、それは私たち人間が目的を定めない（オープンエンドな）科学的研究を通して、身の回りの世界を探究し続けなくてはならないということだ。ペニシリンの驚異的な効果は、アレクサンダー・フレミングによるブドウ球菌の地道な実験がなければ発見されることはなかった。現代の分子生物学の基礎をなす組み換えＤＮＡの研究は、制限酵素と転写酵素が大腸菌や好熱菌から分離されて初めて可能になった。高速ＤＮＡシーケンシングの開発には、温泉微生物の驚くべき特性に関する実験が不可欠だった。そして私たちは、細菌はウイルス感染からどうやって身を守っているのかという根源的な疑問に取り組まなければ、この強力な遺伝子編集ツールを開発できたはずがなかった。

ＣＲＩＳＰＲの物語は、画期的発見が思いもよらない場所から生まれることを、そして自然を理解したいという強い思いに導かれるまま歩むことの大切さを教えてくれる。だがそれだけではない。科学的プロセスとそれがおよぼす影響に対して、科学者と一般市民がともに大きな責任を負っていることも思い知らせてくれるのだ。私たちはこれからも科学のあらゆる分野で新しい発見を裏づけ、発見に対する責務を誠意をもって受け入れ、着実に果たしていかなくてはならない。歴史がはっきり示しているように、私たちが受け入れる準備ができていようがいまいが、科学的進歩はいやおうなしに起こる。自然の秘密を一つ解明するたび、一つの実験が終わり、そしてほかの多くの実験が始まるのだ。

ジェニファー・ダウドナ
二〇一六年九月

謝辞

ジェニファー&サム

私たち二人にとって、この本の執筆は刺激と困難に満ちた経験で、同僚や友人、家族の寛大な助けと支えがなければ、決してやり通すことはできなかった。

代理人のマックス・ブロックマンには、この本のプロモーションを手がけ、プロジェクトを最初から熱心に支援してくれたことに感謝する。ホートン・ミフリン・ハーコート（ＨＭＨ）の疲れを知らない編集者アレクサンダー・リトルフィールドは、私たちの長々しい（うえに専門的すぎる）初期の数章の原稿に磨きをかけ、材料をうまく整理し、構成する方法について創意あふれるヒントをくれた。一緒に仕事ができて本当に楽しかった。刊行と宣伝を担当してくれたＨＭＨのみなさん、とくにピラー・ガルシア＝ブラウン、ローラ・ブレイディ、ステファニー・キム、ミシェル・トライアントに感謝申し上げる。トレーシー・ローは私たちの原稿を整理し（そして細かい表記法を教授してくれ）、土壇場の変更を寛大にも許してくれた。すばらしいアーティストのジェフ・マティソンの力を借りることができて本当に幸運だった。難しい科学の概念を、美しいインク絵でわかりやすく表してくれたことに感謝する。

マーティン・イーネック、ブレイク・ウィーデンヘフト、ジル・バンフィールドは、原稿の一部を読んで貴重な意見をくれた。ミーガン・ホックストラッサーには最終原稿の校正でお世話になった。そして議論や討論、鋭い意見を通して、この本に貢献してくれた多くの人たちに、この場をお借りして感謝したい。

残念なことに科学では（ほかの学問分野と同様）、研究の特定分野に貢献してきた無数の人たちすべてに感謝することは到底できない。優れた数々の科学者が関わる、CRISPR-Cas生物学とCRISPRベースの遺伝子編集の分野の前進に関わることができたのは、本当に光栄なことだった。遺伝子ターゲティングと遺伝子治療の先駆者から、CRISPR生物学の勇気ある開拓者、そして今日のゲノム工学者まで、偉大な研究者たちによって行われてきたすばらしい研究に、私たちはこれまでもこれからも意欲や好奇心をかき立てられることだろう。関心を持った読者が、CRISPRや遺伝子編集に関するほかの多くの解説や論文、書物を読んで、私たちと興奮を分かち合ってくれれば、こんなにうれしいことはない。

ジェニファー

すばらしい夫と息子のアンドリューに、このプロジェクトをはじめ、いろいろな面で私に注いでくれた愛情、励まし、ユーモアにありがとうといいたい。二人の支えがなければ、この本を完成させることはできなかった。私の父も母も、この本で説明した研究を知ることはなかったが、二人がくれた信頼と発見への情熱が、科学者としての私をつくっている。妹のエレンとサラには、いつも変わらず支えとなってくれることに感謝したい。プロジェクトの要所要所で助けてくれた優れた科学者のレイチェル・ハウルウィッツに感謝する。そしてこの本で説明した初期の研究で中心的な役割を果たした二人の科学者、ジル・バンフィールドとエマニュエル・シャルパンティエには、共同研究の機会を与えてくれたことに感謝してやまない。アシスタントのジュリー・アンダーソン、リサ・ダイッチ、モリー・ジョーゲンセンがたゆみなく私を支え、手際よく仕事の段取りをしてくれたおかげで、執筆に十分な時間を割くことができた。最後に共著者のサムに、職業人生の貴重な一年間をこのプロジェクトに捧げてくれたことに本当に感謝している。サムの文才と科学的洞察、この革新的な技術の広範な影響に対する関心がなければ、プロジェクトは決して実現しなかった。

サム

ジェニファーには執筆のパートナーとして僕を信頼してくれたことに、心からの感謝を伝えたい。エグジ・ハチシュレイマンには、プロジェクトを最初に思いついた頃によき相談相手になってくれたことに感謝する。ブレイク・ウィーデンヘフトとレベッカ・ベスディン、アナベル・クライスト、ミッチェル・オコネル、ベンジャミン・オークスは、この本の企画書について貴重な意見をくれた。いつも電話でアイデアを出し合ってくれたノーム・プライウェスと、プロジェクトに賛成し、最初の数章を読んでくれたサンドラ・フラックに感謝する。キャスリン・クワンストロムは変わらぬ友情と支えをくれ、つらい時には愚痴にもつき合ってくれた。ジェニファー・ヘフェスは執筆の一年間を通じて僕を支え、すばらしい仕事場を提供してくれた。最後に、兄のマックスと父ロバート・スターンバーグ、母スザンヌ・ニムリヒターにありがとうと言いたい。彼らがいなければ、今の僕はあり得なかった。家族でハワイ旅行中にこの本を書きたいと初めて夢見た時から、原稿の最後の一文を書き終わるまで、ずっと僕を励まし続けてくれた。家族の惜しみない愛情と支えがなければ、このプロジェクトを決して実現できなかったと確信している。

ソースノート

第1章　クリスパー前史

（１）D. H. McDermott et al., "Chromothriptic Cure of WHIM Syndrome," *Cell* 160 (2015): 686-99.

（２）ＷＨＩＭの名称は、この疾患の四つの主な症状であるイボ、低ガンマグロブリン血症（免疫グロブリンの欠陥）、感染症、骨髄性好中球貯留（白血球の一種に起こる欠陥）の頭文字をとってつけられた。

（３）P. J. Stephens et al., "Massive Genomic Rearrangement Acquired in a Single Catastrophic Event During Cancer Development," *Cell* 144 (2011): 27-40.

（４）R. Hirschhorn, "In Vivo Reversion to Normal of Inherited Mutations in Humans," *Journal of Medical Genetics* 40 (2003): 721-28.

（５）R. Hirschhorn et al., "Somatic Mosaicism for a Newly Identified Splice-Site Mutation in a Patient with Adenosine Deaminase-Deficient Immunodeficiency and Spontaneous Clinical Recovery," *American Journal of Human Genetics* 55 (1994): 59-68.

（６）B. R. Davis and F. Candotti, "Revertant Somatic Mosaicism in the Wiskott-Aldrich Syndrome," *Immunologic Research* 44 (2009): 127-31.

（７）E. A. Kvittingen et al., "Self-Induced Correction of the Genetic Defect in Tyrosinemia Type I," *Journal of Clinical Investigation* 94 (1994): 1657-61.

（８）K. A. Choate et al., "Mitotic Recombination in Patients with Ichthyosis Causes Reversion of Dominant Mutations in KRT10," *Science* 330 (2010): 94-97.

（９）J. Lederberg, "'Ome Sweet 'Omics—A Genealogical Treasury of Words," *Scientist*, April 2, 2001.

（10）S. Rogers, "Reflections on Issues Posed by Recombinant DNA Molecule Technology. II," *Annals of the New York Academy of Sciences* 265 (1976): 66-70.

（11）T. Friedmann and R. Roblin, "Gene Therapy for Human Genetic Disease?," *Science* 175 (1972): 949-55.

（12）T. Friedmann, "Stanfield Rogers: Insights into Virus Vectors and Failure of an Early Gene Therapy Model," *Molecular Therapy* 4 (2001): 285-88.

（13）K. R. Folger et al., "Patterns of Integration of DNA Microinjected into Cultured Mammalian Cells: Evidence for Homologous Recombination Between Injected Plasmid DNA Molecules," *Molecular and Cellular Biology* 2 (1982): 1372-87.

（14）Ibid.

（15）O. Smithies et al., "Insertion of DNA Sequences into the Human Chromosomal Beta-Globin Locus by Homologous Recombination," *Nature* 317 (1985): 230-34.

（16）K. R. Thomas, K. R. Folger, and M. R. Capecchi, "High Frequency Targeting of Genes to Specific Sites in the Mammalian Genome," *Cell* 44 (1986): 419-28.

（17）S. L. Mansour, K. R. Thomas, and M. R. Capecchi, "Disruption of the Proto-Oncogene Int-2 in Mouse Embryo-Derived Stem Cells: A General Strategy for Targeting Mutations to Non-Selectable Genes," *Nature* 336 (1988): 348-52.

(18) J. Lyon and Peter Gorner, *Altered Fates: Gene Therapy and the Retooling of Human Life* (New York: Norton, 1995), 556.

(19) J. W. Szostak et al., "The Double-Strand-Break Repair Model for Recombination," *Cell* 33 (1983): 25-35.

(20) P. Rouet, F. Smih, and M. Jasin, "Introduction of Double-Strand Breaks into the Genome of Mouse Cells by Expression of a Rare-Cutting Endonuclease," *Molecular and Cellular Biology* 14 (1994): 8096-8106.

(21) Y. G. Kim, J. Cha, and S. Chandrasegaran, "Hybrid Restriction Enzymes: Zinc Finger Fusions to Fok I Cleavage Domain," *Proceedings of the National Academy of Sciences of the United States of America* 93 (1996): 1156-60.

(22) M. Bibikova et al., "Stimulation of Homologous Recombination Through Targeted Cleavage by Chimeric Nucleases," *Molecular and Cellular Biology* 21 (2001): 289-97.

(23) M. Bibikova et al., "Targeted Chromosomal Cleavage and Mutagenesis in Drosophila Using Zinc-Finger Nucleases," *Genetics* 161 (2002): 1169-75.

(24) M. H. Porteus and D. Baltimore, "Chimeric Nucleases Stimulate Gene Targeting in Human Cells," *Science* 300 (2003): 763.

(25) F. D. Urnov et al., "Highly Efficient Endogenous Human Gene Correction Using Designed Zinc-Finger Nucleases," *Nature* 435 (2005): 646-51.

(26) S. Chandrasegaran and D. Carroll, "Origins of Programmable Nucleases for Genome Engineering," *Journal of Molecular Biology* 428 (2016): 963-89.

第2章　細菌のＤＮＡに現れる不思議な「回文」

(1) G. W. Tyson and J. F. Banfield, "Rapidly Evolving CRISPRs Implicated in Acquired Resistance of Microorganisms to Viruses," *Environmental Microbiology* 10 (2008): 200-207.

(2) F. J. Mojica et al., "Biological Significance of a Family of Regularly Spaced Repeats in the Genomes of Archaea, Bacteria and Mitochondria," *Molecular Microbiology* 36 (2000): 244-46.

(3) F. J. Mojica et al., "Intervening Sequences of Regularly Spaced Prokaryotic Repeats Derive from Foreign Genetic Elements," *Journal of Molecular Evolution 60* (2005): 174-82; C. Pourcel, G. Salvignol, and G. Vergnaud, "CRISPR Elements in *Yersinia pestis* Acquire New Repeats by Preferential Uptake of Bacteriophage DNA, and Provide Additional Tools for Evolutionary Studies," *Microbiology* 151 (2005): 653-63; A. Bolotin et al., "Clustered Regularly Interspaced Short Palindrome Repeats (CRISPRs) Have Spacers of Extrachromosomal Origin," *Microbiology* 151 (2005): 2551-61.

(4) A. F. Andersson and J. F. Banfield, "Virus Population Dynamics and Acquired Virus Resistance in Natural Microbial Communities," *Science* 320 (2008): 1047-50.

(5) K. S. Makarova et al., "A Putative RNA-Interference-Based Immune System in Prokaryotes: Computational Analysis of the Predicted Enzymatic Machinery, Functional Analogies with Eukaryotic RNAi, and Hypothetical Mechanisms of Action,"

Biology Direct 1 (2006): 7.
(6) D. H. Duckworth, "Who Discovered Bacteriophage?," *Bacteriological Reviews* 40 (1976): 793-802.
(7) C. Zimmer, *A Planet of Viruses* (Chicago: University of Chicago Press, 2011).
(8) G. Naik, "To Fight Growing Threat from Germs, Scientists Try Old-fashioned Killer," *Wall Street Journal*, January 22, 2016.
(9) G.P.C. Salmond and P. C. Fineran, "A Century of the Phage: Past, Present and Future," *Nature Reviews Microbiology* 13 (2015): 777-86.
(10) F. Rohwer et al., *Life in Our Phage World* (San Diego: Wholon, 2014).
(11) S. J. Labrie, J. E. Samson, and S. Moineau, "Bacteriophage Resistance Mechanisms," *Nature Reviews Microbiology* 8 (2010): 317-27.
(12) R. Jansen et al., "Identification of Genes That Are Associated with DNA Repeats in Prokaryotes," *Molecular Microbiology* 43 (2002): 1565-75.
(13) Y. Ishino et al., "Nucleotide Sequence of the Iap Gene, Responsible for Alkaline Phosphatase Isozyme Conversion in *Escherichia coli*, and Identification of the Gene Product," *Journal of Bacteriology* 169 (1987): 5429-33.
(14) R. Barrangou et al., "CRISPR Provides Acquired Resistance Against Viruses in Prokaryotes," *Science* 315 (2007): 1709-12.
(15) A. Bolotin et al., "Complete Sequence and Comparative Genome Analysis of the Dairy Bacterium *Streptococcus thermophilus*," *Nature Biotechnology* 22 (2004): 1554-58.
(16) M. B. Marco, S. Moineau, and A. Quiberoni, "Bacteriophages and Dairy Fermentations," *Bacteriophage* 2 (2012): 149-58.
(17) S.J.J. Brouns et al., "Small CRISPR RNAs Guide Antiviral Defense in Prokaryotes," *Science* 321 (2008): 960-64.
(18) T.-H. Tang et al., "Identification of Novel Non-Coding RNAs as Potential Antisense Regulators in the Archaeon Sulfolobus solfataricus," *Molecular Microbiology* 55 (2005): 469-81.
(19) L. A. Marraffini and E. J. Sontheimer, "CRISPR Interference Limits Horizontal Gene Transfer in *Staphylococci* by Targeting DNA," *Science* 322 (2008): 1843-45.

第3章　免疫システムを遺伝子編集に応用する

(1) B. Wiedenheft et al., "Structural Basis for DNase Activity of a Conserved Protein Implicated in CRISPR-Mediated Genome Defense," *Structure* 17 (2009): 904-12.
(2) R. E. Haurwitz et al., "Sequence- and Structure-Specific RNA Processing by a CRISPR Endonuclease," *Science* 329 (2010): 1355-58.
(3) J. E. Garneau et al., "The CRISPR/Cas Bacterial Immune System Cleaves Bacteriophage and Plasmid DNA," *Nature* 468 (2010): 67-71.
(4) R. Sapranauskas et al., "The Streptococcus thermophilus CRISPR/Cas System Provides Immunity in *Escherichia coli*," *Nucleic Acids Research* 39 (2011): 9275.82.
(5) B. Wiedenheft et al., "Structures of the RNA-Guided Surveillance Complex from a Bacterial Immune System," *Nature* 477 (2011): 486-89.

(6) T. Sinkunas et al., "In Vitro Reconstitution of Cascade-Mediated CRISPR Immunity in *Streptococcus thermophilus*," *EMBO Journal* 32 (2013): 385-94.
(7) D. H. Haft et al., "A Guild of 45 CRISPR-Associated (Cas) Protein Families and Multiple CRISPR/Cas Subtypes Exist in Prokaryotic Genomes," *PLoS Computational Biology* 1 (2005): e60.
(8) K. S. Makarova et al., "Evolution and Classification of the CRISPR-Cas Systems," *Nature Reviews Microbiology* 9 (2011): 467-77.
(9) K. S. Makarova et al., "An Updated Evolutionary Classification of CRISPR-Cas Systems," *Nature Reviews Microbiology* 13 (2015): 722-36; S. Shmakov et al., "Discovery and functional Characterization of Diverse Class 2 CRISPR-Cas Systems," *Molecular Cell* 60 (2015): 385-97.
(10) E. Deltcheva et al., "CRISPR RNA Maturation by Trans-Encoded Small RNA and Host Factor RNase III," *Nature* 471 (2011): 602-7.
(11) A. P. Ralph and J. R. Carapetis, "Group A Streptococcal Diseases and Their Global Burden," *Current Topics in Microbiology and Immunology* 368 (2013): 1-27.
(12) M. Jinek et al., "A Programmable Dual-RNA-Guided DNA Endonuclease in Adaptive Bacterial Immunity," *Science* 337 (2012): 816-21.

第４章　高校生も遺伝子を編集できる

(1) G. Gasiunas et al., "Cas9-crRNA Ribonucleoprotein Complex Mediates Specific DNA Cleavage for Adaptive Immunity in Bacteria," *Proceedings of the National Academy of Sciences of the United States of America* 109 (2012): 2579-86.
(2) L. Cong et al., "Multiplex Genome Engineering Using CRISPR/Cas Systems," *Science* 339 (2013): 819-23; P. Mali et al., "RNA-guided Human Genome Engineering via Cas9," *Science* 339 (2013): 823-26; M. Jinek et al., "RNA-programmed Genome Editing in Human Cells," *eLife* 2 (2013): e00471; W. Y. Hwang et al., "Efficient Genome Editing in Zebrafish Using a CRI-SPR-Cas System," *Nature Biotechnology* 31 (2013): 227-29; S. W. Cho, S. Kim, J. M. Kim and J.-S. Kim, "Targeted Genome Engineering in Human Cells with the Cas9 RNA-guided Endonuclease," *Nature Biotechnology* 31 (2013): 230-32; W. Jiang et al., "RNA-guided Editing of Bacterial Genomes Using CRISPR-Cas Systems," *Nature Biotechnology* 31 (2013): 233-39.
(3) H. Wang et al., "One-Step Generation of Mice Carrying Mutations in Multiple Genes by CRISPR/Cas-Mediated Genome Engineering," *Cell* 153 (2013): 910-18.
(4) S.-T. Yen et al., "Somatic Mosaicism and Allele Complexity Induced by CRISPR/Cas9 RNA Injections in Mouse Zygotes," *Developmental Biology* 393 (2014): 3-9.
(5) G. A. Sunagawa et al., "Mammalian Reverse Genetics Without Crossing Reveals *Nr3a* as a Short-Sleeper Gene," *Cell Reports* 14 (2016): 662-77.
(6) Gasiunas et al., "Cas9-crRNA Ribonucleoprotein Complex Mediates Specific DNA Cleavage for adaptive immunity in bacteria."
(7) L. S. Qi et al., "Repurposing CRISPR as an RNA-Guided Platform for Sequence-Specific Con-

trol of Gene Expression," *Cell* 152 (2013): 1173-83; L. A. Gilbert et al., "CRISPR-Mediated Modular RNA-Guided Regulation of Transcription in Eukaryotes," *Cell* 154 (2013): 442-51.

（8） M. Herper, "This Protein Could Change Biotech Forever," *Forbes*, March 19, 2013, www.forbes.com/sites/matthewherper/2013/03/19/the-protein-that-could-change-biotech-forever/#7001200f473b.

（9） H. Ledford, "CRISPR: Gene Editing Is Just the Beginning," *Nature News*, March 7, 2016.

（10） K. Loria, "The Process Used to Edit the Genes of Human Embryos Is So Easy You Could Do It in a Community Bio-Hacker Space," *Business Insider*, May 1, 2015.

（11） J. Zayner, "DIY CRISPR Kits, Learn Modern Science by Doing," www.indiegogo.com/projects/diy-crispr-kits-learn-modern-science-by-doing#/.

（12） E. Callaway, "Tapping Genetics for Better Beer," *Nature* 535 (2016): 484-86.

第5章　アジア象の遺伝子をマンモスの遺伝子に変える

（1） P. Piffanelli et al., "A Barley Cultivation-Associated Polymorphism Conveys Resistance to Powdery Mildew," *Nature* 430 (2004): 887-91.

（2） N. V. Federoff and N. M. Brown, *Mendel in the Kitchen: A Scientist's View of Genetically Modified Foods* (Washington, DC: Joseph Henry Press, 2004), 54.

（3） J. H. Jorgensen, "Discovery, Characterization and Exploitation of Mlo Powdery Mildew Resistance in Barley," *Euphytica* 63 (1992): 141-52.

（4） R. Büschges et al., "The Barley Mlo Gene: A Novel Control Element of Plant Pathogen Resistance," *Cell* 88 (1997): 695-705.

（5） W. Jiang et al., "Demonstration of CRISPR/Cas9/sgRNA-Mediated Targeted Gene Modification in Arabidopsis, Tobacco, Sorghum and Rice," *Nucleic Acids Research* 41 (2013): e188; N. M. Butler et al., "Generation and Inheritance of Targeted Mutations in Potato (*Solanum Tuberosum* L.) Using the CRISPR/Cas System," *PLoS ONE* 10 (2015): e0144591; S. S. Hall, "Editing the Mushroom," *Scientific American* 314 (2016): 56-63.

（6） H. Jia and N. Wang, "Targeted Genome Editing of Sweet Orange Using Cas9/sgRNA," *PLoS ONE* 9 (2014): e93806.

（7） S. Nealon, "Uncoding a Citrus Tree Killer," *UCR Today*, February 9, 2016.

（8） D. Cyranoski, "CRISPR Tweak May Help Gene-Edited Crops Bypass Biosafety Regulation," *Nature News*, October 19, 2015.

（9） A. Chaparro-Garcia, S. Kamoun, and V. Nekrasov, "Boosting Plant Immunity with CRISPR/Cas," *Genome Biology* 16 (2015): 254-57.

（10） W. Haun et al., "Improved Soybean Oil Quality by Targeted Mutagenesis of the Fatty Acid Desaturase 2 Gene Family," *Plant Biotechnology Journal* 12 (2014): 934-40.

（11） B. M. Clasen et al., "Improving Cold Storage and Processing Traits in Potato Through Targeted Gene Knockout," *Plant Biotechnology Journal* 14 (2016): 169-76.

(12) United States Department of Agriculture, "Glossary of Agricultural Biotechnology Terms," last modified February 27, 2013, www.usda.gov/wps/portal/usda/usdahome?navid=BIOTECH_GLOSS&navtype=RT&parentnav=BIOTECH.
(13) USDA Economic Research Service, "Adoption of Genetically Engineered Crops in the U.S.," last modified July 14, 2016, www.ers.usda.gov/data-products/adoption-of-genetically-engineered-crops-in-the-us.aspx.
(14) Pew Research Center, "Eating Genetically Modified Foods," www.pewinternet.org/2015/01/29/public-and-scientists-views-on-science-and-society/pi_2015.01.29_science-and-society-03.02/.
(15) J. W. Woo et al., "DNA-Free Genome Editing in Plants with Preassembled CRISPR-Cas9 Ribonucleoproteins," *Nature Biotechnology* 33 (2015): 1162-64.
(16) "Breeding Controls," *Nature* 532 (2016): 147.
(17) H. Ledford, "Gene-Editing Surges as US Rethinks Regulations," *Nature News*, April 12, 2016.
(18) A. Regalado, "DuPont Predicts CRISPR Plants on Dinner Plates in Five Years," *MIT Technology Review*, October 8, 2015.
(19) E. Waltz, "A Face-Lift for Biotech Rules Begins," *Nature Biotechnology* 33 (2015): 1221-22.
(20) M. C. Jalonick, "Obama Signs Bill Requiring Labeling of GMO Foods," *Washington Post*, July 29, 2016.
(21) C. Harrison, "Going Swimmingly: AquaBounty's GM Salmon Approved for Consumption After 19 Years," *SynBioBeta*, November 23, 2015, http://synbiobeta.com/news/aquabounty-gm-salmon/.
(22) A. Pollack, "Genetically Engineered Salmon Approved for Consumption," *New York Times*, November 19, 2015.
(23) W. Saletan, "Don't Fear the Frankenfish," *Slate*, November 20, 2015, www.slate.com/articles/health_and_science/science/2015/11/genetically_engineered_aquabounty_ salmon_safe_fda_decides.html.
(24) A. Kopicki, "Strong Support for Labeling Modified Foods," *New York Times*, July 27, 2013.
(25) Friends of the Earth, "FDA's Approval of GMO Salmon Denounced," www.foe.org/news/news-releases/2015.11-fdas-approval-of-gmo-salmon-denounced.
(26) K. Saeki et al., "Functional Expression of a Delta12 Fatty Acid Desaturase Gene from Spinach in Transgenic Pigs," *Proceedings of the National Academy of Sciences of the United States of America* 101 (2004): 6361-66.
(27) S. P. Golovan et al.,"Pigs Expressing Salivary Phytase Produce Low-Phosphorus Manure," *Nature Biotechnology* 19 (2001): 741-45.
(28) C. Perkel, "University of Guelph'Enviropigs' Put Down, Critics Blast 'Callous' Killing," *Huffington Post Canada*, June 21, 2012.
(29) R. Kambadur et al., "Mutations in Myostatin (GDF8) in Double-Muscled Belgian Blue and Piedmontese Cattle," *Genome Research* 7 (1997): 910-16.
(30) A. C. McPherron, A. M. Lawler, and S. J. Lee, "Regulation of Skeletal Muscle Mass in Mice by a New TGF-β Superfamily Member," *Nature* 387

(1997): 83-90.
(31) A. Clop et al., "A Mutation Creating a Potential Illegitimate microRNA Target Site in the Myostatin Gene Affects Muscularity in Sheep," *Nature Genetics* 38 (2006): 813-18.
(32) D. S. Mosher et al., "A Mutation in the Myostatin Gene Increases Muscle Mass and Enhances Racing Performance in Heterozygote Dogs," *PLoS Genetics* 3 (2007): e79.
(33) M. Schuelke et al., "Myostatin Mutation Associated with Gross Muscle Hypertrophy in a Child," *New England Journal of Medicine* 350 (2004): 2682-88.
(34) E. P. Zehr, "The Man of Steel, Myostatin, and Super Strength," *Scientific American,* June 14, 2013.
(35) L. Qian et al., "Targeted Mutations in Myostatin by Zinc-Finger Nucleases Result in Double-Muscled Phenotype in Meishan Pigs," *Scientific Reports* 5 (2015): 14435.
(36) X. Wang et al., "Generation of Gene-Modified Goats Targeting MSTN and FGF5 via Zygote Injection of CRISPR/Cas9 System," *Scientific Reports* 5 (2015): 13878.
(37) S. Reardon, "Welcome to the CRISPR Zoo," *Nature News,* March 9, 2016.
(38) A. Harmon,"Open Season Is Seen in Gene Editing of Animals," *New York Times*, November 26, 2015.
(39) C. Whitelaw et al.,"Genetically Engineering Milk," *Journal of Dairy Research* 83 (2016): 3-11.
(40) D. J. Holtkamp et al., "Assessment of the Economic Impact of Porcine Reproductive and Respiratory Syndrome Virus on United States Pork Producers," *Journal of Swine Health and Production* 21 (2013): 72-84.
(41) K. M. Whitworth et al., "Use of the CRISPR/Cas9 System to Produce Genetically Engineered Pigs from In Vitro-Derived Oocytes and Embryos," *Biology of Reproduction* 91 (2014): 1-13.
(42) K. M. Whitworth et al., "Gene-Edited Pigs Are Protected from Porcine Reproductive and Respiratory Syndrome Virus," *Nature Biotechnology* 34 (2016): 20-22.
(43) Center for Food Security and Public Health, "African Swine Fever," www.cfsph.iastate.edu/Factsheets/pdfs/african_swine_fever.pdf.
(44) C. J. Palgrave et al., "Species-Specific Variation in RELA Underlies Differences in NF-κB Activity: A Potential Role in African Swine Fever Pathogenesis," *Journal of Virology* 85 (2011): 6008-14.
(45) S. G. Lillico et al., "Mammalian Interspecies Substitution of Immune Modulatory Alleles by Genome Editing," *Scientific Reports* 6 (2016): 21645.
(46) H. Devlin, "Could These Piglets Become Britain's First Commercially Viable GM Animals?," *Guardian,* June 23, 2015.
(47) B. Graf and M. Senn, "Behavioural and Physiological Responses of Calves to Dehorning by Heat Cauterization with or Without Local Anaesthesia," *Applied Animal Behaviour Science* 62 (1999): 153-71.
(48) I. Medugorac et al., "Bovine Polledness—an Autosomal Dominant Trait with Allelic Heterogeneity," *PLoS ONE* 7 (2012): e39477.
(49) D. F. Carlson et al., "Production of Hornless Dairy Cattle from Genome-Edited Cell Lines," *Nature*

Biotechnology 34 (2016): 479-81.

(50) K. Grens, "GM Calves Move to University," *Scientist,* December 21, 2015.

(51) N. Rosenthal and Steve Brown, "The Mouse Ascending: Perspectives for Human-Disease Models," *Nature Cell Biology* 9 (2007): 993-99; www.findmice.org/repository.

(52) B. Shen et al., "Generation of Gene-Modified Cynomolgus Monkey via Cas9/RNA-Mediated Gene Targeting in One-Cell Embryos," *Cell* 156 (2014): 836-43.

(53) H. Wan et al., "One-Step Generation of p53 Gene Biallelic Mutant Cynomolgus Monkey via the CRISPR/Cas System," *Cell Research* 25 (2015): 258-61.

(54) Y. Chen et al., "Functional Disruption of the Dystrophin Gene in Rhesus Monkey Using CRISPR/Cas9," *Human Molecular Genetics* 24 (2015): 3764-74.

(55) Z. Tu et al., "CRISPR/ Cas9: A Powerful Genetic Engineering Tool for Establishing Large Animal Models of Neurodegenerative Diseases," *Molecular Neurodegeneration* 10 (2015): 35-42; Z. Liu et al., "Generation of a Monkey with MECP2 Mutations by TALEN-Based Gene Targeting," *Neuroscience Bulletin* 30 (2014): 381-86.

(56) C. Sheridan, "FDA Approves 'Farmaceutical' Drug from Transgenic Chickens," *Nature Biotechnology* 34 (2016): 117-19.

(57) L. R. Bertolini et al., "The Transgenic Animal Platform for Biopharmaceutical Production," *Transgenic Research* 25 (2016): 329-43.

(58) J. Peng et al., "Production of Human Albumin in Pigs Through CRISPR/Cas9-Mediated Knockin of Human cDNA into Swine Albumin Locus in the Zygotes," *Scientific Reports* 5 (2015): 16705.

(59) D. Cooper et al., "The Role of Genetically Engineered Pigs in Xenotransplantation Research," *Journal of Pathology* 238 (2016): 288-99.

(60) U.S. Department of Health and Human Services, "The Need Is Real: Data," www.organdonor.gov/about/data.html.

(61) L. Yang et al., "Genome-Wide Inactivation of Porcine Endogenous Retroviruses (PERVs)," *Science* 350 (2015): 1101-4.

(62) A. Regalado, "Surgeons Smash Records with Pig-to-Primate Organ Transplants," *MIT Technology Review,* August 12, 2015.

(63) D. Cyranoski, "Gene-Edited 'Micropigs' to Be Sold as Pets at Chinese Institute," *Nature News*, September 29, 2015.

(64) X. Wang et al.,"One-Step Generation of Triple Gene-Targeted Pigs Using CRISPR/Cas9 System," *Scientific Reports* 6 (2016): 20620.

(65) Cyranoski, "Gene-Edited 'Micropigs.'"

(66) C. Maldarelli, "Although Purebred Dogs Can Be Best in Show, Are They Worst in Health?," *Scientific American,* February 21, 2014.

(67) Q. Zou et al., "Generation of Gene-Target Dogs Using CRISPR/Cas9 System," *Journal of Molecular Cell Biology* 7 (2015): 580-83.

(68) A. Regalado, "First Gene-Edited Dogs Reported in China," *MIT Technology Review*, October 19, 2015.

(69) A. Martin et al., "CRISPR/Cas9 Mutagenesis Re-

veals Versatile Roles of Hox Genes in Crustacean Limb Specification and Evolution," *Current Biology* 26 (2016): 14-26.

(70) M. Evans, "Could Scientists Create Dragons Using CRISPR Gene Editing?," *BBC News*, January 3, 2016.

(71) R. A. Charo and H. T. Greely, "CRISPR Critters and CRISPR Cracks," *American Journal of Bioethics* 15 (2015): 11-17.

(72) B. Switek, "How to Resurrect Lost Species," *National Geographic News*, March 11, 2013; S. Blakeslee, "Scientists Hope to Bring a Galapagos Tortoise Species Back to Life," *New York Times*, December 14, 2015.

(73) J. Folch et al., "First Birth of an Animal from an Extinct Subspecies (*Capra pyrenaica pyrenaica*) by Cloning," *Theriogenology* 71 (2009): 1026-34.

(74) K. Loria and D. Baer, "Korea's Radical Cloning Lab Told Us About Its Breathtaking Plan to Bring Back the Mammoth," *Tech Insider*, September 10, 2015.

(75) V. J. Lynch et al., "Elephantid Genomes Reveal the Molecular Bases of Woolly Mammoth Adaptations to the Arctic," *Cell Reports* 12 (2015): 217-28.

(76) J. Leake, "Science Close to Creating a Mammoth," *Sunday Times*, March 22, 2015.

(77) B. Shapiro, "Mammoth 2.0: Will Genome Engineering Resurrect Extinct Species?," *Genome Biology* 16 (2015): 228-30.

(78) Long Now Foundation, "What We Do," http://reviverestore.org/what-we-do/.

(79) A. Burt, "Site-Specific Selfish Genes as Tools for the Control and Genetic Engineering of Natural Populations," *Proceedings of the Royal Society of London* B 270 (2003): 921-28.

(80) K. M. Esvelt et al., "Concerning RNA-Guided Gene Drives for the Alteration of Wild Populations," *eLife* 3 (2014): e03401.

(81) V. M. Gantz and E. Bier, "The Mutagenic Chain Reaction: A Method for Converting Heterozygous to Homozygous Mutations," *Science* 348 (2015): 442-44.

(82) V. M. Gantz et al., "Highly Efficient Cas9-Mediated Gene Drive for Population Modification of the Malaria Vector Mosquito *Anopheles stephensi*," *Proceedings of the National Academy of Sciences of the United States of America* 112 (2015): E6736-43.

(83) A. Hammond et al., "A CRISPR-Cas9 Gene Drive System Targeting Female Reproduction in the Malaria Mosquito Vector *Anopheles gambiae*," *Nature Biotechnology* 34 (2016): 78-83.

(84) L. Alphey et al., "Sterile-Insect Methods for Control of Mosquito-Borne Diseases: An Analysis," *Vector Borne and Zoonotic Diseases* 10 (2010): 295-311.

(85) L. Alvarez, "A Mosquito Solution (More Mosquitoes) Raises Heat in Florida Keys," *New York Times*, February 19, 2015.

(86) "Gene Intelligence," *Nature* 531 (2016): 140.

(87) O. S. Akbari et al., "Biosafety: Safeguarding Gene Drive Experiments in the Laboratory," *Science* 349 (2015): 927-29.

(88) J. E. DiCarlo et al., "Safeguarding CRISPRCas9 Gene Drives in Yeast," *Nature Biotechnology* 33

(2015): 1250-55.
(89) National Academies of Sciences, Engineering, and Medicine, "Gene Drives on the Horizon: Advancing Science, Navigating Uncertainty, and Aligning Research with Public Values," http://nas-sites.org/gene-drives/.
(90) ETC Group, "Stop the Gene Bomb! ETC Group Comment on NAS Report on Gene Drives," June 8, 2016, www.etcgroup.org/content/ stop-gene-bomb-etc-group-comment-nas-report-gene-drives.
(91) A. Burt, "Site-Specific Selfish Genes as Tools for the Control and Genetic Engineering of Natural Populations," *Proceedings of the Royal Society of London B* 270 (2003): 921-28.
(92) B. J. King, "Are Genetically Engineered Mice the Answer to Combating Lyme Disease?," NPR, June 16, 2016.
(93) American Mosquito Control Association, "Mosquito-Borne Diseases," www.mosquito.org/mosquito-borne-diseases.
(94) J. Fang, "Ecology: A World Without Mosquitoes," *Nature* 466 (2010): 432-34.

第6章　病気の治療に使う

(1) 三社とはエディタス・メディシン、インテリア・セラピューティクス、CRISPRセラピューティクスである。
(2) S. Reardon, "First CRISPR Clinical Trial Gets Green Light from US Panel," *Nature News*, June 22, 2016.
(3) Y. Anwar, "UC Berkeley to Partner in $600M Chan Zuckerberg Science 'Biohub,'" *Berkeley News*, September 21, 2016.
(4) R. Sanders, "New DNA-Editing Technology Spawns Bold UC Initiative," *Berkeley News*, March 18, 2014.
(5) Y. Wu et al., "Correction of a Genetic Disease in Mouse via Use of CRISPR-Cas9," *Cell Stem Cell* 13 (2013): 659-62.
(6) K. Allers and T. Schneider, "CCR5Δ32 Mutation and HIV Infection: Basis for Curative HIV Therapy," *Current Opinion in Virology* 14 (2015): 24-29.
(7) S. G. Deeks and J. M. McCune, "Can HIV Be Cured with Stem Cell Therapy?," *Nature Biotechnology* 28 (2010): 807-10.
(8) W. G. Glass et al., "CCR5 Deficiency Increases Risk of Symptomatic West Nile Virus Infection," *Journal of Experimental Medicine* 203 (2006): 35-40.
(9) P. Tebas et al., "Gene Editing of CCR5 in Autologous CD4 T Cells of Persons Infected with HIV," *New England Journal of Medicine* 370 (2014): 901-10.
(10) Ibid.
(11) N. Wade, "Gene Editing Offers Hope for Treating Duchenne Muscular Dystrophy, Studies Find," *New York Times*, December 31, 2015.
(12) H. Yin et al., "Therapeutic Genome Editing by Combined Viral and Non-Viral Delivery of CRISPR System Components in Vivo," *Nature Biotechnology* 34 (2016): 328-33.
(13) X. Chen and M.A.F.V. Gonçalves, "Engineered Viruses as Genome Editing Devices," *Molecular Therapy* 24 (2016): 447-57.
(14) American Cancer Society, *Cancer Facts and Fig-*

ures 2016 (Atlanta: American Cancer Society, 2016).

(15) D. Heckl et al., "Generation of Mouse Models of Myeloid Malignancy with Combinatorial Genetic Lesions Using CRISPR-Cas9 Genome Editing," *Nature Biotechnology* 32 (2014): 941-46.

(16) T. Wang et al., "Identification and Characterization of Essential Genes in the Human Genome," *Science* 350 (2015): 1096-1101.

(17) S. Begley, "Medical First: Gene-Editing Tool Used to Treat Girl's Cancer," *STAT News*, November 5, 2015; A. Pollack, "A Cell Therapy Untested in Humans Saves a Baby with Cancer," *New York Times*, November 5, 2015.

(18) W. Qasim et al., "First Clinical Application of TALEN Engineered Universal CAR19 T Cells in B-ALL," paper presented at the annual meeting for the American Society of Hematology, Orlando, Florida, December 5-8, 2015.

(19) D. Cyranoski, "CRISPR Gene-Editing Tested in a Person for the First Time," *Nature News*, November 15, 2016.

(20) M. Jinek et al., "A Programmable Dual-RNA-Guided DNA Endonuclease in Adaptive Bacterial Immunity," *Science* 337 (2012): 816-21.

(21) V. Pattanayak et al., "High-Throughput Profiling of Off-Target DNA Cleavage Reveals RNA-Programmed Cas9 Nuclease Specificity," *Nature Biotechnology* 31 (2013): 839-43.

(22) Y. Fu et al., "High-Frequency Off-Target Mutagenesis Induced by CRISPR-Cas Nucleases in Human Cells," *Nature Biotechnology* 31 (2013): 822-26; P. D. Hsu et al., "DNA Targeting Specificity of RNA-Guided Cas9 Nucleases," *Nature Biotechnology* 31 (2013): 827-32.

(23) F. Urnov, "Genome Editing: The Domestication of Cas9," *Nature* 529 (2016):468-69.

第7章　核兵器の轍は踏まない

(1) B. Shen et al., "Generation of Gene-Modified Cynomolgus Monkey via Cas9/ RNA-Mediated Gene Targeting in One-Cell Embryos," *Cell* 156.

(2) M. W. Nirenberg, "Will Society Be Prepared?," *Science* 157 (1967): 633.

(3) R. L. Sinsheimer, "The Prospect for Designed Genetic Change," *American Scientist* 57 (1969): 134-42.

(4) W. F. Anderson, "Genetics and Human Malleability," *Hastings Center Report* 20 (1990): 21-24.

(5) G. Stock and J. Campbell, eds., *Engineering the Human Germline: An Exploration of the Science and Ethics of Altering the Genes We Pass to Our Children* (Oxford: Oxford University Press, 2000).

(6) M. S. Frankel and A. R. Chapman, *Human Inheritable Genetic Modifications: Assessing Scientific, Ethical, Religious, and Policy Issues* (Washington, DC: American Association for the Advancement of Science, 2000).

(7) S. Baruch, *Human Germline Genetic Modification: Issues and Options for Policymakers* (Washington, DC: Genetics and Public Policy Center, 2005).

(8) J. Schandera and T. K. Mackey, "Mitochondrial Replacement Techniques: Divergence in Global Policy," *Trends in Genetics* 32 (2016): 385-90.

(9) S. Reardon, "US Panel Greenlights Creation of

Male 'Three-Person' Embryos," *Nature News*, February 3, 2016.

(10) この夢について初めて語ったのは、二〇一五年一一月「ニューヨーカー」誌のＣＲＩＳＰＲ特集でインタビュアーのマイケル・スペクターに対してである。

(11) J. K. Joung, D. F. Voytas, and J. Kamens, "Accelerating Research Through Reagent Repositories: The Genome Editing Example," *Genome Biology* 16 (2015): 255-58.

(12) Shen, "Generation of Gene-Modified Cynomolgus Monkey."

(13) J. Zayner, "DIY CRISPR Kits, Learn Modern Science by Doing," www.indiegogo.com/projects/diy-crispr-kits-learn-modern-science-by-doing#/.

(14) P. Skerrett, "Is Do-It-Yourself CRISPR as Scary as It Sounds?," *STAT News*, March 14, 2016.

(15) United States Atomic Energy Commission, *In the Matter of J. Robert Oppenheimer: Transcript of Hearing Before Personnel Security Board*, vol. 2 (Washington, DC: GPO, 1954), www.osti.gov/includes/opennet/includes/Oppenheimer%20hearings/Vol%20II%20Oppenheimer.pdf.

(16) D. A. Jackson, R. H. Symons, and P. Berg, "Biochemical Method for Inserting New Genetic Information into DNA of Simian Virus 40: Circular SV40 DNA Molecules Containing Lambda Phage Genes and the Galactose Operon of *Escherichia coli*," *Proceedings of the National Academy of Sciences of the United States of America* 69 (1972): 2904-9.

(17) P. Berg et al., "Letter: Potential Biohazards of Recombinant DNA Molecules," *Science* 185 (1974): 303.

(18) Institute of Medicine (US) Committee to Study Decision Making; K. E. Hanna, ed., *Biomedical Politics* (Washington, DC: National Academies Press, 1991); M. Rogers, *Biohazard* (New York: Knopf, 1977); P. Berg and M. F. Singer, "The Recombinant DNA Controversy: Twenty Years Later," *Proceedings of the National Academy of Sciences of the United States of America* 92 (1995): 9011-13.

(19) P. Berg et al., "Asilomar Conference on Recombinant DNA Molecules," *Science* 188 (1975): 991-94.

(20) P. Berg, "Meetings That Changed the World: Asilomar 1975: DNA Modification Secured," *Nature* 455 (2008): 290-91.

(21) "After Asilomar," *Nature* 526 (2015): 293-94.

(22) S. Jasanoff, J. B. Hurlbut, and K. Saha, "CRISPR Democracy: Gene Editing and the Need for Inclusive Deliberation," *Issues in Science and Technology* 32 (2015).

(23) J. B. Hurlbut, "Limits of Responsibility: Genome Editing, Asilomar, and the Politics of Deliberation," *Hastings Center Report* 45 (2015): 11-14.

(24) N. A. Wivel, "Historical Perspectives Pertaining to the NIH Recombinant DNA Advisory Committee," *Human Gene Therapy* 25 (2014): 19-24.

(25) D. Baltimore et al., "Biotechnology: A Prudent Path Forward for Genomic Engineering and Germline Gene Modification," *Science* 348 (2015): 36-38.

(26) N. Wade, "Scientists Seek Ban on Method of Editing the Human Genome," *New York Times*, March 19, 2015.

(27) R. Stein, "Scientists Urge Temporary Moratorium

on Human Genome Edits," *All Things Considered*, NPR, March 20, 2015; "Scientists Right to Pause for Genetic Editing Discussion," *Boston Globe*, March 23, 2015.

(28) E. Lanphier et al., "Don't Edit the Human Germline," *Nature* 519 (2015): 410-11.

(29) MIT Technology Review *had recently published a riveting piece on germline editing*: A. Regalado, "Engineering the Perfect Baby," *MIT Technology Review*, March 5, 2015.

第8章　福音か厄災か?

(1) P. Liang et al., "CRISPR/ Cas9-Mediated Gene Editing in Human Tripronuclear Zygotes," *Protein and Cell* 6 (2015): 363-72.

(2) Ibid.

(3) X. Zhai, V. Ng, and R. Lie, "No Ethical Divide Between China and the West in Human Embryo Research," *Developing World Bioethics* 16 (2016): 116-20.

(4) D. Cyranoski and S. Reardon, "Chinese Scientists Genetically Modify Human Embryos," *Nature News*, April 22, 2015.

(5) G. Kolata, "Chinese Scientists Edit Genes of Human Embryos, Raising Concerns," *New York Times*, April 23, 2015.

(6) T. Friedmann et al., "ASGCT and JSGT Joint Position Statement on Human Genomic Editing," *Molecular Therapy* 23 (2015): 1282.

(7) R. Jaenisch, "A Moratorium on Human Gene Editing to Treat Disease Is Critical," *Time*, April 24, 2015.

(8) J. Holdren, "A Note on Genome Editing," May 26, 2015, www.whitehouse.gov/blog/2015/05/26/note-genome-editing.

(9) Francis S. Collins, "Statement on NIH Funding of Research Using Gene-Editing Technologies in Human Embryos," April 28, 2015, www.nih.gov/about-nih/who-we-are/nih-director/statements/statement-nih-funding-research-using-gene-editing-technologies-human-embryos.

(10) J. R. Clapper, "Worldwide Threat Assessment of the US Intelligence Community," February 9, 2016, www.dni.gov/files/documents/SASC_Unclassified_2016_ATA_SFR_FINAL.pdf.

(11) J. Savulescu et al., "The Moral Imperative to Continue Gene Editing Research on Human Embryos," *Protein and Cell* 6 (2015): 476-79.

(12) S. Pinker, "The Moral Imperative for Bioethics," *Boston Globe*, August 1, 2015.

(13) Hinxton Group, "Statement on Genome Editing Technologies and Human Germline Genetic Modification," September 3, 2015, www.hinxtongroup.org/Hinxton2015_Statement.pdf.

(14) Cyranoski and Reardon, "Chinese Scientists."

(15) D. Cressey, A. Abbott, and H. Ledford, "UK Scientists Apply for License to Edit Genes in Human Embryos," *Nature News*, September 18, 2015.

(16) 参加者の全リストは以下を参照のこと。National Academies of Sciences, Engineering, and Medicine, "International Summit on Human Gene Editing," December 1-3, 2015, www.nationalacademies.org/gene-editing/Gene -Edit-Summit/index.htm.

(17) I. Martincorena and P. J. Campbell, "Somatic Mu-

tation in Cancer and Normal Cells," *Science* 349 (2015): 1483-89.

(18) M. Porteus, "Therapeutic Genome Editing of Hematopoietic Cells," Presentation at Inserm Workshop 239, CRISPR-Cas9: Breakthroughs and Challenges, Bordeaux, France, April 6-8, 2016.

(19) M. Lynch, "Rate, Molecular Spectrum, and Consequences of Human Mutation," *Proceedings of the National Academy of Sciences of the United States of America* 107 (2010): 961-68.

(20) S. Pinker in P. Skerrett, "Experts Debate: Are We Playing with Fire When We Edit Human Genes?," *STAT News*, November 17, 2015.

(21) Q. Zhou et al., "Complete Meiosis from Embryonic Stem Cell-Derived Germ Cells In Vitro," *Cell Stem Cell* 18 (2016): 330-40; K. Morohaku et al., "Complete In Vitro Generation of Fertile Oocytes from Mouse Primordial Germ Cells," *Proceedings of the National Academy of Sciences of the United States of America* 113 (2016): 9021-26.

(22) J. K. Lim et al., "CCR5 Deficiency Is a Risk Factor for Early Clinical Manifestations of West Nile Virus Infection but Not for Viral Transmission," *Journal of Infectious Diseases* 201 (2010): 178-85.

(23) M. Aidoo et al., "Protective Effects of the Sickle Cell Gene Against Malaria Morbidity and Mortality," *Lancet* 359 (2002): 1311-12.

(24) E. M. Poolman and A. P. Galvani, "Evaluating Candidate Agents of Selective Pressure for Cystic Fibrosis," *Journal of the Royal Society* 4 (2007): 91-98.

(25) E. S. Lander, "Brave New Genome," *New England Journal of Medicine* 373 (2015): 5-8.

(26) G. Church, "Should Heritable Gene Editing Be Used on Humans?," *Wall Street Journal*, April 10, 2016.

(27) C. Funk, B. Kennedy, and E. P. Sciupac, *U.S. Public Opinion on the Future Use of Gene Editing* (Washington, DC: Pew Research Center, 2016); "Genetic Modifications for Babies," Pew Research Center, January 28, 2015, www.pewinternet.org/2015/01/29/public-and-scientists-views-on-science-and-society/pi_2015-01-29_science-and-society-03-25.

(28) D. Carroll and R. A. Charo, "The Societal Opportunities and Challenges of Genome Editing," *Genome Biology* 16 (2015): 242-50.

(29) Skerrett, "Experts Debate."

(30) United Nations Educational, Scientific and Cultural Organization, "Universal Declaration on the Human Genome and Human Rights," November 11, 1997, www.unesco.org/new/en/social-and-human-sciences/themes/bioethics/human-genome-and-human-rights/.

(31) United Nations Educational, Scientific and Cultural Organization, "Report of the IBC on Updating Its Reflection on the Human Genome and Human Rights," October 2, 2015, http://unesdoc.unesco.org/images/0023/002332/233258E.pdf.

(32) G. Annas, "Viewpoint: Scientists Should Not Edit Genomes of Human Embryos," April 30, 2015, www.bu.edu/sph/2015/04/30/scientists-should-not-edit-genomes-of-human-embryos/.

(33) E. C. Hayden, "Promising Gene Therapies Pose Million-Dollar Conundrum," *Nature News*, June 15,

2016; S. H. Orkin and P. Reilly, "Medicine: Paying for Future Success in Gene Therapy," *Science* 352 (2016): 1059-61.

(34) T. Shakespeare, "Gene Editing: Heed Disability Views," *Nature* 527 (2015): 446.

(35) C. J. Epstein, "Is Modern Genetics the New Eugenics?," *Genetics in Medicine* 5 (2003): 469-75.

(36) E. C. Hayden, "Should You Edit Your Children's Genes?," *Nature News,* February 23, 2016.

(37) M. Araki and T. Ishii, "International Regulatory Landscape and Integration of Corrective Genome Editing into In Vitro Fertilization," *Reproductive Biology and Endocrinology* 12 (2014): 108-19.

(38) R. Isasi, E. Kleiderman, and B. M. Knoppers, "Editing Policy to Fit the Genome?," *Science* 351 (2016): 337-39.

(39) I. G. Cohen and E. Y. Adashi, "The FDA Is Prohibited from Going Germline," *Science* 353 (2016): 545-46.

(40) D.J.H. Mathews et al., "CRISPR: A Path Through the Thicket," *Nature* 527 (2015): 159-61.

(41) A. Regalado, "A Tale of Do-It-Yourself Gene Therapy," *MIT Technology Review*, October 14, 2015.

(42) G. O. Schaefer, "The Future of Genetic Enhancement Is Not in the West," *Conversation,* August 2, 2016.

エピローグ　科学者よ、研究室を出て話をしよう

(1) Alliance Vita, "Stop Bébé GM: Une Campagne Citoyenne D'alerte sur CRISPR-Cas9," www.alliancevita.org/2016/05/stop-bebe-ogm-une-campagne-citoyenne-dalerte-sur-crispr-cas9/; P. Knoepfler, "First Anti-CRISPR Political Campaign Is Born in Europe," *The Niche* (blog), June 2, 2016, www.ipscell.com/2016/06/first-anti-crispr-political-campaign-is-born-in-europe/.

訳者あとがき

　本書の原題である"A Crack in Creation"とは、元来自然によって生み出されてきた生物進化の道筋に、遺伝子編集技術ＣＲＩＳＰＲ（クリスパー）によって風穴が開けられ、人間がこれまでにない高い精度と自在さをもって進化を意のままにコントロールする力を手に入れたことを象徴的に表している。「ひび割れ（クラック）」という言葉は、ともすれば不穏な印象を与えるが、著者の一人であるジェニファー・ダウドナ博士によれば、新しい未来への扉を開くといった、明るい希望に満ちた意味合いが込められているそうだ。ダウドナ博士らがこの驚異的な技術を開発してからわずか数年の間に、社会への影響がほとんど理解されないまま、恐ろしいほどのスピードで研究と普及が進んでいる現状に危惧を抱いた博士自身の呼びかけで、ＣＲＩＳＰＲを用いた生殖細胞のゲノム編集を当面行わないようモラトリアムが提唱された。だがその根底には、ＣＲＩＳＰＲへの根拠のない恐怖感や拒否感が蔓延し、そのせいでとてつもない善のポテンシャルを秘めた研究が阻まれるような事態が起こってはならないという、博士の強い願いが感じられる。

　ダウドナ博士は、もとはＲＮＡ（リボ核酸）を専門とする生化学者として、主に研究室内で基礎研究に従事する日々を送っていた。しかし一九九五年に最愛の父をメラノーマ（悪性の皮膚がん）で亡くすという悲しい経験をきっかけに、自分の研究がいつか人間の治療に役立てられ、人命を救えたらという決意を新たにしたという。その後二〇〇六年にＣＲＩＳＰＲの研究に足を踏み入れ、とくに二〇一二年にこのメカニズムに用いたゲノム（遺伝子）編集手法を指摘した論文を発表してからは、開発者の一人としてさまざまな会議やシンポジウムでの話し合いに参加する機会が増えた。そうした場で遺伝性疾患をはじめとする病気の患者やその家族の痛ましい状況を身をもって知り、ときには病気を治癒できる技術があるのになぜ今すぐ使えないのか、できるだけ早く実用化してほしいと、涙ながらに直訴されることもあったそうだ。

このような経験を通して自身の考え方も変わってきたと、博士は最近のインタビューで語っている。当初は世代を超えて伝わるような遺伝子改変を「あってはならないこと」として頭から否定していたが、最近では「今はまだその時期ではないし、当面先のことだと思うが、そうした適用法が受け入れられ、採用される世界がいつか来るかもしれない」として、その可能性を見られるようになったという。大切なのは偏見のない心で必要性を理解しようと努め、その影響について幅広い利害関係者を巻き込んで徹底的に考えることだとし、現在は研究にかけるのと同じくらいの時間を、技術の理解と対話を呼びかける活動に割いている。

第一線で活躍中の科学者が、開発したばかりの画期的技術について自ら説明する本を書くのは、分野を問わずとても珍しく貴重なことではないだろうか。科学的発見のまださめやらぬ興奮や喜び、そしてダウドナ博士の第一級の科学者としてのひらめきと慧眼が随所に読み取れるのも、本書の魅力である。

最後に、本書の編集を自ら担当して下さった、文藝春秋ノンフィクション編集局の下山進氏に、この場をお借りしてお礼申し上げたい。一章ごとに的確な評と叱咤激励をいただいたおかげで、二カ月という超短期間で何とか仕上げることができた。訳者として鍛えていただくとともに、視野の広がるすばらしい本を訳す機会を与えていただいたことに心より感謝申し上げる。

解説　百年に一度の技術

須田桃子（毎日新聞科学環境部）

一九九七年の米ＳＦ映画『ガタカ』は、ヒトの遺伝子操作が当たり前になった近未来を舞台に、人間の自由意志の強さを描く美しい映画だ。序盤にこんなシーンがある。

自然妊娠によって生まれた主人公は、生後すぐに、三十代前半で心臓病によって死ぬ運命にあると宣告される。両親は次の子を「普通のやり方」で得ようと決める。体外受精ののち、確実に健康に育つ受精卵を選別して子宮に戻す方法だ。主な遺伝病の可能性がなく、目や髪の色もあらかじめ指定した通りの幾つかの受精卵が候補になる。遺伝学者は、両親に性別を選ばせると、さりげなく付け加える。「勝手ながら、早期脱毛、近視、アルコール中毒、中毒に対する脆弱性、暴力や肥満の傾向など、潜在的に有害な条件も取り除きました」。

遺伝子操作で生まれながらに優れた知力・体力が約束された「適正者」とそうでない者が区別され、「不適正者」には職業を選ぶ権利すらない――。『ガタカ』の世界は、公開当時はまさしくフィクションだったが、二十年後の今、そうとも言い切れなくなっている。

二〇一五年四月、中国の研究チームが世界に先駆け、最新の遺伝子編集技術（「ゲノム編集」とも呼ばれる）によるヒト受精卵の改変を試みたという論文を発表した。用いられたのは「ＣＲＩＳＰＲ‐Ｃａｓ９（クリスパー・キャス・ナイン、以下ＣＲＩＳＰＲ）」。生物の全遺伝情報（ゲノム）は、細胞一つひとつの核に収められた二重らせん構造のＤＮＡに保存されている。ＣＲＩＳＰＲは、ＤＮＡにＡ、Ｔ、Ｃ、Ｇの四種類の塩基で書かれたゲノムを、狙い通りに書き換えることができる魔法のようなツールだ。

やや皮肉なことだが、物議を醸した中国のチームの報告は、CRISPRの名が全世界に知れわたり、関心を集める機会を作った。取材した私は、この技術がすでに、生命科学の広範な分野に普及しているのを目の当たりにした。遺伝子編集技術はそれまでにもあったが、使い勝手が悪く、高額だった。第三世代として登場したCRISPRは、はるかに簡単かつ低コストで、瞬く間にほぼすべての動植物の細胞に使えるようになった。ある専門家の言葉を借りれば、CRISPRは、遺伝子改変を伴う研究の「裾野を広げて」もいた。つまり、旧来の遺伝子組み替え技術に縁のなかった研究者までもが、CRISPRの登場を機にこぞってゲノムを「編集」し始めていたのだ。

本書は、そのCRISPRをエマニュエル・シャルパンティエ博士とともに開発し、いま世界で最も注目される科学者の一人、ジェニファー・ダウドナ博士が書いた二部構成の手記である。第一部では、一見、無関係に思える細菌の研究が、画期的な遺伝子編集方法に結びつくまでの物語が生き生きと描かれる。

そもそもCRISPRは、細菌のDNA配列にみられる奇妙な繰り返し配列を指す。数十文字の全く同じ配列（リピート）が繰り返し現れ、その間に同程度の長さのそれぞれ異なる配列（スペーサー）が挟まれた構造だ。しかもリピート配列は、前から読んでも後ろから読んでも同じ、回文のように見えるというから面白い。本書にはソースノートにその論文が言及されているだけ（第2章の注13）だが、一九八七年に大腸菌のDNA中で初めてCRISPR配列を発見したのは、日本の石野良純博士（現・九州大学教授）らだった。

一方、ダウドナは元々、細胞内で働くRNAについて研究していた。RNAは、細胞の中でタンパク質が作られるとき、必要な情報をDNAからコピーして、核の外側に伝える分子だ。CRISPR配列は、細菌の体の中でどんな役割を担っているのか。シャルパンティエら二人の女性科学者との幸運な出会いが、ダウドナをこの謎解きに引き込む。

細菌が外部から侵入してくるウイルスを撃退する仕組みに関わっているのではないか——という最新の仮説を証明するため、ダウドナは、DNA上で必ずCRISPR配列の近くにあるCasという遺伝子のグループに着目し、研究をスタートさせた。やがて全体像が実を結び始める。細菌は、かつて感染したウイルスのDNAを取り込んでスペーサー配列に記憶する。再び侵入されたときは、スペーサー配列をコピーしたRNAがガイド役となってCasタンパク質を導き、ウイルスのDNAを破壊するという仕組みだ。

二〇一一年、当時スウェーデンの大学に所属していたシャルパンティエと、米国西海岸に研究室を構えるダウドナとの、スカイプや電子メールを駆使した共同研究が始まる。わずか一年ほどで、パズルの最後のピース、さまざまなCasタンパク質の中で最も重要とみられていたCas9の役割が突き止められる。Cas9は、ガイドRNAの指示通りにウイルスのDNAを正確に素早く切断する、細菌にとって文字通りの「最終兵器」だった。二〇一二年六月に発表した歴史に残る論文で、ダウドナたちは、この仕組みが革新的な遺伝子編集技術としても利用できることを示した。ガイド役のRNAを思い通りに設計し、ハサミ役のCas9タンパク質にDNAの目的の場所を切らせるのだ。CRISPRの誕生である。

ダウドナが、自然への好奇心を原動力に、研究室のメンバーや共同研究者とともに緻密な推理と実験を積み重ね、一歩ずつ真理に近づいていく様子はスリリングで感動的だ。単細胞である細菌が、ウイルスから身を守る戦略の巧みさ、複雑さにも驚かされる。

現代科学が具体的にどのように営まれているかが垣間見えるのも、本書の面白さの一つだろう。たとえば、ダウドナは魅力的な共同研究の提案を受けるたびに、興味を引かれ、身を乗り出しつつも、頭の中では冷静に研究室にとっての利益と負担をてんびんにかけ、プロジェクトを任せられる人材がいるかを思案する。ダウドナ自身も述べているように、科学の原動力は冒険心と好奇心といえども、研究室を維持しながら着実に成果を出すには、理想と現実の間でうまくバランスをとる経営センスが欠かせないことがよく分かる。


続く第二部では、CRISPRの利用の広がりと研究の劇的な進展が、膨大な最新情報とともに紹介される。農作物や家畜の改良から医療、さらには絶滅動物の復活まで、研究の幅広さには圧倒されるばかりだが、実はもっともそのスピードと広がりに動揺したのは、技術を開発したダウドナ自身だった。

CRISPRに限らず、すべての科学技術は善悪両方の目的に利用されうる。量子物理学と核兵器の関係が最たる例だ。デュアルユースと呼ばれるこの二面性は、二〇一六年九月からの一年間、米国に留学していた私の研究テーマの一つだった。

CRISPRで想定される深刻な悪用の一つは、新たな生物兵器の開発への利用だろう。旧ソ連が冷戦時代、核兵器と平行して極秘に、生物兵器を開発・生産していた事実は有名だ。長らく開発研究に携わり、ソ連崩壊後に米国に亡命したある研究者はインタビューに応じ、細菌に有害な物質を作らせるため新たなDNA配列を組み込んだり、二つの病原体を合体させたりして新規の兵器を作ろうとしていたことを話してくれた。そうした研究は、もしCRISPR

を使えばずっと容易にできるに違いない。第5章に登場する遺伝子ドライブも、生物兵器への転用の可能性が懸念されている。

ダウドナが最も心配するのは、リスクや適切さについての議論がなされないうちにヒトの生殖細胞が改変されることだ。精子や卵子、受精卵の遺伝子を書き換えることは、まだ生まれていない子供や、その次の世代にまで影響を及ぼすことを意味する。未来の人間のDNAを永久的に書き換える準備が、私たちにできているのだろうか。それは、一歩間違えれば、『ガタカ』で描かれたような、より「優れた」人間を作るための操作、さらにはナチスドイツが信奉し、ユダヤ人や同性愛者・精神疾患患者・身体障害者らのホロコーストを引き起こした優生学の復活につながりかねない。さらに、不用意な改変は、この技術に対する社会の信頼を一気に失わせ、病気の新しい治療への道すらも閉ざしてしまうだろう。

予測しがたい濫用や悪用の恐れにさいなまれるダウドナが、不気味なブタの顔をしたヒトラーに協力を求められる悪夢を見る場面は暗示的だ。紙とペンを用意して待ち構えていたヒトラーは言う。「君が開発したすばらしい技術の利用法や意義をぜひとも知りたいのだよ」。

こうした負の可能性に気付いたダウドナは、自ら考察を深めるとともに、他の科学者や生命倫理の専門家と提言を発表し、一般の市民とも積極的に対話を重ねていく。それまでの研究室に閉じこもる人生から、社会に飛び出し、発言する科学者へと変貌を遂げていく姿は、第二部の白眉だ。

細菌が長い時間をかけて編み出してきた複雑で多様な免疫の仕組みが、やはり四十億年の進化の歴史を経て紡がれてきた地球上のあらゆる生命の設計図を、いとも簡単に書き換える手段に生まれ変わった。

ダウドナは、この技術の革新性を一九一〇年代から始まった量子物理学の切り開いた地平と対比し、核兵器開発に携わった科学者が何を語っていたかに注目する。自らが勤めるカリフォルニア大学バークレー校の先輩でもあるロバート・オッペンハイマーは、マンハッタン計画を主導したが、原爆の投下後、「科学者は罪を知った」という悔恨の言葉を残した。戦後、より破壊力の大きい水爆の開発への意見を議会で求められ、次のように述べて反対したという。

「(科学者は) 技術的に甘美なものを見つけたら、まずやってみる、それをどう使うかなどということは、成功した後の議論だ、と考えるものです。原爆では、まさにそうだった。原爆の製造自体に反対した人は誰もいなかったように思います」

「まずやってみて」からの議論では遅すぎることを、原爆の惨禍は示した。同じ轍を踏まないために何ができるのか。苦悩しながらも行動するダウドナには、ある揺るぎない信念がある。

それは、技術の使い道を決めるのは、社会であり、あなたたちであり、私たちであるということだ。ただし、議論を始めるには、まずどんな技術であるのかを知ることが不可欠だ。だからこそダウドナは、この技術を誰よりもよく知る科学者として、わかりやすい言葉で伝える本書を綴ったのである。

著者

ジェニファー・ダウドナ博士（Jennifer A.Doudna）

1964年生まれ。カリフォルニア大学バークレー校化学・分子細胞生物学部教授。もともとは、動物のウイルス感染の防御としてのRNA干渉が専門だった。細菌のDNAの塩基の並びに見られる不思議な「回文」（上から読んでも下から読んでも同じ）構造CRISPRを研究している科学者からの電話でその存在を知った。自分の研究室で研究することを2000年代に決意する。そのCRISPRは細菌がウイルスに感染しないため進化させた防御システムであり、RNAがウイルスの侵入を察知し、Cas9というタンパク質酵素がそのウイルス特有のDNA塩基を破壊することをフランスのシャルパンティエ博士とともにつきとめた。そしてそのCRISPR-Cas9自体が遺伝子編集にも使えることを2012年「サイエンス」誌に発表。以来、「高校生でも使える」と言われるこの技術を使って、遺伝病治療からマンモスを含む絶滅動物の復活まで様々な試みがなされている。ノーベル化学賞の最有力と目される。

サミュエル・スターンバーグ（Samuel H. Sternberg）

ダウドナ博士のラボで、CRISPR-Cas9の研究に従事。ダウドナ博士の一人称で書かれる本書の執筆を手伝った。

訳

櫻井祐子（さくらい・ゆうこ）

翻訳家。京都大学経済学部経済学科卒。オクスフォード大学で経営学修士号を取得。『選択の科学』（シーナ・アイエンガー）など訳書多数。最近は『最古の文字なのか？』（ジェネビーブ・ボン・ペッツィンガー）など科学物も手がけるようになった。

解説

須田桃子（すだ・ももこ）

毎日新聞科学環境部記者。iPS細胞を超える発見と喧伝された理化学研究所によるSTAP細胞を発表時からカバー。疑惑が指摘されてから後は、過去に小保方晴子氏らが「サイエンス」「セル」「ネイチャー」に投稿し不採択となった際の査読資料を入手し紙面化するなど、STAP細胞報道をリードした。理研が最終調査報告を出す前に校了した『捏造の科学者』を出版、同書は大宅壮一ノンフィクション賞や科学ジャーナリスト大賞を受賞するなど高く評価された。2016年9月よりノースカロライナ州立大学遺伝子工学・社会センターに客員研究員として滞在、一年間をかけて、CRISPRも使う合成生物学の研究状況やデュアルユース問題を取材・研究した。

A CRACK IN CREATION
Gene Editing and The Unthinkable Power to Control Evolution
By Jennifer A. Doudna and Samuel H. Sternberg

CRISPR 究極の遺伝子編集技術の発見

2017年10月 5 日　第1刷
2020年10月25日　第3刷

著　者　ジェニファー・ダウドナ　サミュエル・スターンバーグ
訳　者　櫻井祐子
発行者　花田朋子
発行所　株式会社　文藝春秋
東京都千代田区紀尾井町3－23（〒102-8008）
電話　03-3265-1211（代）
印　刷　大日本印刷
製本所　大口製本

ISBN 978-4-16-390738-3　Printed in Japan